La promesse du feu

Mikaël Ollivier

La promesse du feu

ROMAN

Albin Michel

COLLECTION « SPÉCIAL SUSPENSE »

« L'amour n'est pas un feu
qu'on renferme en une âme. »

RACINE,
Andromaque

NOMBREUX sont ceux qui auraient pu souhaiter la mort de Baptiste Legendre. Pourtant, ce n'est pas dans la longue liste de ses ennemis qu'il faut chercher celui ou celle qui l'a assassiné en ce matin de la fin du mois de juin qui, en Hérault, a vu le premier grand incendie de forêt de la saison.

Jeanine Legendre, sa mère, au jour de sa mort, ne l'avait pas vu depuis onze ans. Nicolas, son fils, dont il ne s'était jamais occupé, quand on lui posait des questions sur son père, disait qu'il ne le reconnaîtrait même pas s'il se tenait en face de lui. La mère de Nicolas, divorcée de Baptiste alors que l'enfant n'avait que dix-huit mois, avait déclaré un soir à son amie Sophie qu'elle aurait mieux fait de se foutre à l'eau plutôt que de l'épouser. Karim, ami de Baptiste jusqu'à ce qu'il découvre que ce dernier l'avait fait cocu à de nombreuses reprises avec ses fiancées successives, dira le jour de ses obsèques que c'était vraiment un sale type. « Un sale type » ! s'offusquera Maxime, un collègue de Baptiste, avant d'ajouter : « Tu veux dire la plus grosse merde humaine qu'a jamais portée cette terre ! » Avis plus ou moins partagé par les services de police et de gendarmerie de la région, quelques prostituées de Béziers, Montpellier ou de Marseille, le patron du Balto et une brochette de pourris à qui Baptiste rendait des services aussi lucratifs que malhonnêtes.

Officiellement, Baptiste était ouvrier forestier, mais cette activité ne représentait qu'une partie de ses revenus, celle, infime, qu'il déclarait chaque année au fisc.

Quand il se réveilla ce matin-là, et avant de faire le moindre geste, il sut qu'il avait l'une des plus belles gueules de bois de sa vie. « Salope » fut la première parole de sa journée et la dernière de sa vie. Le lit était vide ; Tiffany n'était plus étendue à son côté. Elle était partie pendant qu'il dormait, comme toujours, évitant de passer une nuit entière chez celui à qui la veille au soir, de plus, elle s'était refusée. Cette fille le rendait dingue tant elle était insaisissable. Depuis cinq mois qu'ils étaient ensemble, elle soufflait le chaud et le froid, tantôt câline, le lendemain glaciale, et de toute évidence sans calcul de sa part. Baptiste en était arrivé à la conclusion qu'elle était complètement cinglée, mais cela n'empêchait pas l'attirance qu'il éprouvait pour elle de grandir jour après jour, pour sa jeunesse, sa peau si fine et blanche, ses petits seins piqués de taches de rousseur, pour son étrangeté aussi. Ce n'était pas de l'amour. Pas lui, jamais. Les femmes, il les prenait et il les jetait. L'amour, c'était bon pour la littérature de gare. Le mot même le dégoûtait, surtout dans l'expression « faire l'amour ». Baptiste n'avait jamais fait l'amour, il avait beaucoup niqué. Et il n'en connaissait pas une seule qui l'ait regretté, tout du moins sur le moment. Sauf Tiffany. Tiffany le laissait faire mais donnait l'impression de ne jamais rien ressentir quand il s'escrimait entre ses jambes. Il aurait largué n'importe quelle autre femme pour moins que ça. Mais pas Tiffany. Au contraire, il s'obstinait, redoublait d'efforts et d'endurance comme s'il s'était lui-même lancé le défi de la faire jouir enfin, pas pour elle, mais pour lui. Parfois, il se demandait s'il ne la détestait pas. Mais que penser alors de cette colère qu'il sentait monter depuis qu'il la soupçonnait de voir un autre homme ? Non, pas de la jalousie. Pas lui, jamais. Rien que le mot le dégoûtait.

Pourtant, en entrant dans sa cabine de douche ce matin-là, il ne pouvait s'empêcher de penser à ces indices qui le guidaient vers l'idée que Tiffany avait rencontré un autre homme. Sans doute un homme jeune, pensa-t-il avec amertume, de son âge à elle, c'est-à-dire de dix-huit ans de moins que lui. Baptiste n'avait jamais eu de problème avec l'idée du vieillissement, sauf, ce qu'il s'expliquait mal, depuis que Tiffany était devenue son amante. Chaque jet de la douche était douloureux sur sa peau, comme chaque idée qui se formait sous son cuir chevelu. Il en aurait le cœur net, dût-il la faire suivre.

Baptiste, une fois séché et habillé, avala un café sans sucre, mit son court fume-cigarette, son paquet de Camel et son briquet dans sa poche poitrine droite puis s'immobilisa en se souvenant brusquement que la veille, Tiffany et lui étaient rentrés ensemble, que la jeune femme n'avait pas pris sa moto. Ne serait-elle sortie que pour marcher à l'aube comme elle aimait le faire ? Mais pourquoi, alors, n'était-elle pas déjà revenue ? Elle n'aurait tout de même pas fait du stop jusqu'à Montpellier pour rentrer chez elle ? Elle en était capable. Elle était capable de tout pour ne pas donner à un homme l'impression de dépendre de lui. Elle ne laissait pas un vêtement derrière elle, pas une brosse à dents, même pas une trace de rouge à lèvres sur un verre. Baptiste fit un rapide tour des pièces qui composaient sa maison de bois et constata que la jeune femme avait emporté son matériel photo. « Qu'elle aille se faire foutre ! » pensa-t-il en sortant dans le soleil déjà aveuglant.

Les cigales étaient déchaînées ; l'odeur sèche et résineuse de la forêt qui entourait sa maison fit du bien à Baptiste. La journée allait être caniculaire, la première de la saison, et il adorait ça. La chaleur se lova autour de son corps, moula chacun de ses muscles. Outre son travail dans les bois, Baptiste faisait très régulièrement de la musculation et de la course de fond. Il avait une musculature longue et noueuse, et pas un gramme de graisse. Il se tenait parfois debout plusieurs minutes entièrement nu devant le grand miroir de sa chambre tant il aimait son corps. À l'adolescence, souffrant d'un bégaiement dont il mettrait encore des années à se débarrasser et qui l'empêchait de draguer les filles comme le faisaient ses camarades, il avait commencé à faire quotidiennement des assouplissements dans le but d'être capable de se faire lui-même des fellations. Il y était parvenu après huit mois de douloureux efforts pour, déçu, comprendre qu'il en allait de la pipe comme des chatouilles, les sensations obtenues n'étaient grisantes que quand c'était un tiers qui vous les faisait. Il n'en continuait pas moins, de temps en temps, alors qu'il venait d'entrer dans sa quarante-sixième année et qu'il multipliait les conquêtes féminines, à s'adonner à cette pratique, mais plus pour la performance sportive que pour le plaisir.

Il ferma les yeux et se laissa pénétrer par un bien-être furtif qui lui était familier, instant d'harmonie durant lequel, comme ces jours d'été qu'il passait enfant chez sa grand-mère, il avait l'illusion que chaque chose était à sa place et que l'éternité était devant lui. Exilé à Villeneuve-Saint-Georges, dans le Val-de-Marne, jusqu'à vingt-quatre ans, il ne vivait pleinement que durant les vacances d'été qu'il passait dans l'Hérault, son département de naissance. Les arbres, le ciel impeccablement bleu, le bruit d'un vent d'ouest qui s'annonçait fort dans les branches, la terre sèche sous ses pieds… Baptiste sortit de sa torpeur, soupira et se dirigea vers le préau sous lequel, sur une étagère, il attrapa un bidon d'essence qu'il cala dans le coffre de son 4 × 4 à côté de ses tronçonneuses, de sa combinaison de travail, de ses gants et de son casque de protection. Puis il s'installa au volant. Il resta quelques secondes sans bouger avant d'attacher la ceinture de sécurité et de tourner la clé de contact. Il était déjà fatigué, encore nauséeux, douloureux dans chaque cellule de son corps. Il se fit la promesse de se coucher tôt et de vider au moins deux bouteilles d'eau minérale dans la journée.

Il ne pouvait savoir qu'une ombre l'attendait, tapie depuis des heures derrière le siège conducteur.

Le 4 × 4 s'engagea sur le chemin forestier et la maison de bois disparut des rétroviseurs. Déjà, la différence de température entre les zones d'ombre et de soleil était sensible. Le chemin de terre, en léger surplomb par rapport à la forêt, marquait ici une pente légère, bordée de deux fossés dont l'un, en hiver, laissait courir le filet d'eau d'un ru qui, en ce début de saison chaude, n'était plus que boue. Baptiste baissa la vitre de sa portière pour profiter de la fraîcheur du sous-bois dans lequel il s'engageait. Il essayait d'éviter le plus de nids-de-poule possible tant chaque secousse déclenchait un douloureux écho dans sa tête.

Soudain, il sentit une violente piqûre dans sa nuque. Un insecte ? Il fit un geste brusque pour chasser ce qui venait de l'attaquer mais, avant de perdre connaissance, il crut voir une silhouette humaine dans son rétroviseur. Un bras, une main, une seringue... Le 4 × 4 continua tout droit, s'engagea en bringuebalant dans le fossé et l'ombre eut juste le temps de se recroqueviller de nouveau derrière le siège, avant qu'il n'arrête violemment sa course contre le tronc d'un pin.

Quand Baptiste reprit connaissance, quelques minutes plus tard, il était retenu par sa ceinture de sécurité au-dessus du volant du 4 × 4 qui piquait du nez dans le fossé, moteur calé. Il releva la tête et se rendit compte que ses deux mains étaient ligotées au volant. La ceinture oppressait sa poitrine. Il poussa sur ses jambes pour se redresser et tira sur ses poignets, mais les cordelettes de chanvre ne bougèrent pas d'un millimètre. Une forte odeur d'essence montait dans l'habitacle. Baptiste comprit aussitôt que le bidon s'était renversé dans le coffre et que le carburant avait coulé vers l'avant, jusqu'à l'amoncellement de papiers, cartes IGN, paquets de biscuits vides qui jonchaient le sol côté passager. Chaque matin, il se promettait de nettoyer la voiture en rentrant le soir et chaque soir, il remettait au lendemain.

Il prit alors conscience qu'il n'était pas seul. Quelqu'un se tenait à côté du 4 × 4, le regarda dans les yeux quand il leva le visage, s'avança dans le fossé boueux et se pencha par la vitre ouverte pour fouiller la poche de sa chemisette. Baptiste était trop abasourdi pour parler. La peur déferla en lui, si fulgurante qu'elle lui coupa le souffle. L'autre, calmement, fixa une Camel au bout du fume-cigarette et la lui ficha entre les lèvres. Baptiste tremblait, sa vue se troublait. Il se pissa dessus quand la flamme jaillit du Zippo.

Le bout de la cigarette s'embrasa. Dans un hoquet de panique, Baptiste aspira involontairement une taffe et se mit à tousser. Le fume-cigarette s'échappa de ses lèvres. Par réflexe, Baptiste voulut le rattraper mais il ne fit que blesser ses poignets sur les liens qui les emprisonnaient. Il toussait, les larmes l'aveuglaient, il râlait. Quand il se redressa d'une poussée sur ses jambes, l'autre fit valser le Zippo allumé dans les airs. Avec une acuité sensorielle propre à décomposer le temps, Baptiste vit l'objet effectuer deux tours sur lui-même et tomber côté passager, dans le désordre de papiers qui traînait au sol. Presque instantanément, en un souffle sourd, l'essence s'enflamma. Baptiste entendit un son aigu sortir de sa gorge. Une chaleur subite le caressa. Le feu prit aussitôt de l'ampleur et l'incendiaire lui sourit. Ce fut comme si ces deux-là se reconnaissaient, le feu et le bourreau de Baptiste. Instant de retrouvailles.

L'assassin s'était reculé pour mieux contempler la scène, extatique, souriant alors que déjà, les flammes s'attaquaient au tissu des sièges du 4 × 4, murmurant des encouragements tandis que le feu semblait s'étirer après un long sommeil : « Vas-y... Vas-y... » Le feu avait faim, il avait besoin de se dégourdir, de prendre son élan. « VAS-Y ! PRENDS, C'EST POUR TOI ! VAS... » Il y eut un râle, presque un grognement ; le feu se jeta brusquement sur sa proie. Baptiste hurla d'une voix qui lui était inconnue. Les poils de ses bras grillèrent en premier, dans un grésillement presque joyeux alors que le bas de son pantalon s'enflammait. La douleur devint insupportable. Baptiste hurlait d'une voix démente, ruait des jambes, tirait sur ses mains, se dressait sur son siège mais les premières boursouflures faisaient cloquer sa peau et l'odeur de sa propre combustion emplit ses poumons.

L'incendiaire commença une danse étrange faite de lourds piétinements sur place. Une flamme sortit par la vitre ouverte, tel un salut, un remerciement. L'assassin tendit une main en un geste caressant qui épousa furtivement la courbe de la flamme puis se recula. L'instant d'après, tout le véhicule brûlait, puis les premières broussailles. L'homme et la voiture ne suffiraient pas à assouvir l'appétit du feu. Il se jeta sur l'arbre le plus proche, s'enroula autour de son tronc, fit claquer ses premières branches sèches puis gagna les épines des pins qui s'embrasèrent en crépitant comme, un peu plus tôt, tout ce que l'homme avait compté de poils. Il faisait chaud et sec, et le pin devint torche en un instant, puis son voisin, puis le suivant. L'odeur sucrée de bois, de végétaux brûlés et de résine chaude prit le pas sur celle de la chair de l'homme qui se consumait. Son corps distordu se recroquevillant avec des bruits de cuisson était déjà oublié quand le réservoir du véhicule explosa. Le feu vif se démultiplia, sauta de branche en branche, d'arbre en arbre, jouant avec le vent d'ouest dont il ne tarda pas à se faire un allié.

L'assassin était ressorti du fossé, ému aux larmes, la poitrine dilatée par une joie presque douloureuse, le regardant prendre sa liberté au-delà du brasier du 4 × 4 dont s'échappait une dense fumée noire et rousse.

I

L'ALERTE

1

Târiq Amraoui arriva tôt, ce matin-là, sur la BASC, la base d'avions de la Sécurité civile de Marseille Marignane. Seul dans la salle d'alerte, sa combinaison orange déjà enfilée, il sentait l'impatience le gagner. La saison avait débuté calmement et il n'y avait pas eu d'incendie depuis une semaine. Pour détourner son esprit de l'exaspération qu'il sentait monter en lui, Târiq se demanda si le projet de déménagement pour Salon-de-Provence verrait ou non le jour. Les nouvelles étaient contradictoires, dans la presse comme dans les coulisses de la base. On avait parlé de 2009, puis de 2010 ou 2011, puis de l'abandon pur et simple du projet. Bien qu'attaché à l'implantation historique de Marignane, Târiq ne voyait que des avantages à cet éventuel déménagement : des locaux plus adaptés, de la verdure alentour, une cantine digne de ce nom mais surtout un accès plus facile à la base et la disparition de la gêne provoquée par le trafic civil sur l'aéroport. Même si les choses se passaient bien en général et qu'un accord tacite entre pilotes donnait la priorité aux ABE, les avions bombardiers d'eau, partager les pistes avec les vols réguliers n'était pas l'idéal. Târiq entendit vrombir les réacteurs de l'A320 qui décollait pour Paris. 9 heures pétantes. Le vol était à l'heure, comme ses collègues qui firent leur entrée un à un.

– T'es tombé du lit ou quoi ? lança Pierre en sortant des vestiaires.

– Oui. Une prémonition, la sensation qu'on allait enfin avoir du boulot.

– Vu la chaleur qui monte déjà et le vent qui s'installe, t'as sûrement raison, Rick, ajouta Martin, un jeune copilote n'ayant rejoint la flotte que depuis sept mois.

Rick. Ce diminutif était apparu moins de trois semaines après son arrivée sur la base, quatre ans plus tôt, et Târiq n'était pas parvenu, comme il l'aurait souhaité, à le prendre pour une simple marque d'amitié, d'acceptation dans le groupe. S'en voulant mais ne pouvant rien y faire, il s'était dit que ses nouveaux collègues s'étaient ainsi empressés de gommer la sonorité arabe de son prénom qui, même s'ils n'en avaient pas conscience – aucun d'eux, jamais, n'avait eu le moindre sous-entendu raciste dans ses paroles ou actes –, devait troubler leurs habitudes. Un arabe sur la base, bientôt des femmes copilotes et des drones de surveillance des forêts… Le monde qui change.

– J'suis passé à la météo, dit Michel, le doyen des pilotes, ça confirme ta prémonition !

Tous les hommes arrivaient pour prendre leur garde au sol qui ne commençait qu'à 9 heures puisqu'il n'y avait pas eu de feu la veille. Les incendies se déclarant le matin étant rares – les pyromanes sont lève-tard, a-t-on coutume de dire chez les pompiers de l'air –, les pistards avaient mis en place quatre avions prêts à décoller en moins d'une heure alors qu'il y en aurait huit l'après-midi, opérationnels en une demi-heure seulement.

Pourtant, en ce matin de juin, alors que les équipages se préparaient à de longues heures d'attente, de lecture, d'échanges sur le forum de Canadairs.fr, de bavardages, de sudoku et de mots fléchés en s'installant dans les gros fauteuils en cuir proches de celui qu'occupait déjà Târiq, la sirène retentit à 9 h 24 précises.

Aussitôt, les équipages empoignèrent leurs sacoches de cartes et rejoignirent la salle des opérations. Târiq sentit son cœur battre plus vite et un frisson d'excitation lui courut dans le dos. Enfin ! C'était chaque fois cet instant qui faisait taire (pour un moment en tout cas) ses doutes quant à la justesse du choix qu'il avait fait quatre années plus tôt en s'engageant dans la Sécurité civile, après des années dans l'armée de l'air, plutôt qu'en devenant pilote de ligne pour une grande compagnie aérienne. Il aurait gagné nettement mieux sa vie, mais perdu ces giclées d'adrénaline sans lesquelles il ne savait pas vivre. Curieusement, après des centaines d'heures sur Mirage 2000, il lui semblait plus logique de piloter un CL-415 que tous les Boeing ou Airbus qui tiraient des traits dans le ciel. C'était la notion de combat qui faisait la différence, et rapprochait ces Canadair bimoteurs rouge et jaune un peu lourdauds des chasseurs supersoniques de sa précédente carrière.

Târiq était né et avait été élevé en banlieue parisienne. Chafik Amraoui, son père, avait fait tous les métiers, ce qui revenait à dire qu'il n'en avait aucun et, entre l'ANPE et la télé, passait ses journées dans la nostalgie de l'Algérie et l'amertume de la France. Sa mère, Saïda, de dix ans la cadette de son époux, était le pilier de la famille, s'efforçant d'afficher quotidiennement une bonne humeur robuste. Elle gardait des enfants à domicile et faisait des ménages. Outre l'école, la vie de Târiq se passait dans le ciel. Selon l'orientation du vent, les avions au départ ou à l'arrivée de l'aéroport d'Orly survolaient de si près le cinquième étage de la barre d'immeubles dans laquelle vivaient les Amraoui que de la fenêtre de sa chambre, Târiq pouvait en lire le numéro et la compagnie. Dès l'âge de 7 ans, il s'était mis à remplir des carnets dans lesquels il notait ces informations ainsi que le jour et l'heure du passage des avions. Il en avait une malle pleine chez lui, dans laquelle il se replongeait parfois en retrouvant les sensations mêlées que faisait naître cette manie dans son enfance : l'envie, le rêve, l'excitation, la rage. Târiq avait été un enfant perpétuellement en colère, contre les patrons qui n'embauchaient pas son père parce qu'il était arabe, ceux qui l'engageaient pour des tâches dégradantes à durée déterminée, les femmes qui tutoyaient sa mère quand elle gardait leurs enfants ou récuraient leur cuisine, contre ses tantes trop bruyantes qui lui faisaient honte, contre leur manque perpétuel d'argent, contre les enfants des voisins qui dégradaient la cage d'escalier de leur immeuble et foutaient le feu aux boîtes aux lettres. Târiq en voulait aussi à son père de se plaindre plutôt que d'agir et à sa mère de continuer à être reconnaissante à cette France qui avait bien voulu les accueillir et leur offrir cette vie de merde.

Târiq rossait régulièrement ses camarades de classe sans raison valable, simplement parce qu'il était le plus grand et le plus fort et qu'il fallait bien que quelqu'un paye pour les humiliations faites à ses parents. Alors qu'il était en CM1, le directeur de l'école l'avait convoqué dans son bureau et lui avait demandé pourquoi il se battait sans cesse. Monsieur Richet était un homme compréhensif et patient qui était entré dans l'Éducation nationale par conviction et amour des enfants. Plutôt que de réprimander Târiq, il avait essayé de le comprendre, et surtout de découvrir si cette violence qui s'exprimait dans la cour de l'école n'était pas le reflet de mauvais traitements familiaux. Quand Târiq avait enfin compris ce que le directeur cherchait à lui faire dire, il avait eu envie de lui balancer son poing dans la figure. Comme si son père, cet homme qu'il trouvait si lâche, avait été capable de lever la main sur lui ! Târiq avait alors refusé de répondre à toutes les questions, sauf une, qui ressemblait davantage à un constat navré qu'à une interrogation : « Mais qu'est-ce qu'on va faire de toi ? Qu'est-ce que tu vas faire de ta vie ? »

– Pilote, avait répondu Târiq.

– Pilote ?

– D'avions. Je veux piloter des avions.

De sa chambre, quand le ciel pesait sur la ville tel le ventre d'un âne, Târiq regardait les avions fendre les nuages et se disait que les pilotes, eux, voyaient le soleil tous les jours. Et il se glissait en pensée dans chaque engin qui disparaissait au-dessus de l'immeuble et volait à son bord au-delà de la mer de nuages qu'il avait vue, une fois, à la télévision. Il s'échappait vers un monde ensoleillé où les femmes étaient élégantes et où les hommes ne traînaient pas en chaussons toute la journée. Souvent, le dimanche, ses parents l'emmenaient à Orly pour regarder les avions décoller. Târiq, dans les halls interminables de l'aéroport, avait regardé passer de nombreux équipages, nuées de femmes très maquillées, cheveux impeccablement tirés et jambes longues qui entouraient un homme en uniforme bleu foncé à galons dorés. Ces hommes étaient tous français de souche, souvent aux yeux clairs et aux dents très blanches, et les seuls Arabes que Târiq avait aperçus à Orly conduisaient des véhicules ridicules qui tiraient des chariots de valises sur le tarmac.

– Tu sais qu'il faut faire beaucoup d'études pour piloter des avions, avait expliqué le directeur. Il faut être très bon en mathématiques !

De ce jour, Târiq s'était mis à travailler avec hargne et fut premier en maths chaque année jusqu'à son bac qu'il obtint avec mention Bien une semaine avant que sa mère ne soit foudroyée par une attaque cérébrale. Et quand un Boeing 747 avait survolé bruyamment le cimetière où il accompagnait Saïda vers l'au-delà, Târiq, regardant ses tantes pleurer trop bruyamment et son père sangloter comme un enfant, la morve au nez, avait compris que l'aviation civile ne suffirait pas à apaiser sa rage et qu'il lui faudrait des appareils plus combatifs que ceux qui transportaient élégamment hommes d'affaires et touristes à travers le monde.

Dans la salle des opérations, chacun cherchait son nom sur le tableau.

CANADAIR N° 38 : TÂRIQ AMRAOUI (CDB) – MARTIN LAPOUGE (COPILOTE). LEADER.

– Quatre Canadair au départ, lança alors une voix féminine dans les haut-parleurs. Le chantier se trouve sur la commune de Valmascle, à vingt-sept nautiques à l'ouest de Montpellier. Valmascle, quatre Canadair…

Les équipages désignés sortirent aussitôt sur le parking où les techniciens s'affairaient autour des avions.

– Valmascle, ça te dit quelque chose ? demanda Martin à Michel qui marchait à ses côtés en direction de l'engin qu'on venait de lui attribuer.

Michel, surnommé IGN, « l'ancien » de la flotte, avait si longtemps traqué le feu dans le sud de la France qu'il pouvait en situer de mémoire la moindre commune. Il était également un indécrottable nostalgique des CL-215, les Canadair remplacés en 1996 par les 415, dont le bruit des pistons sonnait à ses oreilles comme la plus douce des musiques. Il allait répondre à la question de Martin quand Târiq le prit de vitesse.

– C'est du côté de Clermont-l'Hérault, plus à l'ouest, sous la D 908.

Martin et Michel le regardèrent avec surprise.

– Tu connais bien le coin, on dirait ?

Ils attendirent une réponse qui ne vint pas.

– Salagou ? demanda ensuite Michel qui connaissait déjà la réponse.

– Salagou, sans hésitation, confirma Târiq.

– Les rotations seront courtes, ajouta Michel, du gâteau…

Târiq et son copilote grimpèrent à l'échelle de leur Canadair alors que les pistards lançaient les groupes de démarrage, retiraient les cache-pitots et libéraient les protections des hélices.

– J'adore écoper à Salagou, dit Martin en forçant la voix. On y a été deux fois en entraînement, c'est un de mes lacs préférés, on se croirait au bout du monde avec toute cette terre rouge…

Târiq ne répondit pas et Martin n'insista pas, se disant que ce matin encore et plus que d'habitude, son commandant du jour n'avait pas envie de faire la conversation. Il attacha son harnais et, alors que Târiq affichait la fréquence radio du centre opérationnel, ressentit comme à chaque départ cette gêne qu'éprouvent les équipages à se trouver soulagés quand enfin démarre une opération. Les jours sans feu sont interminables et la sirène de l'alerte un soulagement. Pourtant, elle est synonyme de danger, de destruction, de dégâts matériels ou corporels. Mais les pilotes sont faits pour voler, pour se battre contre le feu, et les jours sans sinistre, dont ils devraient se réjouir, sont pour eux d'un ennui mortel.

– Redan de Pélican 38, bonjour, dit alors la voix de Târiq.

– Bonjour Pélican 38. Je vous confirme que le chantier se trouve sur la commune de Valmascle. Un Tracker de Carcassonne est déjà en route. Vous contacterez le COS local sur air-sol Unité, channel 19. Pour le département, c'est le canal 26.

– Bien reçu, Pélican 38.

– T'as noté ? demanda Târiq à Martin dans le casque interphone.

Le copilote confirma et se lança dans la check-list de mise en route.

Un moment plus tard, les huit moteurs des avions sur le départ vrombissaient alors que Târiq, faisant office de leader sur cette mission, établissait le contact radio avec les trois autres Canadair. Puis Martin appela la fréquence sol de Marseille.

– Marseille sol, les Pélicans, bonjour.

– Bonjour les Pélicans.

– Pélican 38, suivi des 33, 34 et 42. Demandons le roulage pour quatre avions.

– Bien reçu les Pélicans, vous pouvez rouler pour la piste 32 droite.

Les pistards qui se tenaient mains dans le dos devant les avions s'écartèrent sur un signe des commandants de bord.

– Pompes carburant…

– On.

– Autofeather…

– Enfoncé.

– Altimètres…

– Réglés au QHH.

– Manettes hélices…

– Max.

Rendu au point d'attente, Târiq ralentit et Martin bascula sur la fréquence de la tour de contrôle.

– Pélican 38, pour alignement des quatre avions.

– Bonjour les Pélicans. Alignez-vous piste 32 droite. Vous êtes autorisés au décollage. Vent du 340 pour vingt-quatre nœuds.

– Bien reçu. Nous voudrions effectuer un virage à droite avec écopage ensuite.

– Clear pour virage à droite et écopage…

Après un court silence, la voix ajouta avec une touche de solennité :

– Bonne chance, messieurs.

Une fois la check-list terminée, Târiq poussa les manettes et le vacarme des deux Pratt & Whitney emplit le cockpit. Le Canadair se mit à vibrer, Martin vérifia la montée en puissance des hélices, confirma que tous les paramètres étaient bons et Târiq lâcha les freins. Six cents mètres plus loin, l'avion atteignait quatre-vingt-dix nœuds et son pilote tira sur le manche.

Au moment de quitter le sol, Târiq ne put retenir le léger sourire qui se dessinait sur ses lèvres. Malgré la concentration, c'était chaque fois la même ivresse, la même jubilation de sentir son corps arraché par la force de l'avion vers le ciel en un subtil mélange de puissance et de légèreté. Le cerveau du pilote tournait vite et mêlait réflexes professionnels et pensées intimes ; alors que Martin confirmait que le train d'atterrissage était bien rentré, Târiq augmentait sa pente de montée et se demandait furtivement si son père, qu'il avait installé à Martigues, le verrait s'envoler. L'instant d'après, se promettant d'appeler le vieil homme ce soir, il survolait la tour de contrôle et virait sur la droite pour, quelques secondes plus tard, virer à gauche et descendre vers les eaux vertes de l'étang de Vaine. Martin vérifia que les voyants du train d'atterrissage étaient bien éteints, Târiq lui demanda confirmation que les portes étaient closes puis ordonna de mettre les volets sur 15 degrés. Enfin, il demanda la sortie des écopes.

Vent de face, Târiq réduisit le gaz et la vitesse chuta à 70 nœuds, l'avion donnant soudain l'impression de se traîner. Souplement, Târiq descendit encore vers la surface striée de risée comme s'il allait atterrir. Le vent soufflait fort et secouait le Canadair qui, soudain, entra en contact avec l'eau. Le pilote, nuque tendue mais poignets souples, maintint son appareil entre ciel et mer, les deux petites écopes fichées dans l'eau, des gerbes d'écume jaillissant sur les côtés. Cent cinquante mètres derrière, le Canadair 33 commençait également à remplir sa soute.

À bord du 38, Tarik compensa le poids de l'eau s'engouffrant dans son appareil en poussant progressivement les manettes de gaz. Douze secondes après le contact, les écopes se refermèrent automatiquement et l'avion fit un bond en avant, poursuivant sur quelques mètres son hydroplanage avant de redécoller, plus lourd de six mille kilos. Târiq stabilisa sa vitesse à 96 nœuds pour un premier palier. Martin fit la check-list d'après écopage.

– Tout est bon pour moi. Pas de casse.

– OK pour moi aussi.

Tarik remonta à trois cents pieds et cent quarante nœuds de vitesse alors que les autres avions de la noria, terminant un à un leur écopage, venaient se placer derrière lui, chacun à trois cents mètres de l'appareil précédent.

Târiq se détendit, relâcha les muscles de son cou et de ses épaules qu'il avait inconsciemment contractés. Il prit quelques secondes pour savourer le paysage, profiter du privilège de voir le monde de haut, puis contacta le CIR-COSC de Valabre.

– Bengale 2 de Pélican.

– On vous reçoit 5 sur 5, Pélican.

– Pélican 38, en route pour Valmascle.

Le Centre interrégional de coordination opérationnel leur communiqua le canal du COS Valmascle ainsi que les détails sur le sinistre. Un feu de forêt et de garrigue progressant vite à cause du vent mais qui, pour l'instant, ne menaçait aucune habitation.

Martin avait déjà déplié sa carte pour repérer la commune près de laquelle ils allaient devoir intervenir alors que Târiq, ayant mené son avion à huit cents pieds d'altitude, décida de voler à la vitesse de cent quatre-vingts nœuds.

– Reçu, Bengale. On vous rappelle en vue du chantier.

– Valmascle..., dit Martin en consultant sa carte. C'est à environ deux cent cinquante mètres d'altitude. Pour l'écopage, tu me confirmes le lac du Salagou ?

– Je confirme, dit Târiq. On va grimper, ça secouera moins là-haut.

Le vent soufflait maintenant à près de 40 nœuds, et la suggestion de prendre de l'altitude fut approuvée par les autres commandants de la noria qui, cap à l'ouest, s'engageait vers Montpellier.

Il n'y avait plus qu'à voler.

D'ordinaire, c'était le moment, après le décollage et avant d'être en vue du chantier, dont profitaient pilotes et copilotes pour se mettre à discuter tout en surveillant le cap et en prévenant les aéroports à l'approche du passage des Canadair. Mais Târiq préférait le silence et les copilotes s'étaient passé le mot. Târiq aimait profondément voler et avait une haute estime de sa profession ; il ne supportait pas l'intrusion de l'ordinaire à son bord. Parler du programme télé de la veille, de la scolarité des enfants ou des projets de vacances lui semblait indécent dans le cockpit de quelque avion que ce soit, d'autant plus qu'il ne regardait pas la télé, n'avait pas d'enfant et ne partait jamais en vacances. C'est pourquoi Martin sursauta presque quand, après de longues minutes de silence, son commandant lui demanda :

– Tu as encore tes parents, Martin ?

– Heu... Oui !... Et toi ?

– Mon père... Ma mère est morte quand j'avais 18 ans. Je me disais qu'elle ne m'avait jamais vu voler.

Martin ne sut quoi dire.

– Mon père a 73 ans maintenant. Il en fait dix de plus. Il a toujours été... l'inverse de ma mère. Elle était lumineuse. Saïda, son prénom, veut dire « heureuse ».

Il se tut, laissant son copilote perplexe et gêné par ces abruptes confidences. Puis, conscient du malaise qui venait de s'installer dans le cockpit, Târiq se tourna vers Martin et lui sourit maladroitement. Il aurait voulu trouver des mots légers, une blague ou une boutade facile mais s'en savait incapable. Pourquoi était-il si rigide, si sérieux et solennel ? Quand apprendrait-il enfin à se détendre ?

Sans l'écouter, Târiq entendit son copilote demander au centre de Valabre une « sécurité plan d'eau » pour le lac du Salagou. La nuit précédente, il avait rêvé de sa mère. Son éternel tablier bleu pâle autour de la taille, ses longs cheveux noirs retenus par un foulard couleur sable, elle était assise aux commandes d'un Mirage 2000 volant en rase-mottes juste à côté du sien, au-dessus d'un désert. Elle ne portait pas de casque, pas de combinaison, et lui avait souri avant de brusquement décrocher pour ne plus réapparaître. Târiq se disait souvent que sa mère aurait été fière de le voir réaliser son rêve de voler, comme elle avait été fière de ses excellents résultats scolaires. « Tu es mon soleil, mon étoile du matin ! » lui disait-elle souvent en berbère avant de l'embrasser bruyamment quand il ramenait son bulletin de notes à signer. Il pouvait l'imaginer, faisant les carreaux dans le salon de l'une de ses patronnes, ou dans un square, promenant les enfants dont elle avait la charge, s'arrangeant pour glisser dans toutes les conversations une allusion à son fils : « Vous savez, le pilote ! » À la fête qu'elle avait organisée deux jours après les résultats du bac et six avant sa mort, le père de Târiq n'avait presque rien dit. Il était resté dans un coin du salon, regardant les sœurs de Saïda et les voisines qui passaient leurs mains dans les cheveux de son fils, qui lui pinçaient la joue, qui maudissaient le ciel de ne pas leur avoir donné un enfant aussi brillant que lui. Târiq avait fini par venir s'asseoir près de son père qui lui avait seulement dit : « Ta mère est contente, tu sais ? – Et toi, tu es content ? » avait voulu répondre Târiq qui avait été incapable de prononcer un seul mot. Et toi, papa, tu es fier de moi ? C'est pour toi que j'ai travaillé, c'est pour toi que je vais faire cette école de pilote, que je vais devenir un soldat. Il aurait voulu, aussi, parler pour la première fois de cette nuit de son enfance qui avait tracé son destin et ouvert en lui une blessure qui ne se refermerait jamais…

La voix de Martin le sortit brusquement de ses songes.

– Là-bas !

Barrant l'horizon, un long panache de fumée s'étirait vers le sud-est.

2

UNE SECONDE NUIT tombait, roulant ses volutes fuligineuses à la cime des arbres. Un calme anormal s'installait sur la forêt, sorte d'œil du cyclone seulement troublé par le bruit du vent dans les branches. Les cigales s'étaient tues une à une. Soudain, une chouette effraie s'échappa d'un bosquet de chênes kermès. Puis ce fut l'odeur, montant rapidement en intensité. Le feu n'était plus loin. Une grosse couleuvre fila entre ses pieds.

Tiffany Roche empoigna son Leica, un M2 équipé d'un Elmar 2/8 de 50 mm Wetzlar, tout ce qui lui restait de son père, tout ce qui lui restait de son enfance. Il ne la quittait jamais et était à l'origine de sa vocation de photographe. Son odeur, son poids, sa texture étaient un refuge pour Tiffany qui entretenait avec son appareil une intimité exacerbée. Elle avait pleuré sur lui, elle avait dormi contre lui, lui parlait parfois et caressait mécaniquement le grain de son boitier comme un enfant tourne inconsciemment une mèche de ses cheveux. Il était son œil, son talisman, une extension d'elle-même, qui lui avait sauvé la vie, une fois, en cognant à la place de sa tête contre un rocher alors qu'elle avait été éjectée d'une Jeep soufflée par l'explosion d'une mine lors d'un reportage en Irak.

Une nuée de cigales la frôla ; elle poussa un cri de surprise et par réflexe, protégea ses longs cheveux roux. La bête approchait, qu'elle devinait avançant à la vitesse d'un homme qui marche, s'accrochant à tout ce qui croisait son chemin, se jetant de branche en branche, se nourrissant de bosquets, se gonflant de buissons. Le souffle court, sentant l'excitation monter en elle, Tiffany fixa le Leica sur son trépied. Ses gestes étaient précis, rapides mais sans précipitation. Tout en se parlant à voix haute, s'invectivant, s'encourageant, elle tournait les vis, serrait les bagues ; elle fixa le flexible sur le déclencheur et sélectionna son temps de pause. Plus rien n'existait, ni Baptiste, ni la chaleur, ni la fumée, ni la forêt. Seulement l'objectif et le feu qui accourait, les flammes et la pellicule qui allait s'en saisir. Tiffany disparaissait derrière son Leica et son désir vibrant de voler au monde un instant caché.

Et soudain il fut là, partout à la fois, bondissant, dévorant un genévrier, grimpant le long d'un pin d'Alep, faisant craquer un micocoulier. Son souffle enflait, les flammes absorbaient l'oxygène si bien que l'on aurait pu se demander si le feu avançait où s'il tirait à lui la végétation tel un trou noir incandescent. Tiffany ne voyait plus, n'entendait plus, ne sentait plus. À la première flamme, elle avait déclenché sa prise et l'instant s'était suspendu. Ce fut le bruit familier de l'obturateur qui la réveilla. D'un coup, ses sens revinrent à la vie et les mouvements du monde la heurtèrent telle une détonation. L'enfer était là, à deux pas d'elle. Subjuguée, Tiffany, qui était restée en apnée le temps que la pellicule s'impressionne, inspira et sentit la fumée brûler ses poumons. L'air suffocant semblait liquide et des milliers d'escarbilles volaient dans le vent. Le tronc d'un hêtre explosa sous la morsure des flammes, les branches sifflaient, la résine entrait en ébullition.

Tiffany estima qu'elle pouvait prendre encore un cliché et tourna son trépied vers un pin sur le point d'être dévoré. Le temps de choisir son cadre et elle déclencha ; l'arbre s'embrasa d'un tenant, entre l'ouverture et la fermeture de l'obturateur. Cette fois, Tiffany attrapa d'une main le Leica et son trépied, les plaqua contre son flanc et se mit à courir. En quelques enjambées, elle dépassa la tête du feu et sans cesser d'avancer, dévissa son Leica, le remit autour de son cou et endossa la lanière du pied. Elle s'arrêta enfin, fit glisser le M2 sous son bras gauche, prit en main son second appareil, un Nikon D3, et fit volte-face.

Elle inspira profondément, sentit une lourde goutte de sueur dévaler son dos et se rua à l'assaut, armée de sa bête de course numérique.

Au cœur du brasier, son instinct prit le pas sur la réflexion. Comme à Bagdad, des années plus tôt, où elle avait su à quel moment sortir d'une cache et plonger au sol sous une rafale, elle anticipa les mouvements du feu, ses ruades, ses bonds, saisissait la moindre de ses contorsions. Le Nikon mitraillait, Tiffany courait, accompagnait le feu, s'en laissait dépasser, rattrapait sa tête, visait la cime d'un pin devenue torchère, panache de fumée noire et rousse, explosion de flammèches. Le temps n'existait plus, ni aucune sensation sinon la pure excitation, tranchante et vitale. Inconsciemment, la photographe fit un pas chassé pour éviter la chute d'une branche puis traversa un mur de flammes sans lever le doigt du déclencheur.

Soudain une voix. Puis une autre. Un ordre hurlé, le crachotement d'un talkie-walkie, le bruit d'un moteur. Les pompiers. Tiffany resta un instant en suspens. Le charme était rompu et elle redevint elle-même, femme au cœur d'un incendie de forêt. La peur la saisit au même instant. La chaleur lui fut brutalement insupportable et elle prit conscience que sa peau la brûlait à plusieurs endroits. Elle se mit à tousser mais plaqua aussitôt une main contre sa bouche pour ne pas se faire repérer.

La forêt se tordait, impuissante, soumise à la langue fauve de l'incendie qui s'immisçait au creux des racines et s'étirait jusqu'à lécher la cime des arbres qu'elle nettoyait comme des os. L'air crépitait, claquait, craquait, gémissait sous l'avancée du sinistre aux ronflements de forge. Une bourrasque leva un soleil tournoyant qui sembla craché par l'agonie d'un cade ; Tiffany eut juste le temps de déclencher, l'instant d'après, une lourde houle de fumée boursouflée de topaze s'évanouit dans l'air saturé. La jeune femme se plia en deux et se mit à courir vers le flanc droit de l'incendie. Son Nikon en main, elle prenait des clichés auxquels elle ne croyait pas. L'arrivée des pompiers avait brisé le fil, le pacte ; elle ne parvenait plus à anticiper les mouvements du feu, à comprendre sa progression, à déchiffrer son désastre. La danse était finie, elle était maintenant étrangère, déplacée, malvenue. D'un geste rageur, elle inversa l'équilibre des courroies de ses appareils, envoya le Nikon dans son dos et empoigna le Leica. Un moment, elle crut que cela suffirait. Elle prit à la file trois clichés qu'elle savait bons, sut capturer ensuite le saut d'une flamme d'un pin vers un autre, mais de nouveau des voix résonnèrent. On venait. Tiffany eut le temps de courir derrière un rocher. Une ligne de pompiers armés de pelles passa tout près. Elle suait, essoufflée, les yeux irrités et noyés de larmes, et pour la première fois sentit la fatigue qui alourdissait ses membres. Elle ferma les paupières un instant. Quand elle les rouvrit, le front de flammes se ruait sur elle.

Elle aurait dû se lever et courir, crier pour alerter les pompiers mais elle resta paralysée de peur et de fascination. Accroupie, elle se laissa glisser au sol, dos contre la roche. Les flammes roulaient vers elle, poussées par un vent mauvais, dressées telle une vague ourlée de fumées grises et bleues. Tiffany, figée, haletante, ne sut rien faire d'autre que lever le Leica à hauteur de son visage. Ses mains ne cessèrent de trembler que lorsque son œil fut derrière la fenêtre de visée. Le feu pouvait bien se saisir d'elle. Elle enclencha une première fois, arma, enclencha encore. C'était trop lent, son instinct de photographe le savait. Sans même en avoir conscience, elle changea d'appareil juste avant que la vague ardente ne déferlât sur elle. Tiffany ferma les yeux sans lever le doigt du déclencheur, le bruit de rafale du Nikon couvert par les mille râles du brasier.

Elle ne sentit l'infernale chaleur qu'une fois le souffle passé. Elle rouvrit les yeux. Devant elle s'étendait un paysage lunaire, camaïeu de gris laissé par le passage du mascaret de feu qu'agitaient encore ce-ci de-là des flammes entortillées autour des branches devenues squelettes et des cimes qu'elles terminaient de consumer jusqu'à les nettoyer de toute vie.

Tiffany ne saurait jamais comment le feu l'avait épargnée. Elle sentit les larmes couler, qui dessinèrent deux sillons parfaits dans la suie qui couvrait ses joues.

Un lourd vacarme lui fit alors lever le visage vers le ciel.

Au-dessus de la forêt martyrisée, elle vit passer le ventre rouge d'un Canadair. Sous sa dérive arrière, un *38* était peint en grosses lettres noires.

3

– COS VALMASCLE de Pélican 38…

Târiq relâcha le bouton de l'alternat et une voix crachotante se fit entendre :

– Je vous reçois, les Pélicans, dit le commandant des pompiers.

– Comment ça se passe, en bas ?

– On s'en est sortis au départ du feu, mais on a un point très chaud sur le flanc droit et la tête avance vite avec ce vent. On est bien contents que vous soyez là !

– On fait une passe de reco et je vous rappelle.

– Reçu, 38. J'arrive au PC volant.

Le Canadair survolait la cime des arbres et disparut dans une colonne de fumée.

– Il va nous en faire baver, celui-là, dit Martin au moment où l'hydravion retrouvait la lumière.

Târiq ne répondit pas, le regard braqué vers une clairière où Martin repéra une petite maison en bois. Le sinistre semblait avoir démarré là, tout près.

– Elle a eu chaud, cette bicoque ! commenta-t-il. Regarde, on dirait que c'est de là que c'est parti !… Qu'est-ce que c'est ? Une bagnole !

Le copilote se tut alors que le Canadair passait au-dessus d'un 4 × 4 carbonisé autour duquel s'agitaient pompiers et gendarmes. Puis il reprit à voix haute :

– On dirait bien que c'est parti de la bagnole ! Tu crois que…

Il ne termina pas sa phrase, l'éventualité qu'un corps calciné se trouve dans le 4 × 4 le mettait mal à l'aise.

Târiq s'agrippa au manche à s'en faire blanchir les phalanges.

La voix du commandant des pompiers fit irruption dans le cockpit :

– Pélicans de Aéro Valmascle. Je suis dans l'hélico. J'aimerais une première attaque sur le flanc droit.

– On vous a en visuel, Aéro Valmascle, dit Târiq au moment où il apercevait le BK-117 déboucher d'un panache de fumée. Je vous donne les numéros des avions ?

– Je note.

– 38 en leader.

– 38…

– Le 33 ensuite… Le 34… Le 42.

– Copié.

– Vous avez encore du monde sur le flanc droit ?

– Normalement, c'est clear. Je vérifie, le temps que vous vous mettiez en position et je vous rappelle.

Târiq expira nerveusement deux fois. Il fallait qu'il cesse de penser au 4 × 4 dans le fossé, à la maison de bois, à son père tête baissée par cette nuit indélébile de son enfance. Il fallait qu'il se concentre sur sa mission, sur ce feu qui était en train de grossir, sur les flammes qui s'élevaient de la végétation comme si elles voulaient endeuiller le ciel.

Il appela les autres avions de la noria pour leur indiquer qu'ils allaient taper à droite. La voix du commandant des pompiers résonna de nouveau :

– Les Pélicans, ici Aéro Valmascle. Vous me recevez ?

– 5 sur 5.

– Le secteur est dégagé, vous pouvez larguer. Je répète : vous pouvez larguer sur le flanc droit.

– Reçu. On va tirer.

Târiq prit un large virage et dirigea le plus rapidement possible son avion dans l'axe du feu, vent de face. Puis il appela les autres commandants :

– On va tirer sur le flanc droit, eau pure, totalité de la soute.

– Bien reçu, dit Michel, c'est ce qu'il y a de mieux à faire.

– OK, confirma Pat Lejeune à bord du 34.

– D'accord pour la droite, fit enfin le commandant du 42.

– C'est parti, dit alors Târiq, sa visibilité faiblissant à chaque seconde dans la fumée qu'il traversait.

Le reste de la flotte se plaça derrière lui, à quinze secondes les uns des autres, légèrement décalés pour éviter les turbulences de l'engin précédent. Puis tous, à la suite du 38, se mirent à descendre vers le chantier tout en ramenant les manettes des gaz en arrière. De 150 nœuds, ils passèrent rapidement à 129, puis à 110.

Martin était aux aguets, surveillant le moindre obstacle qui pourrait se présenter alors que l'avion ne volait plus qu'à quelques mètres au-dessus des plus hauts arbres.

105 nœuds.

Le vent secouait l'hydravion par saccades, la fumée de plus en plus épaisse grisait le pare-brise et son odeur piquante s'immisçait peu à peu dans le cockpit. L'hélicoptère du commandant des pompiers s'était positionné au plus près de la zone de largage pour servir de balise aux Canadair.

– Prêt ? demanda Târiq.

Martin arma le tir et quatre voyants blancs s'allumèrent à côté de quatre lumignons verts.

– Armé, confirma le copilote.

– Le secours ?

– Prêt pour le largage secours, répondit Martin en posant la main sur un levier rouge près de la console centrale.

La fournaise était en vue. La limite mouvante de l'incendie mangeait la cime des arbres, des flammes gigantesques jaillissaient et disparaissaient au gré des bourrasques de vent.

– On va larguer, dit Târiq à l'intention d'Aéro Valmascle.

Son pouce gauche glissa lentement vers le bouton de largage. D'un coup d'œil rapide, il vérifia que l'aiguille du badin indiquait toujours 105 nœuds et vissa ensuite son regard sur sa cible. Les premières flammes approchaient. Quelques secondes plus tard, leur survol commençait à peine qu'il pressa le bouton rouge juste avant de les voir disparaître sous l'essuie-glace.

Un bruit sourd dans la soute et soudain le Canadair qui voulait bondir. Târiq poussa le manche pour compenser le brusque allégement de sa machine.

Derrière lui, le 33 attaqua le feu, puis les deux derniers hydravions à sa suite.

Târiq virait déjà à droite pour prendre la direction du lac du Salagou quand la voix du commandant des pompiers jaillit dans l'habitacle.

– Bravo messieurs ! Tirs impeccables... Ça va permettre à mes hommes d'y voir plus clair...

– Reçu, Aéro Valmascle. On va écoper à Salagou et on revient.

– Il y a une lisière dégagée sur le flanc gauche du feu, une clairière en longueur.

– Oui, on a vu ça pendant la reco.

– Je me disais qu'avant de poursuivre à droite, ce serait bien que vous larguiez de ce côté-là aussi, pour ralentir la progression du feu.

– Vous ne préférez pas qu'on termine le boulot à droite ?

– Si on pouvait éviter que le feu s'attaque à la garrigue, on serait sûrs d'écarter tout risque pour les habitations. Il y a un hameau pas loin.

Les deux hommes échangèrent un regard circonspect.

– Reçu, Aéro Valmascle, dit Târiq. Je vous rappelle après écopage.

– Pourquoi il nous a pas fait commencer par la gauche s'il a peur pour les habitations ? demanda Martin.

– J'en sais rien.

– C'est bizarre comme stratégie, non ?

– Il doit savoir ce qu'il fait.

– J'espère...

Il ne leur fallut que quelques minutes pour être en vue du lac du Salagou et Martin se félicita à voix haute de cette proximité qui leur permettrait d'effectuer de rapides allers-retours entre le chantier et la zone d'écopage. Puis, n'obtenant aucun commentaire de son commandant, il ajouta :

– La saison n'a pas encore vraiment commencé, le lac devrait être à nous !

En effet, aucune voile, aucune embarcation ne troublait la surface de la vaste retenue d'eau. Târiq entama un tour de reconnaissance pour s'assurer qu'il n'y avait aucun risque puis alla se présenter face au vent, côté barrage, alors que Martin effectuait la check-list « avant écopage ».

– ERTT ? proposa Târiq aux autres équipages.

– Reçu, ERTT.

Échelon refusé très tendu, traduisit mentalement Martin qui, fraîchement engagé, avait encore derrière lui plus de cours théoriques que de pratique. Il avait eu à répondre à une question sur cette manœuvre lors du passage de son brevet, et malgré le trac, avait réussi à expliquer aux examinateurs qu'il s'agissait de gagner du temps lors d'un écopage en positionnant les avions les uns derrière les autres décalés vers la droite par rapport au leader.

Malgré le vent toujours plus fort, l'eau était calme. Târiq se laissa descendre vers le lac et ramena les manettes en position *idle*. La vitesse chuta à 100 nœuds.

– Volets 15 !

– Volets 15, confirma Martin en positionnant la palette.

– Rien devant ?

– Rien devant.

– Écope à sortir…

– Écope à sortir…

Târiq ralentit jusqu'à 70 nœuds, amorça une courbe souple et entra en contact avec l'eau.

Une fois la noria de retour sur le chantier, le commandant des pompiers confirma à Târiq l'ordre de larguer cette fois sur le flanc gauche du feu, en lisière de la forêt, là où les flammes étaient en train de s'étendre à la garrigue. Comme à bord du Canadair 38, les équipages trouvèrent cette stratégie étrange mais se plièrent à la consigne. En accord avec les trois autres commandants de la mission, Târiq décida de travailler au moussant, nettement plus efficace sur les flammes que l'eau pure sur une végétation courte.

Martin appuya sur le switch qui libérait le Biogema FT 103 dans l'eau qu'ils venaient d'écoper. Tendu, aux aguets du moindre obstacle qui pourrait se présenter, Târiq volait à dix mètres du sol vers les flammes, la forêt défilant sur leur gauche. Le bout des ailes frôlait les prairies, Martin vit bondir un lièvre puis, soudain, une dizaine de chevreuils sortirent de la forêt, fuyant en même temps que cinq sangliers. Le sol disparaissait par instants sous des lambeaux de fumée de plus en plus épaisse et brusquement, la visibilité devint nulle. Le tir était armé, Martin se tenait prêt avec le levier de secours. Il entendit son pilote inspirer longuement.

Târiq regarda l'aiguille du badin se stabiliser à 105 nœuds. Il se sentait bien, à un niveau de tension et d'excitation qui lui permettait de s'oublier lui-même, de faire corps avec sa machine. Il n'était plus qu'instinct ; il aurait pu fermer les yeux. Il sentit la présence du feu sous le nez de l'avion et tira. L'instant d'après, le Canadair bondissait hors de la fumée. Martin soupira, soulagé ; Târiq, très calme, le regarda et sourit. Il savait qu'il avait visé juste… Ce que confirma le commandant des pompiers une fois que les quatre hydravions eurent vidé leurs soutes et repris la direction du lac du Salagou. Les équipes au sol allaient pouvoir prendre en charge le flanc gauche désormais apaisé et les avions pourraient concentrer leurs forces sur la droite ardente du sinistre.

C'est en survolant de nouveau la forêt vers la tête du feu, soute pleine, que Târiq crut apercevoir une silhouette entre les arbres. Son cœur fit un bond et il colla son front à la vitre.

– Qu'est-ce qui se passe ? demanda son copilote en le voyant scruter le sol.

– Je sais pas… Y a quelqu'un, je crois.

– Quelqu'un ?

– Dans le feu.

Il appela les pilotes qui le suivaient de près.

– J'ai cru voir une personne dans la forêt ! lança-t-il dans la radio. Quelqu'un peut confirmer ?

– Rien en visuel pour moi, dit le commandant du 33.

– Rien non plus, annonça le copilote de l'hydravion suivant.

– C'est l'enfer en bas, ça m'étonnerait qu'un gus soit en train de faire une balade en forêt ! déclara enfin le pilote du 42.

Târiq hésitait. Avait-il rêvé ? Il appela le commandant des pompiers qui sembla douter lui aussi d'une possible présence humaine au cœur du brasier mais demanda au pilote de l'hélicoptère d'effectuer un vol de reconnaissance.

Quand il rappela Târiq, ce fut pour lui confirmer qu'il n'avait rien vu et qu'il n'y avait personne dans la forêt. Mais l'instinct du pilote lui disait qu'il avait raison, qu'il n'avait pas rêvé, qu'il avait bien vu quelqu'un prisonnier des flammes. Sa mémoire inconsciente, même, lui soufflait qu'il s'agissait d'une femme aux longs cheveux roux. Târiq sentait son cœur cogner dans sa poitrine.

– Elle était là, j'en suis sûr, murmura-t-il pour lui-même.

Martin l'avait entendu.

– Qui ça, elle ?

Târiq le regarda sans répondre.

– Aéro Valmascle, de Pélican 38. Je vais faire un tour de reco. Les 33, 34 et 42 vont larguer pendant que…

– Négatif, Pélican 38. Vous poursuivez votre mission. On a besoin de tout le monde sur le flanc droit. Je répète : vous poursuivez votre mission.

Târiq ne répondit pas et demanda aux autres pilotes de continuer sans lui. Puis il s'adressa à Martin qui n'avait osé rien dire.

– On décroche. Je suis sûr qu'il y a quelqu'un en danger dans la forêt. On va s'en assurer.

– L'hélico n'a rien vu !

– Je sais où chercher.

– C'est toi le patron, mais…

– On y va.

– T'es sûr de ce que tu fais, Rick ? demanda Michel depuis l'hydravion qui les suivait.

Târiq vira aussitôt sur sa gauche et coupa l'alternat pour ne plus entendre les récriminations du commandant des pompiers.

Quelques centaines de mètres plus loin, il survolait un pan déjà brûlé de la forêt, sorte de clairière au milieu du brasier.

– Y a eu une saute de feu, ici. Regarde, c'est reparti par-derrière…

Martin scrutait le paysage ravagé, obnubilé par les conséquences du coup de tête de Târiq qui venait de désobéir au commandant des pompiers.

– *Là* ! cria soudain le pilote. Tu l'as vue ?

– Quoi ? répondit Martin qui n'avait rien vu du tout.

– La femme. La femme rousse, à l'instant. C'est elle !

– Mais qui ça, elle ?

Târiq ne lui répondit pas et poursuivit son idée.

– Elle est encerclée. Elle a dû se faire prendre par la saute de feu. Elle est foutue si on ne fait rien.

Martin avala sa salive. Târiq était dans tous ses états, étonnamment nerveux, lui qui, même dans les missions les plus périlleuses, montrait toujours un flegme remarquable. Cette fois, sa voix tremblait.

– J'ai rien vu du tout, bégaya le copilote.

Mais Târiq reprenait déjà contact avec Aéro Valmascle.

– Je vous confirme qu'il y a bien une femme dans la forêt. Elle est encerclée par les flammes. Demande autorisation d'effectuer un largage de sécurité. Je répète : demande autorisation pour largage de sécurité.

La réponse ne tarda pas, négative. La voix du commandant des pompiers trahissait sa colère.

– Autorisation refusée, Pélican 38. Je répète, autorisation refusée.

– On s'en passera, dit alors Târiq pour lui-même avant de couper une nouvelle fois la communication.

– Hé ! Oh ! intervint Martin. Qu'est-ce que tu fous ?

– Je vais pas laisser cette femme cramer sans rien faire.

– Les ordres sont clairs, Martin.

– Rien à foutre.

– Y a que toi qui as vu cette femme !

– Je l'ai vue. On va larguer.

– C'est n'importe quoi ! Et même s'il y avait quelqu'un là-dessous, tu peux la tuer en lui balançant six tonnes de flotte sur la gueule ! Elle va se prendre des branches, un tronc…

– On va monter à trente mètres, la pression sera moins forte.

– De si haut, l'eau n'aura que très peu d'effet sur le feu !

– Ça fera tomber la température au sol ! Et on peut tirer à vingt mètres, ça lui ouvrira peut-être une brèche…

– C'est n'importe quoi, Târiq, tu…

– J'en prends la responsabilité. Je te signe toutes les décharges que tu veux au retour. Fais pas chier, Martin ! Arme le tir !

Martin hésita un instant. La tension était palpable dans le cockpit. Târiq n'était pas dans son état normal. Le copilote soupira et arma le tir.

– Secours ? demande Târiq.

– Prêt, répondit Martin à contrecœur.

Târiq vira de nouveau et revint sur la zone où il était certain d'avoir vu une femme en détresse. Il descendit à quelque vingt-cinq mètres du sol, abaissa la vitesse de son avion et positionna son pouce au-dessus du bouton de largage.

Pour quelques photos de plus, Tiffany s'était fait emprisonner par l'incendie. Elle n'avait rien vu venir. Elle avait déclenché son Leica et, le temps de la pause, le feu était partout.

D'abord elle s'était inquiétée pour son matériel photographique, puis l'idée de la mort s'était imposée et lui avait bloqué la poitrine. Elle avait à peine levé la tête quand quatre Canadair l'avaient survolée. Comme anesthésiée, elle n'avait même pas pensé à se manifester, à leur faire signe. Un peu plus tard, elle avait entendu le vacarme d'un hélicoptère qu'elle n'était pas parvenue à voir, bien que la végétation autour d'elle fût brassée par le mouvement des pales.

Son cerveau tournait à vide, agitant des idées sans suite, incapable d'ordonner à son corps la moindre réaction. La forêt crépitait, craquait, puis un autre son approcha, celui des moteurs d'un avion. Il passa très près, s'éloigna puis revint. Tiffany leva les yeux et fut traversée par l'image mentale d'une vague qui déferle, d'une masse d'écume blanche qui s'abat. Sans même en avoir conscience, elle se laissa tomber à genoux et protégea ses appareils photo contre son ventre. Elle fut traversée par une lame de fraîcheur qui la jeta à terre et lui coupa le souffle. Quand elle releva la tête, elle ne vit qu'un brouillard montant du sol. Partout un long frémissement, l'agonie sifflante des flammes… Tiffany se releva, titubante. Des branches avaient été arrachées par le poids de l'eau, un pin coupé en deux. Non loin, l'incendie grondait toujours et déjà la chaleur reprenait ses droits.

Tiffany se dressa, et retrouva brutalement ses esprits. Elle comprit qu'une brèche éphémère venait d'être ouverte dans le cercle de feu qui l'avait piégée. Elle s'y précipita.

4

CETTE FOIS, le point d'éclosion du sinistre serait facile à localiser et ne nécessiterait pas de fastidieuses recherches dans la forêt devenue cendre et charbon. Alors que les pompiers s'escrimaient toujours à la tête du feu, un rapide survol de la zone en sens inverse de la progression en V de l'incendie, comme on remonte le temps, avait mené tout droit l'hélicoptère de gendarmerie au 4 × 4 renversé dans un fossé au bord d'un chemin forestier.

Le maréchal des logis-chef Damien Le Guen sortit le premier de l'hélico, suivi par le gendarme Tanguy Butel avec qui il faisait équipe depuis seulement trois mois et qui portait les mallettes incendie, une caméra numérique et un appareil photographique de dotation. Alors qu'ils descendaient le chemin à pas rapides, un pompier vint à leur rencontre. Damien Le Guen avait déjà eu affaire à lui et fut instantanément soulagé : Roger Berland avait une longue expérience des incendies de forêt et savait combien il est important pour les enquêteurs de préserver au mieux la zone de départ du feu.

– Bonjour chef ! lança le pompier, un homme d'une cinquantaine d'années au fort accent de la région.

– Bonjour Roger. Voici le gendarme Butel, je ne crois pas que vous vous soyez encore croisés.

– Non, confirma le pompier en serrant la main du maréchal des logis. La saison ne fait que commencer, on va malheureusement avoir l'occasion d'apprendre à se connaître durant l'été !

Il tendit la main au jeune technicien d'identification criminelle qui était si encombré par le matériel qu'il ne put faire mieux qu'un salut de la tête. Puis il ajouta :

– Souhaitons que ce soit dans des circonstances moins tragiques.

– On m'a dit qu'il y avait une victime, mais je n'en sais pas plus, dit Damien.

– Le feu est parti du véhicule, ça ne fait aucun doute. L'alerte a été donnée à 8 h 30 ce matin. D'après les premiers témoins, on aurait vu de la fumée à 8 h 15 à peu près, et d'après les descriptions, il s'agirait bien de la fumée d'une voiture qui brûle, pas d'un feu de bois ou de broussailles. Il ne s'est propagé qu'ensuite à la végétation.

Ils arrivaient près de la carcasse fumante du 4 × 4. Les gendarmes qui sécurisaient le secteur saluèrent le maréchal des logis-chef.

– Et il y a bien un corps là-dedans, ajouta le pompier d'une voix sombre. J'ai gelé la zone au plus vite, mais il a quand même fallu pas mal de remue-ménage pour éteindre la voiture.

– Je comprends.

– Par contre, les Canadair n'ont pas largué ici.

– Tant mieux. Une idée sur l'identité du cadavre ?

– Oui. Ça pourrait être le type qui habite la maison plus haut. Tu l'as peut-être vue depuis l'hélico ? une bicoque en bois… Un de mes gars le connaît : Baptiste Legendre, un forestier. À première vue, le véhicule correspondrait : un 4 × 4 de marque japonaise. Si c'est bien Legendre, il sera facile à identifier : d'après mon homme, il a eu souvent à faire avec les services de police et de gendarmerie, un type pas très recommandable qui doit être fiché chez vous.

Damien balaya la zone du regard, respirant lentement, sans inspirer à fond, pour ne pas être incommodé par l'odeur que le vent transportait par bouffées, mélange écœurant de produits chimiques utilisés par les pompiers, de végétaux et de cadavres brûlés.

– Je voudrais parler à ton gars qui le connaît, si tu veux bien.

Le pompier acquiesça et Damien se tourna vers Tanguy Butel, occupé à enfiler sa combinaison blanche d'intervention.

– Prends la caméra. Tu filmes toute la zone, moi, je vais faire les photos. Tu prends tout, lentement, sans t'approcher à plus de dix mètres du véhicule.

Il aperçut quelques curieux que les gendarmes tenaient à distance et ajouta :

– Essayons aussi, discrètement, d'avoir les portraits de toutes les personnes qui sont dans le coin, les incendiaires adorent revenir sur le lieu du crime.

– Je filme les pompiers aussi ?

– Les pompiers aussi.

Damien enfila à son tour la combinaison de protection, une paire de gants, et entreprit de quadriller la zone avec son appareil photo. Il commença par le chemin, découpant méthodiquement le secteur en s'approchant petit à petit du fossé et de la carcasse du 4 × 4. Il ne remarqua rien de particulier au sol, sinon les traces de pneus du véhicule qui, de toute évidence, était sorti de la route sans freiner. C'est du bord du talus qu'il repéra des traces différentes dans la boue. Avec précaution, il descendit dans le fossé pour observer de plus près la fine pellicule de terre craquelée par la chaleur et qui donnait l'impression d'avoir été piétinée à quelques mètres du véhicule incendié. Par les pompiers pendant qu'ils tentaient d'éteindre la voiture ? Par quelqu'un d'autre avant l'arrivée des secours ? Il semblait bien que des pieds avaient fait du surplace ici, comme l'on passe d'un pied sur l'autre pour se réchauffer en hiver.

Damien disposa aussitôt des balises en vue d'un moulage puis s'approcha du 4 × 4.

Tout au long de cette première inspection, il s'était arrangé pour ne pas regarder en face le cadavre dont il percevait la silhouette tourmentée. À trente et un ans, dont neuf dans la gendarmerie en tant que TIC, il avait déjà croisé de nombreux cadavres mais redoutait particulièrement d'intervenir sur les brûlés. Il se redressa, ferma les yeux, prit une profonde inspiration et regarda enfin par la fenêtre ouverte côté chauffeur. *L'Homme qui rit* lui vint aussitôt à l'esprit. Le roman de Victor Hugo l'avait marqué quand il était adolescent, un livre en deux tomes dont il revoyait la couverture et dont avait été tiré un film muet dans les années 1920 ou 1930. L'histoire d'un homme qui, enfant, avait été défiguré par des bandits qui lui avaient fendu la bouche d'une oreille à l'autre, le condamnant à un « rire » perpétuel. Comme lui, le cadavre avait les dents dégagées en un atroce rictus. Damien commença à le photographier, se disant que la victime, bien que rétractée sur elle-même et ayant perdu beaucoup de son volume, devait être un homme. Il semblait s'être débattu dans une atroce souffrance.

Il entendit un raclement derrière lui et leva la tête. C'était le gendarme Butel, les joues livides, qui, le surplombant sur le chemin, attendait les ordres.

– Le légiste ne va pas tarder. Jusqu'à son arrivée, on ne touche pas au corps. Par contre, on va commencer à inspecter le véhicule, à faire des prélèvements. Si tu sens que t'as envie de dégueuler, tu cours faire ça au loin. Va pas nous polluer la zone...

Le jeune gendarme acquiesça, le regard fuyant.

– Descends maintenant, tu dois le regarder en face. On a quelques heures à passer en sa compagnie, autant y aller franchement.

Tanguy Butel, s'efforçant de ne regarder que ses pieds, rejoignit Damien près du véhicule.

– Regarde-le, et oublie que c'est un homme, ordonna son supérieur.

Le gendarme déglutit et releva les yeux. Il prit une courte inspiration tremblante et resta bouche ouverte, saisi par la vision de ce corps carbonisé, avachi sur ce qui restait de volant, sans plus de cheveux, de paupières ni de lèvres. Il fit aussitôt demi-tour, remonta le talus, traversa le chemin en courant et s'en alla vomir.

Quand il revint près de la carcasse du 4 × 4, il trouva son supérieur à genoux près de la portière avant droit ouverte, mains gantées, prélevant des échantillons au sol devant le siège avant avec une pincette qu'il nettoyait entre chaque fragment, puis qu'il disposait avec soin dans des petits bocaux en verre.

– Il y a eu de l'essence ici. J'ai trouvé un briquet, genre Zippo. Des cendres de papier, d'emballages cartonnés… C'est là que ça a pris, à droite, au pied du siège passager.

– L'essence, c'est celle du briquet ? demanda Butel d'une voix mal assurée.

– Peu probable, un briquet n'en contient pas assez pour ces traces-là, regarde…

Le jeune gendarme scruta l'endroit indiqué par son chef, sans discerner quoi que ce soit dans le désordre carbonisé puis noyé qui couvrait le fond du véhicule.

Damien, incommodé par l'odeur dégagée par le corps tout proche se redressa pour prendre une bouffée d'air frais. Il vit que Butel était encore très pâle.

– Ça va mieux ?

– Je suis désolé pour tout à l'heure, répondit le jeune homme.

– Désolé de quoi ? D'avoir dégueulé ? On a tous dégueulé un jour ou l'autre, en tout cas tous les bons gendarmes. Les corps brûlés, c'est ce qu'il y a de pire… On ne s'habitue pas, mais on trouve des trucs, chacun le sien. Par exemple désincarner les cadavres. C'est ce que j'essayais de te dire tout à l'heure : oublie que c'est un homme. Ou alors oublie que *tu* es un homme. Il faut s'efforcer de rendre tout ça mécanique.

Le gendarme acquiesça, peu convaincu.

– Écoute, on va se marcher dessus, ici, et j'en ai pour un moment, dit Damien Le Guen. Alors essaye plutôt de refaire en sens inverse la route prise par la voiture, ça te fera prendre l'air. Suis les traces de pneus, toutes celles que tu peux trouver, et vois si ça nous mène bien à la maison de ce Legendre dont parlait Berland tout à l'heure. Si c'est ça, inspecte les alentours, cherche des empreintes, des traces de pas… Essaye de voir s'il était seul ou s'il y avait quelqu'un d'autre dans le coin.

Tanguy Butel, trop heureux de pouvoir s'éloigner, obtempéra aussitôt, ramassa sa mallette incendie et s'empressa de remonter le chemin en cherchant les traces laissées par le véhicule du mort.

Damien se concentrait de nouveau sur l'habitacle du 4 × 4 quand il aperçut quelque chose entre les pieds du cadavre. Il se pencha en avant par-dessus le siège droit en s'efforçant de ne rien toucher pour ne pas contaminer d'éventuels autres indices. Il y avait bien quelque chose près de la pédale de frein, un objet brûlé de la taille de deux phalanges. Damien se redressa. Il lui était impossible d'ouvrir la portière gauche bloquée par le bord du fossé, et il ne voulait pas prendre le risque de perdre un indice quand on sortirait le 4 × 4 de son trou pour en extraire le corps. Ce n'était peut-être rien d'important, mais tout comptait, surtout dans le cas d'un incendie qui détruisait la quasi-totalité des preuves. Il enfila une paire de gants neufs, prit la pincette dans sa main droite et, à genoux sur le bord du véhicule, engagea son buste en travers de l'habitacle. Son visage était maintenant tout proche du flanc du cadavre qui empestait les chairs brûlées, son bras droit tendu de l'autre côté du levier de vitesses, entre les jambes carbonisées. Le gendarme retint sa respiration et sentit une goutte de sueur ruisseler sur son front. Sa main tremblait, le bout de la pince n'était plus qu'à quelques centimètres de l'objet, il tendit encore le bras, réprima un frisson lorsque le dos de sa main frôla ce qui avait dû être le mollet du mort et, enfin, parvint à se saisir de l'objet : un petit tube à moitié fondu que le TIC mit plusieurs secondes à identifier : un court fume-cigarette.

Un fume-cigarette au sol côté chauffeur, un briquet côté passager, des traces évidentes d'essence… Les premières pièces d'un puzzle dont le maréchal des logis-chef mit près de trois heures à reconstituer l'une des combinaisons possibles, qu'il exposa à son commandant d'unité, le lieutenant Jean-Éric Pélissier, quand il arriva sur place, accompagné d'un médecin légiste avec qui Damien avait déjà plusieurs fois collaboré.

– Le gendarme Butel a établi avec certitude que le véhicule venait de la maison de Baptiste Legendre, quelques centaines de mètres plus haut en suivant le chemin. Il a trouvé là-bas deux jerricans d'essence pleins qui devaient servir de réserve pour son matériel de coupe et de débroussaillage puisqu'il était forestier. Il y a la place pour un jerrican de plus ; on voit sa trace dans la poussière sur une étagère. J'ai retrouvé dans le coffre deux tronçonneuses et les restes d'un casque de chantier et de ce qui pourrait bien être un jerrican en plastique. À l'avant, j'ai trouvé un fume-cigarette au sol côté chauffeur et un briquet de type Zippo côté passager, couvercle ouvert, là où le feu a pris dans ce qui devait être un tas de papiers d'emballages ; le type n'était pas très soigneux. Il y avait de l'essence à l'avant, là où j'ai trouvé le briquet, les analyses le prouveront mais j'en suis sûr. J'en ai trouvé également à l'arrière, entre la banquette et les sièges avant. Il semblerait, mais ça reste à prouver, qu'il y ait eu une coulée d'essence partant de l'arrière et allant jusqu'à l'avant, au pied du siège passager. Alors voilà ma théorie. Provisoire, évidemment. Legendre part de chez lui pour aller travailler. Il met un jerrican d'essence dans son coffre pour ses tronçonneuses. Le jerrican est peut-être mal fermé, impossible à dire vu ce qu'il en reste. Legendre s'engage sur le chemin et pour une raison qui reste à définir, il perd le contrôle de son véhicule qui va droit dans le fossé, contre un arbre. Il n'y a aucune trace de freinage. Le 4 × 4 ne devait pas rouler très vite, il a été droit se planter dans le fossé.

– Un malaise ? proposa le médecin légiste.

– Ça, c'est toi qui nous le diras après l'autopsie. Il y a une autre possibilité. Legendre fumait en roulant, ce qui expliquerait la présence du fume-cigarette à ses pieds.

– Qui utilise encore ces machins-là ? intervint le lieutenant Pélissier d'un air étonné.

– Des mecs qui veulent se donner un petit air chic ? proposa Damien.

– Ou qui veulent avaler moins de goudron et de nicotine, dit le médecin légiste. Il existe des fume-cigarette spéciaux pour ça.

– En tout cas, reprit Damien, il fume, fait tomber sa cigarette sur ses jambes et perd le contrôle du 4 × 4 en essayant de ramasser la cigarette allumée. Ou alors, il fait tomber le fume-cigarette au moment où il l'allume et il lâche tout dans la panique : le Zippo allumé tombe à sa droite, la cigarette entre ses pieds. Il panique, il perd le contrôle, il se plante dans le fossé. Est-ce qu'il est assommé par le choc ?

– Peu probable s'il roulait lentement, répondit le lieutenant Pélissier.

– Ce qui nous ramène à l'hypothèse du malaise, proposa le légiste. Il est en train d'allumer sa cigarette quand il est pris d'un malaise, arrêt cardiaque, rupture d'anévrisme. La cigarette tombe, le briquet aussi…

– Mais pourquoi si loin à droite ? demanda le lieutenant.

– Un geste brusque causé par la douleur, quelque chose dans ce goût-là ! dit le maréchal des logis-chef. En tout cas, la cigarette et le briquet tombent, le 4 × 4 va se mettre dans le fossé. Pour une raison ou une autre, Legendre est resté bloqué à sa place. Conscient, inconscient, mort ?… En tout cas, sa ceinture de sécurité est encore attachée à l'heure qu'il est, enfin ce qu'il en reste, c'est-à-dire la boucle, qui est toujours en place. Étant donné la position du véhicule, il était penché en avant, on peut imaginer que le jerrican se soit renversé dans le coffre. L'essence a coulé vers l'avant, en passant sous les sièges. J'ai vérifié, c'est possible sur ce modèle. Elle a fini par atteindre le tas de papiers dans lequel était tombé le briquet allumé. Tout ça prend feu, le 4 × 4 brûle avec son conducteur et l'incendie s'étend à la forêt.

Les trois hommes regardèrent la carcasse calcinée. Damien attendait les commentaires de son supérieur qui se mit à acquiescer de la tête.

– Ça se tient. Ce serait donc un accident.

– C'est une possibilité, mais il y en a des dizaines d'autres. Il faut d'abord l'identifier avec certitude, voir s'il avait dans son entourage des personnes susceptibles de vouloir sa mort…

– Bien sûr, bien sûr, marmonna le lieutenant avec humeur.

Il soupira et passa la main dans ses cheveux poivre et sel coupés en brosse. Il était exténué, une conférence de presse l'attendait dans une heure et il se serait bien passé de ce cadavre.

– Écoutez, le Guen, dit-il en se tournant vers le maréchal des logis. C'est la folie en ce moment…

– Toujours le gosse ? Comment s'appelle-t-il, déjà ?

– Hugo. On tourne en rond, on vient de découvrir que la mère nous a menti sur le jour de la disparition du petit.

– La mère ?

– Oui, vous imaginez la réaction des médias ! Y a vraiment plus moyen de travailler depuis que les 20 Heures nationaux ouvrent sur des faits-divers qui, il y a vingt ans, ne faisaient que quelques lignes dans les journaux locaux ! Si ça se trouve, ce gosse, on va le dénicher quelque part en pleine santé.

– Ou noyé dans l'Hérault.

– En attendant, le juge d'instruction m'appelle deux fois par jour et les journalistes font le siège de mon bureau. Alors écoutez, je sais que ce n'est pas la procédure habituelle, mais vous allez prendre cet incendie en charge. L'adjudant Marsillac est très occupé avec les braqueurs de supérettes, il faut qu'il en vienne à bout depuis le temps que ça traîne… Vitali est à fond avec moi sur les recherches du gamin… Vous avisez le parquet et vous me rendez compte dès qu'il y a du neuf.

– D'accord, dit Damien en essayant de ne pas laisser paraître l'excitation que ces mots provoquaient en lui.

Puis le lieutenant s'adressa à ses deux interlocuteurs.

– Si vous me pliez cette affaire avant la fin de la semaine, je vous offre l'apéro, les gars !

Le médecin légiste sourit. Alors que le lieutenant s'éloignait déjà à grands pas, Damien Le Guen l'interpella :

– Mon lieutenant !

L'officier se retourna aussitôt.

– Oui.

– La maison de Legendre, là-haut, je sais qu'on n'a pas encore officiellement identifié le corps, mais je…

– Accordé. Vous avez le feu vert pour forcer la porte.

Même si cette affaire risquait fort d'être bouclée en quelques jours et de se conclure par la confirmation de l'accident, c'était la première fois depuis le début de sa carrière que Damien se voyait confier l'ensemble d'une enquête, fût-elle préliminaire. D'habitude, en tant que TIC, il n'intervenait que sur les scènes de crime pour les sécuriser, éviter toute pollution par les enquêteurs et les témoins, et rechercher des indices qu'il transmettait ensuite au laboratoire de Rosny… Bien qu'OPJ, officier de police judiciaire, il n'assistait qu'exceptionnellement aux interrogatoires et sa principale mission était de mettre ses compétences techniques au service des enquêteurs en essayant d'apporter le maximum de preuves matérielles. Passant d'une affaire à l'autre, il avait souvent ressenti la frustration de ne pouvoir suivre les dossiers au-delà des limites définies par son poste, surtout au temps du capitaine Jarrie, dans les premières années de son affectation à la CIC, la Cellule d'investigations criminelle de la BDRIJ, la Brigade départementale de recherches et d'investigations judiciaires de Montpellier. Les choses s'étaient nettement améliorées depuis la nomination du lieutenant Pélissier à la tête de cette unité. C'était un homme qui faisait la part belle à la réflexion en commun, aux réunions parfois interminables mais souvent productives auxquelles il s'efforçait de convier les TIC intervenus sur les affaires, n'hésitant pas à demander leur avis et prenant au sérieux leurs théories ou intuitions.

Pierre Abadie, le médecin légiste, la quarantaine, grand et maigre, le crâne entièrement rasé, se dirigeait déjà vers le 4 × 4. Damien l'avait rencontré lors d'une de ses toutes premières investigations, déjà une histoire de voiture, retrouvée au fond d'un lac celle-là, un cadavre ligoté dans le coffre depuis plus de trois semaines.

– Je peux rentrer côté passager, tu as fini ? demanda-t-il au technicien d'investigation criminelle.

– Oui, oui, c'est bon pour moi, j'ai tout ce qu'il me faut.

Pierre Abadie aimait faire ses premières observations et prélèvements sur place plutôt qu'à la morgue, persuadé que l'environnement d'un cadavre était source de nombreux enseignements qu'il était bien plus artificiel de chercher dans des locaux aseptisés.

Damien leva les yeux vers le ciel en entendant passer, une fois de plus, la noria des Canadair. Le combat se poursuivait à une bonne dizaine de kilomètres, et ce serait sans doute plus de cent hectares de forêt qui auraient brûlé d'ici la tombée de la nuit. Le gendarme s'accroupit pour regarder le légiste opérer par la portière droite du véhicule.

– On dirait qu'il s'est débattu, non ? dit-il. Regarde son visage, c'est comme si la souffrance était fossilisée par le feu.

– Méfie-toi des premières impressions, répondit le légiste qui se tenait maintenant à genoux sur le siège passager. En cas de carbonisation, l'aspect rétracté du corps simule parfaitement une attitude de lutte ou de défense. Et n'oublie pas que ce sont les muqueuses qui brûlent le plus vite. Les lèvres ont entièrement disparu, ce qui lui donne ce rictus douloureux. Mais ça peut très bien être post-mortem.

– Bon, je te laisse bosser. Je vais faire un tour dans la maison. Tu me fais appeler quand tu estimes qu'on peut procéder à la levée du corps.

Pierre Abadie acquiesça distraitement, absorbé par l'observation de la peau noirâtre et d'apparence cartonnée du cadavre.

Bien que le sol sec et poussiéreux balayé par le vent s'y prêtât peu, le gendarme Butel était parvenu à identifier deux types d'empreintes de pas différents près de la maison de Baptiste Legendre, à l'ombre du préau, autour d'un robinet auquel était relié un tuyau d'arrosage dont l'étanchéité laissait à désirer. L'un, présent en majorité sur cette terre humidifiée, semblait correspondre aux pieds d'un homme portant de grosses chaussures de marche, l'autre à des pieds nettement plus petits, sans doute chaussés de baskets plates et appartenant à quelqu'un de léger. Les empreintes repérées dans la boue près du 4 × 4 n'avaient rien donné de très concluant dans l'immédiat. Aucune n'était entière tant la personne – qui, au regard de leur profondeur, ne devait pas être très lourde – semblait avoir piétiné sur place. Pourtant, à les étudier de plus près, Damien Le Guen avait acquis la certitude qu'elles étaient antérieures à l'intervention des pompiers, leurs bords n'étaient pas nets mais à moitié effacées par la chute d'un liquide. Ce pouvait être, bien sûr, un pompier s'étant approché de la voiture avant de s'attaquer au feu, mais il serait intéressant, tout de même, au labo, de comparer leur moulage avec ceux effectués près de la maison.

Damien n'eut aucun mal à forcer, sans y laisser aucune trace d'effraction, la serrure de la porte d'entrée de la maison de bois. Après avoir enfilé de nouveaux protège-chaussures, il s'immobilisa sous le chambranle de la porte et se laissa pénétrer par toutes les premières impressions qui voulaient bien se présenter à lui. Il se sentait un peu coupable d'avoir récemment emprunté cette habitude à un roman policier recommandé par sa mère.

Nancy Le Guen, soixante-douze ans, était depuis toujours une lectrice assidue de littérature policière et une grande collectionneuse. Elle lisait tout, auteurs français ou étrangers, possédait plusieurs versions de certains romans qu'elle aimait particulièrement, détenait des éditions épuisées depuis des lustres et qui, sur Internet, se vendaient à des prix déraisonnables.

Elle avait un mur couvert par la quasi-intégralité de la collection jaune et noire du Masque – y compris, et elle en était très fière, les numéros 1 à 5, cartonnés et de couleur verte, dont *Le Meurtre de Roger Ackroyd*, d'Agatha Christie, paru le 20 août 1927 et qui avait été le premier roman policier lu par Damien –, un autre par la collection, complète cette fois, « Spécial-Police » des éditions Fleuve Noir, une étagère pleine des romans de Raymond Chandler, de Mary Higgins Clark, de Earl Derr Biggers, de Richard Matheson, Mickey Spillane, David Goodis, Sébastien Japrisot, Donald Westlake, Georges Simenon, Patricia Wentworth, Ruth Rendell, P.D. James et des dizaines d'autres. Souvent, elle notait des phrases tirées de ses lectures sur un grand cahier qu'elle lisait ensuite à Damien. C'était toujours des extraits liés au travail d'un enquêteur, madame Le Guen prenant la littérature suffisamment au sérieux pour penser que l'expérience fictive des héros des bons polars pouvait aider son fils dans ses bien réelles investigations. Récemment, elle s'était prise de passion pour un auteur suédois dont le héros récurrent était un commissaire de province nommé Kurt Wallander. Un type entre deux âges, gros et fatigué de faire son métier et qui, toujours, quand il arrivait sur une scène de crime ou entrait dans l'appartement d'un suspect, se concentrait pour ne pas manquer au passage ses premières impressions qui s'avéraient chaque fois être les meilleures.

La porte ouvrait sur une salle de séjour lumineuse d'une quarantaine de mètres carrés. Un canapé bleu marine, un vieux fauteuil à moitié défoncé, des étagères sur lesquelles, en désordre, se trouvaient des bouteilles d'alcool et des verres, des DVD (pour la plupart des films d'action et de guerre), des CD (un curieux mélange de variété française et de hard rock germanique), revues nautiques et d'armement, un baromètre, mais pas un seul livre, un grand téléviseur à écran plat sur un buffet en sapin, entouré de deux enceintes audio dernier cri, une table basse en verre sur laquelle, entre des revues et du courrier non décacheté, était visible un cendrier plein de mégots (dont un serait immédiatement prélevé) et les cercles laissés par des culs de bouteilles ou de verres. Un quart de la pièce était occupé par du matériel de musculation : banc recouvert d'une imitation de cuir rouge, tapis de sol individuel de couleur bleue, barres de formes différentes, haltères et quantité de disques de fonte allant de un à dix kilos. Exactement en face de la porte d'entrée se trouvait, ouverte, celle de la cuisine. Damien fut aussitôt frappé par les assiettes, les couverts et les verres parfaitement rangés sur l'égouttoir – de quoi dresser une table pour deux – qui contrastaient avec le désordre de la table basse et celui qui avait dû régner à l'avant du 4 × 4. Au fond de l'un des bacs de l'évier, comme le constaterait plus tard le gendarme, un bol contenait un reste de café.

– Cherche des empreintes, ordonna Damien à Tanguy Butel en franchissant enfin le seuil de la maison après avoir enfilé la capuche de sa combinaison. Ça sent le célibataire à plein nez, mais je veux savoir s'il était seul ou pas ce matin en sortant de chez lui. Inspecte la cuisine de près, cherche les empreintes sur le flacon de liquide-vaisselle, sur les verres si on a la chance qu'ils aient été laissés à égoutter et non essuyés…

Damien inspecta les étagères et tomba sur une photographie d'un homme entre quarante et cinquante ans, un fume-cigarette vide coincé entre les dents. Le portrait était d'une étonnante qualité, un travail en noir et blanc de photographe professionnel, au cadrage recherché, très serré, intense, au grain soigné, « sans doute de l'argentique », pensa le maréchal des logis-chef en l'empochant. Il se dirigea vers une porte qui donnait sur une salle de bains sobrement équipée d'un lavabo blanc, d'une cabine de douche dont les parois en Plexiglas, couvertes d'une fine pellicule de calcaire, n'avaient pas été nettoyées depuis longtemps et d'un WC dont l'abattant était ouvert et la chasse non tirée. Le petit meuble mural au-dessus du lavabo ne contenait que des affaires d'homme : rasoirs jetables, bombe de mousse à raser, brosse à dents aux poils déformés par l'usage, dentifrice à la menthe d'une marque de supermarché – utilisé sans prendre soin de le presser du bout vers l'ouverture –, après-rasage à la lavande bon marché et brosse à cheveux en plastique à laquelle n'étaient accrochés que des cheveux bruns.

Damien se pencha et fronça les sourcils. Plusieurs cheveux étaient éparpillés sur le lavabo, bruns pour la plupart, sauf un, roux et long. L'état du corps dans le 4 × 4 ne permettait pas de déterminer la couleur des cheveux de Baptiste Legendre, pas plus que le portrait en noir et blanc qu'il venait de trouver, mais le gendarme doutait qu'ils aient été longs de plus de quarante centimètres. Une fois le cheveu prélevé avec précaution, Damien inspecta la petite poubelle sous le lavabo, n'y trouva rien qui ne put avoir été jeté par un homme et se rendit dans la chambre à coucher où il eut immédiatement la sensation qu'une femme avait séjourné, sinon ces dernières heures, du moins ces derniers jours. Le lit, de 140 centimètres de large à première vue, était défait, ses deux oreillers semblaient avoir été utilisés. Damien se pencha sur celui de gauche, le plus près de la porte. Il n'y trouva aucun cheveu mais respira des aromes d'amande, de jasmin, peut-être un soupçon de rose et une note poudrée de vanille. Le gendarme avait un odorat particulièrement fin et était, entre autres, un excellent goûteur de vin, même s'il en buvait peu. Il ne put identifier la marque de ce parfum peu courant, mais en revanche acquit la certitude qu'il était féminin. Une femme avait donc passé la nuit ici ? Était-ce elle qui avait fait la vaisselle ? Qui avait laissé de légères traces de pas près de la maison ? Avait-elle fait l'amour avec Baptiste Legendre devant le miroir vertical disposé au pied du lit ? Avait-elle piétiné dans le fossé près du 4 × 4 en flammes avant l'arrivée des pompiers ?

Damien Le Guen se posait encore ces questions alors que Notre-Dame-de-l'Espérance allait fermer ses portes. Il était seul dans la petite église octogonale où il aimait se rendre à pied depuis la caserne Celleneuve en contournant le lycée Jules-Guesde et le stade de football.

Les bruits du monde lui parvenaient lointains sous la charpente qui lui faisait immanquablement penser à une toile d'araignée, ouatés comme la lumière filtrée par les vitraux contemporains, apaisés dans cet espace hors du temps où il venait souvent se réfugier, s'asseoir sur le banc du deuxième rang le plus à gauche de l'autel, face à la statue blanche de la Vierge caressée par la lumière faseyante des petites flammes votives. Depuis toujours, c'était dans les églises que le gendarme trouvait la force d'affronter la crudité de ses fonctions. Qui plus que lui, technicien d'investigation criminelle, devait regarder si souvent en face la souffrance et la misère humaines ? Les médecins, qui, eux également, mettaient les mains dans le cambouis du monde, comme il aimait à le dire, avaient au moins l'espoir de guérir ou de sauver des vies. Lui n'intervenait que sur la mort, le plus souvent violente, et si la quête de la vérité était sa mission, en laquelle il croyait intimement, elle ne ramenait pas à la vie. Le souvenir plus ou moins précis des cadavres d'hommes, de femmes et d'enfants qu'il avait croisés ces neuf dernières années formait dans la mémoire du gendarme une fosse commune avec laquelle il avait dû apprendre à vivre. L'abbé Cattiaux, qui officiait dans cette église de quartier depuis 1998, le connaissait bien désormais, et s'ils avaient eu ensemble de nombreuses discussions depuis que Damien était en poste à Montpellier, il savait quand le laisser seul avec les fantômes tourmentés qui peuplaient son quotidien. Ce soir, alors qu'une belle et longue soirée se préparait sur la ville, le maréchal des logis-chef avait allumé un cierge et prié pour le repos de l'âme de Baptiste Legendre. Et petit à petit, la vision douloureuse de son corps martyrisé s'était estompée et la paix était revenue dans le cœur et l'esprit du sous-officier de gendarmerie.

II

LA VAGUE DE FEU

5

Des pas qui approchent, une voix qui l'appelle par son prénom. La chaleur intolérable, l'air qui lui manque, la fumée qui la prend à la gorge. On appelle encore, elle reconnaît la voix mais sa tête tourne. Elle tombe, et tombe encore, et encore, et encore… Tiffany Roche se réveilla en sursaut à 3 h 36 du matin. Le cauchemar s'évanouit à l'instant, à l'exception d'une impression de chute proche de la nausée. La jeune femme sut immédiatement, malgré sa pesante fatigue, qu'elle ne se rendormirait pas. Il suffisait que l'idée de la difficulté à retrouver le sommeil traverse son esprit pour qu'elle se concrétise. Un instant, Tiffany essaya de tricher avec elle-même, de focaliser ses pensées sur un autre sujet, comme si de rien n'était, mais trop tard, la pensée que sa nuit était terminée se raffermissait, son cœur se mit à battre plus vite et c'en fut fini pour de bon. Une vague d'angoisse et d'abattement la traversa. Depuis combien de temps n'avait-elle pas dormi son content ? Depuis quatorze ans presque jour pour jour. Depuis le 27 juin 1992. Elle en aurait pleuré, bien qu'elle eût pu se consoler en se disant qu'au moins, la veille au soir, le corps fourbu, elle s'était endormie en moins d'une heure, ce qui lui arrivait si rarement. Et ne pas parvenir à trouver le sommeil le soir, quand l'obscurité s'épaissit, est bien plus douloureux que de le perdre en plein milieu de la nuit, alors qu'elle commence à se déliter. Tiffany avait ses trucs, ses tocs, quelques gestes rituels, positions étudiées, une séquence de pensées répétées à l'avance pour tenter de contourner celles qu'il fallait bannir à tout prix – mais penser à ne pas y penser était déjà de trop –, ses tisanes chinoises aussi infectes qu'onéreuses qu'elle faisait venir du 13e arrondissement de Paris, qui ne marchaient pas à tous les coups mais dont l'absence, en revanche, était systématiquement synonyme de longues heures d'insomnie. Elle en était arrivée à avoir peur de la nuit, à s'affoler à la tombée du jour, à se nouer quand venait l'automne et que l'on devait passer en heure d'hiver. Elle avait essayé les somnifères, l'acupuncture, l'hypnose... Elle en voulait au reste du monde, à tous ceux qui dorment, qui sont pressés d'aller au lit, qui se blottissent avec gourmandise sous la couette et s'évadent jusqu'à un lendemain régénéré. Elle aurait été prête à donner n'importe quoi pour retrouver cette bienheureuse sensation d'engourdissement qui, le soir, enveloppe le corps prêt au sommeil, ou pour se réveiller reposée alors que le jour est déjà levé.

Elle était bien au-delà de la fatigue. C'était autre chose, chez elle, une seconde nature. Elle ne tenait bon que grâce à de courtes siestes l'après-midi durant lesquelles, par miracle, elle ne rêvait jamais.

Nue sur ses draps, elle n'avait pas encore bougé. La ville était plongée dans le silence. En se couchant, quelques heures plus tôt, elle avait constaté que malgré nombre de douches froides et beaucoup de Biafine, sa peau supportait difficilement le contact des draps. Au réveil, elle lui faisait encore mal par endroits, traversée de spasmes sur les avant-bras, le dos des mains et la jambe droite. C'était une douleur très supportable mais exaspérante, lancinante, palpitante. La moitié de son visage irradiait la chaleur comme après un coup de soleil, et quand elle passait les mains dans ses longs cheveux roux, elle rencontrait la résistance presque craquante des pointes recroquevillées sous la caresse du feu.

Tiffany n'avait gardé qu'un souvenir confus des événements de la veille, plutôt des sensations : l'euphorie, l'excitation, la peur. Par contre, elle avait à l'esprit de façon très précise les instants où elle savait avoir pris de bonnes photos, peut-être de grandes photos. Elle ne s'en était pas occupée en rentrant chez elle – déposée par un étudiant qui l'avait prise en stop dans sa vieille 205 Junior et qui, malgré son évident étonnement, n'avait fait aucun commentaire sur sa tenue et son visage souillé de suie –, n'avait pas jeté un regard à l'écran de contrôle de son Nikon numérique pour que l'adrénaline qui bouillonnait encore dans ses veines ne vienne pas distordre son jugement. Mais ce matin, elle sentait monter en elle l'urgence de regarder son travail.

Tiffany savait que c'était sur la pellicule argentique de son Leica M2 que se trouveraient ses meilleures prises, mot auquel, au-delà du jargon technique, elle donnait un sens plein, considérant ses « prises » à l'égal de celles d'un chasseur ou d'un pêcheur, estimant qu'elle ne *faisait* jamais de photos, mais bien qu'elle *prenait* des photos, les arrachant au monde, à la nature, à la vie, morceaux de temps volés au grand néant. Elle ne développait pas elle-même la couleur, et à 3 heures et quelques du matin, elle serait bien obligée de patienter, même si Mathias faisait toujours passer son travail en priorité. Par jeu et par superstition, elle décida de reculer encore le moment de regarder ce que contenait le Nikon. Elle descendit l'escalier de fer de la mezzanine sur laquelle se trouvait sa chambre et traversa son loft pour se rendre à la salle de bains. Là, elle s'aspergea le visage d'eau fraîche puis brossa ses longs cheveux comme le lui avait appris sa mère quand elle était enfant : cinquante fois tête en bas, de la nuque vers les pointes, cinquante fois tête droite, en partant du haut du crâne. Elle compta à voix haute. Puis elle enfila une culotte, un jean dont le contact sur la peau de sa jambe droite la fit grimacer, un cardigan couleur prune à même le buste et des baskets sans chaussettes. Avant de sortir, elle disposa la pellicule argentique du M2 dans une boîte cylindrique frappée d'une étiquette sur laquelle elle écrivit : « Pour hier, comme d'hab ! Tiff », puis ouvrit les doubles-rideaux rouges qui occultaient la large baie vitrée courant sur toute la longueur de l'appartement. Elle resta un moment devant la vue qui venait de se dévoiler, la nuit bleue au-dessus des toits de Montpellier et une lune presque pleine suspendue dans les airs. Le ciel était limpide, à l'exception de rares nuées blanches qui semblaient avoir été étirées à l'aquarelle. Une nuit parfaite pour un peintre du dimanche. Un profond sentiment de paix venait nourrir le silence, qui noua aussitôt la gorge de Tiffany à qui la quiétude se refusait obstinément depuis quatorze années.

Elle enclencha une nouvelle pellicule dans son vieux M2, en épaula la sangle et sortit après avoir ramassé sur une console en verre ses clés et son troisième appareil photo qu'elle glissa dans la poche arrière droite de son jean : un petit compact numérique bon marché qu'elle utilisait quotidiennement pour une sorte de journal intime en images, photographiant les faits marquants ou insignifiants de ses journées, avec l'heure et la date inscrits par défaut sur l'image.

Dehors, la nuit était plus fraîche qu'elle ne l'avait pensé, et une sensation de la veille lui revint en mémoire, celle de s'être fait la même réflexion quand elle était sortie de la maison de Baptiste. Il devait être plus tard, peut-être 5 heures ; déjà, la cime sombre des arbres se découpait sur un ciel qui tirait vers le petit jour. Elle se souvenait d'avoir été saisie par le silence de la forêt, un silence qui, à mieux écouter, n'en était un qu'en contraste avec le bruit de fond permanent de la ville. Mais le vent dans les arbres, les troncs qui grincent, l'appel des oiseaux nocturnes et mille frottements, frôlements, trahissant autant de présences invisibles lui avaient donné l'impression d'être un intrus dans la forêt… Tiffany fit un effort de concentration mais rien d'autre ne lui revint, comme si l'instant d'après elle avait été happée par l'incendie. Il ne lui restait plus aucune trace des heures qui avaient séparé ces deux moments : la fraîcheur de la nuit, la chaleur du feu qui accourt.

Les Beaux-Arts était désert et Tiffany, à la fois grisée et nerveuse, se sentait seule au monde en cette heure matinale. Hésitant sur la rue à prendre, autant pour se décider que pour rompre la froide solitude de la nuit, elle tint avec elle-même un rapide échange à voix haute, faisant les questions et les réponses comme cela lui arrivait souvent. Parvenue devant la boutique fermée de Mathias, elle glissa le rouleau de pellicule dans sa boîte aux lettres. Il était habitué : ils se retrouveraient autour d'un verre à 19 heures au

Bar des Super Vedettes et il lui apporterait une planche-contact et un CD de ses photos. Tiffany connaissait Mathias depuis dix ans. Juste après son bac et avant son entrée à l'école Louis-Lumière, elle avait travaillé trois mois dans sa boutique où elle avait aussi bien tenu la caisse que vendu des pellicules, effectué des tirages express ou des photos d'identité. Quand elle était revenue sur Montpellier, son diplôme et le prix Canon/AFJ de la femme photojournaliste en poche, c'est lui qui l'avait aidée à s'installer dans le quartier, à trouver et à retaper le loft qu'elle habitait toujours. Elle ne savait rien de lui sinon qu'il avait un frère nettement plus âgé et qu'il était passionné par la photographie. Tiffany l'avait cru homosexuel un moment, jusqu'au jour où, alors qu'ils avaient rendez-vous pour prendre un verre et qu'il venait de tirer le rideau de fer de sa boutique, il l'avait soudain collée au mur pour la couvrir de baisers fébriles. Tiffany n'avait pas esquissé un geste, retenant juste sa respiration jusqu'à ce que Mathias se reprenne et se confonde en excuses. Elle se souvenait qu'il s'était alors traité de pauvre type et avait dit qu'il traversait une phase difficile avec sa femme. Rien de plus. Tiffany lui avait assuré qu'elle comprenait, même si ce n'était pas vrai, tant son rapport au désir était complexe. À l'occasion de cet incident sans lendemain, elle avait compris qu'elle tenait Mathias en trop haute estime pour pouvoir coucher avec lui. Phrase que le psychologue qu'elle voyait encore à l'époque n'avait pu s'empêcher de relever : « Vous ne faites donc l'amour qu'avec des hommes que vous méprisez, Tiffany ? »

Ce qui ramena Tiffany au présent, par le biais déplaisant de Baptiste. Comment avait-elle pu rester avec lui tant de mois ? C'était son corps sec et noueux qui lui avait plu, dont elle avait fait des photos d'un genre très nouveau pour elle, qu'elle n'avait montrées à personne et dont aucune ne figurait sur son site Internet. Il avait adoré poser nu tant il était exhibitionniste et fier de sa fascinante musculature parcourue d'un réseau de veines à fleur de peau. Elle n'avait fait que du noir et blanc, des plans très serrés de parties réduites de son corps – un avant-bras, la nuque, l'arrière des genoux, la hampe du pénis – si bien qu'il était impossible, pour certains clichés, de deviner qu'il s'agissait d'un corps humain. Sans doute, Tiffany ne ferait-elle jamais rien des centaines de clichés qu'elle avait pris dans la maison de bois. Mis à part son corps qu'elle jugeait magnifique, Tiffany n'éprouvait que répulsion pour Baptiste. Il était grossier, exaspérant quand il mâchouillait son fume-cigarette, raciste, brutal au lit et violent quand il avait bu. Il l'avait frappée une fois parce qu'elle n'avait pas voulu faire l'amour, « niquer », comme il disait, et il l'avait forcée ensuite. Elle n'avait pas bougé, n'avait pas émis la moindre plainte, le moindre mouvement de résistance et il avait fini par débander tant elle était restée inerte. Tiffany aimait le pousser à bout, le rendre fou à force de passivité. Il était capable de lui faire l'amour des heures durant sans jouir et éprouvait beaucoup plus de frustration que de plaisir quand il venait enfin.

Un scooter passa bruyamment dans une rue voisine, premier son humain, première entaille dans la toile de la nuit qui tira la jeune femme de ses songes.

Elle s'arrêta devant une boutique dont le bail était à vendre et la vitrine barrée de bandes adhésives argentées, si bien qu'à la lumière des réverbères, son reflet apparaissait par tronçons horizontaux, son visage, ses seins, ses hanches et ses genoux devenus invisibles. La jeune femme sortit son appareil compact de la poche arrière de son jean et immortalisa ce singulier autoportrait. Un morceau volé à cette promenade nocturne, un instant sauvé de l'oubli.

C'étaient les albums-photos de son enfance qu'elle regrettait le plus. Tout avait disparu ce 27 juin 1992. Elle ne possédait plus qu'une dizaine de clichés d'enfance de son père que lui avait donnés Alain, son oncle. Plus rien de sa mère, même pas une photo de mariage. Elle l'avait pourtant mitraillée sous tous les angles dès qu'elle avait reçu son premier appareil, pour ses dix ans. Chaque jour, elle avait un peu plus de mal à retrouver ses traits, le souvenir du timbre de sa voix. Seul son parfum ne la quittait pas, puisqu'elle portait le même aujourd'hui. Mais bientôt, elle le savait, elle aurait oublié le détail du visage de ses parents pour n'en garder qu'une confuse impression, guère plus vive que celle que l'on se construit d'un personnage de roman. D'Alexandra, la fille d'Alain, sa cousine germaine, sa complice d'enfance et d'adolescence, sa presque sœur, elle possédait heureusement de nombreux clichés, et entretenait avec ferveur le souvenir de son visage et de ses yeux aussi bleus que les siens. Elle lui parlait souvent, aussi, presque chaque jour.

Tiffany avait repris sa marche. Elle aimait Montpellier, elle aimait la ville. La vie à la campagne faisait partie de son autre vie, de cette enfance, cet avant 1992 qui, de plus en plus, perdait de sa réalité. Elle avait le sentiment de connaître Montpellier intimement pour l'avoir tant parcouru à pied de nuit. Ses rues et ruelles désertes étaient le refuge de ses insomnies et, de jour, elle considérait presque les autres passants comme des intrus. Combien de kilomètres avait-elle ainsi parcourus la nuit ? Combien d'heures de marche solitaire ?

Soudain elle se figea. Elle tendit l'oreille. Mais rien. Un moteur au loin, une sirène d'ambulance, une radio quelque part… Elle se remit en marche, aux aguets, s'efforçant de faire le moins de bruit possible avec ses semelles sur le macadam. Elle écouta de nouveau. Étaient-ce bien des pas qu'elle avait entendus et qui s'étaient arrêtés en même temps que les siens ? Est-ce que cela recommençait ? La première fois, c'était entre Noël et le Jour de l'An. Elle avait dîné avec Mathias et des amis à lui, elle était rentrée tard et s'était crue suivie. Au point de s'arrêter à plusieurs reprises. Mais chaque fois les pas avaient cessé, pour reprendre ensuite. Elle avait fini par courir, affolée, et s'était précipitée chez elle. De la fenêtre, cachée par les doubles-rideaux, elle n'avait vu personne dans la rue et s'était trouvée idiote. Mais quelques jours plus tard, tout avait recommencé, et d'autres fois encore. Elle se sentait épiée, observée. Parfois, même de jour, elle avait la sensation qu'un regard pesait sur ses épaules et se retournait brusquement. Toujours en vain. Elle avait fini par se convaincre qu'elle se faisait des idées, que c'était l'accumulation du manque de sommeil qui la rendait nerveuse. D'ailleurs, elle semblait avoir retrouvé un semblant de sérénité depuis quelques semaines, et la trouble impression d'être l'objet d'une surveillance avait disparu. Jusqu'à cette nuit. Elle pressa le pas, prit la première rue sur sa droite et poussa un cri de frayeur.

– Faut pas avoir peur, ma p'tite, il est pas méchant mon Bijou !

La femme était énorme, Bijou, son chien, minuscule et très laid, tremblant au bout de sa laisse. La femme poursuivit, de toute évidence heureuse de trouve à qui parler :

– On dort mal lui et moi, alors on marche la nuit. Vous connaissez ça, à c'que j'vois ! Les insomniaques, j'les r'connais au premier coup d'œil...

Tiffany ne put s'empêcher de jeter un regard en arrière.

– Un problème ? lui demanda la grosse femme.

– Non, non... J'ai... J'ai cru que quelqu'un me suivait.

La femme sortit une petite bombe aérosol de la poche de son gilet.

– Le quartier est tranquille, mais je sors jamais sans ça ! C'est que mon Bijou est trop vieux maintenant pour me protéger.

– J'ai dû me faire des idées, ajouta Tiffany.

– Vous devriez acheter un chien.

– Un chien ?

– Pour vous protéger... et vous tenir compagnie, surtout ! On se sent moins seul, la nuit, quand on dort pas, et puis ça donne un prétexte pour sortir ! On se dit que c'est pour faire faire sa commission au chien, pas parce qu'on n'en peut plus de faire des sauts de carpe dans son lit !

Tiffany sourit à la femme, un peu rassérénée de constater qu'elle n'était pas la seule à tenter de tricher avec elle-même. Elle eut brusquement envie de photographier la grosse femme, de l'épingler dans son journal en images. Elle hésita, puis se lança :

– Dites-moi, est-ce que je peux vous demander quelque chose qui va peut-être vous paraître bizarre ?

– Essayez toujours ?

– J'aimerais vous prendre en photo.

– En photo ? Moi ?

– Je suis photographe, et c'est quelque chose que je fais, prendre des gens, des choses, des moments de ma vie quotidienne...

– Ben…

– Juste une, ça prendra trois secondes.

– Pourquoi pas ? T'es d'accord, Bijou ?

Tiffany sortit son petit compact. La grosse femme prit son horrible chien dans les mains et le peigna avec les doigts. Puis elle rentra son ventre, tira ses épaules en arrière et sourit à l'objectif.

Le flash voila un instant la nuit.

– Merci, c'est parfait.

– Je peux voir ?

Tiffany détestait regarder et encore plus montrer les photos sur l'écran de contrôle des appareils numériques mais tendit tout de même l'appareil à la femme.

– T'aurais pu sourire, mon Bijou !

Elle regarda Tiffany, amusée par son trait d'humour.

Les deux femmes se faisaient face, ne sachant comment se quitter.

– Vous voulez qu'on marche un peu ensemble ? demanda enfin la grosse femme en reposant son chien au sol. Si vous avez peur qu'il y ait quelqu'un qui vous suive…

– Non, non, répondit Tiffany, je vous remercie. Tout va bien, mon imagination, sans doute…

Bijou se mit brusquement à gronder, le poil hérissé. Tiffany et la grosse femme regardèrent la rue déserte vers laquelle semblait dirigée la colère du chien qui se mit alors à montrer les dents. Rien, personne, seulement l'alternance des zones d'ombre et des flaques de lumière tombant des réverbères. Les deux femmes se regardèrent, la maîtresse de Bijou sortit de nouveau sa bombe de défense, Tiffany sentit son cœur cogner dans sa poitrine. Le chien se tut soudain, resta immobile quelques secondes puis se contorsionna pour se lécher l'entrejambe. La tension retomba instantanément et les deux femmes se sourirent avec des soupirs de soulagement amusé, comme pour se moquer de leur peur. La grosse femme émit l'hypothèse que son chien avait senti un chat ou un rat, et elles se séparèrent sur un mot aimable, un peu trop vite pour que chacune pût croire à l'air détendu qu'affichait l'autre.

Tiffany marcha longtemps dans la nuit, se calmant au fur et à mesure que la ville se réveillait, que les premiers travailleurs sortaient de chez eux, que les premières voitures déchiraient le silence, et que, petit à petit, le ciel s'éclaircissait.

Il faisait tout à fait jour lorsqu'elle rentra chez elle après avoir pris un petit déjeuner en terrasse. Désormais convaincue que personne ne l'avait suivie, qu'elle s'était fait des idées, elle referma à clé la porte de son loft derrière elle en se disant qu'elle devait se calmer, qu'elle devenait obsessionnelle et paranoïaque, qu'elle devrait peut-être, comme le lui avait conseillé Xavier, son seul ami d'enfance, retourner voir un psy même si quelques années plus tôt, elle s'était juré de ne plus jamais le faire.

Elle eut envie de s'allonger un peu, sans grand espoir de s'endormir mais pour reposer quelques minutes son corps fatigué. Elle posa ses appareils photo sur la console, ôta ses baskets et monta l'escalier de fer.

Elle resta tétanisée à l'entrée de la mezzanine, le cœur au bord des lèvres. Son lit était défait alors qu'elle était certaine d'en avoir regonflé l'oreiller et tiré les draps quelques heures plus tôt. Elle ne se levait jamais sans faire impeccablement son lit. Elle était bien trop maniaque pour cela, bien trop obsédée par l'ordre et la propreté ; faire son lit était l'un de ses tocs, comme de se laver les mains plusieurs fois par heure, de passer chaque jour l'aspirateur, d'effacer toutes traces d'eau sur son évier en inox après chaque utilisation. Quelqu'un avait froissé ses draps, laissé l'empreinte de sa tête dans l'oreiller. Quelqu'un s'était introduit chez elle en son absence et s'était couché dans son lit.

6

PIERRE ABADIE, le médecin légiste, n'y était pas allé par quatre chemins. On avait trouvé dans la maison de Baptiste Legendre, outre quatre-vingt-dix-sept mille euros en liquide cachés sous le plancher, un agenda dans lequel étaient inscrits huit rendez-vous sur six semaines chez un médecin qui, grâce au répertoire découvert peu après, s'était révélé être un dentiste de Montpellier. Dans l'heure qui avait suivi, la radiographie des mâchoires de Legendre avait été récupérée et portée à Pierre Abadie qui avait pu ainsi identifier le cadavre retrouvé dans le 4 × 4 brûlé.

À la cellule d'investigations criminelles de la BDRIJ de la caserne Celleneuve de Montpellier, Damien Le Guen regardait sans bouger le combiné du téléphone filaire posé sur son bureau. C'était la première fois de sa carrière qu'il devait annoncer lui-même à une femme que son fils était mort. Quand il avait croisé Jean-Éric Pélissier pour lui demander qui devait se charger de cette corvée, le lieutenant avait eu pour toute réponse un geste vague et exaspéré tant il était accaparé par l'affaire du petit Hugo.

Damien se souvenait des récits de gendarmes et de policiers qui redoutaient plus que tout, même que la découverte d'un cadavre, de devoir annoncer un décès à une famille, et qui plus est celle d'un enfant à ses parents. Il avait également rencontré ce type de scènes dans de nombreux romans policiers prêtés par sa mère. Il avait ouvert devant lui le répertoire de Legendre, dans lequel il avait trouvé un numéro de portable inscrit en face du mot *maman.* Aurait-il dû lancer une recherche pour localiser cette femme puis contacter la gendarmerie la plus proche de son domicile pour charger les collègues de lui annoncer la nouvelle ? L'arrivée d'hommes en uniforme à son domicile valait-elle mieux qu'un appel téléphonique ? Était-ce une façon plus correcte d'annoncer à une mère que son enfant n'était plus qu'un corps calciné ? Ce serait surtout une manière de se débarrasser d'une tâche pénible. Mais aussi une perte de temps, alors que tout le monde souhaitait voir cette affaire réglée avant la fin de la semaine.

Une phrase que sa mère répétait tout le temps à son intention et celle de son frère durant leur enfance lui revint à l'esprit : « Il ne faut jamais remettre au lendemain ce que l'on peut faire le jour même. » Puis une autre : « Ce qui est fait n'est plus à faire. » Damien prit une bonne inspiration et composa le numéro. On décrocha au bout de deux sonneries.

– Allô !

– Madame Legendre ?

Il y eut une forte sonnerie dans le téléphone, puis une voix de femme entrecoupée de silences qui prononça une phrase dont il ne comprit que deux mots : RER et réseau. La ligne fut ensuite coupée. Damien recomposa le numéro. Cette fois, il tomba sur le message d'accueil d'un répondeur : « Jeanine Legendre, laissez votre message après le signal sonore. » Damien raccrocha. Au moins, il savait que le numéro était le bon. Il attendit deux minutes et tenta une nouvelle fois sa chance.

– Allô !

Cette fois, la voix était claire et clairement agacée.

– Madame Legendre ?

– Qui est à l'appareil ?

– Maréchal des logis-chef Le Guen, de la cellule…

La ligne coupa brusquement. Damien jura en reposant le combiné. Il était tendu et inspira profondément avant de rappeler.

– Je suis dans le RER ! Je n'ai pas compris votre nom.

– Le Guen, de la cellule d'investigations criminelles de Montpellier.

Il y eut un silence à l'autre bout du fil. Damien crut que la ligne s'interrompait encore mais la femme reprit la parole.

– Qu'est-ce que mon fils a encore fait ?

– J'ai le regret…

Damien ne put terminer sa phrase, une série de sonneries l'interrompit puis une voix automatique lui expliqua que le réseau n'était pas disponible.

Cela tournait au gag, ou à la torture. Damien imagina Jeanine Legendre dans son wagon de RER, ayant compris qu'il y avait un problème avec son fils mais ne sachant lequel. Il se rendit compte que sa main tremblait. Il raccrocha et souffla longuement pour tenter de retrouver son calme. Enfin, il appuya sur la touche *bis*.

– Qu'est-ce qu'a fait Baptiste ? demanda madame Legendre dès qu'elle décrocha.

La ligne était mauvaise, la voix de la femme lointaine, près de disparaître une fois de plus. Damien oublia les phrases qu'il avait préparées, les « J'ai le regret de vous annoncer… », « J'ai le devoir de vous dire… », « Baptiste a eu un accident de voiture… ».

– Il est mort, dit-il brutalement juste avant que la communication soit une nouvelle fois interrompue.

Il se leva d'un coup, envoyant valser sa chaise derrière lui.

– *Putain* ! cria-t-il en claquant le combiné sur son support.

Il se passa les mains dans les cheveux, fébrile, maudissant autant sa maladresse que tous les réseaux téléphoniques du monde. Il ferma les yeux et reçut de plein fouet l'image mentale d'une femme en larmes dans un wagon de RER bondé, son mobile à la main.

Il redressa sa chaise, s'assit et allait décrocher de nouveau son téléphone pour rappeler la pauvre femme quand l'engin se mit à sonner. C'était Lucie, à l'accueil de la gendarmerie.

– Damien, j'ai une femme pour toi. Elle appelle de son mobile, elle dit que vous venez de vous parler.

– Oui. Passe-la-moi… merci.

Damien avala sa salive.

– Monsieur Le Guen ?
– Maréchal des logis-chef Le Guen, oui.
– C'est Jeanine Legendre. Je suis descendu du train. Ça ne coupera plus.
– Je suis désolé, madame. Baptiste, votre fils…
– Comment est-il mort ?
Damien eut un instant d'hésitation.
– Dans sa voiture. Son 4 × 4.
– Un accident de voiture !
– Nous ne connaissons pas encore exactement les conditions de son décès, madame. Il y a eu un incendie. Le véhicule…
– Mon fils a brûlé ?
– Oui. Dans son véhicule.
La femme se tut un moment, Damien n'osa reprendre la parole le premier. Il entendit, en fond sonore, l'agitation de la station de RER, des voix, des pas pressés, les pleurs d'un nourrisson…
– Je le savais, dit enfin la femme.
– Vous saviez quoi ? demanda Damien.
– Que ça finirait mal.
Damien avait préparé une liste de questions pour découvrir le plus d'éléments possibles sur Baptiste Legendre mais il n'eut pas besoin de les poser, sa mère se mit soudain à parler vite et sans interruption, sa voix entre la colère et les larmes révélant une profonde détresse. C'est ainsi que le gendarme apprit que Baptiste, né dans la région de Montpellier, après que son père eut quitté le foyer pour ne plus jamais donner de nouvelles, avait passé son enfance à Villeneuve-Saint-Georges, où sa mère habitait toujours, qu'il avait été un enfant difficile dès son plus jeune âge, qu'il avait redoublé son CE2, collectionné les punitions pour des problèmes de discipline et de violence tant verbales que physiques, avait vu de nombreux pédopsychiatres sur les conseils de ses maîtres d'école successifs, avait ensuite été convaincu de vol, de tentative de viol et de racket au collège dont il avait plusieurs fois été renvoyé trois jours puis une semaine. Il avait commencé à avoir des problèmes avec la police dès quinze ans et fait un premier séjour en prison à dix-huit ans.

– On ne se voyait plus. Je suis une vieille femme, je n'avais plus la force de supporter tout ça. Je ne sais rien de sa vie dans le Sud. Il a voulu retourner dans la région de son père, il y a une vingtaine d'années. On se parlait le moins possible. Je... Comment vous dire ?.... Je ne suis pas certaine que j'aime... que j'aimais encore mon fils.

Il y eut un nouveau silence. Damien pensa une fois de plus à cette analogie qu'il trouvait souvent entre le métier de gendarme et celui de prêtre, lui qui, un temps, avait hésité entre les deux vocations.

– Vous devez me trouver monstrueuse ? Une mère qui n'aime pas son fils...

Damien ne sut que répondre. La femme poursuivit.

– Baptiste ne m'a apporté que des soucis et de la peine. Il a fait du mal à tout le monde autour de lui. Non, je crois que je ne l'aimais plus. Et pourtant...

Sa voix se brisa, Damien devinait qu'elle se retenait de pleurer.

– Vous croyez qu'il a...

Elle cherchait ses mots, ou plutôt cherchait à en éviter certains.

– Est-ce qu'il était mort quand sa voiture a brûlé ?

– C'est trop tôt pour le dire, répondit Damien en se demandant s'il n'aurait pas mieux fait de mentir en affirmant que Legendre était mort avant que les flammes ne s'emparent de lui.

Quand ils eurent raccroché, Damien resta quelques minutes immobile, le temps que retombe son stress, puis il mit au propre les notes qu'il avait prises en écoutant la femme. Tout ce qu'il venait d'apprendre formait un parfait prologue à ce qu'il avait déjà trouvé dans les fichiers de la gendarmerie. Baptiste Legendre, une fois réinstallé dans l'Hérault à l'âge de vingt-quatre ans, avait continué sur sa lancée, fait un deuxième séjour en prison, bénéficié ensuite in extremis d'un non-lieu dans une affaire de proxénétisme, et été l'objet de plusieurs plaintes pour violence sur des prostituées et sur une femme avec qui il avait vécu plusieurs années.

En fin de matinée, le lendemain du drame, Damien rendit visite à l'employeur de Baptiste Legendre qui ne lui apprit rien de plus, sinon qu'il était ponctuel et dur à la tâche. Maxime Berri, l'un des collègues de Baptiste, ajouta plus tard à cette sommaire description qu'il était « un sacré connard. » Damien comprit rapidement que Berri et Legendre avaient un moment entretenu des rapports extraprofessionnels, sortant et buvant ensemble, mais qu'ils s'étaient brouillés à cause d'une femme.

– À propos de femmes, glissa le gendarme, il vivait avec quelqu'un, en ce moment, Legendre ?

– Vivre, non, mais il voyait quelqu'un. Une bombe, presque vingt ans de moins que lui. Tiffany, qu'elle s'appelle.

– Vous connaissez son nom de famille ?

– J'lai su, mais… Ça va m'revenir. Elle habite à Montpellier, elle est photographe.

Damien sortit le portrait trouvé chez Legendre et le montra à Berri.

– C'est elle qui a pris cette photo de Baptiste, d'après vous ?

– Ça s'pourrait bien, d'après ce que j'ai compris, elle était du genre artiste casse-couilles folle de noir et blanc.

– Est-elle rousse ?

– Oh oui, et avec une sacrée tignasse ! Une bombe, j'vous dis… Un peu barrée sur les bords, mais canon…

Damien, pour clore l'entretien, demanda à Maxime Berri si quelque chose dans le comportement de Legendre avait attiré son attention, ces derniers temps, un changement d'humeur, un air inquiet…

– Non. Il était comme toujours, un sale con tordu et content de lui. J'crois juste qu'il en bavait pas mal avec la gamine… Roche ! C'est ça son nom : Roche. Tiffany Roche.

Avant de retourner à la caserne, Damien fit un crochet par Clermont-l'Hérault où, entre deux visites, il rencontra le médecin traitant de Baptiste, un homme corpulent d'une cinquantaine d'années qui semblait complètement surmené et qui lui dit qu'il le voyait très peu car il n'était jamais malade. Quand Damien lui demanda s'il était plausible qu'il ait eu un malaise, le médecin lui répondit qu'il y avait toutes sortes de façons de mourir brutalement, même pour un quadragénaire en pleine forme physique comme Baptiste Legendre qui était un grand sportif et dont les analyses biologiques étaient exemplaires.

– À part la cigarette dont il ne voulait même pas essayer de se passer, il était plus en forme que la plupart de mes patients de dix, voire de vingt ans de moins que lui !

Quand il rentra à la caserne, Damien trouva la CIC en ébullition. On avait retrouvé le corps d'un enfant dans le rau de Coulazou, à six kilomètres en aval de Fabrègues. Par bonheur, une autre équipe de TIC avait été envoyée sur place et Damien, en s'asseyant à son bureau, savoura un instant cette journée qui allait s'achever sans qu'il ait à s'occuper de ce petit cadavre.

Il était seul dans le bureau commun et réfléchissait à la suite de l'enquête. Tiffany Roche n'avait pas été difficile à localiser. Elle était dans l'annuaire et habitait Les Beaux-Arts, et donc en zone de compétence de la police. Ce n'était pas le moment de déranger le lieutenant Pélissier qui devait déjà être sur les rives du Coulazou pendant qu'on repêchait celui que tous pensaient être le petit Hugo, et appeler le procureur pour si peu n'enthousiasmait pas Damien. Après tout, malgré le passé chargé de Legendre et tant que le rapport d'autopsie ne dirait pas le contraire, tout laissait penser qu'il était mort accidentellement, et surtout, les quelques questions qu'il fallait de toute évidence poser à cette photographe n'étaient que de pure routine. Damien décida d'aller au plus simple et composa sur son téléphone le numéro d'une ligne directe qu'il connaissait par cœur.

Une voix fatiguée répondit au bout de quatre sonneries.

– C'est Damien, t'as l'air d'une humeur radieuse ! ironisa le gendarme.

– Journée de merde, comme d'habitude.

– Tu devrais quitter la police pour la gendarmerie, nous, au moins, on donne dans le rural, on enquête au grand air !

– Jamais pu saquer les militaires.

– Ha ! Ha ! Très drôle… Dis-moi, j'ai besoin de ton aide.

– Pour quoi faire ?

– Interroger une femme qui est sur votre zone, à Montpellier.

– C'est qui ?

– Une photographe, une certaine Tiffany Roche.

– Et qu'est-ce qu'elle a fait ?

– Rien sans doute, sinon coucher avec un type qu'on a retrouvé cramé dans sa voiture.

– Le type de Valmascle ? J'ai vu ça dans le journal. C'est toi qui t'en occupes ?

– Oui, tout le monde est sur l'histoire du gamin.

– J'ai entendu dire qu'on l'avait retrouvé ?

– On n'en sait rien encore. On a juste trouvé un gosse noyé…

– Et ton brûlé ?

– Sans doute un accident, on attend les résultats de l'autopsie.

– Et donc, tu veux venir chez nous pour poser des questions à sa fiancée.

– C'est ça, et si on pouvait éviter tout le cirque habituel…

– OK. Envoie-moi un mail, pour que j'aie une trace.

– Parfait. Je te remercie. Tu ne serais pas libre pour dîner un de ces quatre par hasard ?

– Heu… Si, pourquoi pas… demain ?

– Demain, parfait.

– C'est mercredi, passe me prendre rue Eugène-Lisbonne.

Une fois qu'il eut raccroché, Damien Le Guen composa le numéro de Tiffany Roche et tomba sur un répondeur. Il préféra ne pas laisser de message. Il recevrait sûrement le lendemain le rapport du légiste et d'ici la fin de la semaine les résultats d'analyses des échantillons qu'il avait envoyés au labo de Rosny. Il décida de remettre au lendemain sa visite chez la photographe. D'ici là, il avait une pile de dossiers en retard à boucler, mais il s'accorda une pause pour aller marcher un peu, en profita pour s'acheter un éclair au chocolat à la pâtisserie Scholler, non sans avoir, comme chaque fois qu'il s'offrait ce genre de plaisir, une pensée pour son frère aîné qui, souffrant de surpoids depuis l'enfance, avait toujours été exaspéré par sa capacité à manger autant qu'il le voulait sans jamais prendre un seul kilo.

Il faisait chaud, l'été était en train de s'installer pour de bon. Damien pensa de nouveau à son frère, aux après-midi caniculaires qu'ils avaient passés tous les deux dans la cabane de pêcheur de leur père, entre le canal du Rhône à Sète et l'étang de l'Arnel, à leurs baignades sur la plage de l'autre côté de la cathédrale de Maguelone. Guillaume, son frère de huit ans son aîné lui avait tout appris de ce qui n'est pas au programme de l'Éducation nationale : de la pêche à la meilleure façon d'embrasser les filles (enseignement purement théorique), de l'art de siffler entre ses doigts à celui de se battre à mains nues. Guillaume avait été son guide, son ami, son protecteur, son gourou, le père qu'il n'avait pas connu. Qu'en était-il de leurs rapports maintenant qu'ils étaient adultes et trentenaires tous les deux ? S'ils continuaient à très bien s'entendre et se voyaient régulièrement, Damien ne pouvait que constater l'érosion de leur complicité, la banalisation de leur fraternité. Il se souvenait qu'enfant, il pensait que la vie ne ferait toujours que s'intensifier, alors qu'en vérité, elle n'avait fait que perdre, petit à petit, insensiblement, de son piquant au fil des années. À moins que ce ne soit sa perception des choses qui s'affadisse, qui s'accoutume.

À peine fut-il rentré au CIC et eut-il ouvert le dossier à compléter sur une épidémie de vols de voitures allemandes sévissant depuis six mois dans le département, qu'une première équipe rentra du Coulazou. Le corps sorti des eaux n'était pas celui du petit Hugo que tout le monde cherchait depuis cinq jours, mais celui d'une fillette du même âge.

Tiffany Roche arriva en avance place des Beaux-Arts et s'installa à sa table habituelle du Bar des Super Vedettes. Il était encore tôt dans la soirée mais elle n'avait pas déjeuné et, après une courte hésitation, commanda une Guinness. Elle regarda sa montre huit fois en cinq minutes tant elle était impatiente de découvrir ce que contenait la pellicule argentique confiée à Mathias. Après être parvenue à se convaincre que personne n'était entré chez elle et qu'elle avait simplement dû, pour une fois, oublier de faire son lit en se levant, elle avait passé la journée sur les photos numériques de l'incendie. S'il était rare qu'elle soit satisfaite de son travail, cette date était à marquer d'une pierre blanche. Elle savait qu'elle tenait quelque chose, que le miracle s'était produit ; elle était au-delà des apparences, avait franchi la muraille invisible du réel et le feu était devenu un objet d'art. Si quasiment tous les clichés étaient intéressants, une bonne quinzaine d'entre eux étaient exceptionnels. Se retenant de courir à la boutique de Mathias pour prendre des nouvelles du reste de son travail, elle n'avait pas ressenti une telle excitation depuis son reportage sur les rites et fêtes du feu qui, trois ans plus tôt, lui avait valu une avalanche d'articles élogieux et dont l'exposition avait été un succès jusqu'à New York et Montréal.

Mathias arriva enfin.

– T'attaques dur, je vois ! lui dit-il en allusion à la pinte de bière brune avant de l'embrasser.

– C'est mon déjeuner et mon dîner, répondit la photographe.

Il commanda une blonde pression et s'assit en face d'elle.

– Bon, je suis désolé, mais…

– Pas aujourd'hui, Mathias ! l'interrompit-elle en levant un doigt menaçant.

Elle savait qu'il adorait lui faire des blagues, et prétendre qu'il n'avait pas eu le temps de s'occuper de sa pellicule, ou qu'elle ne contenait pas une seule photo exploitable… c'était devenu une sorte de rituel entre eux.

– OK, OK !… Voilà le travail.

Il extirpa un CD et deux planches de diapos de sa besace. Tiffany sortit son compte-fils d'une poche et, retenant son souffle, se mit aussitôt à scruter les clichés.

Mathias garda le silence, la laissant découvrir ce travail que, pour sa part, il avait trouvé formidable. Quand elle releva le nez, deux minutes plus tard, ses yeux brillaient d'excitation. Mathias lui sourit.

– Qu'est-ce que tu en as pensé ? demanda-t-elle.

– Oh, tu sais, je ne suis qu'un photographe de quartier, je fais les mariages et les communions, je…

– Sérieusement, Mathias, qu'est-ce que tu en penses ?

– Que c'est ce que j'ai vu de meilleur de toi depuis… Depuis toujours.

Elle soupira de soulagement tant elle n'arrivait pas à croire à son propre enthousiasme.

– Tu es en train de faire un virage radical, tu changes de style, tu mûris. C'est… C'est très fort. Tu vas au-delà des choses, tu distords la réalité pour mieux la révéler.

Tiffany ne sut quoi répondre, ces mots étaient exactement ceux qu'elle aurait aimé trouver pour tenter de définir son projet.

– T'as pris ça quand ?

– Hier.

– Où ça ?

– Ça a brûlé du côté de Clermont-l'Hérault.

– Et qu'est-ce que tu foutais par là ?

Elle ne répondit pas et disposa une nouvelle fois sa loupe sur la photographie du pin qui s'embrase, le feu y semblait liquide, en mouvement, s'enroulant d'une traite autour du tronc comme le cours tumultueux d'un torrent.

– Comment tu as fait pour ne pas être surex ? T'as utilisé les Ekta que je t'avais trouvés ?

– Ouais.

– Ça va devenir impossible de trouver des pelloches aussi peu sensibles…

– C'était indispensable pour bosser avec le pied.

– Un pied au milieu de cette fournaise… T'es complètement folle ! lança-t-il en souriant. T'as utilisé le Nikon aussi ?

– Oui.

– Et ça donne quoi ?

– C'est bien.

– Pour que tu dises ça, c'est que ça doit être formidable.

Elle lui sourit.

– Il y en a une, surtout, on dirait une vague de feu, comme les rouleaux, tu sais, les photos de surfeurs prises de l'intérieur de la vague ! C'est exactement ça, sauf que c'est du feu.

Elle but une gorgée de bière et se cala au fond de son siège.

– Qu'est-ce que tu vas faire de tout ça ?

– J'en sais rien encore.

– Il est très clair que ces temps-ci, tu t'éloignes du reportage.

– Oui, je sais, et ça me plaît. J'en ai marre des photos qui témoignent, j'ai envie d'autre chose. Il y a trop d'images, trop d'images qui informent, on n'en peut plus, on les voit même plus ! J'ai besoin d'autre chose.

– Tu vas rendre ta carte de journaliste ?

– Non, répondit-elle avec un petit rire. Non, mais je recherche exactement ce que tu as décrit tout à l'heure… Il faudra que tu me le mettes par écrit !

– J'ai déjà oublié…

Puis il leva son verre pour trinquer.

– Allez ! À toi, à tes photos, à leur succès futur…

De retour chez elle, Tiffany adressa un courriel à Anne-Laure Martial, intitulé *Qu'est-ce que tu penses de ça* ? et accompagné de deux photos en pièces jointes, celle du pin et celle de la vague de feu.

Puis, pour se retenir d'appeler immédiatement Anne-Laure, elle ouvrit le fichier de son journal intime. La dernière entrée datait de l'avant-veille et concernait le rendez-vous avec Baptiste rue Saint-Guilhem où se situait son dentiste. De la suite, elle ne retrouvait dans sa mémoire que des fragments, la contrariété d'avoir oublié son appareil compact alors qu'ils roulaient jusque chez lui et que la lumière rasante embrasait la garrigue, le souvenir que Baptiste avait trop bu, l'image d'elle-même faisant nerveusement la vaisselle (sa manie de la propreté exaspérait Baptiste) puis la sensation de fraîcheur à l'aube quand elle était sortie de la maison de bois. Rien d'autre avant l'incendie. Avaient-ils fait l'amour ? S'étaient-ils disputés ? Tiffany eut beau fouiller sa mémoire, rien ne réapparut.

Elle sentit une angoisse familière monter en elle, aussitôt renforcée par le constat que, derrière la large baie vitrée, le jour tombait déjà.

Pour ne pas succomber à la fébrilité qui la gagnait, elle téléchargea sur son ordinateur les nouvelles photos prises avec le compact, puis rédigea les légendes qui composaient son journal intime. *Autoportrait en tranches* fut écrit sous le cliché de la nuit précédente devant la vitrine de la boutique en liquidation. Puis *Deux insomniaques* sous celle de la grosse femme et son horrible chien. *Premier petit déj en terrasse de la saison* sous celle d'un croissant et d'une tartine se reflétant dans le galbe d'une théière en inox. Puis *La peur* pour illustrer la photographie du lit défait, légende qu'elle effaça ensuite pour la remplacer par *Suis-je en train de devenir folle ?* Enfin, elle écrivit *La vague* sous la capture qu'elle avait faite de l'écran de son ordinateur quand s'était affiché pour la première fois le cliché saisissant de la vague de feu. La photo suivante montrait le reflet de son visage hagard dans le miroir rond au cadre couvert de milliers de coquillages minuscules et multicolores, près de la porte d'entrée. Elle inscrivit : *Émotion,* puis effaça le mot et le remplaça par *Qui suis-je ?* La dernière photo du jour montrait Mathias levant son verre de bière. Elle hésita puis écrivit : *Mathias aussi a aimé les photos. Seraient-elles bonnes ?*

Le téléphone mobile de Tiffany se mit à vibrer. Elle décrocha aussitôt.

– C'est quoi ces merveilles ? dit une voix féminine qui fit sourire la photographe. T'as pris ça quand ? poursuivit Anne-Laure Martial.

– Hier.

– Ma chérie, c'est sublime. T'en as d'autres des comme ça ?

– Oui.

– J'ai comme l'impression qu'on la tient, ta prochaine expo, non ?

C'était Anne-Laure qui avait contacté Tiffany quand les deux premières photos vendues par la jeune photographe avaient été publiées dans la presse. Deux clichés pris en Irak : le portrait d'un enfant jouant au ballon contre un mur criblé d'impacts de balles, et celui d'un soldat américain au chevet d'un camarade blessé dans un campement de fortune. La première impression de Tiffany, au téléphone, avait été exécrable tant la tonalité snob de la voix d'Anne-Laure l'avait exaspérée. Elle avait tout de même accepté de la rencontrer et, à peine l'avait-elle vue qu'elle eut aussitôt envie de la photographier – ce qu'elle n'avait toujours pas osé lui demander. Anne-Laure faisait partie de ces femmes sans âge (elle apprendrait plus tard qu'elle avait cinquante-quatre ans à l'époque), entièrement refaites, le visage et la silhouette si retravaillés qu'ils n'étaient plus qu'anachronismes. Elle s'habillait comme une lycéenne, parlait fort et vite et gardait ses mains le plus possible hors de vue afin qu'elles ne trahissent pas son âge.

Tiffany avait fini par se détendre pendant le premier déjeuner qu'elles avaient partagé, et Anne-Laure par lui dire qu'elle voulait devenir son agent.

« Un agent ! Mais je n'ai pas besoin d'un agent ! »

« Est-ce que tu as besoin d'un téléphone portable ? avait répondu la femme. Non ! Et pourtant, tu ne peux plus t'en passer ! Un agent, c'est pareil… »

Elles s'étaient revues ensuite, s'étaient beaucoup parlé au téléphone, Tiffany avait appris à supporter sa diction, avait rencontré sa fille (qui, de loin, semblait sa sœur), avait découvert qu'elle était sans arrêt au régime et faisait chaque matin deux heures de gymnastique dans une salle du 15e arrondissement de Paris. Surtout, elle avait compris que sous son apparence superficielle (qui lui demandait un labeur de chaque instant), Anne-Laure était une grande professionnelle qui avait un entregent incomparable, un carnet d'adresses inestimable et qui s'y connaissait très bien en photographie. Un mois après leur première rencontre, Tiffany avait accepté qu'elle devienne son agent.

– Laisse-moi un peu de temps, dit Tiffany au téléphone. C'est trop frais, il faut que je bosse dessus, que je laisse mûrir l'idée.

– Pas de problème, ma chérie, tu as tout ton temps… jusqu'à lundi ! Je pars au Québec, si je pouvais avoir quelque chose à montrer à Delabranche… Je sais qu'il adorerait t'exposer de nouveau.

Tiffany entendit dans son mobile le signal sonore d'un double appel mais laissa sonner.

– J'aime pas ce type.

– On te demande pas de l'épouser ! Sa galerie est la plus cotée du Québec et les magazines spécialisés lui mangent dans la main.

– Je veux commencer ici.

– À Montpellier ?

– Chez Hélène.

– Si tu veux, mais…

– De toute façon, je ne sais même pas si j'ai de quoi faire quoi que ce soit.

– Mais si, tu le sais, ma belle, tu le sais très bien, sinon tu ne m'aurais rien envoyé !

Quand elles eurent raccroché, Tiffany se rendit compte qu'elle avait faim. Son réfrigérateur était vide et elle n'avait le courage ni de ressortir ni de se préparer des pâtes. Il lui restait trois pommes un peu flétries dans un compotier. Elle en croqua une et alla se faire couler un bain, en songeant que ces derniers temps elle sautait de plus en plus de repas, ce qui, chez elle, était le signe d'une trop forte tension émotionnelle. Elle n'avait jamais été gourmande, même enfant. C'était l'une des différences qui la distinguaient d'Alexandra, sa cousine, sa presque sœur qui elle entretenait un rapport compulsif à la nourriture et une bonne quinzaine de kilos de trop. Tiffany avait traversé une rude période d'anorexie, entre ses quatorze et ses dix-huit ans, soit durant les quatre années qui avaient suivi le 27 juin 1992. Elle s'en était sortie grâce à Mylène Kammoun, la seule psy qu'elle avait aimée parmi la longue liste des thérapeutes fréquentés depuis l'adolescence. Malheureusement, elle avait pris sa retraite quand Tiffany était devenue majeure.

Revenant soudain au présent, elle se souvint que pendant sa conversation téléphonique avec Anne-Laure, quelqu'un avait essayé de la joindre.

Elle retourna au salon et vit sur l'écran de son mobile qu'elle avait un message. C'était Xavier, son ami d'enfance, son seul véritable ami, qui vivait maintenant à Marseille.

« Salut ma Tiff, c'est moi. J'ai entendu pour l'incendie, à la radio. C'est terrible, je… je voulais savoir comment tu allais, comment tu prenais les choses. Je… Rappelle-moi, je suis à la maison. Je t'embrasse. »

Mais Tiffany était trop pleine de son travail, trop absorbée par ses photos en train de devenir projet pour rappeler Xavier. Assise devant ses deux larges écrans d'ordinateur, elle afficha de nouveau la photo de la vague de feu, tenta un léger recadrage, puis revint finalement au premier qu'elle jugea plus fort. Malgré elle, et bien qu'elle n'ait encore pris aucune décision, elle commençait à envisager l'éventualité d'une exposition, et à l'utilisation de ce cliché, sans doute le plus puissant, pour l'affiche et les cartons d'invitation.

Elle sursauta soudain en se souvenant qu'elle avait mis l'eau à couler pour son bain.

Elle se précipita et s'immobilisa à l'entrée de la salle d'eau. Le robinet était fermé, la baignoire pleine. Une boule se forma instantanément dans le ventre de la jeune femme qui n'avait aucun souvenir d'avoir arrêté l'eau.

Un bruit derrière elle. Tiffany se retourna d'un bloc.

Le loft était vide. Son cœur lui faisait mal, son pouls cognait à ses tempes. Elle devait se calmer. Tout le monde faisait des gestes sans même s'en apercevoir, par automatisme, l'esprit occupé par une autre idée que celle qui guide le corps. Obsédée par la photographie de la vague de feu, elle avait dû retourner dans la salle de bains et couper l'eau sans y prêter attention, comme il arrive que l'on conduise de longues minutes sans avoir conscience de regarder la route. Enfant, elle était capable, lors de l'audition de fin d'année de son professeur, de jouer très correctement un morceau de piano en pensant à autre chose et de se tromper au moment même où elle reprenait conscience de ses gestes et de la position de ses doigts. C'était cela. Ce ne pouvait être que cela. Sinon quoi ? Quelqu'un serait en ce moment même dans son appartement et aurait tourné le robinet avant que la baignoire ne déborde ? C'était absurde, complètement ridicule.

Tiffany trempa le bout de ses doigts dans l'eau, elle était brûlante, comme elle aimait. Elle sortit de la pièce embuée et monta dans sa chambre en quête d'une tenue de nuit. Elle fouilla sa penderie et sentit un courant d'air lui caresser le dos. Elle se retourna. Une brise tiède agitait le voilage de lin écru.

Tiffany n'avait aucun souvenir d'avoir ouvert la fenêtre de sa chambre.

Elle était même certaine de ne pas l'avoir fait.

III

LES RUINES DU PASSÉ

7

TÂRIQ AMRAOUI frappa fermement à la porte du bureau du commandant de la BASC et n'attendit pas d'y être invité pour entrer. Il était de repos aujourd'hui mais avait préféré venir immédiatement à la base après le coup de téléphone de la secrétaire du commandant plutôt que de remettre au lendemain comme on le lui avait suggéré.

– Ah ! Amraoui, dit le commandant. Fermez la porte, s'il vous plaît, et prenez un siège.

– Je préfère rester debout, si vous le permettez.

Le commandant le regarda et fronça les sourcils en le voyant se planter devant son bureau, pieds légèrement écartés, bras dans le dos. Il soupira. Après les incidents de l'avant-veille, la plainte du commandant des pompiers et les informations qu'il avait réussi à glaner auprès des autres équipages, il était de son devoir de convoquer Amraoui pour le blâmer officiellement, et il espérait que ce dernier allait lui faciliter la tâche en acceptant les remontrances sans faire de vagues. Mais à en croire la posture du pilote, ça s'engageait mal. Depuis quatre ans que Târiq avait rejoint les effectifs de la Sécurité civile, le commandant ne savait que penser de cet homme qu'il n'avait jamais vu se détendre une seule fois ni plaisanter avec ses collègues. Il était excellent pilote, l'un des meilleurs même, mais peinait à s'intégrer au groupe, ou plutôt ne semblait pas désirer s'y intégrer. Il souriait peu, parlait le moins possible et toujours sur la défensive.

Avant de prendre la parole, le commandant jeta un coup

d'œil à la une du *Midi Libre* qui se trouvait sur son bureau et qui titrait sur la victime de l'incendie de Valmascle, un chantier qui avait nécessité la mobilisation de quatre Canadair et d'un Tracker jusqu'à l'heure limite d'autorisation de vol, soit trente minutes avant le coucher du soleil.

– Parlez-moi de ce qui s'est passé à Valmascle, Amraoui.

– Je pense que vous faites allusion au largage de sécurité que j'ai effectué...

– Contre l'avis du commandant des pompiers, exactement.

Târiq s'imposa quelques secondes de silence pour refouler la colère qu'il sentait monter. Il poursuivit d'une voix maîtrisée.

– Je pense avoir fait mon devoir.

– En désobéissant aux ordres ? demanda le commandant.

– En essayant de sauver une femme entourée par les flammes.

– Une femme que personne n'a vue à part vous.

– Je l'ai vue, j'en suis absolument certain.

– Et vous pensez que ce largage improvisé l'a sauvée ?

– Je l'espère. Je ne peux en apporter la preuve, mais je l'espère. Au moins, j'ai tenté quelque chose.

– Sauf que personne n'a retrouvé trace de votre femme mystérieuse. Personne ne l'a vue avant, et personne après.

– Ce qui me confirme qu'elle a pu se dégager de la situation dramatique dans laquelle elle se trouvait grâce à mon intervention. J'ai effectué deux vols de reconnaissance après le largage de sécurité, il avait bien ouvert une brèche dans le feu. Il n'y avait plus trace d'elle.

– Ce ne sont que des supputations, Amraoui. Vous prenez vos désirs pour des réalités ! Ce sont des faits dont j'ai besoin, et les seuls faits dans toute cette histoire, sont votre refus d'obéir aux ordres, la rupture volontaire des contacts radio avec le commandement des opérations au sol, un largage non autorisé et la mise en péril de votre mission sur ce chantier !

– Je...

– Vous étiez leader sur cette opération, nom de Dieu ! Depuis quand on improvise ? Depuis quand on effectue un largage en « espérant » qu'il servira à quelque chose ? Il y a des procédures, il y a des règles, il y a des ordres…

– Je crois pouvoir affirmer que la mission a été parfaitement remplie.

– Pas grâce à vous !

Târiq se raidit encore davantage. Les deux hommes se regardaient dans les yeux. Le pilote ressentit l'écho des derniers mots jusque dans son ventre. Même s'il se savait trop susceptible, certainement trop orgueilleux, il ne sut prendre sur lui et lança :

– Ma démission sera sur votre bureau avant ce soir.

– Certainement pas ! répliqua le commandant en se levant brusquement. Pour qui vous prenez-vous ? Vous reprenez votre service demain matin comme prévu, et je ne veux plus entendre parler de vous jusqu'à Noël, c'est compris ?

La rage étranglait Târiq, la vexation et l'envie de tout envoyer valser. Il allait répliquer quand son regard tomba sur le journal posé sur le bureau du commandant. À l'envers, il en déchiffra le gros titre : « PREMIER INCENDIE DE LA SAISON DANS L'HÉRAULT – PREMIÈRE VICTIME. » Puis il devina plus qu'il ne lut le sous-titre et le nom de l'homme qui avait trouvé la mort dans le sinistre.

Il y eut un moment de flottement, la colère des deux hommes retombait en même temps.

Le commandant se rassit et regarda le pilote qui paraissait soudain ailleurs. Il était sur le point de prononcer des paroles apaisantes, quand Târiq tourna les talons et sortit. Sans un mot.

Il roula beaucoup trop vite vers Marseille. Quand sa BMW K1200 R se fit flasher par un radar automatique à la hauteur de Le Pennes-Mirabeau, il était en train de se répéter en boucle que Baptiste Legendre était mort. Baptiste Legendre est mort.

Baptiste Legendre est mort.

Damien Le Guen resta une demi-seconde interdit quand Tiffany Roche lui ouvrit la porte de son loft. Tiffany Roche marqua un instant d'hésitation avant de faire entrer Damien Le Guen.

Ce dernier, après être convenu au téléphone d'un rendez-vous avec la photographe, avait décidé de s'habiller en civil pour dédramatiser l'entretien. Il voyait parfois l'uniforme comme un costume de scène qui distribuait les rôles de chacun, et n'avait aucune envie de cette comédie aujourd'hui.

– Je vous remercie de me recevoir, mademoiselle Roche, finit-il par dire en essayant de cacher son trouble.

Le loft était vaste, baigné d'une lumière qui affluait par la baie vitrée, et offrait une vue impressionnante sur les toits du quartier. La décoration se voulait simple et contemporaine : un canapé et deux fauteuils en tissu blanc sur un parquet brut à lattes remarquablement larges, un téléviseur à écran plat, un bar donnant sur une cuisine américaine, des cloisons coulissantes à la japonaise pour séparer la salle de bains de l'espace bureau où s'étendait un plan de travail en verre soutenant deux larges écrans d'ordinateur. Les structures du bâtiment étaient en métal, à l'image d'une énorme poutre piquée de gros rivets qui courait sur toute la longueur de la pièce principale. Un escalier métallique en colimaçon montait vers une mezzanine où avait été aménagée une chambre. Rien sur les murs, sinon un miroir un peu kitch près de la porte d'entrée et une imposante reproduction sur toile d'une photo noir et blanc que Damien connaissait bien : un milicien républicain fauché par une balle pendant la guerre d'Espagne, immortalisé par Robert Capa.

La jeune femme, debout près de lui, attendait qu'il prenne la parole. Mais le gendarme, bouleversé, tentait désespérément de comprendre ce qui lui arrivait. Elle était très jolie, bien sûr, mais ce n'était pas que cela. C'était cela et autre chose, qu'il ne parvenait pas à saisir.

Il se reprit enfin, conscient que son silence devenait embarrassant.

– Je ne vais pas vous déranger longtemps, mais je dois vous poser quelques questions de routine.

Elle ne répondait pas. Toujours immobile. Elle attendait la suite. Et Damien songea qu'il n'avait jamais rencontré de visage à la fois si beau et si peu expressif.

– C'est bien sûr à propos de la mort de Baptiste Legendre.

Tiffany Roche fronça les sourcils un très bref instant, puis son visage retrouva son étrange immobilité.

Il se rappela soudain qu'au téléphone, il n'avait pas évoqué le sujet de sa visite. Serait-il possible qu'elle ne soit pas au courant du décès de Legendre ? C'était dans tous les journaux, on en avait parlé à la radio et surtout, la sachant sa... compagne (maîtresse ? Fiancée ? Petite amie ?), il lui semblait aller de soi que, deux jours après le drame, elle ne pouvait l'ignorer. Il se retint de lui présenter ses condoléances et poursuivit :

– Vous étiez bien sa compagne ?

– Pas compagne. Nous nous fréquentions.

Elle avait répondu d'une voix blanche. Choc ? Émotion ? Dissimulation ? À peine lui avait-elle ouvert la porte qu'il avait reconnu le parfum débusqué sur l'oreiller de Baptiste Legendre. « Fréquentions » lui semblait un terme un peu faible, ou du moins suranné.

– Depuis combien de temps ?

– Cinq mois.

Damien hésita, mais il ne pouvait plus différer la seule question qui comptait vraiment et qu'il prononça en se donnant l'impression de jouer au flic.

– Pouvez-me dire ce que vous faisiez avant-hier, entre 7 et 9 heures du matin ?

Il perçut dans le regard étonnamment bleu de la jeune femme la lueur d'une vive réflexion.

– J'étais à Marseille où j'avais passé la soirée et la nuit chez un ami.

Damien eut aussitôt la conviction qu'elle mentait.

– Vous pouvez me donner le nom de cet ami ? demanda-t-il en sortant carnet et stylo de l'une de ses poches.

– Xavier Barreau. C'est un ami d'enfance.

Tiffany regretta aussitôt d'avoir ajouté cette phrase. Pourquoi avait-elle éprouvé le besoin de justifier sa présence chez un homme, de dissiper l'hypothèse d'un autre amant ?

– Quand avez-vous vu Baptiste Legendre pour la dernière fois ? poursuivit Damien.

– Le jour d'avant.

– Chez lui ?
– Oui.
– Et…

La voix du gendarme resta tout à coup en suspens. Tiffany le vit tomber en arrêt devant la console, sous le miroir aux coquillages.

Damien n'en revenait pas. Il venait de comprendre la raison du trouble qui s'était emparé de lui au premier regard posé sur Tiffany Roche. Une photographie qu'il n'avait pas vue tout d'abord venait de l'éclairer : deux adolescentes posaient côte à côte devant un mur en ruine dont une ouverture donnait au loin sur le Pic Saint-Lou. L'une des adolescentes souriantes était Tiffany Roche. L'autre semblait avoir un ou deux ans de plus, aussi blonde et ronde que Tiffany était rousse et menue, mais avec le même regard d'un bleu intense. Elles auraient pu être sœurs.

Damien, avec la rapidité dont était capable le cerveau d'un homme en proie à une forte émotion, se retrouva vingt années en arrière. Un peu moins, sans doute. Il devait avoir douze ans, cet après-midi-là. Guillaume, son frère, tout juste vingt. Ils habitaient encore chez leur mère, à Biranques. Depuis des années, les deux frères avaient l'habitude de faire de grandes balades à vélo et s'étaient découvert un terrain de jeux secret, les ruines d'un château haut perché où personne ne se rendait jamais tant l'accès en était difficile. Le château de Viviourès, un site médiéval à la beauté sauvage où la végétation, de siècle en siècle, avait repris ses droits sur la pierre taillée. Damien y avait passé des heures d'une exaltante liberté, courant dans les ruines, seigneur du château se jouant des risques d'éboulement et de chutes mortelles. Les deux frères y avaient vécu d'interminables aventures, Guillaume y avait raconté à son cadet des légendes secrètes qu'il inventait au fur et à mesure. C'était là aussi qu'il lui avait appris à tirer, à balles réelles, avec le vieux pistolet de leur père.

Cet après-midi de ses douze ans avait été le dernier que les deux frères avaient partagé au château. C'était en plein été, par une chaleur anesthésiante ; les cigales peinaient bruyamment à s'éventer, leur fond sonore martelait le silence. Damien, assis dans l'encadrement d'une ancienne ouverture du château, le Pic Saint-Lou derrière lui, pleurait en silence. Guillaume venait de lui annoncer qu'il allait quitter la maison pour vivre avec Nadège, sa fiancée qui allait bientôt devenir son épouse et la mère de ses trois enfants. Il redoutait cette nouvelle depuis des mois, depuis que son grand frère avait ramené cette fille à la maison pour la leur présenter, à lui et à leur mère, cette fille un peu trop grande et molle, avec son sourire gentil, sa politesse fade et ses fesses que Damien avait immédiatement jugées trop plates. Qu'est-ce que Guillaume pouvait bien lui trouver ?

Un dimanche après-midi, après déjeuner, il les avait surpris dans un pré derrière la maison, allongés sur une serviette de bain, s'embrassant à pleine bouche, la main de Guillaume fouillant la culotte blanche de Nadège dont la jupe était relevée sur son ventre. Il avait trouvé cette scène répugnante, écœurante, et s'était enfui en cherchant dans sa mémoire les insultes les plus ordurières qu'il pouvait trouver : salope, putain, grosse pute. Et même, après quelques secondes de réflexion : grosse pute de merde. Il avait passé le reste de l'après-midi à jeter des pierres dans le Lamalou en pleurant de tout son corps. Comme il avait pleuré cet autre après-midi au château de Viviourès, après que son frère lui eut annoncé son prochain départ de la maison. Pour cacher son chagrin, il avait tout d'abord essayé d'être blessant. Mais il était trop jeune et n'avait pas assez de vocabulaire pour toucher son frère de vingt ans. Ses tentatives de méchanceté n'avaient fait que souligner sa détresse. Guillaume n'avait pas mordu à l'hameçon et était resté doux et calme, ce qui n'avait fait que redoubler son désarroi. Il avait bien tenté de frapper son grand frère mais Guillaume était trop fort, trop grand. Il lui avait suffi de tendre les bras pour le garder à distance. Alors les larmes avaient jailli et Damien avait hurlé à Guillaume de foutre le camp, de le laisser tranquille, de se tirer avec sa grosse pute de merde.

Guillaume avait pris sur lui pour ne pas relever l'insulte, et avait laissé son petit frère consumer seul sa rage, non sans lui avoir dit avant de quitter les ruines qu'il lui fallait apprendre à vivre sans lui, qu'il n'était pas son père, qu'il n'avait jamais été son père.

Enfin seul, Damien avait pu pleurer à gros bouillons, la morve au nez, comme l'enfant qu'il ne se permettait plus d'être que dans ses moments de solitude. Il avait pensé à ce père mort l'année de sa naissance, cet homme à qui, d'après leur mère, Guillaume ressemblait chaque année un peu plus. Ce jour-là, Damien s'était senti doublement orphelin, doublement abandonné.

Et soudain, entre deux sanglots, il avait entendu un bruit, une pierre qui roule, une branche qui craque. Il s'était aussitôt relevé en essuyant son nez et ses yeux sur son bras chaud de soleil. Un caillou avait glissé jusqu'à ses pieds, accompagné d'un petit rire. Damien avait avalé sa salive. Ses yeux fouillaient les ruines familières. Il crut apercevoir une ombre. « Y a quelqu'un ? » avait-il crié d'une voix mal assurée. Seul un gloussement avait répondu. Damien s'était précipité derrière un mur. Soudain quelque chose lui avait touché l'épaule. Damien s'était retourné en un sursaut, poussant un cri de surprise. Une fillette lui faisait face, les yeux brillants de malice, des yeux plus bleus que le ciel. Elle avait des cheveux longs, frisés et roux, une peau très blanche, un nez retroussé et des pommettes parsemées de taches de rousseur. Le cœur de Damien s'était mis à cogner beaucoup trop fort. La fillette, qui devait avoir neuf ou dix ans, avait légèrement penché la tête de côté comme pour mieux le regarder. Un voile était passé dans ses yeux et elle avait tendu la main pour essuyer les larmes accrochées aux cils du garçon qui n'osait plus un geste. Très doucement, elle avait déposé un baiser sur ses lèvres, puis avait disparu.

Damien était resté ainsi, figé de longues minutes, comme il l'était dix-neuf ans plus tard devant la photographie posée sur la console de Tiffany Roche.

Il avait retrouvé la fillette de Viviourès, celle qu'il n'avait jamais oubliée. Elle se tenait debout devant lui, elle était la femme qui avait laissé des arômes poudrés d'amande, de jasmin, de rose et de vanille dans la maison de Baptiste Legendre. Celle qui avait piétiné près de son 4 × 4 en flammes ?

Le gendarme flottait à mille lieues de la trame déjà fragile de son interrogatoire. Il avait besoin d'air, de sortir, de marcher pour réfléchir. Il n'avait plus de questions.

– Je suis désolé pour… pour la mort de Baptiste Legendre, finit-il par dire pour s'aménager une porte de sortie.

– Je ne l'aimais pas, répondit la jeune femme, le prenant au dépourvu.

Pourquoi avait-elle éprouvé le besoin de lui dire cela ? se demanda le gendarme alors que Tiffany se posait exactement la même question. Pourquoi je lui dis ça, à lui, maintenant ?

Damien n'était pas retourné à la caserne entre cette entrevue et son rendez-vous rue Eugène-Lisbonne. Il avait marché en agitant souvenirs et réflexions, essayant de s'en tenir au présent et à ce qu'il se devait de comprendre de la mort de Baptiste Legendre, mais dérivant sans cesse vers cet après-midi d'été à Viviourès.

Alors qu'il arrivait devant le conservatoire de musique, dont une joyeuse cacophonie s'échappait des fenêtres ouvertes, il se demanda si Tiffany Roche avait pensé, ne serait-ce qu'une seule fois, à cet enfant qu'elle avait embrassé dans les ruines du château.

Guillaume ne tarda pas à sortir en compagnie de la quinzaine d'hommes et de femmes qui composaient le cours de chant pour adultes auquel il était inscrit depuis cinq ans.

– Salut chef ! lança Guillaume en embrassant son petit frère.

– Salut commissaire, lui répondit ce dernier en souriant.

Il n'avait pas vu son frère depuis au moins deux mois et remarqua immédiatement qu'il avait grossi. Il commençait à grisonner, aussi, et son front à s'agrandir. Même si tout le monde disait qu'ils se ressemblaient beaucoup, les deux hommes n'avaient jamais été de cet avis, bien qu'ils aient eu tous deux les cheveux bruns, frisés quand ils étaient enfants, et qu'ils partagent un air méditerranéen malgré leur patronyme d'origine bretonne. Guillaume était plus typé que Damien, ses yeux presque noirs mettaient en contraste ceux de son frère, d'un noisette tirant vers le vert. On prêtait volontiers à l'aîné des origines orientales, au point que quand il était jeune homme, il se faisait régulièrement contrôler dans la rue par des flics qui lui demandaient ses papiers. Ils mesuraient 1,75 mètre tous les deux, mais Damien, très mince et se tenant plus droit, donnait l'impression d'être plus grand que son aîné.

– C'était bien ? demanda Damien en allusion à l'heure de chant.

– On bosse sur l'*Ave Maria* de Jacob Arcadelt, c'est sublime.

Damien fit une moue d'ignorance. Il n'y connaissait rien en musique classique et encore moins vocale. Son frère, bien que parfaitement athée, nourrissait une véritable passion pour la musique sacrée, et il avait offert à Damien plusieurs CD de son idole le contre-ténor Andreas Scholl. Damien ne les avait écoutés qu'une seule fois, en diagonale, nettement plus amateur de rock anglo-saxon, avec une forte prédilection pour Bruce Springsteen. C'était d'ailleurs Guillaume qui le lui avait fait découvrir, lui qui, outre la musique classique, n'écoutait que du Springsteen ; aucun autre chanteur, aucun groupe. À l'insu de leur mère qui ne l'aurait jamais laissé faire, il l'avait emmené à son premier concert en juin 1988 à l'hippodrome de Vincennes alors qu'il avait à peine treize ans. Il avait immédiatement attrapé le virus et, avec ou sans Guillaume, avait revu le chanteur sur scène quarante-trois fois depuis. Cette passion commune – souvenirs de concerts partagés et collection de CD pirates des tournées de l'artiste – était un lien précieux entre les deux frères, celui qui résistait le mieux à l'érosion de la vie d'adulte. Côté musique sacrée, Damien n'avait entendu Guillaume chanter qu'à une seule occasion et il avait été saisi, non tant par la beauté de l'œuvre que par l'impression de découvrir son frère sous un jour qui lui était parfaitement étranger. Guillaume était alto, une voix aiguë pour un homme, et son visage avait semblé illuminé durant toute la représentation. Damien savait qu'il rêvait d'entamer une formation de maître de chœur et, un jour, de plaquer la police pour changer radicalement de vie. « Tourner ma vie vers le beau, avait-il expliqué, plutôt que de la laisser mijoter dans le sordide et la violence. »

– Qu'est-ce que tu veux manger ? lui demanda Guillaume alors qu'ils longeaient l'église Sainte-Anne.

Le temps de trouver une idée de restaurant, Guillaume demanda à son frère des nouvelles de son enquête sur l'incendie de Valmascle. Damien évita de parler de Tiffany Roche et expliqua qu'il n'avait pas encore reçu le rapport du légiste quant à l'autopsie de l'homme qui avait brûlé dans sa voiture, car on avait passé en priorité celle de la fillette noyée. Déjà, une rumeur se répandait de façon incontrôlable et sans aucun fondement qu'un lien existerait entre cette mort d'enfant et la disparition du petit Hugo.

Une demi-heure plus tard, le serveur apportait leurs entrées et Damien, alerté par ce que son frère avait commandé, ne put s'empêcher de lui demander des nouvelles de son régime.

– Quel régime ? ironisa Guillaume.

– T'as repris, non ?

– Tout ce que j'avais perdu l'année dernière, et même un peu plus.

– Et le sport ?

– J'ai arrêté aussi, je suis un homme cohérent, faut pas croire !

– Pourquoi ?

– Parce que c'est l'histoire de ma vie ! Parce que la bouffe est beaucoup plus que de la bouffe, pour moi. Parce qu'en ce moment, je suis sur une enquête difficile, alors je me dis qu'on ne peut pas se battre sur tous les fronts en même temps. Parce que quand l'enquête sera bouclée, je boufferai encore plus, en me disant que je l'ai bien mérité ! Parce que je suis seul. Parce que mes enfants me manquent. Parce que je n'ai pas le courage de changer de vie.

Il marqua une pause et vida d'une traite le verre de vin qu'il venait de se verser.

– Parce que j'ai trente-neuf ans la semaine prochaine…

Il n'alla pas plus loin, mais Damien aurait pu terminer sa phrase : « et que c'est à trente-neuf ans qu'est mort notre père. »

Ils mangèrent quelques minutes en silence, puis Damien demanda des nouvelles d'Émilie, la fille aînée de Guillaume. Ce dernier remplit une nouvelle fois son verre avant de répondre.

– Elle veut me présenter son mec !

– C'est du sérieux, alors ?

– Je le crains.

– Tu le connais, il n'est pas bien ?

– J'en sais rien. Mais ce que je sais, c'est que je n'ai pas envie de ça, pas envie de jouer les beaux-pères, de faire des frais avec un boutonneux qui saute ma fille. Pas envie non plus d'être un jour grand-père.

– Oh là… C'est la grande forme, je vois !

Guillaume avait trois enfants, Émilie, sa première née, qui avait maintenant dix-neuf ans, et les jumeaux, Nicolas et Mathieu, qui venaient d'en avoir seize. Guillaume avait quitté Nadège quand les garçons avaient eu sept ans et avait beaucoup souffert ensuite de ne voir ses enfants qu'un week-end sur deux. Neuf ans plus tard, les garçons refusaient de lui parler. Guillaume était persuadé que leur mère les avait montés contre lui mais Damien, qui à plusieurs reprises avait vainement essayé de raisonner ses neveux, pensait pour sa part qu'ils n'avaient eu besoin de personne pour nourrir leur ressentiment contre ce père qui, de leur point de vue, les avait abandonnés. Quelques années plus tôt, quand Émilie était entrée en 5e, à l'âge de douze ans puisqu'elle avait sauté son cours préparatoire, elle avait demandé à vivre chez son père. Damien se souvenait de la joie de Guillaume, de son émotion quand il lui avait annoncé la nouvelle au téléphone. Un gros bloc de la culpabilité qu'il continuait de porter venait de se décrocher et les six années suivantes avaient été les plus belles de sa vie. Damien ne l'avait jamais connu si léger, si joyeux. C'était durant cette période qu'il s'était mis à chanter, à refaire du sport et qu'il avait perdu dix-neuf kilos. Mais à la fin de sa première année de fac, Émilie avait demandé à s'installer en ville et son père l'avait aidée à trouver un studio en peinant à cacher la déchirure que cette séparation ouvrait en lui.

– Tu ne peux pas comprendre, ajouta Guillaume en vidant un nouveau verre qu'il remplit aussitôt.

– Non, sans doute.

– Tu verras, quand tu auras tes enfants à toi.

Damien haussa les épaules, signifiant par là que ce n'était pas demain la veille.

– Si les gens savaient la somme de boulot et d'angoisses que donnent les gosses, je crois qu'ils réfléchiraient à deux fois avant d'en faire ! Tu te souviens de ce que disait Bruce pendant la tournée Tom Joad, en introduction de *Long Time Comin'* ?

– Oui, oui, un truc sur l'inquiétude qui débarque avec la naissance des enfants…

– Et aussi sur le regard que les enfants portent sur leurs parents, comment en quelques années on passe du statut de Dieu vivant à pauvre cloche !…

Damien sourit au souvenir du long monologue de leur idole.

– Si tu devais tout reprendre au début…

– Je referais pareil, évidemment ! Comment imaginer le monde sans les garçons, sans Émilie ? J'épouserais Nadège une nouvelle fois, en sachant que je ne l'aime pas, comme je le savais quand on s'est mariés.

Guillaume but la moitié de son verre. Le serveur débarrassa la table. Les deux frères se turent pendant un moment, pensifs, et la rumeur de couverts et de conversations parut soudain monter en volume.

– Tu te souviens de notre dernière virée au château ? demanda enfin Damien.

– À Viviourès ? Le jour où tu as traité ma fiancée de grosse pute de merde ?

Les deux frères se regardèrent et eurent chacun un petit rire.

– Pourquoi tu penses à ça ? demanda Guillaume.

– J'en sais rien, mentit Damien. Comme ça.

– Tu ne l'aimais pas, hein ? Nadège, tu ne l'as jamais supportée, en fait !

– Ce qui ne faisait pas d'elle une grosse pute de merde ! J'avais rien trouvé de pire à dire, à l'époque !

– Et maintenant, tu dirais quoi ?

Damien hésita.

– Je dirais que c'est une gentille femme, une bonne mère…

– Ça sonne comme une condamnation.

– Non. Vraiment pas. Mais disons que tu aurais pu te contenter de flirter un moment, que tu n'étais pas obligé de l'épouser.

– Je sais, mais c'est tout ce que j'ai trouvé à l'époque pour échapper à maman.

Damien acquiesça, comprenant intimement ce que son frère voulait dire.

– Ça me semblait vital, urgent ! J'étais seul, affectivement je veux dire. Ça ne marchait pas bien avec les filles, c'était le moins qu'on puisse dire.

– Je connais, on a reçu la même éducation, je te rappelle !

– Nadège était pareille de son côté. On a réuni nos deux solitudes.

– Sauf qu'elle, elle était vraiment amoureuse de toi.

Guillaume ne releva pas.

– C'était la liberté, dit-il, en tout cas, ça y ressemblait. Une fille avec qui sortir, une fille à embrasser, à tripoter… On s'est dépucelés ensemble ! On a eu nos bons moments. À la naissance des enfants, j'ai vraiment cru que j'étais un homme heureux…

Le serveur apporta les plats. Damien avait pris du poisson, Guillaume une entrecôte avec des frites. Le cadet pensa aux années qui avaient suivi le départ de Guillaume, au calme qui avait soudain régné à la maison, à ses balades désormais solitaires au château de Viviourès où il avait de nombreuses fois espéré revoir la fillette rousse.

Guillaume, après avoir enfourné la moitié de ses frites sans respirer sinon pour boire du vin, reprit la parole. Sa voix commençait à trahir les effets de l'alcool qui l'avait toujours rendu bavard et mélancolique.

– Tu sais ce qu'ils ne me pardonnent pas ? C'est d'être parti pour personne. Nadège, les garçons… Enfin, c'est Nadège, mais elle a inculqué ça aux enfants. Je crois qu'elle aurait mieux pris d'être une femme trompée, que je la plaque pour une gamine aux seins pigeonnants. Au moins, elle aurait pu prendre le rôle de la victime, de la femme qui s'est fait piquer son mec par une petite salope. Elle aurait pu être vraiment en colère. Alors que là, je suis parti pour rien, pour moi, parce que je n'en pouvais plus de faire semblant. Ça, elle ne me l'a jamais pardonné. Il n'y a qu'Émilie qui a compris. Je ne sais pas si je te l'ai dit, mais quand elle s'est installée dans son studio, le jour de son déménagement, elle m'a dit que j'avais eu raison. Raison de partir.

Damien songeait avec une certaine nostalgie, en écoutant son frère qui s'épanchait pour la énième fois, qu'aucun d'eux, maintenant qu'ils étaient adultes, n'aurait plus de réelle influence sur la vie de l'autre. Leur trajectoire commune, si intimement imbriquée pendant des années, s'était séparée en deux vies distinctes. Pour toujours.

Et le visage de Tiffany Roche s'imposa à lui. Avec la sensation trouble qu'elle lui avait menti sur son emploi du temps. Pourquoi ? Avait-elle passé la nuit dans la maison de bois et non à Marseille, chez ce soi-disant ami d'enfance ? La mort atroce de Legendre ne l'avait absolument pas émue. Il était pourtant son amant depuis cinq mois, même si, comme elle l'avait déclaré abruptement, elle ne l'aimait pas. Comment savoir ce qui se passait derrière ce visage impassible ? Et qu'était-il arrivé à cette enfant rayonnante de vie et d'espièglerie qui l'avait embrassé à Viviourès, pour qu'elle devienne cette femme au visage indéchiffrable ? Damien se sentit étonnamment ému à cette pensée. S'il n'avait jamais oublié le baiser de la fillette du château, cet épisode n'avait été au fil des années que l'un de ses nombreux souvenirs d'enfance ! Alors pourquoi, ce soir, se sentait-il si remué, agité comme si un événement crucial venait de se produire ?

– Les gosses, ça fait vieillir, poursuivait Guillaume. Je me sens vieux et con, tout seul dans mon appartement depuis qu'Émilie est partie. Je n'ai pas de vie, en fait…

– Tu as la musique ! tenta Damien sans conviction, émergeant de ses propres préoccupations.

– Et je suis un bon flic. Normal : il n'y a que des types dont la vie privée ressemble à des chiottes en démolition pour donner de bons flics, pour se laisser envahir par les enquêtes, par toute la merde qu'on remue chaque jour… Quelqu'un aimant la vie, aimant le bonheur, ne peut pas être un bon flic…

Ils marchaient, côte à côte, dans la douceur du début de nuit. Sans en avoir l'air, Damien contemplait son frère, trop enveloppé et guetté par la calvitie, et comparait cette image au souvenir qui avait habité son enfance. Il pensa alors qu'il existait deux catégories d'hommes, ceux qui, enfants, ont déjà la tête de l'homme qu'ils deviendront, et ceux qui, adultes, gardent celle de l'enfant qu'ils ont été. Il appartenait à ce second groupe, Guillaume au premier.

– Tu te souviens de tes posters, dans ta chambre ? demanda soudain Damien.

– Les photos de windsurf ?

– Oui. Comment il s'appelait, déjà, le champion que tu adorais ?

– Robby Naish ?

– C'est ça…

– Quel âge il peut avoir, maintenant ?… C'était quoi, les années 80 ?

– Qu'est-ce que j'ai pu t'admirer quand tu naviguais par gros temps, dit-il à son frère. J'étais qu'un gosse, je te regardais foncer dans les vagues avec maman qui flippait sur la plage. Tu te souviens ? Tu me disais que tu allais t'installer à Hawaii, tu avais promis de m'emmener sur cette plage où vont tous les champions…

– Hookipa. Hookipa beach. Je me souviens, oui. C'était la vie dont je rêvais. J'en suis loin ! Une vie sans autre souci que d'attendre le vent, d'attendre la bonne vague. Je me voyais comme tous ces mecs bronzés aux cheveux décolorés par le sel, une batterie de planches et de voiles sur le toit du 4 × 4, guettant la mer en compagnie d'une beauté sculpturale en bikini.

Il eut un petit soupir amusé et ajouta :

– Souvent, quand je me regarde dans la glace le matin, je me dis que je ne suis pas devenu l'homme dont je rêvais quand j'étais gosse… Et je ne parle même pas d'Hawaii !

Les deux frères se turent et marchèrent un moment en silence. Puis vint celui de se séparer.

– On se voit dimanche, dit Damien.

– Ah putain ! J'avais oublié.

– Fais un effort, ça fait tellement plaisir à maman. Elle ne peut quand même pas manquer ton anniversaire !

Guillaume fit la moue.

– Combien de temps elle va s'obstiner à garder la maison ? demanda-t-il sans attendre de réponse.

– C'est chez elle, et puis c'est la maison de papa.

– En pleine cambrousse, à son âge. Ça serait tellement plus simple si elle acceptait de s'installer à Montpellier.

– Dans tes rêves, grand frère ! Je ne sais pas si tu as remarqué, mais plus elle vieillit, plus elle est têtue !

Guillaume lui sourit.

– Ça m'a fait plaisir qu'on se voie.

– Moi aussi, répondit Damien en pensant qu'il adorerait que son frère apprenne à lui parler sans l'aide désinhibante de l'alcool. On devrait faire ça plus souvent… Et pense quand même un peu à ton régime, ajouta-t-il en pinçant le ventre de Guillaume.

Ils s'embrassèrent. Puis chacun partit de son côté.

Damien rentra à pied à la caserne en passant par le boulevard des Arceaux. Il n'avait pas envie de dormir, et il aimait marcher la nuit.

Une fois dans son appartement de fonction, il alluma son ordinateur portable et se connecta au site de rencontres dont il était membre depuis neuf mois. Il avait un nouveau message. Une certaine Sophia, trente-sept ans, brune, divorcée, deux enfants, contrôleuse de gestion, habitant Montpellier centre, trouvait son profil « particulièrement intéressant ».

Damien se sentit obligé de donner en retour quelques détails sur lui-même car ce fameux profil « particulièrement intéressant » était surtout particulièrement et volontairement énigmatique. Il écrivit à Sophia qu'il aimerait en savoir plus sur elle, qu'il aimait le rock, les romans policiers, qu'il était célibataire, qu'il n'avait pas d'enfant mais qu'il en avait toujours désiré. Il écrivit enfin qu'il était gendarme, mais effaça cette dernière phrase avant d'appuyer sur *envoi*.

8

Tiffany, depuis la veille, depuis la visite du gendarme, n'avait pu penser à rien d'autre qu'au château de Viviourès et à sa cousine. Même les photos de l'incendie n'étaient pas parvenues à la distraire de ses souvenirs d'enfance. Marie-Laure, son agent, avait essayé de l'appeler plusieurs fois mais elle n'avait pas décroché.

Allongée sur le canapé blanc, elle tenait le cadre de la photographie à bout de bras au-dessus de son visage. Quel âge avait-elle sur ce cliché ? Neuf, dix ? Et sa cousine ? Deux ans de plus. Bien que l'une fût maigre et l'autre trop grosse, on les prenait souvent pour des sœurs, à l'époque, ce qui n'était pas pour leur déplaire. « Les inséparables », les appelaient leurs pères, Marc et Alain Roche, avant, des années plus tard, qu'ils ne regardent leur complicité d'un autre œil.

Alain, l'oncle de Tiffany, était l'aîné des deux frères. C'est lui qui avait fondé « Riviera WOL », pour Riviera Way Of Life, dont Marc avait grossi les rangs une fois ses études d'architecture terminées. Cette société proposait, principalement à une clientèle étrangère et très fortunée, l'implantation de maisons d'architecte contemporaines sur des sites imprenables du Sud-Est de la France. Tiffany et ses parents habitaient à l'époque une vieille et grande maison isolée près du hameau du Fesq. La famille d'Alain vivait à Montpellier, dans une vaste demeure sur les bords du Lez, l'une des maisons de maître qui faisaient la réputation du quartier de l'Aiguelongue. Les deux cousines étaient filles uniques et passaient tous leurs week-ends et leurs vacances ensemble. La fille d'Alain était l'aînée mais aussi la plus dégourdie, la plus « physique » malgré son embonpoint, nettement plus grande que Tiffany, plus forte, plus garçon manqué. Bien qu'étant de la ville, elle lui avait appris à grimper aux arbres, à lancer le couteau, à faire du feu sans allumettes. Elle l'entraînait aussi dans des virées interminables à vélo et c'est elle qui avait découvert le site de Viviourès. Tiffany se souvenait que sa cousine aimait lui faire peur en escaladant les murs en ruine au-dessus du vide puis en la défiant de la suivre. C'était au château qu'elles avaient échangé leur sang : deux entailles à l'opinel sous le gras du pouce et leurs mains jointes le temps que les fluides se mêlent. Tiffany, qui devait alors avoir huit ans, n'était pas parvenue à retenir ses larmes en voyant le sang couler. Mais plutôt que de la bousculer et de la traiter de poule mouillée comme elle s'y attendait, sa cousine avait souri et avait longuement sucé sa plaie.

Tiffany scrutait les yeux bleus de sa presque sœur sur la photo qu'elle tenait toujours à la main. Elle aurait aimé pleurer mais n'y parvenait pas. Elle n'avait plus de larmes depuis si longtemps. Combien de fois s'était-elle abîmée dans la contemplation de cette photo et de toutes celles qu'elle possédait de sa cousine ; deux albums entiers confectionnés grâce à l'aide d'Alain qui, lui, n'avait gardé de sa fille qu'une dizaine de clichés auxquels il tenait tout particulièrement. L'un la montrait, encore bébé, sur les genoux de son oncle Marc. Combien de fois, seule dans son loft, Tiffany avait-elle parlé à celle qui lui manquait tant ? Combien de fois lui avait-elle demandé pardon d'être assez lâche pour continuer à vivre sans elle ?

Tiffany avait reconnu le gendarme au premier regard. Il faisait partie de cette race d'hommes qui gardent à jamais leur visage d'enfant. Elle n'avait rien oublié de leur drôle de rencontre, en cet après-midi d'été dans les ruines du château. Sa cousine, qui avait onze ans, s'était cachée pour l'effrayer comme elle le faisait souvent, jusqu'à la faire pleurer. Elle avait disparu d'un coup dans le dédale des ruines à ciel ouvert, et Tiffany faisait celle qui s'en moquait, tout en sachant qu'elle ne saurait donner le change longtemps, qu'elle finirait par avoir peur pour de bon, impressionnée par la majesté des lieux, par la solitude des pierres qui avaient traversé les siècles, par l'océan de garrigue et de bois qui s'étirait à perte de vue. Elle finirait par appeler, supplier, pleurer. Mais elle avait découvert le garçon avant que ne vienne la peur. C'était lui qui pleurait. C'était le premier garçon qu'elle voyait pleurer, et ce spectacle l'avait troublée et ravie à la fois. Il s'était levé d'un bond quand elle avait marché sur le bois mort. Il avait tenté aussitôt de redevenir un garçon fort et bête, et y était mal parvenu. Tiffany n'avait pu s'empêcher de rire. Elle avait eu envie de jouer avec lui mais quand ils s'étaient rapprochés, à quelques centimètres l'un de l'autre, elle l'avait trouvé beau avec ses larmes pendues aux cils comme les gouttes de rosée à une toile d'araignée. Elle se souvenait que son cœur s'était mis à battre très vite et elle avait eu envie de le serrer dans ses bras. Elle n'avait pas osé, avait juste déposé un baiser sur ses lèvres avant de s'enfuir.

Tiffany se revoyait dévalant le chemin de pierres sèches qui menait à la route où elle avait laissé son vélo. Sa cousine l'avait rattrapée à mi-course, les yeux brûlants de rage. Elle avait attrapé brutalement Tiffany par l'épaule, et lui avait craché des mots incohérents, lui reprochant son baiser au garçon comme s'il s'agissait de la pire des trahisons, d'une voix trop aiguë et hachée par la colère.

Tiffany qui n'avait jamais vu Alexandra dans un état pareil, s'était mise à reculer, saisie de peur. L'autre l'avait giflée si fort que Tiffany avait senti le sang gicler de son nez. Elle s'était jetée sur sa cousine et les deux fillettes avaient roulé au sol. Tiffany ne faisait pas le poids. Alexandra avait rapidement pris le dessus et s'était retrouvée à califourchon sur la fillette qu'elle s'était mise à gifler des deux mains, répétant en pleurant « *tu n'as pas le droit, tu n'as pas le droit, pas le droit, pas le droit…* » Tiffany a gardé l'image du soleil qui allumait ses cheveux blonds, cependant que son visage disparaissait à contre-jour et que les coups pleuvaient. À cet instant, elle avait su qu'elle perdait connaissance… Mais brusquement sa cousine avait cessé de frapper, deux gros sillons de larmes filaient dans la poussière qui couvrait ses joues trop rondes. Un sanglot avait secoué ses épaules et en plaquant les bras de Tiffany au sol, elle l'avait embrassée sur la bouche. Longtemps, fort. Leurs dents s'étaient cognées. Puis elle l'avait lâchée, s'était relevée et avait suivi le chemin jusqu'à son vélo.

Elles n'avaient jamais reparlé de l'incident.

Tiffany, sur le canapé de son loft, serrait maintenant la photo contre sa poitrine et, la voix tremblante, mais incapable de pleurer, psalmodiait « Pardon, pardon, oh pardon... »

Son téléphone mobile se mit à vibrer sur la table basse. Elle se redressa. C'était Xavier. Elle décrocha.

– C'est moi.

– Salut Xav.

– Comment ça va ? T'as une drôle de voix !

– Non, non, tout va bien.

Xavier fit une courte pause puis demanda :

– Est-ce que tu vas m'expliquer ?

Tiffany ne répondit pas.

– J'ai fait comme tu m'as demandé, j'ai menti à ce flic.

– Gendarme, il n'est pas flic, il est gendarme.

– Si tu veux. Je lui ai dit qu'on avait dîné ensemble, et que tu avais passé la nuit à la maison. J'ai dit que tu étais repartie à 11 heures du matin.

– Merci.

– Je ne veux pas de remerciements, je veux une explication. C'est lié à la mort de ce type, ton Baptiste ?

– Oui.

– T'étais avec lui quand ça s'est passé ?

Tiffany ne répondit pas.

– Dis-moi la vérité, Tiffany. T'étais avec lui ?

– Je n'en sais rien. Je sais que j'ai passé la soirée chez lui, une partie de la nuit. Je sais que je suis sortie de sa maison un peu avant l'aube, et c'est tout.

– Plus rien ensuite ?

– Ensuite, c'était des heures plus tard, et il y avait le feu partout dans la forêt.

Xavier marqua une pause à son tour.

– J'ai peur, Xav, murmura Tiffany. Et si...

– Chuuut... Calme-toi.

– J'ai peur. J'en peux plus de ces...

– Absences ?

– Oui. Je suis fatiguée. C'est comme si j'étais somnambule, même quand je suis réveillée.

– Et si tu reprenais ton analyse.

– Ça n'a jamais rien donné.

– C'est souvent une question de personne. Rappelle-toi cette femme, au début…

– J'en ai vu des dizaines depuis…

– Je sais. Je sais, ma belle… Ça va aller, ça va…

– Non, ça ne va pas. Je n'en peux plus. Et puis ça a recommencé, Xavier.

– Qu'est-ce qui a recommencé ?

– Cette impression d'être suivie. Deux fois, même, j'ai cru que quelqu'un était entré chez moi…

Le silence de Xavier blessa Tiffany. Elle pensa aussitôt que si Xavier ne la croyait pas, c'était vraiment qu'elle était en train de perdre la raison.

– J'ai fait des photos, plein, superbes…

– Quelles photos ?

– Du feu, du feu dans lequel est mort Baptiste. Anne-Laure veut en faire une expo l'année prochaine.

– Et toi ?

– C'est ce que j'ai fait de mieux depuis longtemps, je pense, mais une expo, ce serait tordu, non ?

– Ça ne changera rien pour Baptiste ! Excuse-moi d'être pragmatique, mais là où il est maintenant !… Écoute, je comprends que tu sois bouleversée…

– Je ne le suis pas ! l'interrompit Tiffany avec de la détresse dans la voix. Il est mort et ça ne me fait rien.

– C'était un sale con, tu ne l'aimais pas. Combien de fois je t'ai dit d'arrêter de le voir ? Attends que ce flic, enfin ce gendarme ait trouvé la cause de sa mort et tout ira mieux.

– Et si…

– Chuuuut…

Tiffany n'alla pas au bout de sa phrase, de sa peur.

Après un silence, Xavier continua, d'une voix soudain enjouée.

– C'est pas pour ça que je t'appelais, en fait. J'ai un truc à t'annoncer.

– Je t'écoute.

– Eh bien… J'ai rencontré quelqu'un.
– Une femme ?
– Ben oui, une femme !
– Sérieux ?
– Je n'ai jamais rien ressenti de pareil.
– Ça fait combien de temps ?
– Trois semaines.
– Et tu m'as rien dit pendant tout ce temps !
– Je voulais être sûr, pas de moi, mais sûr qu'elle voudrait me revoir. On s'est revus hier, c'est… Je…
– Tu es amoureux.
– Grave.
– Elle est comment… à part sublime et supérieurement intelligente ?
– Sublime et supérieurement intelligente.
– Comment elle s'appelle ?
– Mary.
– Mary vraiment, ou Marie ?
– Mary. Elle est australienne, mais de mère française, elle parle sans aucun accent. Elle vient d'arriver en France… Elle est brune, les yeux très noirs, mince et musclée, très sportive, vachement plus balaise que moi !
– Et quand est-ce que tu me la présentes ?
– Je lui ai déjà parlé de toi.
– Pas très malin de parler d'une autre femme au bout de trois semaines !
– Je lui ai dit la vérité, que tu étais comme ma sœur, qu'on s'est toujours connus, que tu es la personne que j'aime le plus au monde. Elle a très envie de te rencontrer.

Tiffany était sincèrement heureuse pour Xavier qu'elle tenait pour le meilleur des hommes. Elle espérait que cette fois serait la bonne tant son ami d'enfance, son seul lien avec son passé, cette vie d'avant le 27 juin 1992, avait toujours été malmené par les femmes qui finissaient immanquablement par lui reprocher sa docilité.

Ils restèrent un long moment au téléphone. Quand ils eurent raccroché, la jeune femme rappela son agent et lui donna son accord pour qu'elle parle du projet d'exposition sur le feu au galeriste de Montréal. Elle promit de lui envoyer une dizaine de clichés par mail avant la fin de la semaine. Puis, le silence revenu dans son loft, elle se sentit soudain terriblement seule. Elle pensa au gendarme et se fit la réflexion qu'elle aurait dû lui parler de son impression d'être suivie, épiée depuis des mois, de la sensation qu'on s'était introduit chez elle à son insu. Puis elle se dit qu'elle était ridicule, qu'il l'aurait prise pour une folle, lui aussi.

Elle téléphona chez son oncle. C'est Elizabeth qui lui répondit, heureuse de l'entendre. Alain n'était pas encore rentré mais il n'allait pas tarder. Bien sûr qu'elle était la bienvenue pour dîner. Elle pouvait même reste coucher, si elle le voulait. C'était exactement ce qu'elle souhaitait, dîner en famille, et passer la nuit dans son ancienne chambre d'adolescente.

Dix minutes plus tard, elle sortait sa moto du garage, une Yamaha Virago 535 achetée d'occasion quelques années plus tôt et qu'elle entretenait elle-même. Alain et Elizabeth n'habitaient pas loin, toujours dans la grande maison d'Aiguelongue dont le jardin, presque un parc, donnait sur le Lez, mais elle avait envie de rouler un peu. Elle savait qu'après dîner, elle passerait une partie de la nuit à lire le journal intime de sa cousine qu'elle avait trouvé une décennie plus tôt dans une cachette qu'elle seule connaissait. Elle y retrouverait des bribes de son enfance et de son adolescence, des phrases, tracées de l'écriture nerveuse de sa cousine, qu'elle avait si souvent lues qu'elle les connaissait par cœur :

J'ai fait pleurer Tiffany, aujourd'hui.
C'était nul de ma part, elle est si facile à faire marcher.

J'ai appris à Tiffany à faire du feu. Elle apprend vite.

Tiffany m'a dit qu'un garçon de sa classe l'avait embêtée à la récré. Je vais lui casser sa sale petite gueule, lui broyer ses sales petites couilles.

J'ai fait brûler un hérisson vivant. C'était dégueu et ça puait. J'ai dit à Tiffany de faire pareil pour moi. Elle a pleuré mais elle l'a fait : j'aurais jamais cru qu'elle en serait capable. On s'est serrées dans les bras, après, et on s'est juré de ne jamais se quitter.

Tiffany a mis le feu à la grange du vieux dégueulasse qui n'arrête pas de me mater près de chez elle. Elle m'a dit qu'elle l'avait fait pour moi. Je l'ai embrassée pour la remercier. Pour une fois, elle ne s'est pas reculée, même quand nos langues se sont touchées.

Je ne vais pas aller au Fesg le week-end prochain. Je ne verrai pas Tiffany. Je l'ai appelée pour lui dire que je devais accompagner mes parents jusqu'à dimanche soir chez des amis qui habitent à Toulouse. Elle a dit qu'elle détestait mes parents et leurs amis, qu'elle voudrait qu'on soit seules au monde et orphelines.

9

LE COMMISSAIRE Guillaume Le Guen fut violemment tiré du sommeil par la sonnerie de son téléphone mobile. Il avait mal dormi, n'avait cessé de se tourner et de se retourner, de quitter et de retrouver le même rêve entêtant, comme chaque fois qu'il avait trop mangé. Avant même d'avoir eu le temps de répondre, son premier sentiment de la journée fut une trop familière culpabilité. Comment pouvait-il se montrer si faible ? Pourquoi ne parvenait-il jamais à résister à cette nourriture qui lui bouffait la vie ? Pour le plaisir si fugitif d'un bon plat, d'un morceau de pain trempé dans la sauce ou d'un dessert, il se gâchait la vie, son amour-propre et son rapport aux autres. Sans compter que cette fois, il avait beaucoup bu. À peine un œil ouvert, il se sentait plein, chargé, vaguement écœuré et de toute évidence bon pour une gueule de bois.

Il avait passé la nuit à rêver qu'il faisait l'amour avec Nadège, son ex-épouse, la mère de ses enfants. *Baiser* serait un terme plus approprié à la teneur crue, brutale et pleine de ressentiments partagés de ces ébats.

Ils avaient dix-neuf ans lorsqu'ils s'étaient rencontrés. Déjà en surpoids et persuadé d'avoir un sexe trop petit (depuis que dans les vestiaires de la piscine municipale il avait vu un homme dont le pénis épais pendait jusqu'à mi-cuisse), Guillaume n'avait encore jamais touché une fille pour autre chose qu'une bise sur chaque joue. Il en était arrivé à se persuader qu'il allait mourir puceau d'un cancer des testicules à force de se masturber quotidiennement devant les magazines et films pornographiques dont la quête clandestine (et la dissimulation) était l'un de ses principaux soucis. Nadège, un peu trop grande, le regard fuyant sous une frange protectrice, les fesses plates mais les seins lourds, portait pour sa part sur ses frêles épaules voûtées le poids d'une stricte éducation catholique. Guillaume l'avait à peine regardée quand ils s'étaient rencontrés lors de la fête d'anniversaire d'un camarade commun. Nadège, en revanche, n'avait cessé de le dévorer des yeux durant toute la soirée où ils avaient été les seuls à ne pas danser. C'était elle qui avait fait en sorte qu'ils se revoient. Guillaume n'avait pas mis longtemps à comprendre qu'elle était amoureuse et, bien que ne partageant pas ses sentiments, il l'avait embrassée à leur troisième sortie. Avait-il pris ses pulsions sexuelles pour de l'amour ? Jamais tout à fait, mais assez pour étouffer d'éventuels scrupules et se laisser aller à l'exploration du corps de la jeune fille.

Ils avaient osé leurs premiers attouchements dans un pré non loin de la maison des Le Guen où ils savaient être à l'abri des regards. La première fois, ils avaient roulé dans l'herbe en se caressant tout habillés et en se dévorant la langue. La fois suivante, Guillaume avait emporté une serviette sur laquelle ils s'étaient allongés et avait réussi à glisser sa main dans la culotte de Nadège. Le lendemain, il avait enlevé sa culotte et lui avait offert du bout des doigts le premier orgasme de sa vie. Bien que tous deux soient puceaux, Guillaume passait pour un expert au regard de la jeune fille tant il avait visionné de films pornographiques, ce qui n'était jamais arrivé à sa presque amante. Il avait dû lui expliquer comment le masturber, ce qu'elle avait fait avec curiosité, s'arrêtant quand son avant-bras devenait douloureux et espérant l'avoir comblé. Guillaume l'avait encouragée à poursuivre et elle avait poussé des petits cris affolés quand il avait éjaculé, persuadée qu'elle l'avait blessé. Ce fut dans ce même pré qu'il firent l'amour pour la première fois. Nadège avait tout à apprendre, et la position dominante que cela apportait à Guillaume avait compensé son manque de passion dans les premiers temps de leur union. Six mois plus tard, sachant pertinemment qu'il n'était pas amoureux mais n'en pouvant plus de vivre chez sa mère, Guillaume avait demandé Nadège en mariage, ce qu'elle avait accepté en fondant en larmes de joie qui avaient éveillé chez le garçon un frisson d'agacement, signe annonciateur des nombreux autres à venir.

Ils avaient décidé de s'installer à Montpellier et Nadège était presque aussitôt tombée enceinte. Tout l'amour que Guillaume n'éprouvait pas pour son épouse avait explosé pour Émilie, sa fille. Après l'accouchement, Nadège et Guillaume n'avaient pas fait l'amour pendant sept mois, jusqu'à une nuit où, donnant la tétée à Émilie qui ne faisait toujours pas ses nuits, Nadège avait allumé la télévision et était tombée par hasard sur un film pornographique. Une grande première pour elle. Elle en parut d'abord dégoûtée, mais une fois Émilie rendormie, ils n'en avaient pas moins fait l'amour avec une audace qu'ils n'avaient jamais encore expérimentée. Ce fut Nadège qui proposa de recommencer l'expérience, et bientôt ils prirent l'habitude de baiser sur le canapé en regardant un porno pendant le sommeil de l'enfant. Peu à peu, ce genre de spectacles avait influencé la libido de la jeune femme qui s'était mise à singer les prouesses des professionnelles. Elle avait d'abord commencé à encourager Guillaume de la voix pendant qu'il lui faisait l'amour, ce qui le mettait mal à l'aise, surtout quand elle s'était mise à fleurir son vocabulaire amoureux de mots de plus en plus crus. Bientôt, elle n'était plus parvenue à jouir s'il ne la traitait pas de salope et ne lui donnait pas des tapes sur les fesses. Non seulement Guillaume ne la reconnaissait plus, mais il se mit à regretter la fille fade et naïve qu'il avait épousée et dont il avait été le gourou sexuel. Puis étaient venus les jumeaux, qui avaient apporté au couple une telle somme de travail et de fatigue que Guillaume en avait perdu le courage de se mentir à lui-même : il n'aimait pas sa femme, et s'il adorait ses enfants, il n'aimait pas non plus sa vie. Guillaume, quand il repensait à Nadège et à la haine qu'elle lui vouait depuis qu'il l'avait quittée, était persuadé qu'elle venait en grande partie de leur intimité passée. En couple, on s'abandonne à des comportements dont l'audace serait inconcevable dans tout autre cadre social, et soudain, quand un divorce fait de vous de nouveau des étrangers, tout ce qu'on a partagé, tout ce qu'on a osé faire à l'autre et qu'on lui a laissé nous faire, devient d'embarrassants et insupportables souvenirs, des fardeaux. En quittant Nadège, il était soudain devenu un homme qui connaissait d'elle des aspects dont il aurait dû tout ignorer. Il l'avait vue à quatre pattes, l'avait entendue le supplier de la baiser plus fort, il avait exploré alors des replis de son sexe avec sa langue, elle avait bu tout son foutre. Ils « s'étaient mis mal », comme disait souvent Kevin, un jeune lieutenant qui venait d'arriver à la SRPJ de Montpellier, et Nadège ne lui pardonnerait jamais d'avoir rompu ce pacte qu'ils avaient passé en formant un couple.

– Le Guen, dit Guillaume dans son mobile.

– C'est Kevin, commissaire.

Vingt-cinq minutes plus tard, ayant juste eu le temps de prendre une douche et deux cachets d'aspirine, il arriva rue des Acconiers, non loin du Pont Trinquat, sous l'autoroute A9 qui commençait à peine à s'animer dans le petit jour. Guillaume Le Guen avait faim, comme chaque matin quand il avait trop mangé la veille et que son estomac reprenait ses mauvaises habitudes.

– Bonjour, commissaire, lui dit le lieutenant Kevin Bianchi en tendant la main.

– Salut Kevin. Alors, qu'est-ce qu'on a ?

– C'est un garçon, une dizaine d'années sans doute, de race noire. C'est un SDF qui l'a trouvé, à peu près à l'aplomb de l'autoroute. Son corps est coincé par des branches.

La scène de crime était déjà quadrillée, une poignée de curieux cantonnés derrière les cordons fluo tendaient le cou pour essayer d'apercevoir quelque chose. À l'écart, un homme hirsute portant plusieurs couches de vêtements crasseux répondait aux questions du brigadier-chef Laporte.

Guillaume se dirigea aussitôt vers les projecteurs qui éclairaient la surface de l'eau et la berge sur laquelle s'activaient déjà deux techniciens. Les sons résonnaient étrangement sous l'énorme pont d'autoroute, les voix des policiers, le bruit sourd des voitures et camions quinze mètres plus haut. Guillaume aperçut enfin le petit corps qui flottait entre deux eaux, ventre et visage vers le ciel. Il s'approcha avec précaution et demanda à l'adjudant Ballard, qu'il reconnut malgré sa combinaison blanche et le masque qui lui couvrait la moitié du visage, s'il avait déjà trouvé des indices.

– Rien du tout, répondit le technicien. C'est sûrement pas ici qu'il est tombé à l'eau, ou qu'on l'y a précipité. Il a dû flotter un moment et être amené par le courant, aussi faible soit-il.

– Je peux m'approcher ?

– Allez-y, commissaire, par là, répondit l'adjudant en indiquant une zone qu'il avait déjà explorée.

Guillaume, s'accrochant aux arbustes qui longeaient le fleuve, descendit prudemment vers le bord de l'eau.

– À première vue, lança Ballard, ça ne fait pas longtemps qu'il est immergé.

« C'est juste », pensa Guillaume. Le corps, encore vêtu d'un jean et du tee-shirt bleu, blanc et or du MHRC, le Montpellier Hérault Rugby Club, ne paraissait pas abîmé, seul le ventre était légèrement gonflé, la peau, sous la lumière crue des projecteurs, avait un aspect encore normal et les yeux, toujours les premiers à se déliter dans l'eau, étaient intacts bien qu'écarquillés.

Dès qu'il avait appris la nouvelle, Guillaume avait pensé au petit Hugo que la gendarmerie recherchait depuis des jours, et à cette autre gosse noyée dont Damien lui avait parlé la veille. La psychose allait gagner tout le département, les journalistes ne manqueraient pas de faire le siège de l'hôtel de police. S'il avait cru en Dieu comme son frère, il aurait sans doute prié pour ne pas se retrouver avec une affaire de tueur d'enfants sur les bras.

Il était 9 heures 10 quand il entra dans son bureau de la SRPJ. Tout en sortant d'un tiroir une barre chocolatée qui ferait office de petit déjeuner tardif, il décrocha son téléphone et composa un numéro préenregistré.

Damien Le Guen était en train de lire le rapport d'autopsie de Baptiste Legendre quand son téléphone sonna.

– C'est moi.

– Remis de ta soirée ?

– Pas vraiment, non. T'aurais dû m'empêcher de boire et de manger autant.

– Comme si tu écoutais mes conseils !... Qu'est-ce qui t'amène ?

– Un gosse, un gosse qu'on vient de repêcher dans le Lez.

– Hugo ?

– Non, un Black. Et le petit Hugo, justement, vous en êtes où ?

– Pas loin, je crois, même si je n'ai pas suivi l'affaire de près ces derniers jours.

– Et l'autre, la gamine qui s'est noyée ?

– Je n'en sais rien non plus, mais je vais me renseigner, si tu veux.

– Je veux bien, oui. Dès que j'en saurai plus sur le gosse de ce matin, j'appellerai ton lieutenant.

– Je dois le voir tout à l'heure, justement.

Cinquante minutes plus tard, Damien se trouvait dans le bureau du lieutenant Pélissier à qui il venait de rendre compte de l'avancement de ses investigations sur la mort de Legendre. Le lieutenant l'avait écouté nerveusement, ne tenant pas en place.

– Donc, rien ne vient contredire la thèse de l'accident, dit-il dès que Damien eut terminé son rapport.

– Non, mais...

– Mais quoi ?

Damien hésita. Il n'avait rien de concret, sinon son intuition. Le labo avait confirmé que le feu avait pris là où Damien l'avait supposé et établi que le carburant qui avait brûlé à l'avant de la voiture était bien celui qui se trouvait dans les restes du jerrican trouvés dans le coffre et dans la réserve près de la maison de bois. Les résidus de tabac découverts dans le fume-cigarette correspondaient à ceux du cendrier de la maison et donc aux cigarettes fumées par Legendre. Quant à l'autopsie, si elle indiquait que Legendre n'était pas mort avant d'avoir brûlé, elle n'excluait absolument pas, d'après l'état de ses organes internes et notamment le cœur, qu'il ait eu un malaise, et qu'il n'ait pu sortir du véhicule alors même qu'il brûlait.

– D’après le médecin traitant de Legendre, avança Damien, il était dans une forme physique remarquable, et…

– Un tas de type meurent chaque jour en très bonne santé, l’interrompit le lieutenant.

– Bien sûr, mais tous n’ont pas un fichier long comme le bras et des billets de banques cachés sous leur plancher…

– Écoutez, on ne va pas chercher midi à quatorze heures sur cette histoire !

Les chiens n’avaient pu suivre aucune piste autour du 4 × 4, ce qui ne signifiait pas grand-chose après le passage d’une bonne dizaine de pompiers. Les traces de piétinements trouvées près du véhicule n’avaient pu être identifiées, ni comparées à celles des abords de la maison, des baskets plates, taille 37. Damien était persuadé que c’était celles de Tiffany Roche, ce qui n’avait rien d’étonnant puisqu’elle n’avait caché ni sa liaison avec Legendre ni l’avoir vu l’avant-veille du drame. Il ne pouvait donc rien en tirer, et pourtant, c’était à cause de la jeune femme qu’il subsistait en lui un doute quant à la cause de l’incendie. Il restait persuadé qu’elle lui avait menti, mais ne pouvait pas le prouver puisqu’elle avait un alibi. Et avait-il seulement envie de le prouver ? Si oui, pourquoi n’avait-il fait aucune allusion à la jeune femme dans le compte rendu qu’il venait de faire à son supérieur ? Pourtant, si Tiffany Roche avait menti, c’est qu’elle avait quelque chose à cacher. Damien avait beaucoup pensé à elle depuis leur entrevue, et s’était même renseigné sur son travail par Internet. Il avait trouvé un grand nombre d’articles élogieux et visionné plusieurs de ses photographies qui, même s’il n’y connaissait rien, lui avaient fait forte impression. Il avait finit par découvrir son site personnel qu’il avait parcouru de fond en comble, s’attardant sur tout ce qui concernait son exposition sur les rites et les fêtes du feu à travers le monde. Le feu, déjà… Mais quelque chose gênait Damien dans ses recherches, l’impression, confuse, qu’elles n’étaient pas exclusivement professionnelles.

Le lieutenant Pélissier, qui venait d’apprendre que la police avait découvert un nouveau cadavre d’enfant à

Montpellier, décida d'être très clair avec le maréchal des logis-chef.

– Je compte sur vous, Le Guen, pour aviser le procureur de la cause accidentelle de l'incendie de Valmascle. Vous avez fait du bon boulot, je ne l'oublierai pas.

Damien sut entendre toutes les nuances de cette tirade. Le « je compte sur vous » qui voulait exprimer la confiance et la complicité mais qui était autant un ordre élégamment emballé, l'utilisation de son nom pour s'adresser à lui – pas « chef » ni « Damien » mais « Le Guen » – ce qui voulait exprimer une pincée de familiarité mais surtout une grosse dose de supériorité, le lieutenant sachant très bien qu'il était impensable pour un subalterne d'en faire autant à son égard, la précision « cause accidentelle » qui devait figurer dans le rapport au procureur de la république, le compliment final « vous avez fait du bon boulot » qui sous-entendait « n'allez pas tout gâcher maintenant » et la subtile corruption contenue dans la promesse qu'il n'oublierait pas ce bon travail, carotte tendue pour motiver Damien à suivre ses « conseils », mais qui sous-entendait également qu'il aurait une excellente mémoire s'il venait à prendre de malheureuses initiatives. Damien se leva en assurant qu'il en serait ainsi, se disant, sans parvenir à s'en convaincre, qu'après tout, puisque personne ne semblait regretter ce Legendre, ni ses collègues ni sa famille ni même sa petite amie et que le parquet avait besoin de tout en ce moment sauf d'une affaire criminelle, les choses étaient au mieux.

Il se retourna avant de sortir du bureau du lieutenant.

– Au fait, mon lieutenant, on a du neuf sur l'enfant noyée ?

– Oui, aucune trace de violence sur le corps, pas de sévices, rien. Et on a retrouvé son vélo au fond de la flotte.

– Elle serait tombée à l'eau toute seule ?

– C'est une possibilité.

Mais dans ce cas précis, pensa Damien, un rien amer, on ne se contenterait pas d'une « possibilité », on allait chercher d'autres causes éventuelles de la mort, creuser l'hypothèse criminelle parce que l'opinion publique était en émoi et la presse sur les dents.

– Et le petit Hugo ?

– Toujours rien.

– Ça fait…

– Sept jours. Autant dire qu'on n'a aucune chance de le retrouver vivant.

Comme à chacune de ses visites, Târiq Amraoui fut saisi par l'odeur de l'appartement de son père, remugle intime qui l'attristait et l'exaspérait en même temps, qui le renvoyait à la complexité des rapports qu'il entretenait avec le vieil homme.

Son premier geste fut d'ouvrir toutes les fenêtres.

– Pourquoi tu restes dans le noir comme ça, papa ?

– Tu ne me dis plus bonjour, mon fils ?

– Bonjour papa, dit Târiq en l'embrassant, ne pouvant s'empêcher de noter au passage qu'il ne s'était pas rasé et qu'il ne sentait pas bon.

Il lui avait fait refaire entièrement sa salle de bains l'an passé, installer une douche équipée de poignées et d'un siège pliant mais Chafik Amraoui s'obstinait, par soucis d'économie, à ne se doucher qu'une fois par semaine, le dimanche.

– Tu devrais aérer, ici.

– Tu sais bien que je crains les courants d'air !

– Quels courants d'air ! Il n'y a pas un poil de vent et il fait 26 degrés !

Târiq se rendit dans la cuisine dont il ouvrit les volets, faisant entrer le soleil qui révéla de façon implacable la crasse qui s'accumulait dans cette pièce plus que dans toutes les autres. Le mur près de la cuisinière était tacheté de projections de cuisson, le petit transistor était couvert d'une couche de poussière figée par le gras, les ustensiles étaient mal lavés, l'évier d'une couleur douteuse, le sol collait sous les semelles… Târiq, une fois par an, à l'automne, la saison des feux terminée, faisait un grand ménage chez son père qui ne pouvait plus s'occuper seul de son appartement mais refusait obstinément de prendre une femme de ménage. « C'est moi qui paierais, papa ! » Mais le vieux Chafik répliquait qu'il se débrouillait très bien tout seul, et qu'il était hors de question qu'une femme vienne laver derrière lui comme sa pauvre Saïda avait dû le faire par le passé.

« On était bien contents que maman ait ce travail, non ? répliquait Târiq. Où est le problème ? Faire le ménage est un boulot qui en vaut d'autres, et maman disait toujours qu'elle aimait ça.

– Ta mère était une fée, répondait invariablement le vieil homme. Quoi qu'elle fasse, c'était avec le sourire. Elle est morte en riant. »

Târiq évitait toujours de se laisser entraîner sur cette pente, il supportait mal le sentimentalisme qui s'emparait de son père depuis quelques années et mouillait ses yeux à la moindre occasion.

« Ici aussi, il y a des femmes qui seraient contentes d'avoir un peu plus de travail en faisant ton ménage.

– Une Arabe, pendant que tu y es ! »

Cette conversation se terminait immanquablement en dispute, comme presque toutes les autres.

Târiq revint dans le séjour. Son père n'avait pas bougé de son fauteuil, celui, complètement défoncé et dont la couleur avait passé, qu'il ne quittait déjà pas quand il habitait en région parisienne. Târiq aurait aimé vendre tout le mobilier à l'occasion du déménagement du vieil homme dans le Sud, mais à l'inverse de son fils, Chafik Amraoui entretenait religieusement tout ce qui pouvait lui rappeler son épouse. Depuis dix-sept ans, il n'était plus que veuf à plein temps, ne souriant, quand l'occasion s'y prêtait, qu'avec une amertume étudiée, n'appréciant un paysage ou un coucher de soleil qu'en se lamentant que Saïda ne puisse le voir, ne mangeant qu'en regrettant ses talents de cuisinière alors que Târiq ne l'avait jamais vu lui faire un compliment de son vivant ou lui dire qu'il l'aimait, ou la serrer dans ses bras. Târiq, quand il était enfant, avait toujours pensé que son père ne méritait pas d'avoir une femme telle que sa mère pour épouse, et il n'était pas loin d'estimer aujourd'hui qu'il faisait un piètre veuf.

– Tu es prêt ? On va faire notre tour ?

– Un tour ? répondit le vieil homme comme s'il était étonné par cette idée saugrenue alors que depuis quatre ans, trois fois par semaine, son fils et lui marchaient ensemble une demi-heure. Si tu veux, ajouta-t-il ensuite d'une voix plaintive qui voulait suggérer qu'il ne consentait à cet effort que pour faire plaisir à son fils.

Târiq s'astreignait à ces visites hebdomadaires car il savait très bien que sans elles, son père ne mettrait plus le nez dehors. Le bruit traînant des chaussons du vieil homme sur le parquet le renvoya à son enfance, quand la présence perpétuelle de son père à la maison l'insupportait, qu'il se réfugiait dans sa chambre et regardait les avions passer par la fenêtre, ou auprès de sa mère qui cuisinait en chantant en même temps que la radio les tubes du Top 50.

Le temps que son père se prépare, il jeta un œil à son courrier pour vérifier que n'y trainaient pas des factures impayées, ce qui arrivait souvent. Mais les trois quarts de la correspondance concernaient des offres commerciales soi-disant exceptionnelles et personnelles, voyages au bout du monde gagnés mais qui, de courrier en courrier, se transformaient, au mieux, en un stylo bille sponsorisé qui, la plupart du temps, écrivait à peine, encyclopédies en DVD, abonnements divers à prix préférentiels spécial VIP... Le vieil homme consacrait plus d'une heure chaque matin à la gestion de ces échanges épistolaires et Târiq, après d'interminables disputes, avait fini par renoncer à convaincre son père qu'il se faisait rouler dans la farine. « Et pourquoi elle ne m'écrirait pas personnellement, la directrice générale ? s'était-il exclamé alors que Târiq était parvenu à lui démontrer qu'une lettre débutant par *Cher Monsieur Amraoui* n'avait pas été rédigée à la main, mais bien imprimée en utilisant une typographie singeant l'écriture manuscrite. Tout le monde n'est pas comme toi ! Tout le monde ne pense pas que je suis qu'un pauvre type ! » Târiq avait fini par se convaincre que cette correspondance inepte occupait son père et qu'au final, elle ne lui coûtait que le prix des timbres. Le vieux Chafik étant bien trop économe pour faire des chèques à tout bout de champ. Une fois, pourtant, il avait dû intervenir et faire preuve d'autorité quand il avait découvert que son père avait reçu une facture de téléphone de quelque mille euros dilapidés sur un numéro surtaxé. « Elle a des idées un peu bizarres, cette femme, avait plaidé son père, elle veut me faire des trucs un peu dégoûtants mais elle a vraiment l'air de tenir à moi ! » Târiq avait fait modifier l'abonnement téléphonique pour qu'il n'ait plus accès aux numéros surtaxés en se disant que c'était sans doute cela qu'on appelait « retomber en enfance ».

Sur la commode, près du tas de lettres bariolées, il trouva un article découpé évoquant l'incendie de Valmascle et devina qu'il allait rejoindre l'album dans lequel le vieux Chafik collectionnait depuis quatre ans tout ce qui concernait les incendies ayant nécessité l'intervention d'un Canadair. L'album était caché, et Târiq n'en avait découvert l'existence que parce que son père commençait à avoir des absences de mémoire et laissait tout traîner, sans quoi il n'aurait jamais avoué qu'il était fier de son fils et de son travail. Târiq, en reposant l'article là où il l'avait trouvé, éprouva une culpabilité qu'il connaissait trop bien, celle de ne pas assez aimer cet homme, de venir le voir à contrecœur, seulement par devoir, pressé de partir avant même d'être arrivé, et de ne pouvoir s'empêcher de le mépriser depuis cette nuit de ses huit ans durant laquelle s'était joué son destin.

– On peut y aller ! dit enfin le vieux Chafik qui se tenait debout dans le couloir. Prends le courrier, j'ai des lettres à mettre à la boîte.

Târiq remarqua que son père avait encore maigri, ses vêtements trop amples donnaient l'impression de venir d'une collecte de charité.

– Pourquoi tu as mis ton manteau ? Tu vas mourir de chaud, dehors !

– Je me gèle tout le temps dans ce foutu pays.

– Je te rappelle que ça fera bientôt cinquante ans que tu n'as plus mis les pieds en Algérie, alors me la joue pas homme du désert, s'il te plaît…

Son père marmonna une réplique en arabe que son fils ne put comprendre et tous deux sortirent pour leur promenade rituelle.

Trois gamins du quartier que connaissait bien Târiq tournaient autour de sa moto en bas de l'immeuble. Il les laissait de temps en temps monter sur l'engin et même, parfois, leur faisait faire le tour du quartier de L'Île, un par un, les gosses se repassant un vieux casque trouvé Dieu sait où. Parfois, après avoir marché un peu, il s'asseyait sur un banc au soleil avec son père, et les enfants, s'ils n'avaient pas classe, les rejoignaient et réclamaient à Târiq le récit d'une mission en Canadair particulièrement mouvementée. Le pilote s'était découvert à leur contact une patience qu'il ne se connaissait pas, et il prenait un vrai plaisir, devant leurs yeux écarquillés, à décrire la vie sur la base de la Sécurité civile, les vols en rase-mottes, les écopages dangereux quand la mer était formée, les forêts en flammes... Târiq savait qu'il plaisait à la mère de l'un de ces gamins, Djamila, une jeune femme célibataire d'origine algérienne qui habitait l'immeuble voisin de celui de son père et lui faisait parfois ses courses. Elle était jolie et souriante, avec des yeux noirs intenses. Le vieux Chafik, souvent, disait à son fils qu'il ne comprenait pas pourquoi il ne l'invitait pas à sortir un soir, qu'elle était belle et gentille, avec un bassin suffisamment large pour lui donner les petits-enfants qu'il désespérait de voir un jour. Il ajoutait qu'un homme n'était pas fait pour vivre seul, qu'il avait besoin d'une femme, qu'il était bien placé pour le savoir. Târiq ne répondait jamais. La voisine de son père était indéniablement une jolie femme, mais il en avait marre de ne plaire qu'aux Arabes. Il se savait bel homme, grand et large d'épaules, avec un visage grave aux traits marqués, mais c'était comme dans les films ou dans les livres, ses origines lui réservaient un type de rôles bien particuliers dont il voulait dépasser les limites : truand ou flic, éducateur de banlieues, chômeur qui se bat contre les inégalités. Jamais l'écrivain d'une comédie sentimentale, jamais le père de famille qui sauve les siens, jamais l'espion international... Jamais celui qui, à la fin de l'histoire, saute la belle blonde aux longues jambes et lui fait beaucoup de petits métis. Târiq plaisait aux femmes qui partageaient ses origines ou, exceptionnellement, à certaines Françaises de souche un rien bohème, toujours *cool* et souvent brunes qui revendiquent leur goût pour la mixité, en musique comme en amour (en général, elles ont eu leur période reggae dont elles gardent des dreadlocks). Jamais une grande blonde en tailleur ne se retournait sur Târiq qui, né et élevé en Île-de-France, ne cherchait pas une fille « du pays » ni une militante, mais simplement une femme à qui il plairait sans pour autant qu'elle aime les Arabes.

En début de promenade, le vieux Chafik marchait toujours deux pas devant son fils et refusait de prendre son bras, mais il finissait par s'y appuyer, à bout de souffle, s'énervant quand Târiq affirmait qu'il devrait marcher tous les jours, pas seulement quand il venait le voir.

« Marcher pour aller où ?

– Marcher pour marcher, pour retrouver de la force, de la vitalité.

– Et pour quoi faire, de la vitalité ?

– Tu n'as que soixante-treize ans, papa ! À ton âge, il y a des hommes qui jouent au tennis ou qui font du footing !

– Tu veux que je joue au tennis !

– Non, c'était juste un exemple. Je voudrais que tu marches davantage.

– Si au moins je pouvais aller jusqu'à la tombe de ta mère, mais ici… »

Convaincre son père de venir s'installer dans le Sud avait été un travail de longue haleine que Târiq se verrait reprocher jusqu'au dernier souffle du vieil homme. Mais que faire d'autre ? Le laisser seul à des centaines de kilomètres vivre dans la crasse avec pour unique compagnie le fantôme de sa femme ? Il avait voulu bien faire, par devoir, mais il se demandait s'il n'avait pas outrepassé ses droits et renié la vie d'homme de son père en ne voyant plus en lui que le vieillard, comme on néglige en un enfant l'adulte en devenir. Târiq le regarda qui marchait deux pas en avant et compara sa silhouette voûtée aux souvenirs de son enfance. Il se demanda quelle image il garderait de son père après sa mort et la réponse fut immédiate, qu'il s'efforça d'évacuer pour ne pas, une fois encore, revivre cet incident dont il ne parvenait toujours pas à se dire, vingt-sept ans plus tard, qu'il y avait attaché trop d'importance. Pourtant, à sa place, un autre enfant aurait sans doute oublié. Pas lui. Lui s'était construit sur ce souvenir, sur cette blessure, en réaction, contre, toujours contre. Et de fil en aiguille, il repensa à sa convocation dans le bureau du commandant de la BASC, à cette démission qu'il n'avait pas donnée, puis à la femme aux cheveux roux qu'il était certain d'avoir vue au cœur de l'incendie. Certain de l'avoir vue et de l'avoir reconnue. Il savait que son comportement lors de la mission avait été irrationnel, que ce largage de sécurité allait contre toutes les consignes, tout ce qu'il savait de son métier, et même qu'il avait peut-être été inutile. Il savait aussi qu'il avait perdu le contrôle de ses nerfs, ce qui ne lui arrivait jamais. Et c'était cela, plus que les remontrances méritées du commandant qui lui avait donné l'envie de démissionner, qui avait blessé son orgueil. Qu'était devenue la femme ? Était-elle sortie du feu ? Plus le temps passait, plus Târiq l'espérait. S'il y avait eu une deuxième victime de l'incendie de Valmascle, son corps aurait déjà été découvert. Il avait été tenté de se rendre sur place pour explorer les restes de la forêt mais avait renoncé en songeant que les gendarmes étaient en train d'y chercher des indices sur la mort de Baptiste Legendre. *Baptiste Legendre…* ce nom leva un double écho amer dans le tumulte des pensées de Târiq : Christophe Meunier et Pierre Georget. Christophe Meunier, Pierre Georget, Baptiste Legendre. *Baptiste Legendre. Baptiste Legendre est mort.*

– Qu'est-ce que tu dis ? demanda le vieux Chafik, tirant brusquement Târiq de ses songes.

Il avait dû penser à voix haute. Il hésita et répondit finalement :

– Je disais que Baptiste Legendre est mort.

– Qui ça ? Qui c'est qu'est mort ?

– Baptiste Legendre.

Son père réfléchit quelques secondes puis déclara :

– Connais pas.

Târiq ne put s'empêcher de sourire à l'ironie de ce dialogue. Puis son père ajouta :

– J'espère que ta mère sera rentrée ! Elle déteste te manquer quand tu passes à la maison.

Et sa phrase à peine terminée, le vieux Chafik se figea brusquement comme frappé de stupeur. Les deux hommes échangèrent un regard et Târiq vit que les larmes montaient aux yeux de son père. Il essaya maladroitement de lui sourire et resserra sa prise sur son bras.

– Allez, viens papa, on rentre, dit-il d'une voix plus douce que de coutume.

10

« TIFFANY ! Tiff... » L'air qui lui manque, la fumée tout autour, un rideau de flammes derrière la fenêtre... Sa tête qui tourne. Quelqu'un près d'elle qui pleure, qui tousse. Elle tombe, et tombe encore, et encore, et encore...

Tiffany Roche fut réveillée par le son de sa voix. Où était-elle ? Des deux mains, elle tâta le lit, rencontra un obstacle et entendit le bruit d'un verre qui se renverse. Où était-elle ? Et depuis quand ? La panique gagnait la jeune femme. Elle essaya de se souvenir où elle avait passé la soirée. Mais rien ne lui revenait. À tâtons, elle chercha fébrilement le cordon électrique d'une lampe.

Soudain un rai de lumière devant elle.

– Tiff ! appela une voix qu'elle reconnut et qui l'apaisa instantanément.

La porte de la chambre s'entrebâilla. Le visage de Xavier apparut dans la pénombre.

– Ça va, Tiff ? J'ai entendu crier.

Elle était donc à Marseille, dans la chambre de Xavier qui, comme chaque fois qu'elle venait chez lui, avait dormi dans le canapé. Le calme revenait en elle.

– Encore ton cauchemar ? demanda Xavier.

– Oui. Mais ça va maintenant. Ça va...

Xavier entra dans la chambre. Il était torse nu, en pantalon de pyjama. Tiffany lui fit aussitôt une place, habituée depuis des années à ce qu'il la rejoigne le matin dans le lit, soit pour la réconforter, soit pour qu'elle le console de ses nombreux chagrins d'amour.

– Tout va bien, ma Tiff, lui dit le jeune homme en la prenant dans ses bras. Je suis là…

Tiffany sentit une onde de chaleur et de bien-être la pénétrer. Il n'y avait qu'avec Xavier – à qui elle n'avait jamais rien caché, qui savait tout d'elle jusqu'à l'inavouable – qu'elle se sentait en confiance. Même son oncle Alain et Elizabeth ignoraient la plupart de ses zones d'ombre, ce qui, malgré tout l'amour qu'elle leur vouait, l'obligeait à se tenir sur ses gardes en leur présence, à composer un rôle. Le sien.

– Hier soir…, commença Tiffany d'une voix hésitante.

– Tu ne te souviens de rien ?

– Non. Je suis désolée.

– T'en fais pas. On a pourtant passé une soirée que je n'oublierai jamais.

Tiffany se redressa, échappa aux bras de Xavier qui s'allongea sur le dos, et fit un effort de concentration. Rien ne vint.

– Mary. On a dîné avec Mary. Toi et Mary vous vous êtes rencontrées pour la première fois.

Mary. Bien sûr. Celle dont Xavier était tombé amoureux, celle qu'il avait voulu lui présenter. Les détails de la soirée resurgirent aussitôt.

– Tu te souviens, maintenant ? demanda Xavier.

– Oui.

– Alors ? Comment tu l'as trouvée ?

Tiffany chercha le mot juste. Elle aurait pu dire belle, intelligente, intéressante. Aimable aussi, au sens propre.

– Intense, finit-elle par dire. Elle est intense. Elle m'a beaucoup plu.

Un sourire d'enfant illumina le visage de Xavier qu'éclairait la lumière du couloir.

– Toi aussi tu lui as beaucoup plu.

– Elle est là ?

– Non. Elle est rentrée chez elle après le dîner, nous n'en sommes pas encore…

– À coucher ensemble ?

– Rien ne presse, on a la vie devant nous. Je le sens. Je le sais.

Tiffany sourit, Xavier éclata de rire et se leva d'un bond.

– Petit déj !

– Il est quelle heure ?

– 4 heures ! Mais j'ai faim, on se recouchera après. C'est si bon de se rendormir après le petit déjeuner !

Xavier sortit de la chambre. Tiffany alluma la lampe. Son compact numérique était posé sur le chevet. Elle l'alluma. L'engin émit une petite sonnerie et la jeune femme fit défiler les dernières photographies qu'elle avait prises. On y voyait Xavier et Mary, à table, au restaurant, souriant, riant, trinquant. Et aussi un portrait de Mary seule, qui regardait l'objectif de ses yeux aussi noirs que ses cheveux coupés à la garçonne. Tiffany la trouvait belle, à la fois mince et pleine, de toute évidence sportive comme l'avait dit Xavier la première fois qu'il lui avait parlé d'elle, mais pas moins féminine. Elle n'avait pas menti à Xavier, Mary lui avait beaucoup plu par son intensité, sa façon d'être vraiment là, de ne pas parler pour ne rien dire, d'écouter avec application les réponses aux questions qu'elle posait. C'était une femme – de une ou deux années son aînée – qui ne faisait pas semblant, ne concédait rien aux conventions, à la seule courtoisie. Tiffany ne doutait pas qu'elle-même lui eût effectivement plu. Mary ne semblait pas du genre à dire cela pour faire plaisir à Xavier. Quelque chose était immédiatement passé entre elles deux, une complicité possible, une même longueur d'onde, une sorte de reconnaissance.

Tiffany sentit l'odeur du café. Et se rendit compte qu'elle avait faim.

Elle reposa son appareil numérique et se leva en se disant que cette fois, il se pourrait bien que Xavier soit tombé sur *la* bonne. Elle l'espérait, en tout cas. Xavier étant la personne qui lui était la plus chère au monde, l'homme le plus gentil, au sens propre, qu'elle connaissait. Incapable de méchanceté, de perversité, de rouerie. Un être pur, si peu armé pour la vie.

– Tant pis si ça saigne ! lança Nancy Le Guen en se servant une nouvelle coupe de champagne, la troisième, après quatre verres de rosé et un porto en guise d'apéritif.

Elle buvait chaque jour un porto avant le déjeuner, et un whisky avant d'aller se coucher. « Comme la reine d'Angleterre », aimait-elle à dire. Elle suivait ce régime depuis la mort de son mari, au grand désespoir de son médecin et de ses deux fils.

Elle s'alluma une cigarette, une brune, et tout en recrachant la première bouffée, souhaita une nouvelle fois un joyeux anniversaire à Guillaume.

Ce dernier entrait en phase de digestion et de culpabilité, l'une allant rarement sans l'autre. Sa mère était une excellente cuisinière et rien ne lui faisait plus plaisir que de voir ses deux garçons manger à sa table. Elle avait préparé un déjeuner d'anniversaire pantagruélique, composé de tous les plats préférés de Guillaume qui s'était senti régresser peu à peu au fil du repas.

– Tu ressembles de plus en plus à ton père, lui dit-elle. Tu ne trouves pas, Damien ? Tu sais sur cette photo où votre père est à la pêche ?

C'était vrai, mais Damien savait que c'était la dernière chose que souhaitait entendre son frère qui supportait mal d'avoir atteint l'âge où leur père était décédé.

Il regarda sa mère tirer sur sa cigarette que, comme toujours – ce qui le fascinait quand il était enfant – elle consumerait en quelques profondes bouffées avant d'en allumer une autre. Il se demanda s'il lui ressemblerait quand il serait vieux. Guillaume avait tout pris de son père alors que, bébé, il était le portrait de sa mère. C'était exactement l'inverse pour lui : il avait été la réplique vivante de son père jusqu'à l'âge de deux ans puis, insensiblement, s'était mis à ressembler à sa mère.

Nancy Le Guen était grande pour sa génération, forte mais pas grosse malgré les quantités de nourriture qu'elle ingurgitait. La peau de son long visage était excessivement ridée mais son regard gris clair n'avait en rien vieilli. Elle était encore belle, d'une certaine façon, avec son éternel chignon devenu gris. Seules ses mains déformées par l'arthrose faisaient peine à voir. Sa voix aiguë de petite vieille était celle que Damien lui avait toujours connue, et qui lui faisait honte quand il était collégien.

– Tu fumes trop, maman, dit-il sans conviction.

– On croirait entendre cet imbécile de Dr Bosq ! Faut bien partir de quelque chose, non ?

Elle s'était mise à fumer le jour de la mort de son mari. Sa première cigarette, elle l'avait tirée du paquet qu'il portait dans la poche intérieure de son veston quand elle l'avait trouvé inanimé dans le potager de leur maison de Biranques. Elle ne devait jamais oublier cet instant, ni la brûlure âcre de la fumée dans ses poumons alors qu'un chagrin-panique lui coupait le souffle. Il lui avait suffi d'un regard pour comprendre que Paul était mort. Elle n'avait pas appelé les secours tout de suite, c'était inutile. Elle était tombée à genoux près du corps de son époux, et, les deux mains sur sa poitrine inerte, elle avait murmuré : « Oh ! Mon Paul. » C'est là, pour la première fois de son existence, qu'elle avait ressenti le besoin de fumer. Elle avait fouillé son veston, trouvé le paquet de brunes et le briquet. L'odeur du tabac entre ses doigts tremblants était le parfum de Paul qui avait toujours été un grand fumeur. C'est lui qu'elle retrouvait chaque fois qu'elle allumait une cigarette, et aussi quand elle plongeait le nez dans ses vêtements imprégnés de fumée ou qu'elle rentrait dans la salle à manger pour vider le cendrier plein de mégots. La cigarette avait tué son mari et c'était elle, depuis, qui gardait son souvenir intact.

– J'ai soixante-douze ans, ajouta-t-elle, je suis veuve depuis trente et un ans, mes deux enfants ont passé la trentaine, pourquoi je me priverais des seuls plaisirs qui me restent ? J'aime fumer. J'aime boire. J'aime manger… J'aimais faire l'amour, aussi…

Les deux frères se regardèrent.

– Quoi ! Je vous choque ! Mais comment j'ai pu mettre au monde deux garçons aussi coincés ! Votre père était un bel homme, vous savez, et il me faisait très bien l'amour. Tous les jours, sans exception. Plutôt deux fois qu'une ! Des fois, le matin, de très bonne heure. Il était lève-tôt. Il me prenait en me réveillant à peine, doucement, tendrement. Je me rendormais aussitôt pour me réveiller pour de bon, deux heures plus tard, débordante de lui.

Ses deux fils restèrent muets, stupéfaits, embarrassés.

Elle voulut se verser une nouvelle coupe de champagne.

– Maman, dit Damien en posant sa main sur son poignet.

Elle renonça au champagne en écartant la main de son fils d'un geste brusque.

– Quel rabat-joie tu fais ! Pas étonnant qu'aucune femme ne veuille de toi !

Puis elle alluma une nouvelle cigarette à la braise de la précédente.

– Si je ne vous avais pas eus, je me serais tuée à la mort de Paul. J'ai voulu mourir plus d'une fois, mais je n'en avais pas le droit. À cause de vous deux. Toi, t'avais quelques mois, Damien ! Je t'allaitais encore. J'avais horreur de ça, mais c'est ton père qui le voulait, il disait que ça ferait des hommes plus forts. Mes seins étaient énormes, j'avais l'impression d'être une vache laitière. Beurk ! De toute façon, c'est Paul qui voulait des enfants, pas moi... Oh ! Ne me regardez pas avec ces yeux-là, je vous ai aimés dès que je vous ai eus ! C'était plus fort que moi. J'aurais jamais cru ça. Les mouflets, c'était vraiment pas ma tasse de thé. Je détestais les enfants des autres. On n'en voulait qu'un, au départ. Toi, Damien, tu as été un accident. Ton père était fou de joie.

– Et toi ? demanda Damien du tac au tac.

– Moi ? Je trouvais que ce n'était plus de mon âge. J'avais quarante ans passés...

Elle se tut un moment. Ses deux fils restèrent silencieux. C'était la première fois qu'elle se livrait à de telles confidences.

– Je deviens sentimentale, ajouta-t-elle finalement. Vous avez raison, j'ai trop bu.

Puis elle s'adressa à Guillaume d'une voix soudain légère :

– Quoi de neuf, cette semaine, à la SRPJ ?

Passionnée de littérature policière, elle décortiquait également chaque jour les cinq quotidiens auxquels elle était abonnée, à la recherche de faits divers, et découpait tous les articles qui l'intéressaient pour suivre comme autant de feuilletons les enquêtes de ses fils. Guillaume Le Guen, de même que son frère, avait pris l'habitude de lui raconter en détail les affaires sur lesquelles il travaillait et il avait appris à ne pas sous-estimer les intuitions de sa mère. Par le passé, il avait eu avec elle de longues conversations qui lui avaient permis de faire le point sur une affaire, de la regarder sous un angle nouveau et parfois décisif. Il lui arrivait même, le soir, quand il restait seul à la SRPJ à se torturer sur un dossier, de l'appeler (elle se couchait toujours très tard, lisant jusqu'au cœur de la nuit) pour cesser de tourner en rond, clarifier sa pensée, formuler ses doutes et les confronter à la repartie clairvoyante de sa mère.

Il évoqua l'enfant noyé dans le Lez mais précisa que l'enquête avait rapidement conclu à un accident ; avoua que son équipe était en plein brouillard concernant la prostituée du quartier des Arceaux retrouvée pendue à la grue d'un chantier deux semaines plus tôt et que, en collaboration avec les Stups, ils étaient sur le point de démanteler un réseau de trafiquants de drogue albanais. Puis ce fut le tour de Damien de raconter sa semaine.

– L'incendie, à Valmascle, c'est toi qui t'en es occupé ? lui demanda sa mère.

– Oui.

– C'était qui, le type qui a brûlé dans sa voiture... Legendre, c'est ça ?

– Un trafiquant en tout genre, un type connu de nos services.

– Un règlement de comptes ? demanda Nancy Le Guen avec gourmandise.

– Non. Un accident.

– Ah bon ! ajouta la mère, déçue. Il était mort avant de brûler ?

Elle avait un goût certain pour les détails morbides qui confortaient son dégoût de la race humaine en général, n'ayant d'indulgence que pour le souvenir de son époux et ses deux enfants. Elle n'avait plus d'amis, s'était fâchée depuis longtemps avec sa famille et évitait de fréquenter ses voisins.

– Non, on a...

– Trouvé du monoxyde de carbone dans le sang ? l'interrompit-elle.

– Oui. Il a sans doute fait un malaise.

– Tu n'as pas l'air convaincu.

Damien soupira. Sa mère le connaissait trop bien.

– Disons que j'aurais aimé chercher plus loin, mais on ne m'en a pas laissé le loisir. Tout le monde est mobilisé par l'affaire du petit Hugo.

– Pour moi, c'est la mère qui a fait le coup !

– On n'en sait rien du tout, maman.

– En tout cas, cette bonne femme n'est pas claire. Elle cache un truc… Et pour ton feu, là, t'as cherché côté pompiers ? C'est un classique, le pompier pyromane…

– Oui, mais ce n'est pas une affaire d'incendie de forêt comme les autres. Le feu est parti de l'intérieur de la voiture.

Nancy Le Guen poursuivit son idée sans tenir compte de cette remarque.

– Et les Canadair ? T'as cherché dans la liste des pilotes qui sont intervenus sur l'incendie ?

Damien avait négligé cette hypothèse et en fut contrarié.

– Après tout, un pilote de Canadair, c'est un pompier, aussi ! Il avait des ennemis, le brûlé ?

– Sans doute, comme tous les petits truands.

– Une femme ?

– Une petite amie. Une photographe.

– Ah ! Il y a toujours une femme quelque part dans une affaire, c'est un classique. Comment elle s'appelle ?

– Roche. Tiffany Roche.

Sa mère fronça les sourcils.

– Roche… J'ai connu des Roche… C'était tout près d'ici. Attends, ça va me revenir…

Elle plissa les yeux, recracha la fumée de sa cigarette par le nez. Puis :

– Un incendie !

– Un incendie ? répéta Damien, intrigué.

– Oui. J'en suis sûr. Une maison, une grande baraque avait brûlé avec son propriétaire et sa femme, à quelques kilomètres d'ici, ils s'appelaient Roche. Je crois qu'il était architecte, le type. Je dois avoir ça quelque part dans mes archives. Je regarderai, si tu veux…

Guillaume, légèrement assoupi dans le fauteuil qui avait été celui de son père n'écoutait cet échange que d'une oreille, distrait par les souvenirs d'enfance qui rôdaient dans la maison, dans cette même pièce… Leur mère lui faisait faire des devoirs de vacances à sa manière très personnelle. Il se souvenait mot pour mot de certaines des dictées, tirées de son impressionnante bibliothèque :

« *Quand Maigret pénétra dans le grand couloir du Quai des Orfèvres, une lueur de gaieté dansa un instant sur ses prunelles car même ce couloir-là, le plus grisâtre, le plus terne de la terre, était aujourd'hui touché par le soleil tout au moins sous la forme d'une sorte de poussière lumineuse.* »

Celle-ci, encore :

« *C'est alors qu'il trouva le premier corps. L'apprenti, James Gowen, gisait juste derrière la porte menant à la boutique, à moins de deux mètres du pied de l'escalier. Les os de son visage avaient été brisés par une grêle de coups ; la tête, dont le sang coulait encore, était réduite en bouillie, du sang et de la cervelle avaient jailli jusque sur le comptoir et pendait même du plafond, horrible excroissance. Pendant un moment, Murray, pétrifié par le choc et l'horreur, ne put ni crier ni bouger. La bougie tremblait dans sa main, jetant ombres et lumières sur la chose à ses pieds. Puis, avec un gémissement, le prêteur sur gages tituba vers la porte et constata que son chemin était barré par le corps de Mrs. Marr. Étendue à plat ventre, le visage près de la porte de la rue, le sang coulant encore de son crâne défoncé.* »

Il y avait eu les mathématiques, aussi, et des problèmes tels que : « Ayant déjà abattu deux hommes, l'un d'une balle dans la poitrine, l'autre d'une balle dans l'épaule et une dans le cou, et sachant qu'il n'avait fait que blesser le troisième à la jambe, de combien de balles dispose encore Mike Hammer pour achever ce dernier avec Betsy, son pistolet automatique calibre .45 ? »

Guillaume mit quelques secondes à comprendre que sa mère s'adressait à lui et lui demanda de répéter ce qu'elle venait de dire.

– Je disais que tu ressembles de plus en plus au commissaire Wallander.

– Wallander ?

– Tu n'as pas lu les livres que je t'ai offerts ?

– Si, si, je sais très bien qui est Kurt Wallander, mais comment je pourrais ressembler à un personnage de roman ? Tu connais sa tête, toi ?

– Chaque lecteur se fait la sienne. Pour moi, il ressemble à ton père, et donc à toi. Surtout à toi. C'est un compliment, tu sais ! C'est un très bon flic !

– Il est surtout neurasthénique, seul, trop gros et diabétique ! maugréa Guillaume.

Nancy Le Guen trouvait sans cesse des ressemblances entre les gens, c'était chez elle, depuis toujours, une sorte de marotte.

– Il me restait un Mankell que je n'avais pas lu, enchaîna-elle sans faire attention à ce que venait de dire son fils. J'ai noté une phrase pour vous deux.

Elle se dirigea vers un buffet sur lequel se trouvait son cahier d'extraits de livres. Les deux frères se regardèrent en levant les yeux au ciel.

– Ah ! Voilà, dit Nancy après avoir tourné quelques pages : « Ça y est, pensa-t-il. Ça commence à bouger. À chaque enquête, on a l'impression d'organiser une battue. Pas pour chercher quelqu'un qui aurait disparu dans la forêt. Mais pour *comprendre.* »

Damien se souvenait qu'à l'école, tous ses copains l'enviaient d'avoir une mère aussi excentrique, aussi drôle, n'hésitant pas à utiliser des gros mots, roulant vite, fumant comme un pompier, lui donnant à lire des romans policiers et lui laissant voir à la télé tous les films de ce genre, même ceux qui n'étaient pas du tout de son âge. Il ne les détrompait jamais, bien sûr, et d'ailleurs, il lui avait fallu des années pour comprendre que cette largesse d'esprit n'était qu'apparence. Nancy Le Guen, à la mort subite de son époux, était devenue, en secret, une femme inquiète et angoissée pour ses enfants. Et si elle n'avait rien eu à leur refuser, c'était parce qu'ils avaient appris d'eux-mêmes à ne jamais lui demander une chose qu'ils savaient devoir lui déplaire ou l'inquiéter. Ils n'avaient fait aucune sortie avec l'école, n'étaient jamais allés coucher chez un ami, avaient gardé secrète leur découverte du château de Viviourès, préférant s'autocensurer, jusqu'à se convaincre eux-mêmes qu'ils n'avaient pas d'envie, plutôt que de risquer le refus d'une mère qui, désormais, craignait que la mort frappe de nouveau ceux qu'elle aimait. Guillaume et Damien avaient porté le deuil de leur mère, la tristesse qu'elle cachait pourtant de son mieux, sa solitude, surtout. Ils étaient devenus les hommes de la famille. Guillaume plus que Damien, mais ce dernier avait pris le relais quand son grand frère avait fui en épousant Nadège.

En ce dimanche après-midi encore, ils n'osaient prendre congé alors qu'ils en mouraient d'envie. La chaleur s'écrasait lourdement sur les tuiles de la petite maison et leur mère avait fini par s'assoupir dans son fauteuil.

Sans se concerter, les deux frères se retrouvèrent dans le jardin devant la maison. Peu de chose avait changé depuis leur enfance. Quelques maisons neuves au loin, les arbres du verger avaient grandi, un prunier était mort.

Guillaume se sentit soudain vieux et triste. Il se revoyait gamin, à quatre pattes, observant l'agitation dans la fourmilière qui chaque année revenait près du muret du potager et dans laquelle il aimait planter des bâtons qui affolaient les insectes. Il revoyait ses propres enfants dans ce jardin, Émilie très à son aise à la campagne à l'inverse des jumeaux qui paniquaient à la vue du moindre animal et que le contact de la terre dégoûtait. Et lui, crispé comme chaque fois que Nadège et sa mère étaient ensemble, sachant que Nancy trouvait son épouse molle et fade, incapable de faire face à ses redoutables reparties. Les dimanches en famille chez Nancy avaient toujours été inconfortables pour lui, comme d'ailleurs toutes les sorties avec Nadège dont, même s'il refusait de se l'avouer, il avait un peu honte, craignant qu'elle dise ce qu'il ne fallait pas à leurs amis, à ses collègues, à sa mère. Il n'avait vraiment pris conscience, ou plutôt accepté d'admettre cet aspect de sa vie de couple qu'une fois divorcé, et il en éprouvait encore, des années plus tard, une cuisante culpabilité.

– Si on allait faire un tour ? demanda Damien à son frère.

– Un tour ?

Damien regardait au loin, à l'est, vers le bois du Pâtus et la montagne d'Hortus.

– Si on allait au château ? Comme quand on était gosses ?

– À Viviourès ?

– Allez…, insista Damien, retrouvant la tonalité suppliante dont il usait autrefois pour convaincre son aîné qui ne savait jamais lui résister.

Quelques minutes plus tard, ils laissèrent la voiture de Damien au bord de la D 122, entre Le Fesq et Le Rouet. Deux énormes blocs de pierre que les frères connaissaient bien marquaient le chemin bordé de buis, de chênes verts et de chênes kermès. Enfants, ils commençaient toujours l'expédition à vélo, roulant sur le chemin qui allait en se rétrécissant jusqu'à ne plus être praticable qu'à pied, étroit sentier de pierres sèches de plus en plus escarpé.

Guillaume commença à peiner à mi-chemin. Il s'arrêta pour pisser bien qu'il n'en eût pas véritablement envie, mais pour reprendre son souffle sans en avoir l'air. Le chant des cigales emplissait l'air vibrant de chaleur et il sentait la sueur couler dans son dos.

Cent mètres plus loin, les deux hommes marquèrent un nouveau temps d'arrêt pour jouir du premier point de vue sur le château, vaisseau de pierre perché entre roc et ciel au-dessus de la haute garrigue. Guillaume et Damien se regardèrent en souriant, émus de marcher à nouveau dans leurs pas d'enfant.

– Tu es déjà revenu, ici ? demanda Damien.

– Une fois, oui, avec les enfants. Les garçons devaient avoir quatre ou cinq ans. Là-haut, Nadège avait tellement eu peur qu'ils tombent que ça nous a gâché la balade.

– Rien n'a changé, on dirait. J'avais peur que ce soit devenu touristique, qu'ils aient sécurisé la zone, balisé les chemins d'accès. C'était chez nous, ici, tu te souviens ?

– Oui. Les seigneurs du château…

Ils reprirent leur ascension et Guillaume se jura de se remettre au sport et au régime.

Enfin le sentier en chicane, maintenant étroit et dangereux, longeait les fondations du château, mélange de pierres, d'arbustes et de racines tortueuses.

Puis ils furent rendus et sentirent leur poitrine se gonfler. Tout était comme dans leur souvenir, sinon que les arbres, qui poussaient au cœur même de la ruine dont il ne restait que les larges murs d'enceinte percés de fenêtres, en dépassaient aujourd'hui le sommet.

Ils n'échangèrent plus un mot, se laissant pénétrer par la familière sauvagerie du lieu, écoutant monter en eux une nostalgie douce-amère.

Guillaume pensait à la fuite du temps, à la vie pareille à une navigation hasardeuse sur une rivière de montagne, d'abord lente pour gagner le milieu du lit puis de plus en plus mouvementée à mesure que le courant entraînait vers les rapides. La naissance de ses enfants avait considérablement accéléré le mouvement, surtout quand ils avaient atteint l'âge qui était celui de ses souvenirs.

Un bruit, un léger éboulement fit sursauter Damien. Pour un peu, il se serait attendu à voir apparaître Tiffany Roche enfant. Mais il n'y avait personne dans le château ; sans doute un rongeur qu'ils avaient délogé. Damien en fut presque déçu. Il aurait aimé se retrouver face à la petite fille rousse et cette fois, la retenir pour lui rendre son baiser. La retenir comme il aimerait retenir sa jeunesse qui lui filait déjà entre les doigts. La veille, il avait rêvé de Tiffany, adulte cette fois. Tout s'était effacé au réveil, sauf la sensation de sa présence et le souvenir de son parfum. Avant de prendre la route pour Biranques, il avait consulté ses mails, et répondu à celui de Sophia, la femme « rencontrée » sur le Net. Ils avaient déjà échangé plusieurs messages et cette fois, s'étaient donné rendez-vous pour dîner en centre-ville. Pourtant, en envoyant le message, Damien s'était dit que c'était avec Tiffany Roche qu'il aurait aimé passer la soirée.

Côte à côte, les deux frères se retrouvèrent près d'une échauguette d'où la garrigue s'étirait à perte de vue. Il y avait là la démonstration de la fragilité de l'homme, de sa vulnérabilité, de sa fugacité. Combien de générations s'étaient succédé dans la contemplation de cette vue saisissante depuis la construction du château, au XIIe siècle ?

Combien la regarderont encore après ma mort ? songea Guillaume Le Guen, cependant que Damien méditait sur la perte de sa jeunesse et de sa complicité avec son frère. Lui revenaient en boucle ces instants de bonheur pur qu'ils avaient partagés ici avant que la vie ne les rattrape et fasse d'eux des hommes ordinaires. Guillaume pensa à sa fille qui voulait lui présenter son amoureux, à ses fils avec qui il ne parvenait plus à communiquer. Et puis, à l'enfant noir noyé dans le Lez, à Nancy, qui un jour ne serait plus de ce monde, à la plage d'Hookipa, à Hawaii, ce rêve de gosse qu'il ne réaliserait jamais.

Sans se concerter, les deux frères prirent le chemin du retour et n'échangèrent pas un mot jusqu'à la voiture.

Ils ne virent pas la silhouette qui les observait, dissimulée par la végétation, qui les avait épiés dans les ruines du château, les avait suivis quand ils étaient redescendus et, serrant les dents et se tordant les mains, les regardait maintenant reprendre la route.

11

SOPHIA arriva quelques minutes en retard, Damien avait déjà pris une table. Il la regarda traverser le restaurant en souriant et se dit qu'elle était moins jolie au naturel que sur le portrait de son profil Internet. Il était à la fois inquiet et excité par cette soirée. Sortir avec une femme était agréable, même si leur rencontre avait été provoquée, même s'il ne savait presque rien d'elle. Damien supportait de moins en moins sa solitude, son appartement impersonnel à la caserne, ses collègues majoritairement masculins. Damien aimait les femmes et les tenait en bien plus haute estime que les hommes, au point de ne pas se sentir à la hauteur, au point de trouver le désir des hommes et le sien vulgaires et leur plaisir méprisable. Au point, à trente et un ans, de se sentir aussi intimidé que s'il en avait quinze quand il se leva pour serrer la main de Sophia.

Il avait mis longtemps à se préparer, à faire sa toilette, à choisir ses vêtements, et même son sous-vêtement. Au quotidien, il portait des slips confortables mais peu seyants et ne possédait que deux caleçons dans lesquels il était mal à l'aise. C'est pourtant pour l'un d'eux qu'il s'était finalement décidé, en se reprochant ce choix qui sous-entendait de se dévêtir devant Sophia. C'était grotesque. Il ne s'agissait que d'une première rencontre et, en s'inscrivant à ce site, n'avait pas cherché des aventures d'un soir mais bien l'âme sœur. Alors pourquoi, au dernier moment, après s'être vaporisé un nuage d'eau de toilette dans le cou, en avait-il fait autant sur son ventre ?

De toute évidence, Sophia s'était faite belle. Maquillée mais pas trop, en jean délavé, mais avec un chemisier habillé et un très joli pendentif en cristal de roche. Elle avait une tenue à la fois décontractée et chic qui ne devait rien au hasard. Damien se demanda si elle aussi avait longuement hésité avant de choisir ses sous-vêtements, si elle s'était parfumé le ventre, si elle s'était épilé le pubis. Que pouvait bien penser une femme avant un tel rendez-vous ? Pensait-elle, comme un homme, à la possibilité d'une nuit d'amour ? Damien savait si peu de chose du désir féminin.

La conversation eut du mal à démarrer. C'était tellement plus simple sur le Net, par écrit. Infiniment plus aisé de paraître drôle et intéressant. Il y eut tout d'abord des blancs, de la gêne, et Damien fut immédiatement persuadé que Sophia était déçue et qu'elle avait déjà envie d'en terminer avec cette soirée. Se souvenant qu'il avait écrit avoir toujours eu envie d'avoir des enfants, ce qui n'était pas la stricte vérité (il n'avait pas envie d'avoir des enfants mais se sentait très capable d'aimer et d'élever ceux d'un autre), il amena la conversation sur ce sujet, ce qui permit à Sophia de se détendre et de parler un peu trop longuement de ses deux filles. Elle avait sur elle des photos qu'elle lui tendit. Audrey et Emeline, aussi blondes que leur mère était brune, onze et huit ans. Damien dit qu'elles étaient adorables en pensant le contraire : elles avaient toutes deux un regard de chipie qui promettait à leur mère des heures difficiles.

– Et leur père ? demanda Damien en se traitant aussitôt d'imbécile.

Un peu décontenancée par la question, Sophia finit par dire qu'il prenait les filles une semaine sur deux et la moitié des vacances. Puis elle ajouta qu'ils s'étaient séparés par consentement mutuel et restaient bons amis. Damien sut aussitôt qu'elle mentait. La fin de la tirade était venue trop vite, avec un débit trop précipité et il avait eu le temps de percevoir la légère crispation des lèvres de Sophia qui avait étiré deux petites rides sur ses joues. Ses lèvres, étroites et serrées, trahissaient de toute façon une forte crispation générale et il eut la certitude qu'elle s'était fait plaquer et que, à trente-sept ans, elle commençait à désespérer de trouver un homme qui veuille d'elle et de ses filles.

Damien buvait rarement le soir mais avait commandé une bouteille de vin dans l'espoir de faire sauter quelques-uns de ses nombreux verrous internes. À moins que ce ne soit dans celui de faire sauter ceux de Sophia ? Il avait su, au premier regard, qu'elle ne serait pas l'âme sœur qu'il cherchait. Il le savait d'ailleurs avant de lui proposer cette rencontre. Alors que cherchait-il en peinant à entretenir la poussive conversation ? Que cherchait-il en s'appliquant à faire durer son premier verre alors qu'il avait déjà resservi trois fois Sophia ?

Il avait envie de pisser. Mais pouvait-il s'excuser et laisser Sophia seule à table le temps d'aller se soulager ? Il l'imaginait parcourant le décor des yeux tout en faisant le point sur cette soirée. Ces quelques minutes de solitude ne suffiraient-elle pas à rompre le peu de charme qui s'était installé entre eux ? Ne suffiraient-elles pas à annuler l'effet des trois verres de vin ? Et quelle importance, après tout ? Qu'espérait-il encore ? Croyait-il vraiment que cette femme allait accepter de coucher avec lui alors qu'il était évident qu'il ne lui plaisait pas plus qu'elle ne lui plaisait ? Damien commençait à redouter son retour, seul, à la caserne. Encore plus seul que d'habitude. Il se voyait raccompagnant Sophia jusqu'au bas de son immeuble. Peut-être allaient-ils se faire la bise et promettre de se revoir en sachant qu'aucun d'eux n'en avait envie et ne recontacterait l'autre ? Il s'efforcerait de tenir le bras de Sophia au moment de l'embrasser et de donner une légère pression des doigts pour mimer l'intensité fausse du moment. Puis il rentrerait à pied en se trouvant minable, une fois de plus.

Du coup, il osa se rendre aux toilettes, non sans se dire que si jamais, ce qui était impensable, si jamais il se retrouvait en situation de coucher avec Sophia, il serait très embarrassé par sa vessie pleine. Une fois soulagé, il se regarda longuement dans le miroir avant de remonter. Était-il séduisant ? Sophia pouvait-elle le trouver à son goût ? Il se trouvait un physique très ordinaire bien que les femmes lui aient dit souvent qu'il était beau. Damien se demanda alors pourquoi il était seul, pourquoi ça n'avait jamais marché avec ses compagnes. Après tout, il n'avait que trente et un ans, il était mince et en forme, se savait intelligent et même parfois drôle. Des cas bien plus désespérés que le sien étaient mariés depuis longtemps ! Il comprit alors, pour la première fois, que c'était toujours lui qui avait rompu. Pourquoi ? Parce qu'il attendait trop d'une relation amoureuse ? Sans doute. Parce qu'il finissait toujours par être déçu, par voir venir la routine, la perte de la curiosité de l'autre, l'affadissement des rapports affectifs et sexuels ? Certainement. Parce que, comme en amitié, il avait toujours mis la barre trop haut et demandait à l'autre un engagement dont il était lui-même incapable ? Parce que, sans le savoir, il n'avait jamais rien fait d'autre qu'attendre la petite fille du château de Viviourès ?

Cette idée gifla Damien et le ramena brusquement à la réalité, toujours devant le miroir des toilettes du restaurant.

Il en était encore ébranlé lorsqu'il se rassit à table, juste avant que le serveur apporte leurs desserts. Il constata que Sophia s'était repoudrée et qu'elle avait arrangé le col de son chemisier de façon à dégager sa gorge. Il s'efforça d'y voir un signe encourageant.

– Vous ne m'avez toujours pas dit ce que vous faisiez dans la vie, Damien ?

La question qu'il était parvenu à contourner jusque-là, tant par courriel qu'au cours de la conversation de ce soir.

– Je... Je fais un drôle de métier. Je... je suis enquêteur.

– Policier ? demanda Sophia, visiblement étonnée.

– Pas vraiment, non.

– Si vous me dites détective privé, je ne vous croirai pas !

Ils rirent tous deux un peu trop fort.

– Je suis technicien d'investigation criminelle, finit par dire Damien.

Sophia le regarda d'un air interrogateur ; il était évident qu'elle n'avait aucune idée de ce que ces mots, mis bout à bout, signifiaient.

– J'interviens en tant que technicien sur des enquêtes criminelles. Je recherche des empreintes, des indices... pour la gendarmerie nationale.

– Vous êtes gendarme !

Et voilà. Le mot que Damien avait essayé d'éviter était lancé. *Gendarme*. Un mot qui sentait l'uniforme, le képi, la moustache, la caserne, les gardes, les mutations. Sans doute le pire mot pour une femme divorcée avec deux enfants à la recherche d'un homme stable avec qui refaire sa vie.

– C'est fascinant, dit alors Sophia.

Elle aurait dit intéressant qu'il aurait pu la croire. Fascinant était trop excessif pour ne pas vouloir cacher une déception.

Ils mangèrent leur dessert. Sophia ne voulut ni café ni tisane mais insista pour partager la note, ce que refusa catégoriquement Damien.

Puis il la raccompagna à pied jusqu'à son domicile, à la lisière du centre-ville et du quartier Gambetta. Ils n'échangèrent que peu de mots durant le trajet, chacun, sans doute, anticipant le retour à sa solitude. En bas de l'immeuble, Sophia précisa que ses filles étaient chez leur père, cette semaine. Damien se dit alors que c'était le moment où jamais de tenter sa chance mais n'osa rien dire.

– Si je vous invite à monter prendre un verre, j'imagine que vous allez vouloir me baiser !

– Vous baiser !

– C'est pas comme ça que vous dites, vous, les hommes ?

Damien en resta coi, désemparé par la soudaine agressivité de Sophia.

– C'est bien ce que vous cherchez sur les sites de rencontres, non ? Des filles pour tirer un coup ?

– Et vous, Sophia, qu'est-ce que vous cherchez ? répondit Damien, agressif à son tour.

Un silence tendit l'atmosphère, puis Sophia se radoucit.

– Alors, vous montez le prendre ce verre ?

Il la suivit, ne sachant à quoi s'attendre et comment se comporter. Elle habitait au troisième étage. La cage d'escalier sentait l'encaustique. Elle ouvrit les trois serrures de la porte de son appartement et entra la première. Elle referma derrière Damien, posa son sac, alluma une lampe dont l'abat-jour était orangé et plaqua soudain Damien contre la porte d'entrée. Fébrile, elle commença à lui déboutonner la chemise et Damien, une fois remis de sa stupeur, écrasa sa bouche sous la sienne. Il sentit le contact de sa langue puis elle lui mordit la lèvre inférieure. Elle lui embrassa le torse, mordit un téton. Damien déboutonna son chemisier, glissa ses mains sous ses bras pour dégrafer son soutien-gorge, ce qu'il parvint à faire avec une facilité qui l'étonna. Elle avait des seins petits aux tétons curieusement gonflés. Il les baisa tour à tour. Sophia gémissait, tête renversée. Elle frottait son genou droit contre son entrejambe. Il bandait. Il allait la soulever pour emporter vers le canapé quand son mobile sonna. Ils se figèrent.

– Laisse, murmura Sophia.

Damien dirigea tout de même sa main vers la poche de son pantalon.

– Laisse sonner.

– Je dois prendre l'appel, dit Damien d'une voix si faible qu'elle ne l'entendit pas.

Il répéta.

– Je dois prendre l'appel. C'est peut-être une urgence… la caserne…

Vingt-cinq minutes plus tard, sa combinaison enfilée, à trente-deux kilomètres de Montpellier, il poussait la porte d'une bergerie entourée d'uniformes. La lampe-torche du gendarme Butel éclaira le corps d'un homme obèse qui tenait encore entre ses pieds la crosse d'un fusil de chasse, canon pointé vers le haut. La moitié de son visage avait été emportée, la mâchoire à nu, sans plus de peau pour couvrir les dents. Des dizaines de mouches tournoyaient bruyamment, affolées, dans le faisceau de lumière. Damien, en un flash furtif, revit les seins étonnants de Sophia, puis se concentra sur la charpente de la grange couverte de sang et de cervelle. Tout laissait penser qu'il s'agissait d'un suicide. Damien allait devoir passer le reste de la nuit à mettre à l'épreuve cette première impression.

À 9 heures le lendemain, Damien composa le numéro de mobile de Sophia. Après seulement deux sonneries, il obtint sa messagerie et lui laissa un message en sachant pertinemment qu'elle ne le rappellerait pas. Il soupira, exténué. Il avait terminé à 5 heures du matin dans la bergerie et n'était pas parvenu ensuite à trouver le sommeil. Avec la lucidité que donnait la fatigue à un cerveau momentanément dépourvu de ses protections habituelles, il jugea sa vie absurde. Il se leva et alla se servir un troisième café à la machine de la CIC. Un journal du jour traînait sur un bureau. Il lut la date : 27 juin. Bientôt les vacances d'été, pensa-t-il. Déjà. Les touristes, les incendies de forêt... Par association d'idées, il pensa à Valmascle, à Baptiste Legendre et à Tiffany Roche. Une réflexion faite par sa mère, la veille, lui revint en mémoire. Elle concernait les pilotes des Canadair qui avaient bombardé le feu. S'il avait passé une nuit normale, s'il avait dormi son content, il ne s'y serait peut-être pas attardé. L'affaire était sur le point d'être classée, le procureur avait reçu son rapport rédigé dans le sens désiré par le lieutenant Pélissier. Mais Damien était fatigué et d'humeur si sombre qu'il fut exaspéré de n'avoir pas pensé, la semaine passée, à vérifier l'identité des pilotes. Et agacé, après coup, par le comportement de son commandant d'unité.

Il ne lui fallut que quelques secondes pour trouver le numéro de téléphone de la base d'avions de la Sécurité civile de Marignane. Une secrétaire le fit attendre une minute puis il eut en ligne le commandant de la base qui s'offusqua de sa demande. Damien lui répondit qu'il s'agissait d'une procédure de routine et que le commandant des pompiers qui était intervenu au sol sur le feu n'avait vu aucun inconvénient à lui fournir la liste et la fiche d'état civil de ses hommes. Il ajouta qu'il pouvait bien sûr lui faire parvenir une demande officielle dans l'heure, ce qui était faux mais eut aussitôt l'effet escompté. De mauvaise grâce, l'officier promit de lui faire envoyer par fax les informations souhaitées.

Damien eut à peine le temps de raccrocher que son téléphone sonna de nouveau.

On avait retrouvé le petit Hugo.

En un instant, tout le personnel de la BDRIJ fut sur la brèche.

De sa maison des bords du Lez, Alain Roche s'était rendu à pied au cimetière Saint-Lazare. Tiffany l'y avait rejoint en moto. Ils marchaient dans les allées, sans un mot, se tenant par le bras. Difficile de définir qui des deux soutenait l'autre. C'était la quatorzième fois qu'ils effectuaient ce pèlerinage. Tiffany avait quinze ans, la première année. Elle en aurait vingt-neuf dans quelques semaines. Alain, son oncle, en aurait bientôt soixante. Il avait beaucoup changé depuis ce 27 juin 1992, depuis qu'il avait recueilli Tiffany et, avec Elizabeth, s'était occupé d'elle comme si elle était sa propre fille. Il avait été si patient, si présent, si aimant. Ils avaient additionné leurs insondables chagrins pour n'en faire plus qu'un qu'ils essayaient de porter à deux. En un jour, vieux de quatorze ans, Alain Roche avait perdu un frère et une fille, Tiffany un père, une mère et une presque sœur.

Ils arrivèrent devant le tombeau familial et Tiffany raffermit sa prise sur le bras de son oncle. Comme à chacune de ses visites, elle s'appliqua à lire lentement les inscriptions gravées en lettres d'or sur la pierre tombale :

MARC ROCHE 1950-1992
ISABELLE ROCHE (née LAPOUGE) 1953-1992
ALEXANDRA ROCHE 1976-1992

Des images hachées vinrent se télescoper dans la mémoire floue de Tiffany, de feux, de fumée, et d'une chute qui n'en finissait pas. Sa poitrine était oppressée. Son oncle renifla et elle comprit qu'il pleurait. Elle l'envia. Un désespoir cruellement sec traversait tout son être et, avec une infinie détresse, elle se demanda si c'était elle qui avait tué son père, sa mère, sa cousine et Baptiste Legendre.

Damien Le Guen revint à la caserne Celleneuve à 15 heures, stupéfait, comme tous ses collègues, par la résolution de l'affaire dite du petit Hugo. Le garçon avait été retrouvé vivant, très amaigri et puant de crasse dans le bois où il vivait comme un sauvage sans se douter que tous les services de gendarmerie du département étaient à sa recherche. Une semaine plus tôt, en rentrant de l'école en avance car un voisin l'avait déposé en voiture pour lui éviter de prendre le car, il avait surpris sa mère en plein orgasme, chevauchant le premier adjoint au maire du village sur la table de la salle à manger que son père, menuisier, avait fabriquée de ses propres mains. L'enfant s'était enfui en courant, abandonnant son cartable à la sortie du village pour s'enfoncer dans le bois qui lui servait de terrain de jeux depuis toujours.

Damien trouva sur son bureau la télécopie que lui avait finalement adressée la secrétaire du commandant de la BASC. Plus en forme que le matin, il se demanda pourquoi il avait soudain tenu à obtenir ces informations sur les équipages des Canadair et Tracker intervenus sur l'incendie de Valmascle. Il en parcourut tout de même distraitement les fiches et s'arrêta net.

Târiq Amraoui, commandant de bord Canadair n° 38. Leader. Né le 24 novembre 1971 à Villeneuve-Saint-Georges.

Villeneuve-Saint-Georges, la ville où Baptiste Legendre avait été élevé.

Le début de la citation lue la veille par sa mère lui revint en mémoire et, comme le commissaire Kurt Wallander, il pensa : « Ça y est. Ça commence à bouger. »

Un lien venait d'apparaître, une première brèche par laquelle, peut-être, la lumière de la vérité allait pouvoir s'engouffrer.

IV

AMBIGUÏTÉS

12

TIFFANY ouvrit brusquement les yeux. Il faisait nuit noire et il lui fallut quelques secondes avant de commencer à distinguer le contour des doubles-rideaux de sa chambre. Il ne faisait pas chaud dans l'appartement et elle remonta sa couette jusqu'à son cou ; l'hiver était partout, glissé dans les moindres recoins de la ville. Tiffany chercha à identifier ce qui l'avait tirée si brutalement du sommeil. La frontière entre le songe et l'éveil était floue, mouvante, et le rêve bien qu'encore proche menaçait de lui échapper. C'était quelque chose lié à son enfance, à sa cousine. Et tout lui revint d'un coup. Les impressions se muèrent en idées claires et, cette fois tout à fait réveillée, elle sut qu'elle avait rêvé du jour où elle avait passé un pacte avec Alexandra, le jour où elles s'étaient juré que rien ni personne ne pourrait les séparer.

Les deux cousines avaient eu une conversation pénible avec leurs parents respectifs. Le même jour, à la même heure, l'une dans la maison du bord du Lez, l'autre au Fesq. Un traquenard, un complot de parents qui avaient dû se parler dans le dos de leurs filles, se téléphoner quand elles dormaient le soir, se voir, se mettre d'accord, bardés de leurs inquiètes certitudes d'adultes. Alexandra avaient seize ans, Tiffany quatorze. Déjà trop grandes pour leurs parents, sur le point de leur échapper. Trop grandes pour passer autant de temps ensemble. Alain l'avait expliqué à Alexandra : Marc et Isabelle, son oncle et sa tante, pensaient qu'elle voyait trop sa cousine. Au même moment, Marc Roche disait à Tiffany qu'elles n'étaient plus des enfants, surtout Alexandra, de deux ans son aînée, et cachés derrière ces mots sages et répétés à l'avance, elle avait su entendre tous ceux que son père ne prononçait pas car ils n'étaient pas de son âge.

Alain avait dit à sa fille qu'à seize ans, elle était presque une femme, qu'elle ne pouvait plus continuer d'agir comme lorsqu'elle en avait huit et qu'elle grimpait aux arbres. Marc et Isabelle avaient prévenu Tiffany que sa cousine ne viendrait plus les week-ends à la maison, qu'elle avait trop de travail maintenant qu'elle était au lycée. Elles ne se verraient plus qu'à Noël et aux grandes vacances, ce qui permettrait à Tiffany de passer du temps avec ses copines et ses copains de collège qu'elle fréquentait si peu. Ils avaient même osé lui parler du fils d'un voisin de leur hameau, un garçon si gentil, si bien élevé, qui ne demandait qu'à la voir en dehors des cours. Ils pourraient faire du tennis ensemble le dimanche. Tiffany, presque quinze ans plus tard, se souvenait encore du dégoût que lui avaient inspiré ces mots. Ses parents étaient prêts à la jeter dans les bras du premier garçon venu pour l'éloigner d'Alexandra, l'éloigner de ce qui leur faisait si peur qu'ils n'osaient le nommer.

Les deux cousines s'étaient retrouvées le lendemain, bouleversées, furieuses, désespérées. Elles étaient tombées dans les bras l'une de l'autre et avaient beaucoup pleuré. Tiffany se souvenait parfaitement du doux désespoir qui l'avait étreinte. Elle souffrait mais c'était bon. Elle serrait sa cousine contre elle, sentait ses seins ronds contre son propre buste plat, sa taille un peu large sous ses mains et les mains d'Alexandra dans son dos, glissées sous le T-shirt sorti de son jean. Elles étaient restées ainsi de longues minutes à s'étreindre de plus en plus fort, entre tristesse et joie, se repaissant de la chaleur de l'autre, de son odeur, de sa peau, de l'excès savoureux du moment. Elles sanglotaient, n'entrecoupant leurs pleurs que de quelques mots qui, bout à bout, avaient fini par former un pacte de résistance, une promesse d'éternité. Exaltée, se sentant proche d'une intensité de vie rêvée, si loin de celle que lui avait jusque-là procurée son enfance sagement heureuse et privilégiée, Tiffany la première avait déclaré que personne ne pourrait les séparer, qu'elle ne laisserait pas faire ses parents, qu'elle les tuerait plutôt que de les laisser faire. Le verbe tuer, lancé sans réfléchir, avait mis quelques minutes à prendre signification, à frapper leur esprit. « Je les tuerai ! » avait répété Tiffany, cette fois consciente de ce que signifiaient ses mots. « Je les tuerai et on sera seules au monde. On se quittera jamais. Jamais. »

Leur deux corps s'étaient désunis un instant et elles s'étaient regardées intensément, leurs yeux bleus noyés de larmes. Tiffany avait frissonné. Sa douleur, sa peur, son chagrin, sa colère devenaient pur bonheur, joie extatique. Elle s'était mise à trembler quand Alexandra avait lentement approché son visage et posé ses lèvres sur les siennes. Leurs langues avaient le goût délicat de leurs larmes. Elles auraient voulu mourir à l'instant pour que jamais ce baiser ne cesse.

Avec le temps, ce souvenir qui hantait les nuits de Tiffany avait pris un goût amer. Il lui faisait peur, il télescopait ses angoisses les plus profondes, ses craintes les plus inavouées. Elle avait promis à Alexandra qu'elle tuerait ses parents et si peu de temps après ils étaient morts. Avait-elle réellement désiré leur disparition ? Sur l'instant, au moment du pacte, sans aucun doute. Mais Tiffany savait qu'elle n'était pas dans son état normal lorsqu'elle avait murmuré sa menace à l'oreille de sa cousine qui pleurait dans ses bras. Elle n'était pas à un niveau de sensation normal, mais totalement exaltée, son corps tout entier n'était plus qu'émotion. Mais au fond, qu'avait-elle réellement ressenti à la mort de ses parents ? Ou plutôt, qu'aurait-elle ressenti si Alexandra n'était pas morte avec eux ? Quelle part de son désespoir insoutenable aurait pu être attribuée à la perte de son père et de sa mère ? N'avait-elle pas, en vérité, seulement pleuré sa cousine ? Et quel rôle véritable avait-elle joué dans ce drame ? Tiffany Roche se posait ces questions depuis bientôt quinze ans. Elle avait tout essayé pour sortir de cette torture, pour retrouver la mémoire de ce qui s'était réellement passé ce 27 juin 1992. Son oncle Alain et Elizabeth l'avaient épaulée avec amour et patience, mais en vain. Elle avait même, à leur insu, tenté l'hypnose. Sans succès. Comme dans ses rêves, comme dans ses plus violents efforts de mémoire, elle s'était toujours heurtée aux mêmes écueils.

Elle repoussa sa couette et s'assit au bord du lit. Elle savait qu'elle ne se rendormirait pas. Dans dix minutes, il serait 4 heures du matin. Chassant les derniers lambeaux de son rêve, ce qui l'attendait dans les heures à venir lui revint à l'esprit. Le vernissage de son exposition à la galerie Hélène Trintignan était pour demain, et aujourd'hui, elle devait se rendre à Marseille sur le plateau du 19/20 de France 3 Provence-Alpes et rencontrer ensuite un journaliste parisien de passage, un pigiste qui devait faire son portrait pour la dernière page du journal *Libération.* Tiffany détestait parler de son travail, non par coquetterie, mais parce qu'elle estimait qu'elle le faisait très mal. Mais Anne-Laure Martial, son agent, avait fait un gros effort pour la promotion de l'exposition qui, après Montpellier, devait gagner Paris puis Berlin et Montréal.

Tiffany frissonna, agacée, nerveuse. Elle enfila une grosse paire de chaussettes, sa robe de chambre et se leva. Elle était impatiente d'être à ce soir, quand ces corvées seraient derrière elle et qu'elle prendrait un verre avec Xavier et Mary, comme ils l'avaient prévu. Pensant à Xavier, elle ne put s'empêcher de se dire qu'elle était en train de le perdre maintenant qu'il était sur le point de se marier. Elle aurait dû se réjouir de son bonheur. Elle le faisait en réalité, mais non sans une pincée d'amertume égoïste. Xavier ne serait plus pour elle seule. Elle, seule. Le problème n'était-il pas là, dans sa propre solitude ? N'était-elle pas jalouse de ce que son ami était en train de bâtir ? Ou jalouse tout court car il y avait autre chose, mais qu'elle peinait à regarder en face ?

Cela faisait déjà huit mois que Mary et elle s'étaient rencontrées, huit mois qu'elles avaient partagé ce premier dîner avec Xavier. Ils s'étaient souvent revus depuis, tous les trois d'abord, les deux jeunes femmes ensuite, en copines. Et la bonne impression que lui avait faite celle dont Xavier était amoureux ne s'était pas démentie. Bien au contraire. Chaque fois qu'elle la voyait, Tiffany la trouvait plus intéressante, plus vraie, plus belle aussi. Au point de penser souvent à elle. Trop souvent, peut-être. Elles faisaient du shopping à Marseille ou à Montpellier, elles allaient boire un verre de temps en temps, partageant un même goût pour les bières fortes et pour les motos, ce qui amusait beaucoup Xavier qui détestait cette boisson et tout ce qui n'avait pas quatre roues, mais était aux anges de voir les deux femmes qu'il aimait le plus au monde devenir des amies. Tiffany avait accepté, ce qu'elle ne faisait jamais, de montrer à Mary son travail et avait même plaisir à lui en parler tant elle comprenait si bien, parfois même mieux qu'elle, ses intentions. Mary était à ce jour la seule personne à qui elle avait montré son travail en noir et blanc sur le corps de Baptiste Legendre. À sa grande surprise, elle avait pu regarder ces clichés sans aucune émotion. Baptiste était mort depuis huit mois et c'était comme s'il n'avait jamais existé. Avec le recul, les photographies lui avaient beaucoup plu, et Mary les avait trouvées fascinantes.

Elles s'appelaient souvent et, au début de l'automne qui avait suivi leur rencontre, avait débuté entre elles une correspondance régulière par courriels. C'est là que les choses, insensiblement, avaient commencé à dévier. Les premiers messages échangés étaient courts, légers, informatifs. Mary signait : « Mary ». Tiffany : « Tiffany », puis « Tiff ». Puis elle avait ajouté une première fois « Je t'embrasse » avant de signer. Rien d'extraordinaire, sinon qu'elle l'avait fait en sentant en elle la piqûre d'une légère excitation. Elle ne l'avait pas fait par automatisme, mais sciemment, à dessein, sachant que Mary ne négligerait pas ce détail. Mary s'était également mise à l'embrasser à la fin de ses messages. Et ainsi, de courriel en courriel, Tiffany avait commencé à jouer avec le feu, ajoutant de-ci de-là un mot qui pouvait sembler anodin mais qui ne l'était jamais, qui renforçait l'air de rien le lien secret qui était en train de se tisser entre elles. En retour, Mary s'arrangeait pour signaler au détour d'une phrase qu'elle avait su lire entre les lignes. Lire quoi ? Tiffany n'en savait rien, ou ne voulait pas le savoir. Un peu avant Noël, Mary lui avait demandé de l'aider à choisir sa robe de mariée. Sa robe blanche et ses sous-vêtements, car elle voulait sortir le grand jeu pour les noces prévues en mai, dont la réception se déroulerait dans la maison du bord du Lez qu'Alain et Elizabeth avaient aussitôt accepté de prêter, eux qui considéraient Xavier comme un frère pour Tiffany. Cette dernière avait été profondément troublée en voyant Mary sortir de la cabine d'essayage en bustier, culotte en dentelle et bas blancs. Elle avait aussitôt pensé à Xavier à qui ces atours étaient destinés avec une amertume qui ressemblait beaucoup à de la jalousie. De la jalousie et une forme de mépris qui n'était pas sans rappeler celui qu'elle avait toujours ressenti pour tous ses amants. Mary, dans cette subtile lingerie, c'était bien trop beau pour un homme ; de la confiture aux cochons. Mary était magnifique, mince mais plus féminine qu'elle ne le pensait. Elle était effectivement musclée, très ferme, sans un gramme de graisse, mais elle avait aussi des seins et des hanches, et Tiffany s'était étonnée de remarquer ces détails, non comme une femme qui compare le corps d'une autre au sien, mais comme une personne sensible à ces atouts.

La future mariée avait finalement choisi une robe trop voyante au goût de Tiffany, mais argumenté en disant que si l'on se pliait à la tradition du mariage, il fallait jouer le jeu jusqu'au bout. « Le jeu ? » avait répété la photographe. « Oui. L'église alors que je ne crois pas en Dieu, monsieur le maire avec son écharpe tricolore, le riz sur le perron, le vin d'honneur, le banquet, la valse… C'est un jeu, non ? Ça n'a pas grand-chose à voir avec l'amour. C'est un jeu social dont fait partie la robe de princesse, tu ne crois pas ? » Tiffany ne l'avait pas contredite et Mary avait cité une phrase que prononçait souvent son grand-père maternel, côté français : « Quand on va au bal, il faut danser. – Mon grand-père aussi, disait ça ! » s'était aussitôt exclamée Tiffany. Et les deux jeunes femmes avaient ri à cette coïncidence. Elles avaient poursuivi cette discussion par courriels. Tiffany n'avait pu s'empêcher de glisser une allusion à la beauté de Mary dans ses sous-vêtements de noce. Elle avait hésité un instant avant d'envoyer le message, consciente qu'elle poussait un peu loin cet autre jeu auquel elle se livrait depuis des semaines. Mais un jeu dont elle avait besoin désormais, qui faisait partie de sa vie, qui lui manquerait s'il devait cesser. Plusieurs fois par jour, elle consultait sa messagerie pour regarder si Mary lui avait écrit. Quand c'était le cas, quand son prénom apparaissait dans la liste des messages reçus, elle en ressentait un fort pincement au cœur. Pourquoi ? Tiffany préféra brusquement penser à autre chose que de répondre à cette question. Par exemple au fait que Xavier, accaparé par son amour pour Mary, était déjà moins présent pour elle. Tiffany n'était pas dupe de sa manœuvre, elle se savait injuste envers son ami.

Elle marcha jusqu'à la fenêtre de sa chambre pour en soulever le rideau. Il pleuvait sur Montpellier depuis plusieurs jours. Une pluie froide et déplaisante, comme ce mois de février qui n'en finissait pas. Tiffany inspecta la rue en bas de son immeuble. Personne. Son impression d'être épiée n'avait fait que s'aggraver ces derniers mois, et plus d'une fois, elle avait cru apercevoir une silhouette dans le renforcement d'un porche. Cela la ramena à Xavier, à qui elle avait cessé de parler de cette peur à laquelle il ne semblait pas accorder de crédit. Laissant retomber le rideau, elle se demanda (s'en sentant immédiatement coupable) si Xavier aurait pris les choses avec autant de légèreté sans Mary dans sa vie.

Tiffany descendit de la mezzanine, se laissa tomber sur le canapé et alluma le téléviseur pour s'empêcher de consulter ses courriels comme elle avait envie de le faire, au cas très improbable où Mary lui aurait écrit depuis la dernière fois qu'elle avait vérifié, c'est-à-dire cinq heures plus tôt, quand elle était montée se coucher. Dans son dernier message, Tiffany, pour la première fois, parlait de sa cousine Alexandra. Et en rédigeant ce courriel s'étaient télescopées en elle, avec violence, des sensations que seules séparaient une décennie et demie et la mort. Tiffany s'était plus d'une fois, depuis le décès d'Alexandra, interrogée sur la véritable nature du lien qui les avait unies. Les échanges qu'elle avait eus à ce sujet avec les différents psychologues qui l'avaient suivie l'avaient poussée à banaliser son affection pour sa cousine. C'était un cliché – et tous les clichés avaient leur part de vérité –, que chaque être humain, un jour, est tenté par l'homosexualité, et que des baisers et des caresses échangés entre personnes du même sexe à l'adolescence ne signifiaient rien de définitif. On lui avait dit, aussi, que si Alexandra n'était pas morte, leurs rapports se seraient sans doute apaisés, banalisés, et que chacune aurait pris un chemin différent dans la vie en oubliant plus ou moins leur passion de jeunesse. Alexandra était morte au paroxysme de leur lien, de leur affection, de leur trouble, de leur adolescence, ce qui faussait complètement l'analyse que Tiffany pouvait faire des événements de leur passé commun. Jusqu'à aujourd'hui, Tiffany s'était contentée de ces explications. Mais alors pourquoi, tout à coup, se sentir si troublée par Mary, la femme que son meilleur ami allait épouser dans trois mois ? Et pourquoi, depuis le jour où elle avait perdu sa virginité, avait-elle des rapports catastrophiques avec les hommes et ne pouvait-elle prendre un plaisir autre que masochiste entre leurs bras ?

Lasse de ses pensées, Tiffany se concentra sur l'écran du téléviseur. Elle ne regardait jamais la télé, sinon la nuit, passant d'une chaîne à l'autre pour meubler ses insomnies quand elle n'avait pas le courage de sortir marcher ou de faire frénétiquement le ménage.

Un documentaire sur deux chasseurs de sangliers équipés d'arbalètes qui grimpaient dans un arbre pour surprendre leur proie. Un match de hockey sur gazon. Un feuilleton mal doublé. Les informations montrant un village inondé par la crue d'une rivière. Un film en noir et blanc dans lequel Tiffany reconnut James Stewart. Le clip d'une chanteuse que n'avait jamais vue Tiffany et qui marchait sur les eaux. Un autre feuilleton mal doublé. Un film pornographique également mal doublé, à moins que la femme qui se faisait prendre en levrette ne soit ventriloque et capable de dire à son partenaire qu'il en avait une énorme sans bouger les lèvres. Un dessin animé que Tiffany avait déjà vu dans son enfance : un coyote harcelé par un drôle d'oiseau qui court sur la route. La chaîne météo. Les informations en anglais. Un film que Tiffany avait déjà vu mais dont elle avait oublié le titre. Un autre clip.

Tiffany coupa le son et continua de survoler les programmes, de plus en plus vite, arrivant rapidement au bout de ses quarante-deux chaines pour repartir à la première, les chasseurs ayant tué le sanglier, l'équipe de hockey en maillot rouge fêtant sa victoire, James Stewart conduisant une voiture d'un air inquiet, une autre chanteuse inconnue marchant dans un champ rempli de coquelicots, les protagonistes du feuilleton continuant à discuter, la ventriloque chevauchant maintenant son partenaire, le coyote déjà ressuscité plusieurs fois se faisant écraser sous un piano.

Tiffany se souvint alors de la série de photographies qu'elle avait faite dans les jours qui avaient suivi les attentats du 11 septembre 2001. Les images des avions fonçant dans les tours passaient en boucle à la télévision, tout comme celles des hommes et des femmes qui sautaient des buildings en feu, puis des bâtiments jumeaux qui s'écroulent, de la poussière qui envahit les rues de New York. Tiffany, fascinée, encore équipée à l'époque d'un magnétoscope VHS, avait enregistré ces images et commencé à les rediffuser pour les photographier sur son écran. Avec son Leica elle s'était mise à capturer des bouts d'images, des détails du drame mais toujours à travers l'écran, tels que le monde entier avait vu cet événement. Tel que le monde entier, désormais, voyait le monde. Les clichés obtenus étaient fortement pixélisés, souvent flous, à la limite de l'abstrait, que l'observateur pouvait reconnaître parce que l'image d'origine lui était familière. C'était une prise de distance par rapport à l'événement, mais aussi sur le regard qu'on lui porte. Et soudain, un projet prit forme dans l'esprit de Tiffany alors qu'elle continuait son zapping. Elle se remémora les images du tsunami, fin 2004. Plus près, celles des ravages de l'ouragan Katrina sur la Nouvelle-Orléans. Il y a quelques instants, celles du village inondé, juste après, sur la BBC, les images d'un attentat meurtrier quelque part au Moyen-Orient. Tiffany commençait à entrevoir les grandes lignes d'une exposition possible, celle de photographies de catastrophes capturées sur un écran de télévision, sorte de trait d'union entre son travail de reporter sur le terrain et ses plus récentes envies de photographie d'art. Il s'agirait, par le biais des écrans sans lesquels plus rien ne semble exister, de faire de la photographie d'art ayant comme sujet l'actualité mondiale. De photographier non les événements, les catastrophes, mais leurs images.

Excitée par son idée, Tiffany se leva et se mit à marcher dans l'appartement. Sans même s'en rendre compte, elle s'approcha de la baie vitrée et en écarta les doubles-rideaux pour regarder la nuit. Le ciel était uniformément bas, les toits de Montpellier luisants. La petite pluie fine se précipitait sous les réverbères, comme si ses gouttes avaient été des millions d'insectes attirés par la lumière. Tiffany adorait regarder la pluie tomber depuis sa baie vitrée car elle pouvait l'observer du dessus, ce qui lui donnait toujours un léger vertige.

Soudain, le vif enchaînement d'idées qui l'agitait stoppa son mouvement circulaire.

Une silhouette.

Quelqu'un, en bas, dans le renfoncement du porche. Tiffany se recula pour ne pas être vue. Elle se précipita vers le canapé, ramassa la télécommande et coupa le téléviseur qui était la seule source lumineuse du loft. Elle revint vers la baie vitrée et regarda de nouveau vers le porche. Elle ne vit rien tout d'abord, puis une ombre. Une jambe ? Elle n'en était pas certaine, mais il y avait bien quelque chose qui bougeait. Quelqu'un. Quelqu'un qui épiait ses fenêtres ? Trois semaines plus tôt, elle avait eu la même impression et s'était précipitée dans la rue. Elle n'y avait trouvé personne et était remontée chez elle, partagée entre le soulagement et la déception.

Quelque chose bougea de nouveau dans la rue. Elle se précipita vers son bureau et voulut prendre son Nikon, se souvenant au dernier moment qu'elle n'avait plus de carte-mémoire, qu'elle devait en acheter chez Mathias. Elle attrapa son Leica. Elle y avait mis, la veille, une pellicule neuve. Une 125 ISO, couleur. Ça ne marcherait pas, même en poussant la sensibilité. Elle ouvrit un tiroir et fouilla parmi un désordre de pellicules. Elle trouva enfin ce qu'elle cherchait, une 800 ISO, noir et blanc ; elle n'avait rien de plus sensible. Elle ouvrit son boîtier, arracha nerveusement la pellicule en place, la jeta au sol et engagea la 800. Puis elle changea d'objectif, replaçant le 50 par un

90 millimètres. Elle retourna à la fenêtre et, s'obligeant à longuement expirer pour se calmer, visa le porche. Regrettant que son vieil appareil ne soit équipé d'une visée réflexe, elle ne vit rien et déclencha à l'aveugle, espérant que la bonne luminosité de son objectif saurait fouiller la nuit. Elle prit ainsi une vingtaine de clichés, dans un état second, pas certaine de capturer autre chose que le vide tant la pluie posait un voile trouble sur la réalité. Pourtant, à l'avant-dernière prise, elle eut l'impression d'avoir saisi quelque chose. Puis plus rien ne bougea. Le jour se levait péniblement, soulignant la pluie d'une teinte blafarde.

Plus tard, dans sa salle de bains qu'elle transformait régulièrement en laboratoire en fixant une ampoule rouge sur le plafonnier et en coinçant ses bacs sur la baignoire, Tiffany développa sa pellicule et mit les tirages à sécher sur la corde à linge. La plupart ne donnaient rien, mais l'un d'eux révéla ce qui ne pouvait être qu'une silhouette. Floue, fantomatique, trouble derrière le rideau de pluie fine, mais bien là.

Tiffany en eut un rire nerveux. Cette fois, elle la tenait sa preuve. La preuve que depuis tous ces mois, quelqu'un l'observait bien. Elle en avait maintenant la trace sur négatif, elle en ferait un agrandissement, même si elle savait qu'aucun détail supplémentaire ne pouvait apparaître sur ce cliché pris de nuit, de loin, et à travers une fenêtre sur laquelle ruisselait la pluie. Elle l'agrandirait quand même, pour elle, seulement pour pouvoir se répéter que quelqu'un l'épiait, que quelqu'un la surveillait, la suivait. Car plutôt que de prendre peur, Tiffany se sentit soulagée, allégée d'un poids énorme.

Elle ne s'était pas fait des idées.

Elle n'était pas folle.

13

DAMIEN LE GUEN se trouvait dans le potager de la maison de Biranques quand son téléphone mobile sonna. La pluie fine qui sévissait sur la région depuis plusieurs jours avait détrempé le jardin et la campagne environnante était voilée de gris. Damien décrocha.

C'était Guillaume, son frère.

– Alors ! Comment elle va ?

– Bosq est en train de l'ausculter.

– Il s'est passé quoi, au juste ?

– Elle est tombée, sans doute un étourdissement.

– Elle est blessée ?

– Rien de grave, une écorchure. C'est surtout le malaise qui m'inquiète.

– T'as parlé au toubib ?

– Pas encore, j'attends qu'il ait fini.

Damien était sorti dès que le Dr Bosq avait commencé à aider sa mère à se dévêtir pour pouvoir l'ausculter. Il n'avait jamais vu sa mère nue, même pas au sortir d'une douche quand il était enfant, alors que ça l'aurait sans doute intéressé ou tout du moins instruit. Il ne se souvenait même pas de l'avoir vue en maillot de bain. Nancy Le Guen ne se baignait pas et, n'étant pas incommodée par la chaleur, ne s'était jamais promenée en petit tenue. Damien calcula l'âge qu'avait sa mère dans le souvenir qu'il avait gardé d'elle, cet âge où les petits garçons sont persuadés que leur maman est la plus belle du monde. Quarante-cinq ? Quarante-six ? Veuve à quarante et un ans. Damien se demanda si elle avait eu une vie sexuelle et sentimentale après la mort de Paul. Il ne s'était jamais posé la question quand il vivait avec elle. De son point de vue d'enfant, elle était vieille. Sa mère avait perdu l'amour de sa vie, elle était donc veuve, pas femme. Maintenant qu'il n'avait lui-même que dix ans de moins que sa mère à sa naissance, il avait conscience que sa mère, à la mort de son mari, était une femme dans la force de l'âge, séduisante de surcroît, et de fort tempérament. En vérité, Damien ne savait rien de sa mère, de la femme qu'elle avait été. Entre sa vision enfantine et la conscience actuelle de sa vieillesse, il n'y avait rien. Rien que des années qu'il avait traversées sans la voir, sans la regarder, tout accaparé par son égocentrisme d'homme en devenir. Ce serait une presque inconnue qui disparaîtrait à sa mort.

– Tu me rappelles quand tu as parlé avec Bosq ! dit Guillaume à l'autre bout du fil. Faut que j'y aille, j'ai rendez-vous chez le juge.

– OK. T'en fais pas, je suis là.

Il y eut un instant de silence, puis la voix de Guillaume :

– Damien…

– Oui ?…

Encore un silence.

– Rien. Tiens-moi au courant.

Damien rempocha son mobile et se demanda ce qu'avait voulu dire son frère. Il avait senti une fragilité inhabituelle dans sa voix, une forme de détresse. Est-ce que, comme lui, il pensait à l'éventualité de la mort de leur mère ? Évidemment. Mais Damien ne pouvait se faire une idée de ce que son frère ressentait, lui qui avait déjà perdu un père. Damien n'avait aucun souvenir de Paul Le Guen, ni de son décès. Il avait moins d'un an quand ça s'était passé, et son père n'avait été qu'une absence, un manque, une interrogation. Guillaume, lui, avait subi le choc de sa disparition. Il lui avait raconté comment, en rentrant de l'école, il avait compris que quelque chose s'était passé en voyant une voisine ouvrir la porte de la cuisine à la place de sa mère. Une voisine qui, déjà les larmes aux yeux, avait commencé par lui dire qu'il allait devoir être fort. Damien n'avait aucune idée de ce que pouvait ressentir un enfant à qui on annonçait la mort de son père. Il ne savait même pas ce qu'un enfant peut ressentir pour un père vivant.

Le docteur Bosq sortit enfin de la maison, sa grosse trousse en cuir à la main.

– Alors ? lui demanda Damien en s'avançant vers lui.

– Plus de peur que de mal. Elle va bien.

– Qu'est-ce qu'elle a eu ?

– Une syncope vagale.

– C'est grave ?

– C'est un avertissement. Vous savez aussi bien que moi que votre mère devrait manger moins, marcher plus, arrêter de fumer et de boire ! Ça fait vingt ans que je lui serine la même chose.

– Je sais. Qu'est-ce qu'il faut faire, pour le moment ?

– Du repos. Des siestes, jambes surélevées. Lui faire boire beaucoup d'eau. Je repasserai dans la semaine. Tout devrait aller bien. Sauf si elle m'a menti et qu'elle a déjà eu des malaises sans le dire à personne.

– Vous croyez ?

– Je crois votre mère capable de tout.

Il avait souri en disant cette phrase. Les deux hommes se serrèrent la main et le médecin s'éloigna d'un pas pressé sous la pluie. C'est en le voyant faire que Damien se rendit compte qu'il était trempé. Il rentra dans la maison et trouva sa mère en train de s'allumer une cigarette. Elle prit les devants :

– Commence pas, hein ! Assez de sermons pour aujourd'hui !

– Maman, tu te rends compte…

– Oui, très bien. Et ce n'est pas cet imbécile de toubib qui va me dire comment je dois vivre. Ni mes enfants, d'ailleurs.

Damien soupira. Il allait repasser à l'attaque quand Nancy, se dirigeant vers le buffet de la cuisine, changea brusquement de conversation.

– Tiens, je t'ai découpé un article. C'est sur ta photographe de l'année dernière. Elle fait une exposition, je me suis dit que ça pourrait t'intéresser.

Damien prit le carré de papier-journal et sentit son cœur se serrer en voyant la photographie de Tiffany Roche et le titre de l'article annonçant le vernissage de l'exposition à la galerie Hélène Trintignan.

L'été passé, sa mère avait finalement retrouvé des coupures de presse vieilles de quatorze ans et relatant un drame dans un hameau voisin, Le Fesq, où une maison avait brûlé, faisant trois victimes, dont les deux parents de Tiffany Roche. Quand Damien avait lu ces articles, l'affaire Legendre n'en était déjà plus une, classée depuis des semaines, le procureur ayant refusé de lui donner l'autorisation d'aller interroger Târiq Amraoui, le pilote de Canadair qui avait passé son enfance dans la même ville que Baptiste Legendre. En revanche, ces articles n'avaient fait que raviver ses propres souvenirs de la fillette de Viviourès et son intérêt, virant malgré lui à l'obsession, pour la photographe qu'elle était devenue.

– Intéressant, non ? intervint Nancy Le Guen.

Damien ne répondit pas.

– Tu as vu le sujet de l'exposition ? Le feu, un incendie de forêt. Pour une femme qui a justement perdu son amant des mois plus tôt dans un incendie aux causes douteuses, c'est gratiné, non ?

Damien regarda sa mère qui venait de se rasseoir, visiblement faible.

– Tu ne veux pas t'allonger un peu, maman ?

– Ça va, ça va, lui répondit-elle d'une voix agacée. On est quel jour ?

Cette question étonna Damien et l'inquiéta en même temps.

– Lundi, pourquoi ?

– Lundi ! dit sa mère en se redressant soudain. Quelle heure ?

Damien consulta sa montre.

– Il est 15 heures passées.

Sa mère sembla soudain pressée de le voir partir, lui dit qu'elle l'avait assez dérangé, qu'il avait sûrement autre chose à faire que de veiller sur sa vieille mère. Damien se fit la réflexion qu'elle était en train de le flanquer dehors, ni plus ni moins. Il eut juste le temps de lui demander si elle avait déjà eu d'autres malaises comme celui d'aujourd'hui. Elle lui répondit que non et il sut sur l'instant qu'elle mentait. Quand il l'embrassa pour prendre congé, Nancy lui glissa, l'air de rien, qu'à sa place, elle irait faire un petit tour au vernissage de l'exposition de cette photographe du feu. Damien fit une moue vague alors qu'il avait déjà décidé de s'y rendre, non pour poursuivre une enquête close depuis des mois, mais pour revoir Tiffany Roche.

En traversant le jardin jusqu'à sa voiture, il envoya un texto rassurant à son frère. C'est en mettant le contact un moment plus tard qu'il vit une voiture rangée non loin sur le bas-côté. Une Peugeot 307 bleu électrique. Damien ne put s'empêcher de se demander ce qu'elle faisait là, sur ce chemin qui ne menait qu'à la maison de sa mère. Il démarra et passa au ralenti le long de la voiture dont l'aile avant droite était froissée. Un homme était au volant, dont il ne vit que la silhouette. Puis il accéléra, rejoignit la route et oublia aussitôt l'homme et sa 307.

Chafik Amraoui se laissa lourdement tomber dans son fauteuil. Il n'avait pas dit un mot depuis qu'ils avaient quitté le cabinet de son médecin dont le diagnostic l'avait contrarié : il était en pleine forme pour son âge et rien ne contre-indiquait, bien au contraire, de faire plus d'exercice comme le lui conseillait son fils.

Bien décidé à s'obstiner dans son mutisme, il prit la télécommande et alluma le poste qui se mit à gueuler dans l'appartement tant le vieil homme entendait mal. Târiq devina plus qu'il ne perçut la sonnette de la porte. Il alla ouvrir et s'immobilisa en se trouvant face à Djamila, la voisine de son père, la mère de l'un des gamins à qui Târiq faisait parfois faire un tour de moto dans le quartier.

– J'ai fait des pâtisseries, j'ai pensé que ça ferait plaisir à ton père, il les aime beaucoup.

Târiq prit le plat d'un air crispé.

– Je te remercie.

– Qu'est-ce qu'il a dit, le docteur ?

– Que mon père était en pleine forme, qu'il devait arrêter de s'écouter, qu'il devait se secouer et marcher tous les jours.

Ils ne savaient plus quoi se dire, et Târiq sentit monter en lui une vague de culpabilité et de regret. Pourquoi avait-il fini par céder aux sourires de Djamila ? Pourquoi s'était-il laissé prendre au jeu de tout le quartier qui, comme son père, rêvait de les voir ensemble ? Djamila était jolie, vive et gentille, mais elle ne lui avait jamais vraiment plu. Alors pourquoi ? Pourquoi avoir accepté de boire ce verre, d'aller dîner un soir ? Pourquoi ne pas avoir immédiatement détrompé le fils de Djamila qui voyait déjà en lui le futur père qu'il n'avait jamais eu. Il avait senti le piège se refermer petit à petit, doucement, aimablement. Il avait fini par la désirer, pas pour elle-même, mais pour l'idée d'une liaison, d'un corps de femme à explorer. Pour se sentir un homme. Ils avaient couché ensemble et tout le quartier avait été au courant dès le lendemain. Au courant et ravi. Djamila était aimée de tous, et chacun admirait le fils du vieux Chafik, le beau Târiq, le pilote. Cette liaison était une bénédiction, une joie communautaire. Djamila avait de quoi rendre un homme heureux, mais Târiq ne l'aimait pas. Il n'aimait que l'amour avec elle. Ce fut la joie de son père qui l'exaspéra le plus et finit par lui dessiller les yeux le jour où il lui demanda quand Djamila lui donnerait de beaux petits-enfants. Le soir même, après l'amour, il avait rompu. Djamila avait pleuré, l'avait traité de salaud. Ses cris avaient réveillé son fils qui, en pyjama, avait volé au secours de sa mère et avait lui-même mis Târiq à la porte en pleurant. Depuis, tout le quartier lui était hostile, tout Martigues, semblait-il. On détournait le regard quand arrivait le traître. Ce n'était pas une femme qu'il avait blessée, c'était un quartier tout entier. Et pour qu'il consomme jusqu'à la lie sa culpabilité, depuis leur séparation, Djamila redoublait d'attentions pour son père, s'occupait de lui comme l'aurait fait une fille, lui faisait ses courses, n'allait jamais à la pharmacie sans lui demander s'il avait besoin de quelque chose, lui apportait des pâtisseries maison et s'arrangeait pour croiser Târiq quand il venait le voir.

– Tu ne crois pas qu'on pourrait arrêter ce petit jeu, Djamila ? dit soudain Târiq derrière la porte entrouverte.

– Quel jeu ? demanda la jeune femme.

– Ton jeu. Ton dévouement pour mon père, nos rencontres « par hasard » chaque fois que je viens le voir. Qu'est-ce que tu cherches, Djamila ? Tu ne crois pas qu'on s'est déjà tout dit !

Les yeux noirs de la jeune femme s'emplirent de larmes et Târiq sentit la lassitude le gagner.

– J'en ai marre, poursuivit-il. On n'est plus dans la cour de l'école, Djamila. On a eu une aventure, c'était bien, mais c'est terminé. Alors on passe à autre chose.

– Mais je t'aimais, moi ! Pourquoi tu m'as menti ?

– Je ne t'ai jamais menti. Est-ce que je t'ai dit, une seule fois, que je t'aimais ?

– Non, jamais.

Elle avait lancé cela comme un reproche.

– Tu aurais préféré que je te mente ? Que je te fasse le grand jeu de l'amour éternel ?

– Si tu ne m'aimais pas, pourquoi tu m'as baisée ?

– Je ne t'ai pas baisée, comme tu dis ! *On* a baisé. Je n'ai pas le souvenir de t'avoir forcée !

– Mais je t'aimais !

La colère commençait à gagner du terrain sur la culpabilité.

– On était deux. OK ? Deux ! Tu savais très bien que je n'étais pas amoureux de toi, tu as voulu cette liaison, exactement comme moi je l'ai voulue. OK, j'ai eu tort, mais toi aussi. Je n'ai pas profité de toi, on a profité l'un de l'autre. On était deux, au début et à la fin. Alors arrête de me cas…

Il s'interrompit avant de devenir odieux et ferma la porte en se retenant difficilement de la claquer. Cette fois, il était furieux pour de bon, contre lui-même, contre Djamila, contre son père, contre le quartier. Il retourna dans le salon où avaient débuté les informations régionales. Discrètement, il s'approcha de la télécommande et baissa le son insupportablement fort. L'instant d'après, il remontait fébrilement le volume. Tiffany Roche venait d'apparaître à l'écran, répondant aux questions du présentateur à propos d'une exposition photos qui s'ouvrait le lendemain à Montpellier. Ses cheveux roux étaient libres, tombant sur ses épaules, ses yeux bleus irradiaient à l'écran. Târiq aima sa voix qu'il n'avait jamais entendue que de loin. Il se souvint aussitôt de la première fois où il l'avait vue, presque un an plus tôt, alors qu'il faisait le guet devant la maison de bois de Baptiste Legendre. Que se serait-il passé si Legendre, ce soir-là, était rentré seul, si cette jeune femme aux longs cheveux roux ne l'avait pas accompagné et n'avait pas passé la nuit chez lui ? Târiq avait attendu Legendre tout l'après-midi, caché dans la forêt, ruminant sa haine, sa vengeance. Il repensa à ce hasard qui lui avait permis de retrouver sa piste comme, des années plus tôt, il avait retrouvé celle de Pierre Georget puis de Christophe Meunier. Son nom dans *Le Midi libre* au milieu d'un article sur le travail de forestier. Il avait dû répondre à une question du journaliste, son nom s'était retrouvé dans le journal et soudain, la boucle était bouclée. Târiq n'avait eu aucun mal à vérifier ensuite qu'il ne s'agissait pas d'un homonyme, mais bien du même Baptiste Legendre que vingt-sept ans plus tôt à Villeneuve-Saint-Georges, par cette nuit d'hiver qu'il ne devait jamais oublier. Le monde était petit, un cliché, un lieu commun né d'une incontournable vérité. Il avait décidé de se venger, de se débarrasser enfin, pour de bon, de ce souvenir qui le hantait et lui gâchait la vie. Mais rien ne s'était passé comme il l'avait prévu. Tiffany Roche était sortie de la voiture en même temps que Legendre, Târiq était resté tapi dans les fourrés, incapable du moindre mouvement, ne pouvant détacher ses yeux de la fine jeune femme rousse jusqu'à ce qu'elle entre dans la maison de bois.

Cinq minutes après la fin du journal télévisé, Târiq était en bas de l'immeuble de son père et, pensif, enfourchait sa BMW. Il remarqua aussitôt la longue rayure sur son réservoir et sut qu'elle venait d'être faite par le fils de Djamila. Mais il était trop préoccupé pour se mettre en colère. Il enfila son casque, mit le contact, et s'éloigna sur l'asphalte brillant de pluie.

– Ne dis pas de bêtises, tu as été parfaite.

– J'ai horreur de ça ! dit Tiffany à Anne-Laure Martial, son agent.

– Peut-être, mais c'était tout bon pour nous. Le reportage à la galerie était plutôt bien foutu et toi tu crèves l'écran, ma belle !

Tiffany soupira et se détendit enfin. Après tout, l'épreuve était derrière elle, elle venait de quitter le studio télé et la pluie avait cessé sur Marseille et tout le Sud-Est de la France. Sans compter qu'elle se sentait plus reposée que depuis bien longtemps. Après l'émotion de la fin de nuit et la photographie qu'elle avait réussi à prendre de son espion, elle avait eu une brusque chute de tension nerveuse et avait dormi deux heures et demie d'affilée. Seule ombre au tableau : le rendez-vous, dans un quart d'heure, avec le journaliste qui devait faire son portrait pour *Libé*.

– Je le connais très bien, avait dit Anne-Laure, c'est un type réglo. Pour le grand public, ce papier n'a pas d'intérêt, mais c'est très lu par les milieux artistiques parisiens.

En route vers ce rendez-vous, Tiffany essaya de comprendre où la menait cette certitude d'être espionnée. Désormais, elle savait. Mais avait-elle peur pour autant ? Non. Parce que si la personne qui l'épiait depuis des mois lui avait voulu du mal, elle se serait déjà manifestée, elle aurait « attaqué ». Pour autant, que faire à présent ? Attendre la confrontation, l'inévitable rencontre ? La provoquer ? Prévenir la police ? Impossible. Depuis quatorze ans, elle se sentait comme en sursis, sa culpabilité lui était devenue une seconde nature. Sans même parler de la mort de Baptiste, de son mensonge à propos de son emploi du temps le matin de l'incendie et du fait que ce sinistre était le cœur de sa nouvelle exposition, ce qu'elle s'était évidemment efforcé de garder secret. Si elle portait plainte, il y aurait enquête, les flics fouineraient dans sa vie, dans son passé. Et cela, ce n'était pas envisageable.

Tiffany et Anne-Laure retrouvèrent Luc Dubesset au café La Tasca. Le journaliste prenait le TGV pour Paris peu de temps après leur rendez-vous et, en guise de dîner, se commanda quelques tapas alors que Tiffany prenait une bière brune et son agent une coupe de champagne. Tiffany était tendue, sur la défensive. Le journaliste, après lui avoir précisé qu'il avait étudié son site Internet, lu la biographie et regardé les photos disponibles, lui demanda tout d'abord les dates clés de sa vie. Elle donna sa date de naissance, celle de son dixième anniversaire pour lequel on lui avait offert son premier appareil photo, celle du jour, quelques années plus tard, où elle avait hérité du Leica M2 de son père, le jour où elle avait pris la photographie de l'enfant jouant au ballon en Irak, et celui de l'inauguration à New York de sa première exposition sur les rites du feu.

– Le feu, déjà ?… Pourquoi le feu ? lui demanda Luc Dubesset.

Tiffany hésita quelques secondes, puis trouva un biais pour ne pas répondre à cette question, parla de la technique de son travail pour l'exposition qui débutait le lendemain, que n'avait pas eu le temps de voir le journaliste mais dont Anne-Laure lui avait fait parvenir plusieurs clichés. Tiffany tenta d'expliquer son travail sur le mouvement, celui du feu cette fois, sur les temps de pause qui lui permettaient de créer des territoires inconnus, invisibles à l'œil nu. Elle parla de son désir de révéler les aspects du monde qui existent mais que l'homme ne peut appréhender tant il est limité dans sa perception par la structure de sa physiologie. Elle donna, pour illustrer son propos, l'exemple des ultrasons que les hommes ne peuvent percevoir. Elle trouva alors une formule qui lui plut : elle était une chasseuse « d'ultra-images ». Par la photo, elle voulait montrer l'invisible en décomposant le temps et en mettant au jour une sorte de « sous-temps », « d'entre-temps ». Le journaliste, prenant des notes, la fit ensuite parler de son expérience de grand reporter et du virage qu'elle semblait vouloir effectuer dans son travail. Tiffany répondit que même si les photos prises en Irak l'avaient fait connaître, elle avait été déçue par son travail là-bas qui n'avait fait que montrer la réalité sans parvenir à la dépasser. Elle avoua alors une chose qu'elle comprit en même temps qu'elle l'exprimait, à savoir qu'elle n'était allée en Irak que pour se prouver à elle-même qu'elle pouvait le faire, non en tant que photographe, non en tant que journaliste. Elle ajouta qu'elle n'était pas journaliste, qu'elle ne voulait pas l'être, qu'il y avait beaucoup trop d'images et que plus rien n'était compréhensible dans le raz de marée d'informations qui submergeait quotidiennement les gens. Faire des photos comme celles qui composaient son exposition sur l'incendie de forêt était justement une manière de se retirer du flux.

– À Bagdad, ajouta-t-elle, si j'avais travaillé comme sur l'incendie, avec un pied et des temps de pause propres à décomposer la réalité pour aller au-delà du témoignage, je serais morte, fauchée par une rafale.

– Mais le feu aussi est dangereux ! commenta le journaliste. C'est ce qui vient immédiatement à l'esprit en regardant vos dernières photos. On se dit : comment a-t-elle fait ? N'avez-vous jamais eu peur ? Et comment avez-vous fait pour être là au bon moment, avec votre matériel, votre pied... Il est dit sur la plaquette de présentation de l'exposition que c'est un feu de forêt ordinaire, comme il y en a chaque été des dizaines dans le sud de la France. Vous faites quoi ? Vous les guettez ? Vous êtes en contact avec les pompiers ?

Tiffany, qui avait fini par se détendre en parlant de son travail, se crispa aussitôt, ce que sentit le journaliste qui ne put se retenir de répéter :

– Et pourquoi le feu, Tiffany ? Vous ne m'avez pas répondu, tout à l'heure. Pourquoi le feu ? Tout est là, non ?

Anne-Laure commençait à bien connaître la photographe et sentit qu'elle était sur le point d'envoyer balader le journaliste. Elle intervint habilement et détourna la conversation en faisant comprendre à Luc Dubesset qu'il serait préférable d'en rester là. Ce qu'il saisit aussitôt, regardant l'heure et déclarant qu'il avait tout ce dont il avait besoin, à l'exception d'une photo de Tiffany. Il sortit un appareil numérique de sa besace et Tiffany lança un regard de détresse à Anne-Laure : elle ne supportait pas qu'on la prenne en photo.

– Un problème ? demanda le journaliste.

– Heu... Tiffany n'aime pas qu'on la photographie, expliqua Anne-Laure. C'est moi qui fournis les portraits à la presse.

– Tu sais bien qu'à *Libé*, on a une charte graphique très particulière, on…

– D'accord, mais c'est moi qui shoote, l'interrompit Tiffany.

Elle lui prit l'appareil des mains et sortit son propre compact numérique de sa poche. Luc Dubesset la regardait faire avec curiosité. Elle tendit le bras, tourna l'objectif de son appareil vers elle et déclencha. Puis elle afficha ce cliché qui la montrait en gros plan sur l'écran de contrôle à l'arrière de son compact, qu'elle visa ensuite avec l'appareil du journaliste, obtenant ainsi un autoportrait à retardement, par écran interposé. Le journaliste regarda le résultat et sourit, très satisfait.

– C'est parfait ! Très « Libé » !

Ils se séparèrent sur le trottoir, Anne-Laure ayant commandé un taxi dans lequel elle monta avec le journaliste car elle tenait à le raccompagner gare Saint-Charles.

– Elle a du tempérament, la gamine, dit Luc Dubesset une fois le taxi en route.

– C'est une fille bien, affirma Anne-Laure. On n'a pas fini de parler d'elle.

– Elle joue les timides, les « pas à l'aise » avec les médias, mais en vérité, elle est beaucoup plus habile qu'il n'y paraît. Elle dit uniquement ce qu'elle veut et tait tout le reste ! Impossible de lui tirer un mot sur le feu.

Anne-Laure hésita pour la forme, puis s'approcha du journaliste, lui parlant sur le ton de la confidence.

– On se connaît, bien, Luc. Je sais que je peux avoir confiance en toi…

Il hocha la tête. Chacun d'eux savait à quoi s'en tenir sur l'autre.

– Tu te doutes bien que ce n'est pas anodin, le choix du feu comme sujet de deux expositions. Chez Tiffany, ça remonte à l'adolescence. Si elle n'en parle pas, c'est parce que c'est trop… douloureux. Tu gardes ça pour toi, bien sûr…

– Ça va de soi.

– Sa maison d'enfance a brûlé. Elle avait quatorze ans, à l'époque. Son père et sa mère sont morts dans l'incendie. Une cousine aussi, à laquelle elle était très attachée. Le plus important c'est que Tiffany était là, dans la maison quand ça a brûlé. Elle s'en est sortie par miracle, elle ne se souvient même plus comment. La seule rescapée de la famille, et tu sais ce que ça fait d'être un survivant quand tous ceux qu'on aime sont morts. Alors le feu, bien sûr... Elle y cherche des choses qui nous dépassent. Et elle les trouve.

Le journaliste la regarda, frappé par ce récit.

Le taxi s'arrêtait gare Saint-Charles.

Quand il redémarra, Anne-Laure, seule à son bord, se sentait fatiguée et soudain très vulnérable. La perspective de la soirée solitaire qui l'attendait l'effrayait. Elle pourrait sans doute grignoter une salade au bar de son hôtel. Elle s'y ferait peut-être draguer, sa silhouette lui avait coûté assez cher pour cela. Son atout, le dernier, pensait-elle, était d'avoir encore un petit cul qui supportait très bien le jean moulant grâce à des heures et des heures de salle de sport. Mais avait-elle vraiment envie d'une aventure d'une nuit avec un type en déplacement professionnel ? Anne-Laure se sentait lasse, et son chirurgien esthétique n'y pourrait rien, cette fois. Lasse de devoir être séduisante, de s'habiller dans des boutiques pour gamines, de surveiller son langage pour ne pas laisser échapper des expressions démodées, de manger du tofu et de faire de la gym. Lasse aussi de faire son métier d'agent artistique. Elle connaissait très bien Luc Dubesset, et savait pertinemment qu'il n'hésiterait pas une seconde à exploiter dans son papier ce qu'elle lui avait livré sous le sceau du secret. C'était pour cela qu'elle lui avait fait cette confidence, sachant combien la révélation d'un tel drame fondateur dans l'enfance de Tiffany allait attiser les curiosités autour de son travail.

14

La pluie avait enfin cessé sur Montpellier malgré ce qu'avait annoncé la météo. Guillaume Le Guen avait quitté l'hôtel de police exceptionnellement tôt, c'est-à-dire à 20 h 10. Il était fatigué par plusieurs nuits presque blanches et ne parvenait plus à réfléchir correctement. Il avait besoin de dormir, comme toute son équipe d'ailleurs, à qui il avait donné quartier libre pour la soirée, espérant que chacun, reposé, saurait redonner de l'élan à l'enquête du moment qui, après un pic d'intensité illusoire, était en train de s'enliser de nouveau. Outre son travail d'enquêteur et de lien direct avec le parquet, sa fonction de commissaire de police était également celle d'un chef d'équipe, d'un manager en quelque sorte. Il était celui, et quels que soient ses états d'âme ou sa fatigue physique, qui devait savoir insuffler l'énergie, redonner du courage, distribuer les bons points et les réprimandes, lâcher du lest quand c'était nécessaire. Surtout lors d'investigations longues et complexes comme celle du « double meurtre de la Saint-Sylvestre », ainsi que l'avait baptisé la presse locale. Un homme et une femme abattus à bout portant, d'une balle au milieu du front pendant la nuit du 31 décembre au 1er janvier, l'homme rue Balard, dans le quartier Gambetta, la femme quai Louis-Le-Vau, à Celleneuve. Aucun lien entre les deux victimes qui étaient toutes deux inconnues des services de police et menaient une vie apparemment paisible. Aucun lien, sinon que l'arme du crime était la même et que les deux exécutions avaient été filmées par un téléphone mobile et mises en ligne sur le Net. Les experts informatiques de la brigade s'étaient cassé le nez et n'avaient pu remonter à la source de ces deux snuff movies d'un genre nouveau. Depuis, chaque fois que son téléphone sonnait, Guillaume Le Guen redoutait qu'on lui annonce une nouvelle mise à mort, persuadé que les victimes avaient été choisies au hasard et que seul comptait le geste et sa diffusion sur le réseau. Cette affaire lui faisait peur, à l'image de l'évolution de la société ces quinze dernières années, et il se retrouvait de plus en plus souvent face à ces typologies criminelles absolument inédites et auxquelles il ne comprenait rien.

Rendez-vous était pris à 8 heures le lendemain matin avec son équipe pour une grande réunion « bilan et prospectives », tout un programme. Mais avant d'aller se coucher, ce dont il rêvait depuis qu'il avait quitté son lit dix-sept heures plus tôt après seulement quatre-vingt-dix minutes de repos, Guillaume avait un rendez-vous sucré-salé, ainsi qu'il l'avait décrit à Damien avec qui il venait de parler au téléphone de l'état de santé de leur mère. Il devait retrouver sa fille pour boire un verre, perspective qui le mettait toujours en joie, mais pour qu'elle lui présente son petit ami, ce qui avait nécessité la prise de quatre Malox depuis le déjeuner. Il avait réussi à repousser cette échéance depuis l'été dernier, mais ne pouvait plus se défiler, Émilie l'ayant menacé de rompre toute relation avec lui s'il annulait une fois de plus.

Il retrouva sa fille à l'heure dite et, comme chaque fois qu'il la voyait, sentit son cœur se gonfler de joie. Émilie était devenue une très jolie jeune femme tout à fait douée pour le bonheur, ce qui n'avait de cesse d'étonner son père tant, que ce soit de son côté ou de celui de Nadège, son ex-épouse, ce talent pour la vie ne devait rien à l'hérédité. Ils s'embrassèrent et, très sincère, Guillaume dit à sa fille qu'elle était radieuse.

Ils prirent une table dans un café très sombre, bourré de jeunes et dont le niveau sonore de la musique de fond agressa les oreilles de Guillaume qui se fit, comme de plus en plus souvent, la réflexion que le monde lui devenait inconfortable, signe évident de sa décrépitude. N'allait-il pas, d'ici quelques mois, être plus vieux que son père ne l'avait jamais été ? Mais était-ce une excuse pour se sentir exaspéré par les musiques d'ambiance qui envahissaient commerces et restaurants, par les énormes écrans télé que l'on trouvait maintenant dans tous les bars, par les dernières innovations technologiques qui rendaient caduque le moindre achat avant même qu'il ait terminé la lecture du mode d'emploi ? Depuis peu, Guillaume laissait passer des nouveautés ou options sans parvenir à les maîtriser ni même souhaiter le faire. Il n'était par exemple jamais parvenu à rédiger ses SMS en saisie prédictive et continuait à en taper chaque lettre, il s'obstinait à acheter des CD parce que, s'il savait comment télécharger sur le Net un morceau de musique, il n'arrivait pas ensuite à le graver, il ne voulait pas d'ipod sous prétexte qu'il aimait le contact physique des disques et de leurs pochettes alors qu'en vérité, il avait peur de ne pas savoir se servir de cet engin, comme il se refusait à acquérir le logiciel qui lui permettrait de traiter lui-même ses photographies numériques qu'il continuait à porter à développer dans une boutique de quartier. Il appelait ça le « syndrome vieux con », qui ne l'empêchait pas, bien au contraire, d'oublier sa date de naissance chaque fois qu'il voyait une jeune femme qu'il trouvait jolie et dont seule la cruauté du regard en retour lui révélait qu'elle avait l'âge d'être sa fille. Tout était allé si vite, se disait Guillaume. Bientôt quarante ans et une liste impressionnante de plaisirs qui n'étaient déjà plus pour lui, de femmes qui le trouvaient vieux, dégarni et trop gros. Et il n'avait rien vu venir. C'était arrivé comme ça, d'un coup, une brutale accélération qui avait suivi le temps suspendu de l'enfance. Guillaume redoutait de se retrouver de la même à la fin de sa vie, vieillard pour qui tout était joué, le tour de piste à son terme.

Émilie était une habituée des lieux et salua quelques connaissances, dont le barman. Guillaume se fit la réflexion qu'il n'y avait pas si longtemps il savait tout de la vie de sa fille. Encore une chose irrémédiablement dépassée.

Émilie commanda une bière-pression, ce qui étonna son père qui en était resté au temps des diabolos-fraise. Il hésita et prit un verre de vin rouge. Le petit ami n'était pas encore arrivé.

– Redis-moi son nom ? dit le père à sa fille qui ne put s'empêcher de soupirer.

– Tu pourrais faire un effort ! Ça fait plus d'un an que je te parle de lui ! C'est Jonas.

– Ah oui ! Je devrais m'en souvenir, pourtant, ce n'est pas commun.

– Tout le monde l'appelle Jo.

– Et il passe une licence de Lettres modernes.

– C'est ça. À propos de boulot… Je…

Émilie hésita, son père se méprit sur le sens de cet atermoiement.

– Ne me dis pas que tu as encore changé d'avis !

Émilie, depuis son bac qu'elle avait eu avec un an d'avance, n'avait cessé d'hésiter entre plusieurs directions. Tout d'abord la philosophie, durant un trimestre, puis l'histoire de l'art avant de décider de se lancer dans l'ébénisterie et de finalement commencer sa médecine.

– Non, répondit-elle. C'est à propos de *ton* boulot.

– *Mon* boulot ?

– Oui… Je n'ai pas dit à Jo que tu étais flic.

Il y eut un lourd silence. Guillaume n'était pas étonné, même pas choqué, pourtant il décida de jouer les offusqués.

– Et pourquoi donc ?

– Tu sais ce que c'est : les flics…

– Quoi, les flics ? Tu as honte d'avoir un père commissaire de police ?

– Tu sais bien que non.

– Je ne sais rien. Je sais juste que ma fille, qui est à la colle avec un type depuis plus d'un an, qui vit avec lui depuis cinq mois et demi…

– Tu comptes les jours ?

– N'essaye pas de changer de conversation ! Ma fille, donc, cache à son petit ami depuis tout ce temps que son père est policier ! Comment interpréter ça autrement que par la honte ?

– Il y a plein de gens qui n'aiment pas les flics, tu le sais parfaitement.

– C'est le cas de Jonas ?

– Je n'en sais rien.
– Ses parents sont de la mafia ? Ils sont proxénètes ? Ils coupent de la coke dans leur cave ?
– Arrête ça, papa ! Tu sais très bien ce que je veux dire. Toute mon enfance on m'a fait chier avec ça à l'école. Au collège, au lycée... Il n'y a qu'en primaire que ton job faisait kiffer les copains !
Guillaume se souvenait très bien de la fierté qu'il avait lue dans le regard d'Émilie le jour où il avait accepté de venir rencontrer sa classe de CM1 pour parler de son métier. Mais il se souvenait également que c'était lui, sept ans plus tard, à l'occasion d'un changement d'établissement, qui avait conseillé à Émilie de mentir sur l'emploi de son père. Deux mois plus tôt, elle avait été agressée par trois lycéens masqués qui lui avaient jeté un pot de peinture rouge sang à la figure en criant « mort aux vaches ! ».
– OK. Et je suis censé faire quoi, comme métier ?
– Prothésiste dentaire.
– Prothésiste dentaire ! répéta Guillaume, éberlué.
– Oui. J'ai cherché un truc qui n'intéresse personne, pour éviter les questions ! Je n'ai trouvé que ça.
Guillaume n'eut pas le temps de répliquer qu'il vit les yeux d'Émilie s'illuminer d'une chaleur qui le rendit immédiatement jaloux car elle ne lui était pas adressée. Un beau jeune homme, grand, mince et à la démarche souple venait d'entrer dans le bar. Jonas. Et lui qui se faisait soudain l'effet d'être la biblique baleine...
Jonas s'approcha et fit un large sourire, dégageant une dentition impeccable. Il se pencha pour embrasser Émilie sur la bouche, un peu trop longuement au goût de Guillaume vers qui il se tourna ensuite.
– Mimi m'a tellement parlé de vous...
Mimi. Comment ce petit con osait-il appeler sa fille Mimi ? Ce diminutif ne lui était-il pas réservé, à lui qui l'avait tenue dans ses bras alors que son âge ne se calculait encore qu'en minutes, lui qui avait fait chauffer ses biberons au cœur de la nuit, qui avait consolé ses cauchemars, avait d'un doigt frotté ses gencives avec une crème apaisante quand elle préparait une dent, lui avait appris à marcher, à faire du vélo, avait été à chacun de ses galas de

danse, avait consolé ses premiers chagrins d'amour ? Comment ce Jonas avait-il gagné le droit de l'appeler Mimi ? Qu'avait-il fait de si formidable pour pouvoir user de ce mot secret et tendre ? Rien, il n'avait rien eu à faire sinon se baisser pour ramasser les fruits du labeur et de l'amour de Guillaume. Rien fait sinon arriver la gueule enfarinée, sourire de ses dents blanches à la superbe jeune femme qu'était devenue Émilie grâce au dévouement de son père, sinon l'embrasser trop longuement sur la bouche et... Guillaume préféra stopper là l'évocation et serra la main de Jonas. Il serra fort, en espérant lui faire mal, mais le garçon (qui, comme il l'apprendrait plus tard, outre la licence de Lettres modernes, jouait tous les week-ends au rugby) avait de la poigne et manqua lui briser les os en retour.

Jonas commanda un Coca Zéro. Guillaume un deuxième verre de rouge quand il vit Émilie poser sa main sur celle de son petit ami. D'où venait cette expression : « petit ami » ? se demanda Guillaume. « Amoureux » il comprenait, « fiancé » aussi. « Compagnon » à la rigueur. Certaines jeunes femmes disaient « mon mec », d'autres, plus mûres, mon « homme ». Mais « petit ami » ? Il comprit alors que c'était lui qui employait cette expression pour parler de celui que fréquentait sa fille. « Fréquentait », un terme de vieux, de vieux con. N'avait-il pas dit « à la colle » tout à l'heure ? C'était sa mère, qui disait cela. Être à la colle. Quelle honte d'avoir utilisé les mots de sa propre mère ! Que disait Émilie, elle ? Sans doute Jonas, tout court, ou Jo, c'était l'évidence, comme l'amour qui unissait ces deux-là était évident. Et lui, pour diminuer l'événement, pour peut-être se donner l'illusion qu'il était provisoire, que ce n'était qu'une passade, que sa fille n'était pas vraiment amoureuse et en train de lui échapper totalement, disait qu'elle avait un « petit ami », ce qui revenait à ne pas dire qu'elle vivait avec un jeune homme bien de sa personne dont elle était amoureuse, qui semblait la rendre heureuse et avec qui elle devait s'envoyer en l'air plusieurs fois par nuit.

Guillaume avala une nouvelle gorgée de vin. Puis une autre. Il n'était pas vraiment bon mais il termina tout de même son verre et en commanda un nouveau. Jonas venait de lui parler mais il ne l'avait pas entendu. Il le fit répéter :

– Je disais que ce doit être passionnant ?

– Passionnant ! Qu'est-ce qui doit être passionnant ?

– Votre métier ! Prothésiste dentaire ? Racontez-moi, ça consiste en quoi ? Dites-moi tout...

Guillaume ne devait garder de la suite de cette rencontre qu'un souvenir confus. Il but trop mais parvint à garder le fil de la conversation tant bien que mal même si son esprit de plus en plus lourd était agité de mille pensées désordonnées et éprouvantes. Souvent, regardant sa fille de l'autre côté de la table ronde, il la vit petite fille, quand elle dînait en pyjama ou qu'elle lui réclamait un câlin avant d'éteindre la lumière de sa chambre. L'instant d'après, il se demandait douloureusement si elle suçait Jonas. Puis, à son cinquième verre de vin, il prit soudain peur en se demandant si le garçon n'allait pas lui demander la main de sa fille. Ce serait au-dessus de ses forces : avoir un gendre, rencontrer ses parents, faire cuire un gigot le dimanche pour recevoir tout ce petit monde. Pourquoi pas devenir grand-père, pendant qu'ils y étaient ?

Il croisa le regard d'Émilie et eut envie de pleurer. Il avait définitivement trop bu et devait mettre un terme à cette rencontre avant de se comporter de façon embarrassante, de se mettre minable, comme aurait dit le lieutenant Bianchi qui, à cette heure, devait terminer de dîner en famille, sa petite fille Rita venant de fêter ses cinq ans, heureux homme.

– Il va falloir que j'y aille, les enfants, s'entendit-il dire. J'ai une dure journée qui m'attend.

– Beaucoup de prothèses ? demanda Jonas.

– Vous n'avez même pas idée, répondit Guillaume en conseillant mentalement au garçon de ne tout de même pas trop en faire.

Il se leva et alla régler les consommations au bar. Puis il revint près de la table où Émilie et Jonas échangeaient un baiser langoureux. Il attendit qu'ils aient terminé, profondément malheureux, puis Jonas se leva pour lui serrer la main, les lèvres rouges et gonflées par le frottement sur celles d'Émilie.

– J'ai été vraiment content de vous rencontrer, Guillaume. Je peux vous appeler Guillaume ?

– Au point où on en est !

Le garçon ne sembla pas relever l'ironie que n'avait pu retenir Guillaume. Il se tourna vers sa fille pour lui faire la bise mais elle l'enlaça. Il en fut désarçonné.

– À bientôt, papa, lui murmura-t-elle à l'oreille.

– À bientôt, ma fille. Ton vieux père est fatigué et a trop bu, j'espère qu'il ne t'a pas trop fait honte !

– Je t'aime, papa.

Ces effusions n'étaient pas son genre, et Guillaume sut y déceler un trop-plein de bonheur, l'un de ces rares moments de faiblesse où l'humain sait aller au-devant de lui-même.

– Moi aussi je t'aime, Mimi.

– C'est moi qui t'aime le plus !

– Non, c'est moi.

– C'est moi !

– C'est moi.

Elle eut un petit rire. C'était mot pour mot l'échange qu'ils avaient chaque soir quand Guillaume venait la border dans son lit. La fillette cherchait ensuite à comparer son amour à une chose qui lui paraissait gigantesque : je t'aime encore plus qu'il y a de grains de sable dans le désert. Guillaume répondait : et moi plus qu'il y a d'étoiles dans le ciel. C'était un concours sans fin. Une fois pourtant, elle devait avoir dix ans, Émilie l'avait emporté en disant à son père qu'elle l'aimait tellement qu'il n'existait pas de mots pour le dire, pas de chiffres assez gros pour le compter, que c'était encore plus grand que l'infini de l'univers. Guillaume en avait eu les larmes aux yeux, comme il les avait ce soir en quittant le bar, laissant sa fille à son nouvel amour.

À Marseille, au même moment, Tiffany Roche avait également trop bu.

Elle avait retrouvé Xavier et Mary juste après l'interview pour *Libé* et ils étaient allés dîner sur le Vieux-Port. Ses deux amis avaient regardé le 19/20 et trouvé Tiffany parfaite, belle et pertinente. Puis Xavier s'était mis à parler du mariage, du traiteur pour le buffet, de son costume pour lequel il souhaitait les conseils de Tiffany. Cette dernière écoutait mais parlait peu, tout comme Mary avec qui elle échangeait des regards dont ni l'une ni l'autre n'était dupe. Tiffany abusait du vin blanc, supportant très mal l'ambiguïté de la situation en train de s'installer entre elle et celle que son ami d'enfance était sur le point d'épouser. Elle avait honte. Honte de son comportement, de ce qu'elle avait suggéré dans ses mails, de ce jeu dans lequel elle était entrée malgré elle au fil des jours. Honte de ce dîner où elle pensait à tout cela alors que Xavier lui demandait s'il devait ou non s'acheter un costume queue-de-pie. Et que devait penser Mary à ce moment précis ? L'intensité de son regard n'était-elle pas finalement un reproche ?

Tiffany avait peu mangé, laissant les trois quarts de ses plats et la tête avait fini par lui tourner. Elle allait être malade. Elle s'était rendue aux toilettes du restaurant et, plongeant ses doigts dans sa gorge, s'était fait vomir. Puis elle s'était longuement aspergé le visage d'eau fraîche dans le lavabo. Quand elle s'était redressée, Mary était à ses côtés dans le reflet du miroir. Tiffany s'était immobilisée, le visage dégouttant d'eau. Son pouls avait brusquement accéléré. Les deux jeunes femmes s'étaient fixées du regard dans le miroir. Tiffany avait voulu parler mais n'en avait pas la force. Elle aurait voulu lui demander pardon, lui dire qu'elle regrettait ses messages, ses allusions, son jeu idiot et cruel. Lui dire que seul comptait le bonheur de Xavier, qu'ils étaient faits l'un pour l'autre. Lui dire aussi qu'elle n'aimait pas les femmes, que le fait qu'elle ait tant de mal à aimer les hommes ne signifiait rien. Elle avait senti ses jambes se dérober sous elle et avait dû s'appuyer au lavabo. Mary avait alors fait un pas vers elle et Tiffany s'était retournée trop brusquement, entre la peur et le désir. Elles s'étaient fait face, de longues secondes, sans un mot, sans un geste, la poitrine soulevée par une respiration trop forte. Tiffany avait senti une irrésistible envie de prendre Mary dans ses bras, de la serrer contre elle comme elle avait serré Alexandra ce jour où elle avait juré de tuer ses parents s'ils essayaient de les séparer. Tiffany avait su alors que Mary ressentait pour elle le même trouble. Son regard sombre le disait, ses lèvres tremblantes, sa main qui, doucement, s'était approchée d'elle et l'aurait touchée si, brusquement, rompant le charme fébrile, la porte des toilettes ne s'était ouverte sur une femme qui avait eu un instant de surprise en les voyant si près l'une de l'autre, leur avait souri aimablement et avait traversé l'étroite pièce pour s'enfermer dans l'une des cabines. Mary, comme revenue d'un songe, avait aussitôt fait demi-tour pour retourner à table. Tiffany, si secouée qu'elle avait dû s'adosser au mur, avait ensuite séché son visage au souffle chaud du sèche-mains électrique dont le vacarme l'avait définitivement ramenée à la réalité.

– Ça va ? lui avait demandé Xavier quand elle s'était rassise à table.

– J'ai trop bu ! avait-elle avoué en riant trop fort.

Parce qu'elle se sentait trop épuisée pour reprendre sa moto, elle avait accepté de monter prendre un dernier verre chez Xavier, à condition qu'il ne soit rempli que d'eau gazeuse.

Pour conjurer son malaise, une fois dans le petit appartement, Tiffany avait beaucoup parlé, interrogeant Mary sur la vie en Australie, sur l'appartement dans lequel ils allaient emménager une semaine après leur mariage, finissant par dire à Xavier qu'il devait opter pour le queue-de-pie, qu'il devait jouer le jeu jusqu'au bout.

– Le jeu ? avait répété Xavier. Le mariage, tu trouves que c'est un jeu ?

Tiffany avait alors répété mot pour mot ce que lui avait confié Mary à ce sujet quelque temps plus tôt, et les deux jeunes femmes avaient échangé un sourire complice mais apaisé, comme si elles convenaient à l'instant que l'orage était passé, que la fièvre était derrière elles, qu'il fallait l'oublier et redevenir de simples amies.

Tiffany sentait la fatigue la gagner. Pas sa fatigue nerveuse habituelle mais une bonne fatigue – bien que suggérée par l'abus d'alcool – qui avait de grandes chances de la mener à un sommeil facile. Pourtant, elle devait reprendre la route jusqu'à Montpellier, ce qui lui semblait au-delà de ses forces. Elle se demanda même si elle ne pourrait pas appeler Anne-Laure et lui demander de partager sa chambre d'hôtel.

Elle finit par se lever et annonça qu'elle devait y aller, qu'elle avait encore de la route.

– De la route ! s'exclama Xavier. Tu comptes rentrer à cette heure-ci en moto avec tout ce que tu as bu ?

– Je me sens bien, mentit-elle.

– C'est hors de question. Tu restes.

– Non, je ne veux pas vous...

– Tu restes. Depuis quand tu cherches à prendre la fuite de chez moi ? Et puis ça fait un bail que je n'ai pas dormi sur le canapé !

Tiffany ne comprenait pas ce que voulait dire Xavier. Il avait dit *je*, pas *nous*. Mary se leva à son tour.

– De toute façon, je suis vannée. Je vais y aller.

– Y aller ? s'étonna Tiffany.

Puis elle se tut, de peur de faire un impair.

Mary enfila son manteau, embrassa Tiffany avec simplicité, lui dit à demain pour le vernissage et Xavier la raccompagna jusqu'au palier où ils restèrent quelques instants à parler à voix basse.

Tiffany en profita pour regarder autour d'elle et ne vit rien de nouveau dans l'appartement de son ami. Rien de féminin, rien qui puisse appartenir à Mary. Était-elle comme elle, qui ne laissait jamais aucun effet personnel dans la maison d'un homme ? Sauf que Mary était sur le point d'épouser Xavier, de s'installer sous le même toit que lui. Quand Xavier rentra et verrouilla la porte derrière lui, elle lui avoua être étonnée qu'ils ne passent pas la nuit ensemble.

– Chacun chez soi jusqu'au mariage ! Mary y tient.

Il avait dit cela d'un ton léger mais dans lequel Tiffany décela une faille.

– Vous... ne...

– Non. Pas avant la mariage. Mary estime que la nuit de noces doit être un moment exceptionnel, unique, inoubliable, et qu'il n'est qu'une farce si faire l'amour ensemble est déjà une routine. C'est romantique, non ?

Tiffany n'était pas certaine de savoir ce que lui inspirait cette révélation mais se sentait trop fatiguée pour en débattre. Puis elle pensa à la robe de mariée, au bustier et aux bas blancs choisis par Mary et se dit qu'après tout, elle était bien mal placée pour juger de ce qui était romantique ou non, de se mêler de la cuisine intime d'un couple.

Couchée dans le lit de Xavier dix minutes plus tard, sentant avec délice le sommeil la gagner petit à petit – ce qui ne lui arrivait que lorsqu'elle avait trop bu, l'alcool étant une tentation permanente pour les insomniaques –, elle se souvint d'une phrase qui l'avait frappée dans un livre qu'elle avait lu deux ou trois ans plus tôt, un recueil de nouvelles de John Updike, l'auteur américain que lui avait fait découvrir son oncle Alain qui était un gros lecteur : « *On peut aller sur la face cachée de la Lune, en revenir, et ne rien trouver de plus merveilleux, de plus étonnant, que la façon dont les hommes et les femmes se débrouillent entre eux.* »

Guillaume Le Guen était à peine rentré chez lui, s'en voulant d'avoir trop bu et de ne pas savoir se réjouir du bonheur de sa fille, que son téléphone mobile se mit à vibrer. Épuisé, ne sachant même s'il aurait la force de se déshabiller avant de se mettre au lit, il eut la tentation de ne pas prendre l'appel et de couper son téléphone. Puis il se reprit, jura et termina d'ôter sa seconde chaussure en répondant.

– C'est Kevin, commissaire. J'espère que je ne vous réveille pas.

Une aigreur traversa aussitôt l'estomac du policier.

– Qu'est-ce qui se passe ?

– Ça a recommencé.

« Oh non ! pensa Guillaume, pas encore. »

– Une femme, abattue à bout portant, avenue de l'Abbé, poursuivit le lieutenant.

« Oh non ! se répéta Guillaume, instantanément dégrisé. Pas encore une exécution, pas encore une mise à mort qui, dès demain, sera téléchargeable sur le Net… »

15

TIFFANY était arrivée deux heures à l'avance rue Saint-Guilhem, et Nadine Paillot lui avait offert un thé. C'était elle, une amie d'Elizabeth Roche, qui avait convaincu la propriétaire de la galerie, grande spécialiste de peinture contemporaine, de s'intéresser au travail de Tiffany. Elle avait immédiatement conseillé à la jeune photographe de ne pas se cantonner au reportage et de travailler dans le sens de ses captures d'écran des attentats du 11 Septembre, en lesquelles elle avait vu l'embryon d'une exposition possible, avis que ne partageait pas Tiffany à l'époque.

La galerie Hélène Trintignan, d'habitude réservée aux œuvres d'artistes-peintres qu'elle suivait fidèlement, avait accueilli avec un grand succès ses photos sur les rites du feu, et la notoriété de la photographe s'étant considérablement développée ces dernières années, la nouvelle exposition était très attendue. Nadine n'était pas du genre à flatter les artistes, amis ou non, et Tiffany la croyait quand elle lui avait dit qu'elle adorait ses nouvelles photographies, que pour elle, ce travail se rapprochait de celui d'un peintre, impression renforcée par le choix de Tiffany de les tirer sur toile. Néanmoins, maintenant seule dans la galerie, marchant silencieusement entre ses tirages accrochés aux murs, la photographe était prise de doute et d'angoisse. Elle aurait voulu tout arrêter, tout annuler. La panique n'était pas loin de la gagner quand arriva Anne-Laure Martial qui sut, en quelques mots, balayer ses peurs.

Pourtant, l'agent avait dû prendre sur elle pour avoir l'air enthousiaste tant, depuis le réveil, elle se sentait déprimée.

La veille au soir, elle était allée prendre un dîner léger au bar de son hôtel, et un homme n'avait pas tardé à lui proposer un verre. Légèrement ventripotent dans son costume sombre, le crâne menaçant de se dégarnir, au doigt encore visible la marque pâle de l'alliance qu'il venait d'enlever, il n'avait rien de très tentant mais ne devait pas avoir beaucoup plus de quarante ans, ce qui avait flatté Anne-Laure qui allait sur ses cinquante-neuf. Se demandant combien de temps encore elle pourrait faire illusion – et à quel prix –, elle avait accepté le verre, puis laissé le type, qui se prénommait Alexie, la suivre dans sa chambre. Elle n'avait pas eu d'orgasme mais avait tout de même pris plaisir à leur union. Alexie, bien qu'un peu lourd, n'était pas malhabile, en tout cas de bonne volonté. Ils avaient fait deux fois l'amour, Alexie s'endormant brutalement à l'issue de sa seconde éjaculation. Anne-Laure l'avait laissé tranquille quelques minutes, le temps d'une rapide toilette, puis avait décidé de le réveiller car elle n'avait aucune envie de partager son lit pour la nuit. Depuis le temps qu'elle était célibataire, elle avait appris à apprécier un grand lit pour elle toute seule lorsqu'il s'agissait de dormir. Mais Alexie avait le sommeil si profond qu'il n'avait fait que râler quand elle l'avait secoué, s'était retrouvé sur le dos, occupé à ronfler très bruyamment.

Anne-Laure avait soulevé l'une de ses mains, secoué son bras, allumé la télé et toutes les lumières de la chambre, rien n'y avait fait. À chaque nouvelle tentative, il se retournait en grognant et se mettait à ronfler de plus belle. Au bout d'une demi-heure, commençant à trouver la situation pathétique, Anne-Laure avait fouillé les poches du pantalon d'Alexie qui traînait en boule au pied du lit et y avait trouvé les clés de sa chambre du troisième étage. Elle y avait mal dormi, et s'était réveillée à sept heures, parfaitement déprimée de se trouver entourée des affaires d'un homme qu'elle connaissait à peine. Ils s'étaient rejoints quelques minutes plus tard, devant l'ascenseur, et avaient échangé leurs clés sans un mot mais avec beaucoup de gêne.

Une heure plus tard, Anne-Laure avait pris l'ascenseur pour descendre à la salle de fitness et avait eu la malchance de devoir partager la descente de trois étages avec Alexie, en costume, sa valise à la main et son portable à l'oreille, parlant de toute évidence à son épouse qui lui avait passé sa petite fille, prénommée Marion, et qu'il appelait mon cœur.

Les invités arrivèrent petit à petit, amis, journalistes, simples curieux puisque l'entrée était libre, et la galerie fut rapidement pleine. Chacun y allait de son commentaire en faisant halte devant les photos. Tiffany, à la torture, aurait donné très cher pour se trouver ailleurs. Elle fut pourtant heureuse des chaleureux compliments de son oncle et d'Elizabeth, du soutien de Xavier qui, sachant combien elle était peu à son aise dans ce type d'exercice, ne lui lâchait pas le bras alors que Mary regardait chaque cliché avec un intérêt non feint. Tiffany ne pouvait s'empêcher de l'observer, qui semblait s'immerger totalement dans les photos comme si elles lui permettaient de vivre le feu. Sans surprise, la photo que Tiffany avait naturellement baptisée *La vague* était celle qui retenait le plus l'attention des visiteurs et éveillait nombre de commentaires élogieux. Mais c'était l'ensemble de l'exposition qui était en train d'obtenir un franc succès. Arriva Mathias, ému comme si c'était son propre travail qui était accroché aux murs. Peu de temps après, alors qu'elle était en train de discuter avec lui, Tiffany sentit la chaleur d'un regard sur sa nuque et retrouva la même impression d'être épiée que si souvent ces derniers mois.

Soudain oppressée, elle se retourna. Un homme qu'elle n'avait jamais vu la regardait, grand, de type arabe, large d'épaules, le nez épais et les traits marqués. Elle le trouva instantanément beau, et dégageant un évident charisme, à la fois de la force et de l'élégance. Son regard sombre était intense et Tiffany crut un moment qu'il allait s'approcher pour lui parler. Mais au contraire, il baissa les yeux, laissant entrevoir une timidité qui contrastait avec son apparence physique, puis se fondit dans la foule pour se consacrer à l'exposition. Mary n'avait rien manqué de la scène, et constata ensuite que les regards de Tiffany et de l'inconnu se cherchaient et se trouvaient à intervalles réguliers.

Târiq Amraoui n'avait jamais vu Tiffany d'aussi près. La première fois, quand il avait attendu Baptiste Legendre près de sa maison, il devait se trouver à quelque soixante-dix mètres lorsqu'elle était sortie de la voiture. Les fois suivantes, il s'était rapproché de la maison, glissé sous la fenêtre, avait aperçu sa nuque alors qu'elle était assise sur un canapé, et avait furtivement vu son buste nu au sortir de la salle de bains. Adossé contre le mur de la maison, une nuit, il l'avait entendue faire l'amour avec Legendre dont il avait une nouvelle fois souhaité la mort. Il tenta un nouveau regard. La photographe était en train de parler à un type d'une cinquantaine d'années qui la saoulait de vaniteux compliments. Puis Târiq sentit qu'on l'observait. Il s'agissait d'un homme d'une trentaine d'années qui, comme pris en flagrant délit, lui sourit et fit aussitôt mine de s'intéresser aux photographies.

Damien Le Guen venait d'entrer dans la galerie et avait jeté un regard circulaire sur toutes les personnes présentes quand ce bel homme de type arabe s'était brusquement retourné. Il se fit la réflexion qu'il devait être un grand nerveux et se concentra sur les photos accrochées au mur. Il lui suffit des premières pour acquérir la certitude qu'elles avaient été prises durant l'incendie de Valmascle qui avait coûté la vie à Legendre. Rien ne l'indiquait vraiment, mais il était absolument certain que son intuition était la bonne. Cela confirmerait que Tiffany Roche avait menti. Mais ce n'était pas pour cela qu'il était venu ce soir. Pourquoi était-il venu, d'ailleurs, sinon parce que pas un jour ne passait sans qu'il pense à la femme qu'était devenue la petite fille de Viviourès ? Elle était en train de parler, au fond de la galerie, quand leurs regards se croisèrent. Elle le reconnut aussitôt et son sourire de circonstance s'effaça. Damien lui sourit. Elle fronça les sourcils. Le gendarme sentit que quelqu'un d'autre l'observait. Il s'agissait d'une femme qui avait à peu près son âge, aux cheveux courts et noirs. Il y avait une telle intensité dans son regard quand il le surprit qu'il se demanda s'ils se connaissaient. Il se fit la réflexion que décidément, tout le monde était nerveux, à ce vernissage. Puis ce fut lui qui se sentit happé par une soudaine vague d'anxiété quand il se rendit compte que Tiffany Roche marchait droit vers lui.

– Qu'est-ce que vous faites là ? lui demanda-t-elle aussitôt.

Sa voix n'était pas agressive, simplement surprise.

– J'ai vu un article annonçant votre exposition. Je suis venu par curiosité. Rien de professionnel.

La photographe semblait sur la défensive. Damien reconnut son parfum et en fut troublé.

– C'est très beau, finit-il par dire. Impressionnant. Il y en a certaines, on dirait qu'elles ne sont pas vraies... Je m'exprime mal...

– Je comprends ce que vous voulez dire.

– Malheureusement, je vois beaucoup d'incendies dans mon métier. Je vais sur chaque départ de feu dans le département pour essayer d'en déterminer la cause. Ce n'est pas toujours aussi dramatique que l'été dernier à...

Il se tut, comprenant qu'il était en train de s'enliser, qu'il était plus que maladroit de faire allusion ce soir à la mort de Legendre.

– Vous les avez prises quand, ces photos ?

À peine avait-il prononcé cette question qu'il la regretta, se traitant mentalement de pauvre con.

– Sur plusieurs incendies, l'été dernier. Je ne saurais pas vous dire dans le détail.

Elle mentait encore, il le sentait, il le savait. Il s'en moquait.

– C'est impressionnant. Superbe... Impressionnant.

Il ne sut plus quoi dire et se trouva stupide. Il regrettait déjà d'être venu. La photographe le regardait dans les yeux et lui demanda, d'une voix très différente de la première fois, pas plus agressive mais plus offensive, d'une voix qui appelait une réponse honnête :

– Qu'est-ce que vous faites là ?

La réponse échappa à Damien :

– Je voudrais savoir pourquoi, il y a vingt ans, vous m'avez embrassé au château de Viviourès.

Tiffany sembla un instant comme suspendue, puis elle émit un éclat de rire spontané et limpide. Damien sourit et rit à son tour. Il se détendit d'un coup et, pour la première fois, retrouva dans les traits de la jeune femme ceux, joyeux et vivants, de l'enfant qu'elle avait été.

– Vous m'avez plu, vous étiez mignon.

– J'avais douze ans.

– Je vous ai reconnu aussitôt, l'été dernier, chez moi.

– Moi aussi. Enfin non, j'avais l'impression de vous connaître, et je n'ai compris qu'en voyant la photo où vous étiez dans les ruines du château, avec une autre fille.

Tiffany acquiesça, puis :

– Vous pleuriez, il y a vingt ans. Je n'avais jamais vu un garçon pleurer. J'ai eu envie de vous consoler, de vous prendre dans mes bras. Vous m'avez émue.

C'était au tour de Damien d'être ému, ce soir. Il avait envie de confier à la jeune femme combien son baiser l'avait bouleversé, qu'il ne l'avait jamais oublié, mais il préféra opter pour la légèreté.

– Je n'étais pas très dégourdi, à l'époque, c'était la première fois qu'une fille m'embrassait !

– Et quelle fille ! J'avais quoi : huit ans ?

– Un premier baiser, ça ne s'oublie pas...

Il n'avait pu s'empêcher de mettre une intensité particulière dans cette dernière phrase, pour montrer qu'elle n'était pas qu'une boutade et que, effectivement, il n'avait pas oublié.

Anne-Laure Martial les rejoignit alors, salua Damien et dit à Tiffany qu'elle voulait lui présenter quelqu'un, un journaliste qui souhaitait faire un papier sur elle.

– Vous m'excusez, dit Tiffany au gendarme... Je ne connais pas votre prénom !

– Damien.

– Ce soir, c'est compliqué, Damien, mais il faudra qu'on reparle de tout ça.

– Ça me ferait très plaisir, je...

Mais la photographe était déjà partie, ravie par son agent. Damien n'avait pas bougé, les tempes battantes. Il avait besoin d'air et sortit dans la rue. Il expira longuement. L'air était frais et son haleine forma un nuage éphémère. Il souffla encore, regarda la buée s'envoler et s'évanouir, recommença en faisant un rond avec les lèvres comme s'il cherchait à faire des cercles de fumée de cigarette. Il sourit tout seul et s'éloigna de la galerie dont s'échappait une rumeur joyeuse, le cœur plus léger que depuis bien longtemps.

La soirée avançait. Alain et Elizabeth étaient partis, Mathias aussi : il ne restait plus que quelques personnes dans la galerie, dont Xavier et Mary. Târiq trouva enfin l'occasion d'aborder Tiffany qui n'avait pas été seule plus de cinq secondes de toute la soirée.

– Je voulais vous dire que je trouve votre travail magnifique.

– Je vous remercie.

Tiffany n'avait cessé de le surveiller, se rendant compte qu'il attendait la bonne occasion pour lui parler.

– Je n'y connais rien en photo, ajouta-t-il, mais par contre, j'en connais un rayon en incendie.

Tiffany ne dit rien et attendit la suite, ne pouvant s'empêcher de se répéter que cet homme était très beau.

– Je suis pilote de Canadair.

Ce fut comme une alarme qui se déclencha en Tiffany.

– Pilote ? répéta-t-elle pour cacher son trouble.

– Oui. Le feu, moi, je le vois d'en haut.

– Ça doit être fascinant. Je n'ai jamais eu l'occasion de voir un feu du ciel.

– Ça pourrait s'arranger…

Tiffany le regarda avec étonnement. Que voulait-il dire ? Était-il simplement en train de la draguer ?

– Je veux dire qu'exceptionnellement, on pourrait imaginer de vous embarquer un jour pour faire des photos !

Târiq se demanda ce qui lui prenait de raconter cela alors qu'il n'y avait qu'une chose qu'il avait envie de dire.

– Je ne dis pas non, répondit la photographe.

L'homme hésita. Tiffany fut touchée une fois de plus par le mélange de force et de fragilité qui semblait le caractériser. Il se lança enfin.

– L'an dernier, c'est moi qui ai largué de l'eau sur l'incendie…

Une boule se forma aussitôt dans le ventre de la jeune femme. C'était la deuxième personne à faire allusion à l'incendie de la soirée. Elle n'aurait jamais dû faire cette exposition, c'était une folie.

– L'incendie de Valmascle, en juin, ajouta le pilote. Je vous y ai vue. J'ai eu peur pour vous. Je… J'ai fait ce que j'ai pu, j'ai…

– Je ne vois pas de quoi vous parlez.

Târiq fut surpris par le changement de ton, la voix devenue soudainement glaciale. Pourquoi lui mentait-elle ? Il préféra ne pas insister.

– J'ai cru pourtant… Mais ce n'était peut-être pas vous…

– Non. Ces photos n'ont pas été prises à cette occasion.

Tiffany aurait aimé ne pas mentir à cet homme, mais elle ne pouvait pas commencer à se contredire, pas à propos de l'incendie dans lequel Baptiste était mort, pas alors qu'elle avait dit au gendarme qu'elle n'était pas sur place ce jour-là. Le pilote ne savait plus quoi dire, et elle vola à son secours.

– Je pourrais bien prendre votre proposition au sérieux, vous savez ?

– Quelle proposition ?

– De voler avec vous dans un Canadair.

Târiq fouilla son blouson et en sortit son portefeuille, puis une carte de visite qu'il lui tendit.

– N'hésitez pas.

Il lui serra la main et sortit. Tiffany l'accompagna du regard en se disant que jamais un homme n'avait produit un tel effet sur elle. Est-ce que cela se passe ainsi quand un homme vous plaît ? Aussi simplement ? Elle regarda la carte : Târiq Amraoui. Il habitait Marseille. Elle sentit alors une main se glisser sous son bras. C'était Mary, qui lui proposa de lever le camp et d'aller boire un verre pour fêter le succès de son vernissage. Tiffany cacha la carte du pilote, comme prise en faute et se le reprochant aussitôt.

Anne-Laure but trop et se dévoila sous un jour que Tiffany ne connaissait pas. Drôle, parlant vite et sans cesse, animée d'une cruelle mais irrésistible autodérision, elle fit rire aux larmes Xavier et Mary. Elle commença par raconter ses mésaventures de la nuit passée avec Alexie le ronfleur, puis évoqua sa vie en général, son régime draconien, ses séances de torture quotidienne à la salle de gym et même l'engrenage dans lequel elle était entrée en se laissant tenter par la chirurgie esthétique. « On commence par faire disparaître les petits rides au bord des yeux et sans même qu'on se soit aperçu de rien, on finit avec de la peau de fesse tendue sur tout le visage et des lèvres qui vous bouchent la vue » dit-elle après quatre coupes de champagne. « Et tout ça pour avoir le privilège de se faire draguer dans des bars d'hôtel par des hommes mariés qui cherchent à se prouver qu'ils ne sont pas tout à fait morts ! »

Tiffany lui avoua alors que dès leur première rencontre, elle avait eu envie de la photographier.

– Me photographier, moi ?

– Oui. Photographier ton corps refait. Je pense toujours que c'est une bonne idée.

– Une drôle d'idée, tu veux dire ? Au prix que ça me coûte de cacher mon âge, tu ne crois quand même pas que je vais me dévoiler devant ton objectif !

– Le nu a toujours été un sujet privilégié pour les artistes. Pour les peintres, pour les photographes… Une femme dont le corps à l'air d'avoir vingt ans de moins que son âge réel est un sujet passionnant.

– Eh ben, tu as intérêt à commander une autre bouteille de champagne si tu veux soutirer mon accord ! Je suis bourrée, mais quand même pas à ce point-là !

– À propos de projet. J'ai rencontré un type, ce soir.

– Le grand Arabe ? demanda aussitôt Mary.

– Oui, répondit Tiffany en rougissant malgré elle. Il est pilote de Canadair. Il m'a proposé de m'embarquer avec lui. Je me dis qu'il y a peut-être un sujet, là aussi.

– Un reportage sur les pompiers du ciel ?

– Sur le feu vu du ciel.

– Pourquoi pas ? Avec toi derrière l'objectif, je dois pouvoir vendre ça sans problème à plusieurs magazines.

Tiffany se demanda quelle était la part de vérité et de mensonge dans ce qu'elle venait de dire, ou même dans ce qu'elle se disait à elle-même. Était-ce la photographe qui avait envie d'embarquer à bord d'un Canadair piloté par l'homme qu'elle venait de rencontrer ou bien la femme ? Elle croisa le regard de Mary qui, de toute évidence, se posait la même question.

Damien ne parvenait pas à trouver le sommeil. Il était rentré à pied, euphorique et, allongé sur son lit, les yeux ouverts dans le noir, se demandait comment il allait bien pouvoir reprendre contact avec Tiffany Roche. Pouvait-il simplement lui téléphoner et l'inviter à prendre un verre pour parler des ruines de Viviourès ? Devait-il s'arranger pour la croiser par hasard ? Ou bien retourner à la galerie Trintignan le temps de l'exposition ? Puis une autre question le prit par surprise : était-il amoureux ?

Il avait besoin de parler, mais il était minuit passé. La seule personne de sa connaissance qui serait réveillée à coup sûr à cette heure était sa mère. Mais c'était bien la dernière à qui il avait envie de parler de ses problèmes de cœur. Il pensa à son frère, qui dormait peu mais à des heures très irrégulières. Pouvait-il prendre le risque de le réveiller au milieu de l'une de ses rares bonnes nuits ? C'était son frère, après tout, on ne devrait jamais avoir peur de déranger son frère. Si, dans le cas inverse, Guillaume le réveillait en pleine nuit parce qu'il avait besoin de parler, il ne s'en contrarierait pas, bien au contraire, il en serait heureux.

Guillaume répondit dès la deuxième sonnerie.

– Je ne te réveille pas ?

– Non. Je suis crevé, mais impossible de m'endormir.

– T'as une sale voix, qu'est-ce qui se passe ?

– On a coincé ceux qui filmaient les exécutions dans la rue.

– Déjà ?

– Le coup classique. Ils ne s'étaient pas fait pincer les premières fois, alors ils ont cessé d'être prudents. Ils se sont crus invincibles. Ils ont mis leur dernier clip en ligne, mais cette fois, nos techniciens ont réussi à les tracer. On a fait une descente à midi. C'est deux gosses, même pas majeurs. Des lycéens.

– Et le flingue ?

– Au père de l'un d'eux, il a un port d'armes… Je n'arrive pas à comprendre comment c'est possible, comment on a pu en arriver là.

Damien ne sut quoi répondre tant il comprenait, pour l'avoir lui-même si souvent éprouvé, le désarroi de son frère devant des cas de violence à la gratuité inouïe.

– Putain, continua Guillaume, ils ont l'âge de mes fils et ils ont tué trois personnes, comme ça, prises au hasard, pour rire, pour « l'ambiance », comme a dit l'un d'eux.

– Ils ont avoué.

– Immédiatement. Le pire c'est qu'ils ont l'air contents d'eux. Ils n'ont pas exprimé le moindre remords. Comment on a pu en arriver là…

Damien n'eut pas l'occasion de dire pourquoi il avait appelé, pourquoi il avait éprouvé le désir de parler à son frère tant il était évident que ce dernier avait besoin de soulager son âme.

– Tu fréquentes toujours les églises ? demanda-t-il. Tu vas toujours prier pour les victimes des affaires sur lesquelles tu bosses ?

– Oui, répondit Damien avec prudence, s'attendant, comme ça avait été si souvent le cas par le passé, à se faire railler par son frère.

– Des fois, je t'envie, déclara alors celui-ci. Je t'envie de croire en quelque chose.

Târiq Amraoui, sa moto garée dans le parking de son immeuble marseillais, rentra chez lui en essayant de revivre chaque instant de son échange avec Tiffany Roche. Puis, malgré lui, il se souvint du jour où, en sortant du collège où il entamait son deuxième trimestre de cinquième, il avait croisé par hasard un jeune homme en qui il avait aussitôt reconnu l'un des trois types de cette nuit d'hiver, vieille de quatre ans, mais qui continuait de le hanter. Il l'avait suivi jusqu'aux limites de Villeneuve-Saint-Georges, vers Crosne, et l'avait vu pousser la grille d'un pavillon aux murs gris. Une voiture était garée dans le jardinet, une Peugeot customisée sur le flanc de laquelle le type avait tendrement passé la main en se dirigeant vers le perron de la maison. Târiq s'était approché et avait lu les deux noms sur la boîte aux lettres : Denise et Christophe Meunier. Christophe Meunier, un premier nom à mettre sur cette blessure qui ne cicatrisait pas. Les deux autres ne tarderaient pas à suivre : Pierre Georget et Baptiste Legendre. Târiq était revenu deux nuits plus tard, une bouteille de white-spirit à la main et une boîte d'allumettes dans la poche. La voiture avait flambé en un instant. Christophe Meunier était sorti en caleçon, affolé, gueulant injure sur injure. Le feu s'était rapidement propagé jusqu'à la maison d'où une vieille femme obèse en peignoir à fleurs avait surgi en poussant des cris suraigus. Les pompiers n'avaient pas tardé à arriver, la police à intervenir, les curieux à s'amasser dans la rue. Târiq, qui n'avait pas douze ans, n'avait rien perdu du spectacle, à la fois terrifié et fasciné par ce qu'il avait déclenché.

V

LA DANSE DE LA MORT

16

LE PRINTEMPS était revenu sur Montpellier et la journée avait été délicieuse, de celles dont l'air doux et sucré répand une trompeuse impression d'éternité, donne des envies de voyage en Italie, de dîners en terrasse, de couchers de soleil interminables sur la mer et d'amours clandestines.

Xavier et Mary s'étaient dit oui en l'église Notre-Dame du Cours Julien, tirant des larmes à Tiffany qui, une heure plus tard, avait signé le registre des témoins à la mairie du 5e arrondissement de Marseille. Puis les invités, en convoi, avaient regagné Montpellier où devait se dérouler la suite des festivités.

Tiffany, à regret, n'avait pas pris sa moto, la robe-fourreau noire qu'elle s'était achetée pour l'occasion l'interdisait. Elle détestait dépendre des autres et se sentait prisonnière dès qu'elle n'avait pas de moyen de locomotion. Dans la voiture de son oncle et d'Elizabeth, se sentant soudain redevenue ado, sagement attachée à l'arrière, les adultes devant, elle repensait au visage de Xavier, marié désormais, resplendissant de bonheur et de fierté en sortant de la mairie, sa superbe épouse au bras. Tiffany, depuis le vernissage de l'exposition et très occupée par le proche déménagement de celle-ci dans une galerie parisienne, n'avait pas eu l'occasion de revoir Mary en tête à tête, mais le peu d'échanges qu'elles avaient eus semblaient confirmer que leurs rapports s'étaient définitivement apaisés. Soulagée, la photographe n'en ressentait pas moins un fort trouble, qu'elle se sentait pourtant capable d'affronter et de conserver secret.

À Montpellier, l'oncle Alain et Elizabeth, main dans la main avec les parents de Xavier qu'ils connaissaient bien, avaient fait les choses en grand. Un vélum bleu et or avait été tendu derrière la grande maison, la plupart des arbres étaient décorés de lampions, des torches plantées un peu partout dans le jardin, traçant des chemins vers les deux bars dressés l'un près du pavillon d'hiver d'Alain – charmant chalet en bois dans lequel il avait installé sa bibliothèque et sa collection de bonsaïs –, l'autre au bord du fleuve, sur un ponton où Tiffany avait passé des heures de solitaire méditation durant les années écoulées dans cette maison après la mort de ses parents. Des heures parfois sereines mais souvent tumultueuses à fouiller sa mémoire, à chercher en vain des détails qui lui auraient permis de reconstituer le puzzle de l'incendie de la maison du Fesq et de comprendre enfin le rôle qu'elle y avait tenu. Comment s'était-elle retrouvée dehors, saine et sauve, alors que son dernier souvenir se situait au cœur des flammes, une voix criant son prénom avant qu'elle n'ait la sensation de chuter sans fin ? Qu'est-ce qui avait déclenché le feu ? Un problème électrique, comme l'avait conclu l'enquête, ou bien autre chose, ou bien quelqu'un ? Tiffany n'avait-elle pas juré à sa cousine qu'elle tuerait ses parents plutôt que de les laisser les séparer ? Avait-elle mis sa menace à exécution alors que les conversations familiales étaient devenues de plus en plus houleuses, les disputes de plus en plus fréquentes et violentes ? Avait-elle mis le feu à la maison ? Cette question la hantait depuis quinze ans, l'empêchait toujours de trouver le sommeil. Puis une autre était venue s'y ajouter l'été dernier : avait-elle incendié le 4 × 4 de Baptiste ? Tiffany prit une deuxième coupe de champagne, espérant parvenir à chasser ses idées noires récurrentes le temps de la fête. En vain. Elle repensa à la question du journaliste de *Libé* : Pourquoi le feu ? Parce que ses parents et sa cousine étaient morts par les flammes était la réponse la plus simple. Trop simple, trop courte. Le feu remontait à plus loin encore, à ses jeux d'enfants, à sa complicité avec Alexandra bien des années avant son décès. Elle avait d'abord regardé faire sa cousine avec peur et fascination, puis elle avait appris à se débarrasser de la crainte et Alexandra lui avait enseigné l'art de faire un feu. Outre les ruines de Viviourès, elles passaient une grande partie de leur temps dans une ancienne carrière où elles avaient fait des brasiers de plus en plus grands au-dessus desquels elles se défiaient en sautant à la manière des fêtes de la Saint-Jean. Puis avaient commencé les sacrifices, qui horrifiaient Tiffany mais auxquels elle n'avait jamais eu le courage de s'opposer. Les animaux morts, d'abord, puis les vivants. Lézards, sauterelles, hérissons... Un oisillon duveteux une fois, un chat noir une autre, qu'Alexandra avait jeté dans les flammes et qui avait réussi à s'enfuir, disparaissant en hurlant dans la campagne, les poils du dos et de la queue en flammes. C'était toujours Alexandra qui prenait l'initiative, comme dans tous leurs jeux. Elle était l'aînée, la meneuse, la plus forte aussi, et Tiffany se souvenait que son dégoût lors de ces jeux cruels était toujours teinté d'admiration. Comment Alexandra avait-elle le cran d'infliger de telles souffrances à des bêtes et de les regarder agoniser sans ciller ? Elle n'avait jamais oublié non plus son exaltation lorsque, de sa propre initiative cette fois, elle avait mis le feu à la grange du plus proche voisin de la maison du Fesq, un vieux paysan qui ne cessait de guigner les deux cousines quand elles jouaient dans le jardin et reluquait tout particulièrement la poitrine d'Alexandra devenue ronde dès ses onze ans. Il y avait eu les pompiers, les gendarmes, le hameau entier en émoi et elle avait adoré être la responsable de cette effervescence dont elle avait suivi les rebondissements avec un sentiment de toute-puissance. Quelques mois plus tard, lors du bal du 14 Juillet de Notre-Dame-de-Londres, ensemble cette fois, elles avaient incendié le local poubelles de la salle des Fêtes, ce qui avait fait tourner court les réjouissances. Avaient-elles été toutes les deux ce qu'on appelle des pyromanes ? Ou seulement des enfants à la recherche de leurs limites ? Quand le corps d'Alexandra avait été tiré des décombres de la maison en même temps que ceux de ses parents, Tiffany y avait vu une sentence divine et s'était demandé pourquoi, elle, n'avait pas été punie. À moins que sa punition, plus cruelle encore, fût justement de survivre en ne cessant de se demander si tous ceux qu'elle aimait en ce monde étaient morts par sa faute.

Tiffany se fit resservir une nouvelle coupe de champagne rosé. Un quintette à corde assurait l'ambiance sonore. Un second orchestre était en train de s'installer de l'autre côté du jardin, formation pop-rock, cette fois. Mathias était reparti après avoir fait les photos officielles des mariés dans différentes parties du parc, seuls puis en compagnie des invités, par couples ou par petits groupes. Le soir tombait maintenant, le ciel était encore lumineux mais les torches allumées donnaient déjà une fausse impression d'obscurité. Les quatre-vingts invités étaient dispersés dans le jardin, verre à la main. L'ambiance était à la fois joyeuse et douce. Tiffany connaissait presque tout le monde, pour la plupart des amis de Xavier, ses trois sœurs, leurs conjoints et leurs enfants qui jouaient à chat en criant, en sueur dans leurs tenues de noce, des amis de leurs parents, un ou deux collègues de bureau dont Dimitri qui, quelques années plus tôt, avait essayé, en vain, de séduire Tiffany. Il avait maigri depuis deux ans qu'elle ne l'avait pas vu, elle l'avait noté quand il l'avait embrassée avant la cérémonie religieuse ; il n'était pas vilain garçon. Mary semblait à l'aise, bien que connaissant très peu de monde, n'ayant aucun ami à elle ni membre de sa famille dont elle parlait d'ailleurs le moins possible. Xavier avait confié à Tiffany que c'était un sujet sensible chez elle, un sujet douloureux qui, d'après ce qu'il en savait, expliquait qu'elle ait brutalement quitté l'Australie et coupé les ponts avec son passé. Tiffany la regardait aller d'un groupe d'invités à un autre et se dit que finalement, elle avait eu raison de choisir cette robe qui lui allait à ravir. Comme elle l'avait affirmé, tout cela n'était qu'un jeu, une mise en scène sociale. Très réussie jusque-là. La soirée était parfaite. Alors pourquoi se sentait-elle aussi triste ? Doucement triste, presque agréablement. Pourquoi, toujours, se mettait-elle en retrait quand il y avait du monde et de quoi se réjouir ? Elle ne s'était jamais sentie faite pour le bonheur, or ces noces n'étaient-elles pas, ce soir, dans ce jardin qu'elle connaissait si intimement et qu'elle aimait tant, une parfaite illustration du bonheur ? Illustration ou illusion ?

Elle n'était pas la seule à se maintenir en observation plus qu'en participation. Son oncle Alain, bien que souriant, bien que tenant impeccablement son rôle d'hôte, avait un fond de tristesse dans le regard depuis midi. Tiffany était persuadée qu'il pensait à sa fille, à Alexandra qui, si elle avait vécu, aurait à peu près le même âge que Mary. Toute la journée, il avait observé la mariée, et Tiffany savait que c'était Alexandra qu'il voyait à travers elle, cette fille qu'il n'aurait jamais l'occasion de mener à l'autel. Tiffany savait que pour son oncle comme pour elle, plus aucun bonheur ne pouvait aller sans tristesse, sans regrets et amertume. Il avait perdu sa fille, son unique enfant, et sa vie entière serait teintée de ce deuil insurmontable auquel il penserait encore à l'instant de sa propre mort. Tiffany le chercha du regard. Elle croisa Elizabeth qui lui sourit et lui caressa doucement la joue, toujours aussi belle et élégante, plus séduisante à cinquante-quatre ans que la plupart des jeunes femmes présentes. Tiffany l'adorait, elle avait été une seconde mère pour elle. Pourtant, les choses avaient mal débuté, par sa faute, elle qui, en pleine adolescence et en plein deuil, avait mal pris son arrivée dans sa vie. Elle était déjà installée chez son oncle qui, s'étant réfugié dans l'alcool après le drame du Fesq, ne cessait de se disputer avec Marie-Claire, son épouse. La mort de leur fille avait finalement eu raison de leur couple en moins d'une année. Marie-Claire était partie pour toujours. Six mois plus tard, Alain avait présenté Elizabeth à Tiffany, puis l'été suivant, elle s'était installée dans la maison des bords du Lez. Tiffany avait décidé qu'elle ne l'aimerait pas et qu'elle la ferait partir. C'était sans compter avec la patience d'Elizabeth, sa générosité et son amour pour Alain. À Noël, Tiffany avait déposé les armes et pris à bras-le-corps, comme elle en avait tant besoin, tout l'amour qu'Elizabeth, qui n'avait jamais eu d'enfant, était prête à lui donner.

Tiffany aperçut enfin son oncle, de dos, à l'écart, contemplant la surface paisible du fleuve. Elle s'approcha, mais s'immobilisa en découvrant, alors qu'il avait fait un pas de côté, qu'il avait une coupe de champagne à la main. Il n'avait pas touché un verre d'alcool depuis qu'Elizabeth s'était installée sous son toit ; c'était la condition qu'elle avait mise à leur vie commune. Alain s'y était tenu sans jamais faillir.

Il prit conscience de la présence de Tiffany et eut aussitôt l'air coupable, pris en faute. Tiffany s'approcha.

– C'est fête, non ? dit-il pour se justifier.

– Tu n'as pas de comptes à me rendre, tu sais ? lui répondit la jeune femme.

– Juste une coupe, j'en ai besoin.

– Je sais.

Ils se regardèrent et n'eurent pas à recourir aux mots pour se comprendre. Il lui sourit et ils trinquèrent, faisant tinter le cristal de leurs coupes.

– Heureusement que je t'ai, tu sais ?... Tu nous as souvent remerciés, Elizabeth et moi, de t'avoir accueillie comme notre propre fille... Tu te souviens de cette lettre que tu m'avais envoyée quand tu étais au Québec pour ton exposition ?

– Mot pour mot ! J'avais passé une nuit entière à la rédiger ! J'étais loin, je me sentais seule, j'ai eu besoin de t'écrire, de te dire merci, de te dire que tu m'avais sauvée.

– C'est toi qui m'as sauvé, Tiffany. Si tu n'avais pas été là, s'il n'avait pas fallu te prendre en main, te repêcher, je n'aurais pas survécu. C'est toi qui m'as sauvé.

Et il termina sa coupe de champagne avec la coupable satisfaction du fumeur qui s'en grille une petite après des années d'héroïque abstinence.

– Des parents ne devraient jamais avoir à survivre à leurs enfants. Ça ne devrait pas être possible.

Une cloche sonna, le dîner allait commencer.

Il fut parfait, au diapason du reste de la journée. Tiffany était assise près de Xavier, qui, plusieurs fois, lui prit la main et la serra avec émotion. La jeune femme mangea peu, se contenta de goûter aux plats qui défilaient devant elle. Elle refusa le vin mais but beaucoup de champagne, ce qui lui permit de se détendre et même de supporter les avances renouvelées de Dimitri qui semblait avoir de la suite dans les idées. Plusieurs fois, elle surprit son oncle se levant de table sous prétexte de faire quelques pas dans le jardin alors qu'il s'éclipsait, elle le savait, pour boire à l'insu d'Elizabeth. Vin rouge, vin blanc, champagne...

La nuit était tombée, doucement, discrètement. Après le fromage, il y eut un moment de pure grâce qui éleva la fête jusqu'à la frontière du poétique. Tout avait dû être répété en secret. Alain fit tinter son verre avec son couteau pour demander le silence et l'attention de tous. Xavier et Mary se levèrent, le quatuor cessa de jouer. La fenêtre du grand salon de la maison s'ouvrit et soudain, comme sortant de nulle part, se firent entendre au piano les premières notes de la valse n° 9 de Chopin. Tiffany reconnut le toucher d'Elizabeth, et Xavier et Mary se mirent à danser. Une chorégraphie répétée, travaillée, fluide et presque irréelle alors que les notes tombaient une à une sur le jardin et les invités transportés. Les mariés évoluaient sur la pelouse, à la seule lumière des torches, sans un bruit sinon le froissement de la robe de Mary. Quand le piano se tut, ils s'immobilisèrent dans les bras l'un de l'autre. Les invités restèrent quelques secondes silencieux, n'osant rompre la grâce de ce moment unique dont ils avaient été témoins. Puis il y eut un premier applaudissement, un autre, et au moment où tout le monde frappait dans ses mains, les premières fusées d'un feu d'artifice déchirèrent la nuit. Une exclamation de surprise et de joie souleva tous les invités qui se précipitèrent vers le fond du parc pour ne rien manquer du spectacle.

Tiffany resta à table. Son oncle aussi. À la fenêtre du salon, Elizabeth s'appuya à la rambarde, son visage illuminé par les explosions de couleurs qui se succédaient dans le ciel. Tiffany cherchait encore à comprendre ce qui, dans la soudaine beauté de la fête, la rendait profondément triste. Elle comprit alors que c'était le fait de n'avoir pas participé à l'organisation des noces de son meilleur ami, que tout cela soit pour elle la même surprise que pour les autres invités. Xavier avait « comploté » avec Alain et Elizabeth, répété la danse des mariés ; il était finalement plus proche d'eux qu'elle-même, et elle s'en voulait de ne pas avoir été assez présente, toute à son exposition, à ses obsessions habituelles, à elle-même, toujours à elle-même. Elle avait lu quelque part que grandir, devenir adulte, c'était se débarrasser de l'égocentrisme de l'enfance pour enfin s'ouvrir au monde. Tiffany ne se sentait pas ouverte au monde, mais au contraire resserrée sur sa propre personne, sur ses peurs, ses phobies, ses tocs, sa recherche de souvenirs, sa quête de vérité qui la faisait passer à côté de sa vie.

Après le feu d'artifice, le groupe de rock se lança et l'on se mit à danser. Tiffany resta à table, s'étant dégotté une bouteille de champagne pour elle seule. Elle vit son oncle qui buvait également, à l'écart, que rejoignit soudain Elizabeth, furieuse de le découvrir un verre à la main. Tiffany essayait de déchiffrer ce qu'elle disait sur ses lèvres quand elle sentit qu'on la prenait par la main. C'était Mary.

– Viens danser, lui dit-elle.

– Je ne danse pas, non.

– Tu ne peux pas me le refuser.

Tiffany se laissa entraîner malgré elle. Le groupe se mit à jouer un air suave, entre jazz et slow, un morceau que la photographe avait déjà entendu mais sur lequel elle ne parvint pas à mettre un titre.

– Tu ne peux pas me le refuser, répéta Mary en la regardant dans les yeux alors qu'elles avaient rejoint les autres danseurs.

Danser était au-dessus des forces de Tiffany qui se savait incapable de s'oublier suffisamment pour s'abandonner à la musique. Crispée, elle resta droite et immobile alors que Mary commençait à tourner autour d'elle, la caressant d'une main, la prenant par la taille, dansant pour elle plus qu'avec elle. Les invités s'arrêtèrent pour les regarder, Xavier aussi. Mary se fit sensuelle, féline, bientôt les autres firent cercle autour d'elles et se mirent à taper dans leurs mains en rythme. Pour tous, c'était un jeu. Pour tous à l'exception de Tiffany et de Mary. Était-ce une manière de vengeance ? Mary voulant signifier le jour de son mariage qu'il ne fallait pas jouer avec le feu, pas jouer avec elle ? Tiffany ne bougeait pas mais était bouleversée. Mary se colla à elle, emprisonna sa taille avec l'une de ses jambes, et alors que la musique touchait à sa fin, la renversa en arrière et lui planta un impétueux baiser sur la bouche. Les autres sifflaient, criaient, riaient, applaudissaient. Les yeux de Xavier brillaient de plaisir et d'excitation. Tiffany, bien que n'ayant pas fait un geste, était à bout de souffle. Mary la soutint quand elle sentit que ses jambes étaient sur le point de la lâcher.

De retour à table alors qu'on apportait la pièce montée sous les applaudissements, Tiffany but cul sec une nouvelle coupe. Puis elle vit Alain et Elizabeth qui se disputaient dans la grande maison. Alain était saoul, tout dans ses gestes le montrait. Elizabeth était hors d'elle. Tiffany se leva et s'approcha. Une porte-fenêtre s'était entrouverte, elle entendit des bribes de phrases, la voix d'Elizabeth : « Tu m'avais juré… À quoi tu joues ?… Non, ce n'est pas une excuse. Non, Alain… » Puis la voix de son oncle : « Tu m'emmerdes, Liza ! » Elizabeth pleurait. Tiffany ne comprenait pas pourquoi quelques coupes de champagne et verres de vin la mettaient dans un état pareil. Alain avait bu, il était gris, mais tout serait oublié le lendemain. Pourquoi ce drame ? Et soudain, elle vit son oncle gifler Elizabeth qui en resta stupéfaite, figée devant lui. Alain semblait aussi surpris qu'elle par son geste. Il vacilla sur ses jambes. Elizabeth s'enfuit brusquement, Alain tendit la main pour la retenir mais elle gravissait déjà les marches qui menaient à l'étage. Tiffany vit ensuite les doubles-rideaux de sa chambre se fermer.

Dans le salon, Alain était resté debout, le visage caché entre ses mains. Jamais Tiffany n'avait vu son oncle ne serait-ce qu'élever la voix contre Elizabeth, encore moins la main. Pourtant, quelque chose dans la scène à laquelle elle venait d'assister alluma une lueur confuse dans sa mémoire. Elle n'eut pas le temps de savoir laquelle. Dimitri l'avait rejointe.

– Les mariés se sont éclipsés…

– Déjà ?

– Ils ont mieux à faire que de terminer la pièce montée, tu ne crois pas ?

Dimitri avait bu, lui aussi. Ses yeux brillaient, Tiffany sut immédiatement qu'il avait envie d'elle. Elle pensa à Xavier et Mary, à la nuit de noces, le bouquet final, l'apogée du jeu. Elle pensa aux dessous blancs de Mary, à la danse qu'elle lui avait offerte avant de s'offrir tout entière à son meilleur ami. Soudain, elle trouva obscène ce grand jeu du mariage. Elle était en colère contre elle-même, contre ce qu'elle avait ressenti quand Mary l'avait embrassée. Elle aurait voulu aller plus loin, prolonger le baiser, caresser Mary, glisser ses mains sous sa robe de mariée, lui mordre le cou. Elle était en colère contre son oncle qui venait de frapper Elizabeth, contre Dimitri et sa grossière approche. Dimitri qu'elle trouvait méprisable et à qui elle décida de s'offrir cette nuit, manière d'exorciser le désir qu'elle éprouvait pour Mary.

17

LA SUITE était plongée dans la pénombre et sentait le lys dont un énorme bouquet trônait sur la table basse du salon. La lumière venait de la chambre dont la porte était ouverte. Xavier fut soulagé que l'hôtel ait respecté ses consignes : les fleurs blanches, la lumière tamisée dans la chambre, le seau à champagne garni… Il regarda Mary et lui sourit. Il se fit la réflexion que de toute sa vie, il n'oublierait jamais ce moment. Elle fit quelques pas et marqua un temps d'arrêt sur le seuil de la chambre, en voyant le lit à baldaquin, les pétales de roses écarlates sur les draps de soie blanche.

– Tu as bien fait les choses, mon époux.

– Embrasse-moi, lui dit-il en la rejoignant.

– Doucement, doucement. La précipitation est l'ennemi du plaisir.

Elle s'avança, il marcha jusqu'au lit sur le bord duquel il s'assit.

– Viens, lui dit-il en tendant un bras vers elle.

La jeune femme se tourna pour qu'il défasse la fermeture Éclair de sa robe. Elle sentit que ses mains tremblaient mais finit par entendre le léger bruit du zip. Xavier baisa son dos et elle sentit une vague de désir le secouer.

– Doucement…, murmura-t-elle en s'écartant alors qu'il s'apprêtait à l'enlacer.

Xavier déglutit. Tiffany se recula de deux pas, lui fit face et laissa tomber sa robe à ses pieds. Xavier ferma un instant les yeux et les rouvrit aussitôt, comme s'il avait voulu vérifier que Mary, son épouse, se tenait bien devant lui, si désirable dans ses dessous blancs. Mary qui allait devenir sa femme dans les minutes qui venaient. Xavier n'était plus que désir ; il n'entendait plus que la pulsation de son sang, sa respiration tremblante. Mary s'approcha du lit sur lequel il était assis. Elle s'agenouilla et commença à délacer ses chaussures vernies. Ses gestes étaient lents, pesés et subtils. L'hôtel était parfaitement silencieux et chaque son trouvait sa place dans la chambre, les lacets glissant dans les œillets des chaussures de Xavier, le cuir des souliers frottant contre ses chaussettes quand elle les lui ôta, celui, ténu, des bras de Mary contre la soie de ses sous-vêtements. Très lentement ensuite, elle fit glisser chacune des chaussettes de Xavier qui la regardait faire et émit un petit gémissement quand elle prit un pied entre ses mains. Elle le caressa un moment, l'effleura, puis le serra fort et le plaqua contre la chaleur de ses seins gonflés par le bustier en dentelles. Elle leva les yeux vers les siens puis se redressa légèrement pour s'attaquer à sa ceinture qu'elle fit glisser avant de défaire un à un les boutons de son pantalon qu'elle tira brusquement vers le bas, ce qui fit sursauter Xavier. Vint ensuite le tour de la chemise, la tension montant d'un cran bouton après bouton. N'y tenant plus, Xavier tendit la main pour se saisir de Mary et l'attirer à lui mais elle le mordit si fort qu'il eut vraiment mal.

– Doucement, lui répéta-t-elle, cette fois comme un ordre.

Elle dégagea ses épaules et jeta la chemise au loin. Xavier était toujours assis au bord du lit, Mary à genoux devant lui. Il bandait comme jamais il n'avait bandé. Il commençait à redouter de jouir avant même qu'elle ne l'eût touché. Elle lui ôta son caleçon, lentement, faisant descendre progressivement l'élastique le long de sa verge, qui, libérée d'un coup, alla cogner contre son bas-ventre. Pour la première fois, Xavier était nu devant elle. Il comprenait désormais ce qu'elle avait voulu dire en parlant de la magie de la nuit de noces. Même si l'abstinence qu'elle lui avait imposée jusqu'à ce jour lui avait beaucoup coûté, il se sentait récompensé et se disait que peu d'hommes, sans doute, avaient ressenti un désir aussi fort que celui qui l'embrasait à l'instant. Il brûlait de prendre Mary dans ses bras, de plonger son nez dans sa peau, de la mordre, de prendre ses fesses dans ses mains, de s'enivrer du parfum de son sexe avant d'y planter le sien. Avec un tremblement, il se dit que rien ne saurait jamais apaiser ce feu, qu'il n'aurait pas assez de toute sa vie pour aimer Mary. Il se leva, sexe secoué de spasmes devant le visage de Mary. Xavier se dit alors que si elle le prenait dans sa bouche, comme il en mourait d'envie, il ne pourrait se retenir d'exploser à l'instant. Mais Mary s'en fit rien. Elle se leva à son tour, lentement, puis poussa Xavier en arrière sur le lit.

– Viens, lui dit-il d'une voix sourde.

– Doucement, répondit-elle.

Puis elle commença à détacher l'attache du bas de sa jambe droite.

– Non, garde-les ! supplia Xavier.

Elle mit un doigt devant sa bouche.

– Chuuuut…

Il se tut, se recula sur le lit, cala sa nuque contre un oreiller, résigné à laisser son épouse poursuivre à son rythme savoureux et cruel. Elle ôta avec grâce ses bas de soie. Elle s'approcha ensuite, mit un genou sur le lit. Xavier se redressa pour l'attirer à lui mais elle le repoussa avec vigueur.

– Sage, lui intima-t-elle.

Xavier se rallongea. Elle se saisit alors de sa main droite et, en quelques mouvements précis, noua son poignet au montant du lit avec l'un de ses bas.

– Mais !

– Chuuuut…

Elle fit ensuite le tour du lit, marchant insupportablement lentement, sans un bruit, ses dessous parfaitement ajustés à son corps mince et plein, ses jarretelles pendant jusqu'à mi-cuisses par-dessus sa culotte de dentelles. Elle ne quitta pas son époux des yeux puis attacha sa main gauche à l'autre montant, serrant fort le bas de soie pour être sûr qu'il ne puisse se libérer.

Le cœur de Xavier cognait à se rompre. Il sentait son pouls dans ses tempes et dans son sexe douloureux de désir. Mary vint se placer en bout de lit, debout devant lui qui, nu, sur le dos, n'était plus que sa chose. Xavier ferma les yeux et s'abandonna à son bonheur.

Dimitri bandait mou, il avait eu du mal à la pénétrer. Maintenant, tout en remuant par saccades entre ses jambes, il voulait l'embrasser. Tiffany se détourna, il sentait la sueur, l'alcool, un baiser était au-dessus de ses forces. Il ne mit pas deux minutes à éjaculer en râlant et s'endormit aussitôt, pesant de tout son poids sur Tiffany qui le repoussa aussitôt sur le côté. Elle sortit du lit, chercha ses vêtements au sol et se rhabilla nerveusement, sentant la colère lui revenir. Dimitri dormait, la bouche à demi ouverte. La jeune femme eut envie de le frapper. Elle pêcha son appareil numérique dans son étroit sac à main et le prit en photo. Puis elle sortit de l'appartement et se retrouva dans la nuit tiède, exaspérée, furieuse, se jugeant lamentable dans sa tenue de soirée moulante, avec ses chaussures neuves qui lui faisaient mal et son sac verni. Qu'avait-elle voulu se prouver en suivant Dimitri ? Qu'elle aimait les hommes ? Elle ne les avait jamais autant haïs qu'en cet instant précis.

Le ciel était limpide, la nuit fraîche, rappelant que le printemps était encore très jeune. Devant elle, se dressaient les silhouettes sombres des arbres du Jardin des Plantes. Elle frissonna. Il était 2 h 45 du matin. Elle pensa à Xavier et Mary, puis à Alain et Elizabeth. Elle en voulait à son oncle d'avoir frappé Elizabeth. C'était si facile, pour un homme, de frapper une femme. Un souvenir lointain lui revint en mémoire, celui de sa tante Marie-Claire débarquant en pleine nuit à la maison du Fesq. Elle n'était qu'une enfant, à l'époque, de peut-être six ou sept ans. Mais le bruit l'avait réveillée, et elle était sortie de sa chambre pour découvrir que sa tante était là, seule, sans l'oncle Alain, parlant à Marc et Isabelle, agitée de sanglots. Son discours avait semblé incohérent à Tiffany, mais tragique. C'était une histoire d'adultes, qu'elle était trop petite pour comprendre. Mais elle avait en revanche compris la détresse de sa tante, sa colère aussi. Marie-Claire était à la table du petit déjeuner le lendemain, des lunettes noires sur le nez. Il y avait eu le bruit d'une voiture sur le gravier. Marc était sorti. Tiffany avait entendu des éclats de voix et reconnu celle de son oncle qui se disputait avec son père. Sa mère avait renvoyé Tiffany dans sa chambre. La petite avait râlé pour la forme, Isabelle avait haussé le ton. Mais Tiffany était restée en haut du palier et avait entendu sa mère demander à Marie-Claire pourquoi elle ne le quittait pas.

Tiffany avait mis plus de vingt ans à comprendre cette scène, et voilà qu'elle prenait conscience de l'avoir toujours su : son oncle Alain, quand elle était enfant, buvait et frappait parfois sa femme. Soudain, certains mots prononcés par sa cousine Alexandra à propos de son père prenaient tout leur sens. Des mots qu'elle trouvait injustes, à l'époque, qu'elle ne comprenait pas. L'oncle Alain était doux avec elle, affectueux, la couvrant de cadeaux. Alexandra, bien sûr, connaissait l'autre personnalité de son père, celle qui lui faisait lever la main sur sa femme quand il avait bu. Alexandra avait dû assister à des disputes, voir tomber les coups. Tout s'expliquait maintenant, comme le pacte qu'Elizabeth avait fait passer à Alain, la condition à leur vie commune, le renoncement total à l'alcool. La scène à laquelle Tiffany avait assisté tout à l'heure prenait un éclairage nouveau, tout comme la colère d'Elizabeth qui lui avait semblé disproportionnée, tout comme la gifle qui avait échappé à Alain. Elle avait toujours su, sans en avoir conscience ; c'était l'un de ces secrets de famille que l'on tait aux enfants mais dont le ressac finit toujours par les atteindre.

Tiffany regretta de ne pas avoir frappé Dimitri quand elle en avait eu envie, quelques minutes plus tôt, et qu'il s'était endormi après l'avoir si mal baisée. Elle aurait pu lui écraser le crâne avec la lourde figurine de Darth Vader qu'elle avait vue sur le montant de la fenêtre. Elle aurait dû lui faire payer pour les autres, pour tous les hommes qui frappaient les femmes faute de savoir les faire jouir.

Alain Roche, honteux, mortifié, était ressorti dans le jardin et s'était remis à boire. Le gros des invités était parti, certains venaient le remercier avant de prendre congé. Il serrait leurs mains, il embrassait les femmes mais il était ailleurs, loin dans le passé, avant même le drame qui avait coupé sa vie en deux, qui avait fait de lui un nouvel homme, profondément malheureux, mais sobre et se tenant droit. Finalement, la mort d'Alexandra et de son frère n'avait-elle pas été sa chance ? Sa malédiction et sa chance ?

Les parents de Xavier avaient également pris congé, devant encore faire la route jusqu'à Marseille. Ils avaient remercié chaleureusement Alain pour son accueil, pour avoir prêté ce lieu magique qu'est la maison du bord du Lez et son jardin pour le plus beau jour de la vie de leur garçon. Alain avait répondu que Xavier était comme un fils, pour lui, et le couple avait regretté de ne pouvoir embrasser Elizabeth. Alain avait répliqué qu'elle était fatiguée, qu'elle avait voulu s'allonger quelques minutes mais s'était endormie pour de bon.

Le leader du groupe de rock vint également le saluer. Ils avaient rempli leur contrat. Les musiciens classiques étaient déjà partis depuis longtemps. Alain, soudain, voulut parler à Elizabeth, lui présenter ses excuses, se jeter à ses pieds, lui expliquer ce qui, toute la journée, s'était passé en lui et l'avait tant bouleversé. Il ne recommencerait plus, il ne boirait plus jamais, il le savait. Cette noce avait été au-dessus de ses forces, toute cette joie, et cette mariée en qui il n'avait cessé de voir sa fille défunte jusqu'à en perdre la tête.

Il se leva, difficilement, ses jambes le soutenaient mal. Il entra dans la maison, gravit l'escalier en s'agrippant à la rampe, arriva essoufflé à l'étage, devant la chambre d'Elizabeth, sa chambre également, mais qui était verrouillée de l'intérieur. Il frappa doucement. Il appela. Il pleura. Sans un mot, Elizabeth refusa de lui ouvrir. Il resta un long moment assis dans le couloir, dos au mur.

Quand il ressortit, le jardin était désert. Tout le monde était parti, la fête terminée. Le traiteur avait remballé la vaisselle et les nappes. Lundi, le loueur viendrait récupérer les chaises, les tables, le vélum. Sans doute les lampions resteraient-ils longtemps dans les arbres, à la manière des morceaux de tulle fixés aux antennes des voitures les jours de noces et qu'on y oublie jusqu'à ce qu'ils deviennent gris de crasse. Sans doute trouveraient-ils encore des verres égarés dans le jardin durant des semaines.

Alain se rendit dans la cuisine. Une demi-douzaine de bouteilles de champagne trempaient encore dans un bac en plastique rempli de glace fondue. Il en attrapa une et ressortit. Il prit conscience de la fraîcheur de l'air car elle lui fit du bien. Il avait oublié de prendre un verre. Tant pis, il boirait au goulot. Le mal était fait, il avait bu, il était saoul, plus ou moins, quelle importance, maintenant qu'Elizabeth lui refusait sa chambre ? Il eut du mal à déboucher la bouteille dont le liège sauta finalement dans une gerbe de mousse. Alain but une rasade. Une autre. Il cherchait l'oubli, il voulait tomber le plus rapidement possible dans un sommeil sans rêve. Il prit la direction de son pavillon d'hiver, son refuge, tout au fond du jardin, au bord du Lez. Il longea un vieux buis devenu aussi grand qu'un arbre et dont il aimait l'odeur. Puis un if dans lequel Alexandra avait passé ses journées, enfant, au point que son tronc roux en était poli par endroits. Alain avait adoré sa maison, son jardin, jusqu'au jour où chacun de leurs moindres recoins lui avait rappelé sa fille disparue. Il quitta l'allée de graviers et coupa à travers un bosquet de résineux au pied desquels rien ne poussait et où les pas sonnaient creux. Alain s'immobilisa. Une branche avait craqué.

Il se retourna, mais il était seul. À moins qu'un invité saoul se soit endormi quelque part sur la pelouse ? Il se remit en marche, mais avec la sensation d'être observé. Il frissonna. Parvenu près du chalet, il inspecta les alentours. Personne en vue. Mais par cette nuit sans lune, le jardin n'était plus qu'une foule d'ombres. Alain haussa les épaules : ivre comme il l'était, il ne pouvait se fier à ses sensations, et surtout pas à la peur qui était en train de le gagner.

Il leva la bouteille et but une longue gorgée dont la moitié coula sur sa chemise. Puis il se dirigea vers la fenêtre du chalet sur le rebord de laquelle il avait dissimulé la clé pour être sûr qu'aucun invité ne vienne abîmer ses livres et ses bonsaïs. Il la trouva, mais faillit la laisser tomber. Dans le geste brusque qu'il fit pour la rattraper, il lâcha la bouteille de champagne dont le contenu se vida dans la terre battue qui couvrait le sol. Alain jura, puis se dit que c'était mieux ainsi car il sentait que la nausée n'était pas loin. Il retourna près de la porte qu'il eut du mal à ouvrir mais finit par entrer dans son pavillon d'hiver. Il en aimait le parfum de bois et de poussières derrière lequel flottait également un relent d'humidité. Il alluma sa lampe de lecture et la vue des milliers de volumes alignés sur les étagères le réconforta. La littérature avait été d'un tel soutien ces dix dernières années. La littérature, le jardinage, l'amour d'Elizabeth et la survie de Tiffany. Alain sentit sa tête tourner. Il voulut s'appuyer au guéridon le plus proche mais le renversa. Il tomba lourdement au sol, la lampe avec lui. Il jura de nouveau, voulut se relever mais en fut incapable. Secoué de nausées, il parvint à se mettre à genoux et se traîna jusqu'à son vieux canapé en cuir rouge dont un plaid écossais couvrait les parties les plus usées. Il s'y hissa comme il put, s'allongea sur le dos et ferma les yeux en espérant que le plafond s'arrêterait de tourner. Il avait froid mais se savait incapable de se relever pour aller brancher le vieux calorifère électrique.

Le sommeil s'abattit sur lui en une poignée de secondes.

Quand il se réveilla, il faisait nuit noire. Il n'avait aucune idée de l'heure ni s'il avait dormi longtemps ou seulement quelques minutes. Il ne se sentait pas du tout reposé et avait toujours la nausée. Il se demanda ce qui l'avait tiré du sommeil, et comprit bientôt que c'était cet air chaud qui caressait son bras. Il se tourna sur le côté et vit les résistances rougies du vieil appareil de chauffage. Il ne se souvenait pas l'avoir branché. Quelque part, loin dans son esprit douloureux, demeurait l'impression d'avoir voulu le faire mais d'y avoir renoncé. C'est alors que, dans la pénombre, il perçut la silhouette qui lui faisait face.

Il se raidit, comme paralysé, puis se passa la main sur le visage et vomit. Il avait mal, il avait peur. L'autre le regardait, immobile. Alain se mit à paniquer. Il voulut se lever mais tomba du canapé, entraînant le plaid avec lui. Il tenta de se redresser mais glissa dans son vomi. Tout tournait autour de lui, la nausée revenait. Un haut-le-cœur le secoua, ses yeux se baignèrent de larmes. Puis, il vit la silhouette se mouvoir, faire trois pas vers le calorifère et le renverser d'un coup de pied. L'engin en forme de soucoupe, qui ressemblait plus à un radar qu'à un chauffage, tomba sur le côté, ses résistances incandescentes touchèrent les franges du plaid en laine qui se mirent aussitôt à crépiter.

Le feu jaillit d'un coup. L'incendiaire émit un gémissement de plaisir. Depuis le temps qu'ils ne s'étaient pas vus, tous les deux. Le plaid, en un instant, ne fut plus que flammes. Alain tenta de se reculer mais le feu s'agrippa au bas de son pantalon, bien décidé à ne pas laisser échapper sa proie ; on aurait dit qu'il le tirait, l'amenait à lui.

Alain voulut hurler mais sa voix se noya dans une nouvelle gerbe de vomi. Il se laissa abattre, face contre sol. La douleur de ses jambes explosa, bien au-delà du supportable cependant que le chagrin et la détresse lui broyaient le cœur.

L'assassin regardait les flammes s'étendre au reste de son corps en jubilant. Alain pleurait, et hurlait encore quand son cœur lâcha enfin. Le feu sauta sur les rideaux, se hissa au plafond. Bientôt, les livres furent attaqués, des flammes se faufilèrent entre les volumes. L'incendie rugissait, les bonsaïs se tordaient, les murs étaient dévorés de flammes et des volutes fuligineuses s'enroulaient autour de la charpente.

L'incendiaire sortit à regret du chalet, recula pour mieux admirer la beauté sauvage du feu qui se reflétait en nappes rousses à la surface du Lez.

Descendu sur la berge du fleuve, exultant, la poitrine gonflée de jouissance, l'assassin exécuta sa danse étrange, piétinements sur place, d'un pied sur l'autre, en psalmodiant une sorte de plainte répétitive, puis se fondit dans la nuit.

VI

CONFESSION

18

LE LIEUTENANT de police Kevin Bianchi regardait le ballet des techniciens dans le jardin dont la quiétude semblait avoir été violée par les événements de la nuit. Derrière les grands arbres, l'aura des projecteurs braqués sur les restes du chalet calciné commençait à se dissoudre dans l'aube naissante. Le jeune policier aurait eu besoin d'un café. Mais la maîtresse des lieux qui se trouvait avec lui dans le salon de sa grande et belle demeure de l'Aiguelongue n'était pas en état de lui en préparer. D'après ce que le lieutenant était parvenu à comprendre de son fiévreux récit, elle avait pris une forte dose de somnifères avant de se coucher, ce qui expliquait, ajouté au choc de l'annonce brutale de la mort de son époux quelques minutes plus tôt, qu'elle peinât à s'exprimer et à rester debout. Elle avait pleuré, hoqueté, répondu entre deux sanglots aux questions du policier, et assuré n'avoir rien entendu, rien vu, assommée par les cachets qu'elle avait avalés après s'être disputée avec son mari qui avait trop bu. La dispute expliquait qu'il ait passé la nuit dans le chalet du fond du jardin où il avait trouvé la mort. Elle avait aussi parlé d'une noce, de quatre-vingts invités, ce qui justifiait la présence d'un vélum géant, de lampions et de torches un peu partout dans le jardin. Mais sans cesse, elle avait répété que s'ils ne s'étaient pas disputés, son mari serait toujours en vie. Les somnifères l'anesthésiaient encore, mais pas suffisamment pour juguler la culpabilité qui la torturait déjà. Ses derniers mots avant de craquer avaient été pour expliquer que le vieux calorifère ne servait que quelques jours par an, au printemps et à l'automne, quand la chaudière du chalet était éteinte. Puis elle s'était tue soudain, pétrifiée. Et le jeune policier avait compris que jusque-là, elle n'avait parlé que sous l'effet conjugué de la panique et du sommeil. L'étendue du drame dans toute sa cruauté venait de la frapper à l'instant, et elle en avait vacillé, éperdue tout d'abord, durant quelques secondes, puis elle avait poussé un cri terrible et avait voulu se précipiter dans le jardin. Le lieutenant l'avait retenue, ses jambes la tenaient à peine. Elle s'était laissée aller dans ses bras, secouée de sanglots déchirants. Par moments, des soubresauts nerveux la parcouraient et elle chancelait. Kevin Bianchi avait eu peur qu'elle ne perde connaissance.

Après l'avoir aidée à s'allonger sur le canapé, le lieutenant s'était écarté pour la laisser se reposer. Par la fenêtre, il contemplait le jardin et réfléchissait en essayant de réunir les pièces du puzzle. Un mariage, le mari et la femme qui se disputent, elle qui se bourre de cachets pour dormir et s'enferme dans sa chambre. Les invités qui partent. L'homme qui, resté seul, décide de dormir dans le chalet du fond du jardin. C'est le cœur de la nuit et, au mois de mai, il fait encore frais : il allume le calorifère. L'alerte n'est donnée que très tardivement et le chalet est déjà presque entièrement consumé quand les pompiers arrivent sur place et réveillent avec difficulté la maîtresse de maison. Le jardin est grand, presque un parc, le quartier résidentiel est paisible, les voisins séparés par de hauts murs et une végétation luxuriante. On vit tranquille dans ces demeures du bord du Lez, on y meurt sans déranger personne.

Les techniciens, pour leur part, étaient ravis : les pompiers n'avaient pas eu besoin de noyer le chalet et, constatant qu'il n'y avait rien à sauver et aucun risque de propagation du sinistre, ils avaient eu le bon réflexe de préserver la zone au maximum, de geler les lieux dès qu'ils avaient découvert la présence d'un cadavre dans les décombres.

Le lieutenant quitta le jardin du regard. La femme pleurait sur le canapé. En enfer, se disait-il au moment où son téléphone mobile vibra. C'était le commissaire.

– Alors, ça donne quoi, Kevin ? demanda Guillaume Le Guen.

Le lieutenant s'éloigna pour ne pas être entendu par la veuve.

– Un type a brûlé dans une espèce de cabane de jardin, enfin plus qu'une cabane, un chalet, c'est rupin, ici.

– Qu'est-ce qu'il foutait là-dedans en pleine nuit ?

– Il y a eu un mariage dans la maison, plein d'invités. Le type a picolé pas mal, d'après ce que j'ai compris, il s'est engueulé avec sa femme qui lui a claqué la porte de leur chambre au nez. Du coup, il a voulu passer la nuit dans le chalet, c'était son repaire, apparemment, il y mettait ses bouquins, des trucs à lui… D'après les techniciens, c'est du gâteau : le feu est parti d'un vieux chauffage, un calorifère, un truc antédiluvien, complètement hors normes. Soit le type dormait, soit il était trop bourré pour prendre la fuite.

– Un accident, donc.

– Pour les techniciens, sans aucun doute : c'est plié.

– OK.

– Je suis avec la veuve.

– Ah ! Pas trop dur ?

– Si. C'est…

– Le métier qui rentre. Comment s'appelle la victime ?

– Roche. Alain Roche.

Un silence pesa à l'autre bout du fil.

– Tu as bien dit Roche ? répéta le commissaire Le Guen.

– Oui, pourquoi ? Vous connaissez ?

– Non, je… Tu peux demander un truc à la veuve ?

– Je ne sais pas, elle n'est pas trop en état…

– Essaye.

– Je lui demande quoi ?

– Si elle connaît une photographe. Si elle a une photographe dans sa famille.

– Une photographe ?

– Vas-y, demande !

Kevin Bianchi s'approcha sans faire de bruit du canapé. La femme avait les yeux fermés, le jeune policier la trouva belle.

– Madame ?

Elle ne réagit pas.

– Madame ? répéta le policier, un peu plus fort.

Puis il lui toucha le bras. Elizabeth ouvrit les yeux.

– J'ai encore une question… Je suis désolé…

Elle ne dit rien, continua de le regarder sans vraiment le voir. Le lieutenant se sentit bête mais lui demanda tout de même si elle avait une photographe dans sa famille. Elizabeth était trop bouleversée pour s'étonner de cette question ; la marche du monde, en quelques minutes, lui était devenue étrangère.

– Tiffany, murmura-t-elle.

– Tiffany ?

– Ma nièce par alliance, Tiffany Roche.

Le lieutenant esquissa un sourire, se voulant aimable mais redoutant d'être déplacé, puis il la remercia. Il retourna près de la fenêtre et transmit la réponse à son supérieur qui, debout devant la fenêtre de sa cuisine, les yeux perdus sur l'architecture à la fois futuriste et kitch du quartier Antigone, fronça les sourcils et sentit son pouls s'accélérer.

Le soir tombait. Elizabeth Roche pensa que c'était donc ainsi que cela se passait. Les minutes qui continuent de s'écouler, le soleil qui monte et qui descend dans le ciel, les ombres qui s'étirent, une première nuit qui arrive. Puis une autre. Le temps qui continue malgré tout. Un jour après la mort d'Alain, et elle toujours en vie. Bientôt, il serait mort depuis une semaine, depuis un mois. Un an ? Il lui semblait impensable que ce soit aussi simple, aussi insupportablement simple et qu'elle ne puisse rien faire contre. Depuis le départ de la police et des pompiers, depuis qu'Alain avait été retiré des décombres, qu'il avait franchi les grilles du jardin dans une housse en plastique, elle n'avait cessé de ressasser les derniers mots échangés avec lui. Et elle savait qu'elle le ferait le restant de sa vie. De sa vie. *Ma vie.* C'était ainsi que l'appelait parfois Alain. Tu es ma vie, disait-il, et aussi amoureuse de lui qu'il l'était d'elle, elle saisissait pleinement la signification de cette déclaration. Ma vie, mon cœur, mon amour, ma chérie... Des mots ridicules et exaspérants pour ceux qui n'aimaient pas. Trop faibles pour les amoureux. Trop faibles pour Elizabeth et Alain lorsqu'ils s'étaient rencontrés. Elle se souvenait de ce qui l'avait frappée la première fois chez lui : la solennité de son regard. Il l'avait longuement regardée, très sérieusement. Plus tard, il avait expliqué qu'elle avait été une révélation pour lui, après la mort de sa fille, de son frère, de sa belle-sœur, après le départ de sa femme, aussi. La révélation que, comme sur le flanc des volcans, dans les champs de lave séchée, la vie revenait toujours, souvent plus forte, même, comme fertilisée par le malheur. Et Alain, en tombant amoureux d'Elizabeth, mieux armé pour l'amour après les drames qu'il avait traversés, avait compris ce qu'était vraiment *aimer*. Le malheur avait ouvert en lui des champs sensitifs nouveaux à explorer. Il avait préparé le lit de l'amour qu'il allait éprouver pour Elizabeth. Elle n'oublierait jamais la première nuit où ils s'étaient aimés, où il avait fondu en larmes après avoir joui en elle. Un chagrin immense, comme seuls savent en avoir les enfants. Il lui avait ensuite tout raconté, l'incendie, sa fille, son frère, les corps qu'il avait dû reconnaître, l'alcool, la fin de son couple. Elle lui avait fait l'amour tendrement après qu'il eut fini son histoire, et quand l'aube était venue, ils avaient su tous deux qu'ils ne se quitteraient jamais plus. Que seule la mort pourrait les séparer.

Elizabeth avait si mal, ce soir, qu'elle maudissait la vie pour lui avoir donné Alain à aimer. Elle se souvint alors d'un petit garçon qu'elle avait connu quand elle était encore institutrice. À l'époque, elle avait une classe de CE1. Le garçon devait avoir sept ans. Un petit blond, très malin, charmant premier de classe modeste et discret. Ses parents lui avaient offert un chiot qu'un jour, avec sa permission, il avait apporté en classe pour le montrer à ses camarades. Elizabeth lui avait demandé s'il était heureux, s'il aimait son petit chien. Le petit garçon lui avait répondu que oui, qu'il l'aimait plus que tout au monde, mais qu'il avait peur d'être très triste le jour où il mourrait. Elizabeth, frappée par cette réponse, lui avait répondu que ce serait dans très longtemps. Le garçon avait alors calculé qu'il aurait sans doute entre dix-huit et vingt-trois ans quand son chien serait en âge de mourir, et il avait demandé à Elizabeth si c'était assez grand pour supporter la disparition de ceux qu'on aime. Elle avait répondu oui et l'enfant s'était contenté de cette affirmation. Il était si facile, et parfois nécessaire, de mentir aux enfants. Elle se demanda alors à quel moment elle serait assez grande pour supporter la douleur qui torturait son corps et son esprit depuis le matin, l'idée qu'il ne serait plus jamais là, qu'il avait brûlé vif et qu'il était parti sur les mots de leur ultime dispute.

Tiffany, Xavier et Mary étaient venus. Silencieux dans le grand salon où trônait, incongru, le piano à queue sur lequel, la veille, Elizabeth avait interprété la valse de Chopin. Xavier pensait à ses noces, puis à sa nuit de noces. Il pensait au chagrin d'Elizabeth, à Tiffany qui restait immobile à quelques pas de lui, assise dans un fauteuil, le regard fixe. Xavier se demanda s'il ressentait lui-même du chagrin. Bien sûr, il avait eu de l'affection pour Alain qu'il connaissait depuis son plus jeune âge. Mais le chagrin, finalement, n'était-il pas souvent une forme égoïste de regret ? Le regret de la vie d'avant, quand tout allait bien ? Xavier repensa au moment où il avait appris le décès d'Alain. Il avait peu dormi mais s'était réveillé à 10 heures du matin, bouleversé par les heures qui venaient de s'écouler. Mary était déjà levée, on venait d'apporter le petit déjeuner. Il avait allumé son portable, se demandant si ce geste était déplacé ou non dans la chambre de ses noces. Il avait un message. C'était Tiffany qui lui apprenait la nouvelle. Quelle avait été sa première pensée ? Du chagrin ? De la compassion pour Tiffany ou pour Elizabeth ? Non. Il s'était dit : pas aujourd'hui. Pas maintenant, alors que je viens de me marier, alors que je suis censé être le plus heureux des hommes. Et n'était-ce pas encore, au fond, ce qu'il se disait, ce soir, dans le salon silencieux des Roche ? N'était-il pas en train de se dire qu'un jeune marié et son épouse n'avaient rien à faire dans la maison d'un mort ?

Xavier regarda Mary, assise près de Tiffany, lui tenant la main. Mary dont il avait découvert, cette nuit, un nouveau pan de la personnalité. Mary qu'à l'instant, malgré les circonstances, il désirait fiévreusement, violemment, presque rageusement. Puis il regarda Tiffany. C'était trop. L'incendie de la maison du Fesq, celui-ci maintenant. Son père, sa mère, sa cousine, son oncle aujourd'hui. Et Baptiste Legendre. C'était trop. Trop pour qui ? Pour elle ou pour lui ? Pour l'ami qu'il était, qui l'avait toujours soutenue même dans les moments les plus tumultueux de sa vie ? Était-ce une malédiction qui planait sur la jeune femme ? Était-ce finalement autre chose ?

Comme si elle avait senti le poids de son regard, Tiffany leva les yeux. Il eut la sensation qu'elle lisait parfaitement en lui. Le bleu de ses iris, ce soir, avait la teinte d'un glacier.

Tiffany sut à l'instant à quoi pensait Xavier. Il se demandait, comme un flic, ce qu'elle faisait à l'heure où Alain brûlait. C'était le feu de trop, même pour Xavier, son ami et soutien de toujours. Et cette question était celle que la jeune femme se répétait depuis des heures, qui occupait chaque parcelle de son être, au point qu'il ne restait plus de place pour le chagrin. Elle n'avait pas pleuré, elle n'avait pas eu de pensées pour la souffrance de son oncle ni pour celle d'Elizabeth, elle n'avait pensé qu'à elle, et cherché à se souvenir de l'emploi du temps de sa nuit. Mais la dernière image qui lui revenait en mémoire était celle qu'elle avait capturée avec son appareil numérique : Dimitri, bouche ouverte, en train de ronfler. Rien ensuite, jusqu'au moment où Elizabeth l'avait appelée et, en larmes, lui avait annoncé la mort d'Alain. Elle n'avait pas réagi au téléphone. Ni surprise, ni effarement, ni chagrin… Rien. Comme si la mort de son oncle était logique, après tout. Une suite logique à cette non-vie qui était la sienne depuis ses quatorze ans. Elle avait perdu tous ceux qu'elle aimait, sa mémoire n'était plus que partielle, elle ne savait si elle devait se sentir malheureuse ou coupable, quelqu'un épiait ses faits et gestes alors pourquoi pas, maintenant, la mort d'Alain ? Mais tout cela était-il réel ? Enfant, elle s'était souvent demandé si les autres voyaient la vie de la même façon qu'elle ou si chacun, finalement, n'avait que l'illusion d'appartenir au même monde que les autres. Et si tout n'était que le fruit de son esprit dérangé ? Et si cette silhouette qui l'épiait depuis la rue, qui s'était introduite chez elle à plusieurs reprises, n'était qu'une autre elle-même vivant dans un espace-temps différent ? La réponse n'était-elle pas seulement sa folie ? Car elle non plus, comme Xavier à l'instant présent, ne parvenait plus à croire à la réalité des événements, à la loi des séries ou à une quelconque malédiction. D'une manière ou d'une autre, elle seule pouvait être responsable de tout ce qui s'était passé.

Elle sursauta en entendant qu'on sonnait à la grille. Tous se regardèrent, mais Elizabeth se leva en disant qu'elle savait qui c'était, qu'elle s'en occupait. Et avant de sortir de la pièce, elle se tourna vers Xavier et lui dit qu'il devrait partir, qu'elle le remerciait d'être passé, mais que la maison d'un mort n'était vraiment pas la place pour un couple de jeunes mariés.

Xavier regarda Mary, puis Tiffany.

– Quoi ? lui lança cette dernière avec agressivité.

– Rien.

– Tu parles ! Je sais exactement à quoi tu penses !

– Ah oui ?

– Exactement. Et si tu veux le savoir : non, je n'ai aucune idée d'où j'étais la nuit dernière, au moment où le chalet brûlait. Ça t'étonne ?

– Mais, je...

– Tu ne t'es pas posé la question, peut-être ? Tu ne t'es pas dit que cette fois, c'en était trop !

– Hé ! Ho ! intervint Mary. Vous n'allez pas vous engueuler, quand même ? Pas aujourd'hui !

Tiffany se tut, sa colère aussitôt retombée, laissant le champ libre à une immense lassitude. Elle en avait assez de porter la mort de ses parents et d'Alexandra depuis ses quatorze ans. Assez de naviguer à vue dans sa confusion intérieure. Assez de sa vie qui, elle le comprenait à l'instant avec une lucidité qui ressemblait à du soulagement, était au-dessus de ses forces.

Dehors, Guillaume Le Guen se présenta et remercia Elizabeth Roche d'avoir accepté qu'il revienne ce soir avec un technicien pour vérifier un détail.

– Ce ne sera pas long. Je suis désolé d'arriver si tard.

– Ça n'a aucune importance, répondit Elizabeth. Prenez le temps nécessaire. Par contre, je vous laisse y aller sans moi.

– Bien sûr.

– C'est au fond du jardin, au bord du Lez, vous suivez l'allée…

– Je vous remercie.

– Sortez directement quand vous aurez fini, tirez juste la grille derrière vous.

Elle s'éloigna, Guillaume eut une pensée de compassion pour elle, puis il fit signe à son frère de la suivre.

Damien était resté en retrait, se contentant de présenter ses condoléances, voulant éviter d'avoir à se présenter, de révéler qu'il était le frère du commissaire, un gendarme qui, officiellement, n'avait rien à faire là.

Guillaume lui avait téléphoné dans la matinée, mais il n'avait pu se libérer plus tôt. Il alluma sa lampe-torche et tous deux s'enfoncèrent dans le jardin.

– C'est con qu'il fasse nuit, dit Guillaume avec irritation.

– J'ai fait ce que j'ai pu. On bosse aussi, à la gendarmerie, tu sais ?

Guillaume grommela, il semblait de mauvaise humeur.

– C'est qui cette femme, par rapport à la photographe ? demanda Damien. Sa tante par alliance ?

– Oui, d'un second mariage, si j'ai bien compris.

– D'accord, c'est la deuxième femme du frère de celui qui est mort en 1992.

– Heu… Ça doit être ça ! J'ai jamais rien compris aux histoires de famille : les cousins, les cousins germains, les oncles, les neveux, les filleuls… Je mélange tout.

– C'est facile : Alain Roche, qui vient de mourir, était l'oncle de la photographe… Et je dois trouver quoi, au juste ?

– Aucune idée. Ce que n'ont pas trouvé mes techniciens ! Un lien entre cet incendie et celui sur lequel tu as bossé l'été dernier. Il n'y a peut-être rien à trouver… Mais bon, je me suis dit…

– Que la coïncidence était grosse.

– Oui. Il y a un peu trop de feu dans cette famille, tu ne trouves pas ?

– Le corps a été examiné ?

– Oui, rien de spécial. Il faudrait une autopsie, mais rien ne la justifie pour l'instant. Et si tu ne trouves rien ce soir, on en restera à la mort accidentelle.

Ils arrivèrent près du chalet dont il ne restait que quelques décombres, encore entourés par les rubans installés par les policiers.

– Putain, lâcha Damien. Qu'est-ce que tu veux que je trouve dans ce merdier ?

– C'est ton boulot, non ?

Damien préféra ne rien répliquer, notant une nouvelle fois que son frère était d'une humeur de chien, et franchit les rubans avant de s'immobiliser pour tenter de se faire une première impression. Puis il entra « dans » le chalet, en franchit le seuil que, désormais, l'on devinait plus qu'on ne le voyait. Le toit s'était entièrement effondré, seuls deux murs calcinés étaient encore partiellement debout, une étagère, la carcasse d'un canapé, un service à thé, des pots de fleurs ou plutôt de plantes que le gendarme identifia comme des bonsaïs, se faisant la réflexion qu'il y avait eu ici un « mini-incendie de forêt ». Il vit enfin le calorifère dont son frère lui avait parlé et soupira. Il n'y avait rien à trouver, sinon l'habituelle désolation laissée par le feu. L'endroit avait déjà été exploré par les techniciens de la police, piétiné, tout comme le reste du jardin que, d'après ce qu'il avait compris, quelque quatre-vingts personnes avaient arpenté la nuit du drame. Sa présence ici n'avait pas de sens. Et que penser de ce nouveau lien entre le feu et Tiffany Roche ? Le gendarme se sentait incapable d'y réfléchir de façon constructive, ne pouvant s'empêcher de se dire que ce nouveau deuil dans la famille Roche ne l'arrangeait pas du tout au moment où il s'était enfin décidé à recontacter la photographe pour parler du bon vieux temps, comme elle l'avait suggéré lors du vernissage de son exposition. Il était sur le point de l'appeler et voilà qu'il doutait de nouveau : frappée par le deuil, elle n'aurait aucune envie de discuter avec lui ! À moins qu'il ne soit en train de se trouver une nouvelle excuse pour reculer ? Damien ne parvenait toujours pas à comprendre pourquoi, à son âge, il restait avec les femmes aussi timide qu'il l'avait été durant son adolescence. Était-ce, comme à l'époque, la peur d'être repoussé ? Allait-il continuer toute sa vie à tergiverser ainsi ? À penser à Tiffany Roche sans oser l'aborder ?

– Alors ? lui demanda Guillaume d'une voix impatiente.

– Alors rien. S'il y avait quelque chose à trouver, j'imagine que tes techniciens l'auraient fait.

Damien sortit des décombres. Son frère bougonna.

– Qu'est-ce que t'as, ce soir ? C'est moi qui devrais râler, pas toi !

– Des acouphènes !

– Quoi ?

– J'ai des acouphènes, un bruit dans l'oreille gauche, en permanence, ça me rend dingue.

– T'as vu un docteur ?

– Oui. Il n'y a pas grand-chose à faire. Il m'a filé des cachets qui n'ont rien changé du tout... Et puis il y a Émilie, aussi.

– Ta fille ? Elle a des bruits dans les oreilles !

– Non, elle est enceinte.

– Enceinte ? La petite Mimi !

– Eh oui ! Je me suis fait la même réflexion... Ma fille attend un bébé, de son mec, là : Jonas.

– Et... C'est une bonne nouvelle, ou pas ?

– Pour elle, c'est le plus beau jour de sa vie !

– Alors tout va bien !

– Elle a vingt ans, bordel ! Qu'est-ce qu'elle va foutre d'un gosse à vingt ans alors qu'elle veut faire médecine ?

Damien attendit la suite, qui ne tarda pas :

– J'ai pas encore quarante ans et je vais être grand-père !

– Nous y voilà. Si tu n'avais pas, toi-même, fait un gosse à vingt ans...

– Vingt et un.

– C'est vrai que ça change tout !

Guillaume ne put s'empêcher de sourire, Damien sortit du chalet.

– Allez ! Arrête de râler, papy !… Mon frère qui devient grand-père, putain, ça me donne un coup de vieux à moi aussi !

Les deux frères s'immobilisèrent en même temps. Ils venaient d'entendre un bruit, une branche qui craque. Ils se regardèrent, puis Damien braqua sa lampe-torche vers un épais bosquet. Rien ne bougea. Damien sentait pourtant une présence, et avait la nette impression d'être observé. Sans doute le passage d'un animal nocturne.

Le gendarme contempla un moment le parc, le toit de la demeure derrière la végétation. Puis il se tourna vers le fond du jardin et les eaux immobiles du fleuve.

– Pas mal, comme emplacement, la campagne en ville…

– C'est le quartier le plus cher de Montpellier.

Damien fit quelques pas vers le bord de l'eau.

– T'imagines : pouvoir pêcher de chez soi !…

– Sauf que les gens qui ont les moyens de se payer des baraques pareilles ne pêchent pas… Ou alors au gros, dans les mers chaudes !

Damien laissait courir son regard sur le fil de l'eau où se reflétait une lune argentée qui éclairait avec netteté les berges du fleuve. C'est alors que ses yeux se figèrent. La berge, à l'aplomb du chalet, descendait en pente douce vers une étroite langue de terre vers laquelle il dirigea le faisceau de sa lampe. Il s'avança d'un pas. Une alarme intérieure s'était déclenchée. Plusieurs traces de pas voisinaient dans la boue au bord de l'eau, mais l'une d'elles différait des autres et intriguait Damien. Elle lui rappelait quelque chose. Mais quoi ? Il fouilla sa mémoire. De la boue, des pas très serrés. Soudain, il sut. Il appela aussitôt son frère.

– Quoi ?

– Viens voir.

Guillaume marcha jusqu'à lui.

– Là, tu vois ?

Le faisceau de sa lampe-torche délimitait une zone précise de la berge.

– Qu'est-ce que je dois voir ?

– Les traces de pas.

– Il y en a partout. Je te rappelle qu'il y a eu un mariage, ici !

– Regarde mieux. Ici, sur cette zone de terre meuble…

Guillaume perçut enfin ce que voulait lui montrer son frère qui poursuivait d'une voix dans laquelle l'excitation était perceptible.

– … Quelqu'un a marché, ou plutôt piétiné, de la même façon très particulière que l'été dernier, près du 4 × 4 de Baptiste Legendre.

19

GUILLAUME LE GUEN téléphona aussitôt à l'un des techniciens de la SRPJ pour qu'il vienne faire un moulage des traces. Fabrice Ballard ne répondit qu'à la sixième sonnerie, de toute évidence déjà couché et endormi. Il avait passé une partie de la nuit précédente à faire des relevés sur les lieux de l'incendie et s'était mis au lit de bonne heure en comptant bien en sortir le plus tard possible le lendemain matin. Le ton du commissaire Le Guen le dissuada rapidement d'essayer de défendre son projet. De quelles traces de pas s'agissait-il ? Comment se faisait-il que Karim, son collègue, ou lui-même, ne les aient pas relevées la nuit passée ? Se sentant pris en faute, il se contenta de dire qu'il arrivait au plus vite.

Guillaume raccrocha. Il était soudain excité et anxieux. Et il songea qu'il serait temps, à bientôt quarante ans, de comprendre pourquoi, chaque fois qu'une affaire se déclarait, il ressentait une forme de culpabilité confuse, comme si, en tant que policier, il avait failli chaque fois qu'un crime avait eu lieu. Il rêvait, sans grand espoir, d'apprendre un jour à se rendre au bureau comme n'importe quel salarié, et non avec la prémonition de l'imminence d'une catastrophe qui allait peser sur ses épaules. Un homme était mort brûlé. Peut-être de la main d'un autre. Seulement peut-être, la comparaison des moulages des traces de pas avec ceux de l'incendie de Valmascle apporterait sur ce point de précieuses informations. Si c'était le cas, une enquête démarrerait, sans doute longue et à l'issue incertaine, comme toujours. Pas la peine donc de se mettre « la rate au court-bouillon », comme disait sa mère, de se rendre malade, de se gâcher le sommeil et de se mitonner jour après jour l'attaque cardio-vasculaire qui, il en avait la certitude, mettrait fin, un de ces quatre, au sombre cirque qu'était sa vie.

Il regarda sa montre. 22 h 45. Il avait faim, ou plutôt envie de manger, signe le plus certain de sa fébrilité. Pas mal de ses collègues compensaient par l'alcool, d'autres par le sport intensif, ou encore par le jeu, roulette et poker, Damien par la prière. Lui, c'était la bouffe. Une belle bande de malades... Par un saut de pensée qu'il trouva parfaitement incongru, Guillaume se demanda brusquement quel grand-père il allait donner.

Seul de nuit dans le jardin d'un mort, debout près de la carcasse calcinée d'un chalet à attendre un collègue qu'il venait de tirer du lit, il se sentit soudain très seul. Il eut envie de parler à sa fille pour qui il n'avait pas su trouver les mots quelques heures plus tôt quand elle lui avait annoncé au téléphone la nouvelle de sa grossesse. En un flash, il revit Émilie enfant, en pyjama, marchant, émerveillée, vers un sapin de Noël clignotant au pied duquel étaient empilés des paquets-cadeaux multicolores. Tout était passé si vite. Le bonheur simple avait été si furtif. Quelques années puis le divorce, les week-ends sur deux, l'adolescence, et voilà qu'Émilie allait devenir mère... Il composa le numéro de son mobile et tomba sur l'annonce de sa messagerie. Il faillit raccrocher mais se ravisa, animé d'une bouffée de tendresse qui n'était que de la détresse déguisée.

– Mimi, c'est moi, ton père. J'ai été un peu sec tout à l'heure, tu sais ce que c'est, le boulot... Et puis non d'ailleurs, ce n'est pas ça... C'est moi... C'est que je suis trop con pour voir le bonheur là où il est. Je ne vois que les ennuis, pour toi, pour l'enfant, pour le monde entier. Je suis qu'un pauvre con de flic... Et puis l'idée d'être grand-père !... Mais c'est toi qui as raison, ma chérie. C'est vous qui avez raison, toi et Jonas. Vous avez raison de vous aimer, raison de faire un bébé... Je t'aime, Mimi. J'aime tes frères, aussi, même s'ils me détestent aujourd'hui. Tous les trois, vous êtes ce qui m'est arrivé de mieux, tout ce que j'ai fait de bien en ce monde… Alors oui, il faut faire des bébés. Et promis, je serai mieux en grand-père qu'en père. Je lui dirai que la vie est belle, à ton petit. Je lui donnerai des bonbons en douce, je le laisserai jouer avec mon flingue dès que tu auras le dos tourné… Je l'emmènerai au square et je lui paierai des glaces rien que pour avoir l'excuse d'en prendre aussi… Je t'aime, ma puce. Je t'aime, je vous aime, toi et ton bébé. Mais il faut que tu me jures un truc, c'est que toi, Mimi, tu ne m'appelleras jamais papy.

Il raccrocha et renifla, se disant, pour s'en convaincre, que les nuits étaient encore fraîches et qu'il était en train de s'enrhumer.

Damien roulait sans regarder la route, tout occupé par ses pensées, par l'éventualité d'un lien entre l'incendie dans lequel Baptiste Legendre avait trouvé la mort et celui qui venait d'emporter l'oncle de Tiffany Roche. Cela le ramena naturellement au mensonge de la photographe à propos de Valmascle. Sans doute allait-il falloir l'interroger de nouveau… Mais ce ne serait pas de son ressort, en zone de compétence de la police, sur une enquête préliminaire liée à une affaire sur laquelle il était intervenu des mois plus tard mais qui n'avait mené à rien. Il freina brusquement. Un grand coup de klaxon retentit. Il venait de griller un feu rouge sans s'en apercevoir et le carambolage n'avait été évité que de quelques millimètres. La peur afflua d'un coup, lui coupant le souffle. Ses mains tremblaient sur le volant. Il était au beau milieu d'un carrefour et prit sur lui pour se mettre à l'abri, le long d'un trottoir. Il coupa le moteur et expira longuement pour tenter de retrouver son calme. La mort n'avait pas toujours besoin d'incendie ni d'armes à feu. Cette fois, elle n'était pas passée loin.

Damien redémarra après quelques minutes, mit son clignotant et reprit sa route avec une prudence excessive vers la caserne de Celleneuve. Il se sentait comme après un effort physique, un footing, vaguement grisé et étonnamment conscient de son corps. C'est en voyant la moto dans son rétroviseur qu'il comprit qu'elle était derrière lui depuis longtemps, bien avant l'incident du carrefour, et qu'il l'avait vue sans que son cerveau enregistre l'information. Il tourna sans clignotant dans la première rue qui se présenta. Le motard l'imita. S'il était en train de le filer, soit il était très maladroit, soit il ne cherchait pas à se cacher. Cette dernière possibilité l'inquiéta et il pensa qu'il n'avait pas pris son arme. Cherchait-on à l'impressionner, à lui faire peur ? Et pourquoi ? Il n'était qu'un technicien de la gendarmerie nationale, ne travaillant même pas actuellement sur une affaire sensible. Il fit encore un détour, le motard emprunta exactement le même itinéraire que lui, toujours à la même distance de sa voiture.

Damien décida que le jeu avait assez duré. Il pila au milieu de la chaussée, mit le frein à main, coupa le contact et sortit de la voiture. Le motard avait également freiné. Damien sentit l'adrénaline se répandre dans ses veines, comme à l'entraînement au karaté, juste avant de pénétrer sur le tatami. Allait-il devoir se battre ? Il s'y sentait prêt et commença à marcher d'un pas décidé vers le motard qui leva les bras pour enlever son casque, libérant de longs cheveux roux que reconnut aussitôt Damien. Tiffany Roche se tenait devant lui, et dans son regard affleurait une profonde détresse.

– J'ai besoin de parler, dit-elle.

Besoin de parler. Pas de *vous* parler, ni de vous révéler quelque chose. Besoin de parler, tout court. Et c'était ce qu'avait fait la photographe, d'un débit nerveux, hâtif bégayant parfois, regardant souvent le sol, se tordant les mains, ponctuant de temps à autre son récit de rires nerveux. Se sentant l'un et l'autre déplacés au milieu de la rue, ils avaient décidé de se rendre chez la jeune femme. Assis sur le canapé blanc, avec en main la photographie sur laquelle Tiffany disait voir celui qui l'épiait depuis des mois, Damien ne savait quoi penser. Sur le cliché, il voyait bien quelque chose, une vague silhouette, mais qui ressemblait à celle d'un spectre tiré d'un film d'épouvante à petit budget.

« Ça pourrait être n'importe qui, avait-il dit. Quelqu'un de passage.

– Pas à plusieurs reprises, pas en pleine nuit. Et je suis certaine qu'on est rentré chez moi en mon absence. Ou alors je suis folle. »

Elle avait dit cela plusieurs fois durant son long monologue. Comme elle avait clairement révélé qu'elle se soupçonnait elle-même de la mort de ses parents, de sa cousine, de Legendre (elle lui avait immédiatement avoué avoir menti et avoir passé la nuit d'avant sa mort en compagnie de Baptiste) et même de celle de son oncle qui ne datait que de quelques heures. C'était une femme en pleine déroute qui s'adressait à lui et qui avait eu besoin de parler comme l'on va à confesse. Pour s'alléger, pour se soulager, pour tenter de retrouver sa paix intérieure. Ses derniers mots avaient été : « Voilà. Il faut que ça cesse. Je n'en peux plus. »

Elle avait dit « il faut que ça cesse » comme elle aurait dit « arrêtez-moi ». Damien se demanda quel était son but réel en lui révélant son passé. Il se demanda surtout ce qu'il allait faire de ces aveux qui n'en étaient pas. Aveux de quoi ? De meurtre autant que d'innocence ? Aveux d'ignorance, en vérité. Tiffany venait de lui affirmer en même temps qu'elle avait tué cinq personnes et qu'elle ne l'avait pas fait ! Damien la croyait sincère dans son désarroi et plus que cela, il était ému par sa démarche, par ce que révélait de sa détresse son besoin de se confier à lui. Et c'était avec une forme de solennité qu'il reçut les paroles de la photographe, comme, effectivement, un prêtre recevrait une confession. Une confession était un don qu'il ne s'agissait pas de galvauder en le prenant à la légère ou en l'utilisant contre celui qui l'a fait. Une confession était une grande responsabilité pour celui qui la recevait. Qu'attendait-elle de lui maintenant qu'elle s'était tue et le regardait en face de ses yeux qui creusaient l'âme du gendarme ? Avait-elle remarqué le trouble qu'elle avait éveillé chez lui ? Était-elle en train de l'utiliser ? Damien n'avait pas de réponse à ces interrogations. Il devait dire quelque chose. Il opta pour une question de flic :

– Mais pourquoi auriez-vous tué toutes ces personnes ? Il faut un mobile.

Elle réfléchit un instant.

– Parce que je suis folle.

– Vous ne me faites pas l'impression d'être folle.

Elle fronça les sourcils, ce qui dessina deux petites rigoles entre ses yeux.

– Parce que je suis pyromane ?

– Je ne crois pas. Un pyromane met le feu pour le feu, pas pour tuer quelqu'un en particulier. Et tous ces gens qui sont morts, vous les aimiez, non ?

– Pas Baptiste, répondit-elle aussitôt. Les autres, oui… je crois.

– Vous croyez ? s'étonna Damien.

– C'est quoi, l'amour que l'on porte à ses parents ? Est-ce que c'est de l'amour ou… de l'habitude ? Ce n'est pas le bon mot… Ce que je veux dire, c'est : est-ce qu'on a le choix ? Est-ce qu'aimer ses parents est un choix, comme quand on aime quelqu'un qu'on rencontre, qu'on a choisi ?

– Je vois ce que vous voulez dire.

– Et puis, j'en voulais à mes parents, je vous l'ai dit ! J'avais même fait la promesse de les tuer…

Damien comprit alors avec étonnement qu'être inculpée serait pour la jeune femme un soulagement, ce qui révélait l'intensité de son mal-être. Ne pas savoir devait être la pire des tortures. À bien y réfléchir, tout ce que venait de lui raconter Tiffany Roche était assez invraisemblable, ces trous de mémoire, cette incapacité à définir le rôle qu'elle avait joué dans cette série de morts, cette personne censée l'espionner depuis un an… Et pourtant, pas une seule seconde, Damien ne mettait en doute sa sincérité. Tout cela était peut-être faux, mais en tout cas, la jeune femme y croyait.

– Et votre cousine ? lui demanda-t-il. Vous ne lui en vouliez pas, à elle…

– Non, au contraire. J'y ai souvent pensé, vous savez ! Je ne pense même qu'à ça !

Elle eut de nouveau un de ses rires incongrus puis poursuivit :

– Je pense que la mort d'Alexandra est un accident. J'ai voulu tuer mes parents, et elle était là sans que je le sache. Ou alors, elle a mis le feu avec moi et en est restée prisonnière. Je n'en sais rien, je n'en ai aucun souvenir... Mais on peut imaginer...

Damien l'interrompit.

– On peut imaginer n'importe quoi, Tiffany !

C'était la première fois qu'il l'appelait par son prénom et il ne put s'empêcher d'épier sur son visage une éventuelle réaction. Elle n'en eut aucune.

– Pour l'instant, ce que je vois, c'est qu'il y a eu des enquêtes sur tous ces incendies, et que chaque fois, on a conclu à un accident. Je ne parle pas de votre oncle, bien sûr...

– Vous étiez dans le jardin, tout à l'heure, lui dit-elle. Vous avez inspecté le chalet. Est-ce que vous avez trouvé quelque chose ?

Damien se souvint alors du bruit que son frère et lui avaient entendu près du chalet, de leur sensation d'une présence non loin dans les bosquets. Il mentit tout de même à la jeune femme.

– Rien. On n'a rien trouvé. Mais il va sans doute y avoir quand même une enquête.

– Et l'été dernier, pour vous, c'était un incendie accidentel ?

– Oui, mentit Damien.

Puis, embarrassé par ces deux mensonges, il détourna le cours de la conversation.

– Revenons à cette personne qui vous épie. J'imagine que vous avez réfléchi à son identité ?

– Oui. Mais je ne vois pas. Ou alors c'est quelqu'un qui sait que je suis responsable des incendies et...

– Ça ne tient pas ! Vous m'avez dit que ça avait commencé avant la mort de Baptiste Legendre ! Si cette personne vous savait responsable de la mort de vos parents, pourquoi aurait-elle attendu...

– Quatorze ans...

– … quatorze ans, pour se manifester ? Et pour quoi faire ? Du chantage ? Elle aurait déjà pris contact avec vous !

Ils se turent, puis Damien dit ce qui lui passait par la tête sans vraiment y réfléchir.

– Et si cette personne, au contraire, savait que vous n'êtes pas responsable de toutes ces morts ?

Ce que cette hypothèse impliquait les frappa tous les deux au même instant. Ils n'eurent pas besoin de mots pour se comprendre. Si cette personne savait Tiffany innocente, c'était parce qu'elle était elle-même responsable de ces morts. Parce que cette personne qui épiait la jeune femme avait tué son père, sa mère, sa cousine, son amant puis son oncle. Pourquoi ? Pourquoi quelqu'un tuerait-il ainsi ses proches ? Et pourquoi tournerait-il autour d'elle depuis des mois ?

Damien regarda le cliché posé devant lui sur la table ronde. Cette ombre, cette silhouette fantomatique était peut-être celle d'un tueur qui avait déjà frappé cinq fois.

Il leva les yeux et tomba dans ceux de la jeune femme. La détresse y avait été remplacée par la peur.

20

DAMIEN n'avait pas beaucoup dormi et se sentait fatigué alors qu'il attendait devant le bureau du substitut du procureur qui terminait une conversation téléphonique. De retour, à minuit passé, dans son appartement, il avait essayé de repenser objectivement à son entrevue avec Tiffany Roche. Une heure plus tard encore, ces réflexions l'avaient amené à la conclusion qu'il était bien trop bouleversé pour être capable d'une quelconque objectivité. À y regarder de plus près, pour en arriver à l'hypothèse que l'assassin des parents de Tiffany et de Legendre épiait la jeune femme depuis des mois, ne lui avait-il pas fallu déployer des trésors d'ingéniosité seulement guidés par l'envie que la photographe soit innocente ? Il n'en savait rien. Il avait été tenté d'appeler son frère pour lui confier ce qui venait de se passer mais n'en avait rien fait. Une confession ne devait-elle pas rester secrète ?

La porte du bureau de Martial Jannicot s'ouvrit enfin. Le jeune substitut, un grand sourire aux lèvres, serra chaleureusement la main de Damien et le pria d'entrer.

– Pélissier m'a appelé pour m'annoncer ta venue. J'ai eu ton frère, aussi. C'est à propos de l'incendie dont tu t'étais occupé, l'été dernier, c'est ça ?

Damien se sentit bête d'être flatté par le tutoiement dont usait le magistrat, comme s'ils avaient l'habitude de collaborer alors qu'en tant que TIC, il n'avait quasiment jamais affaire au parquet.

– Oui. Vous… Tu te souviens que je t'avais demandé l'autorisation d'aller interroger un pilote.

– Le Canadair, oui. Il y a du neuf avec lui ?

– Je n'en sais rien. On a peut-être trouvé un lien entre l'incendie de l'autre nuit à l'Aiguelongue et celui de Valmascle l'an dernier. Je pense que ça change tout. Et si tu te rappelles bien, j'avais trouvé un lien entre la victime de Valmascle, Baptiste Legendre, et l'un des pilotes qui était intervenu sur l'incendie…

– Ils avaient passé leur enfance dans la même ville, je crois ?

– C'est ça. À Villeneuve-Saint-Georges.

– Et tu voudrais interroger ce type.

– Oui.

Le magistrat se recula dans son fauteuil en inspirant lentement et en faisant la moue.

– C'est faiblard, non, la ville d'enfance…

– C'est ce que tu avais estimé l'an passé. Mais c'est un lien. C'est quelque chose, la seule que nous ayons dans cette affaire qui pourrait bien rebondir avec l'incendie d'Aiguelongue.

Il se tut et laissa le substitut réfléchir, peser le pour et le contre. Damien se dit que c'était le moment ou jamais de parler de ce qui, bien plus que la ville d'enfance de Târiq Amraoui, pourrait motiver la réouverture du dossier : Tiffany, son mensonge à propos de son emploi du temps au moment de la mort de Legendre et sa confession. Il n'en fit rien.

– Je sais que ce n'est pas trop la procédure, dit-il pour détourner ses propres pensées. Le dernier incendie concerne la police, Marseille n'est pas dans ma zone de compétence, mais c'est juste quelques questions que je voudrais lui poser. Je pense qu'ayant travaillé sur l'incendie de Valmascle, je suis le mieux placé pour voir très vite si ce type cache quelque chose ou non.

Le jeune substitut joua un instant avec un presse-papier en verre sur son bureau, puis il regarda Damien.

– J'ai l'intuition que tu ne vas pas faire toute ta carrière en tant que TIC, je me trompe ?

Damien ne sut que répondre car en vérité, il n'avait jamais réellement pensé à sa carrière dans la durée. Ce que suggérait la question du magistrat était-il fondé ? Se sentait-il à l'étroit dans les limites de sa fonction ? Était-il frustré que les investigations des affaires sur lesquelles il intervenait soient toujours confiées à d'autres ? Il y avait un autre moyen de se poser ces questions, en inversant les choses et en se demandant s'il se voyait, avec vingt ans de plus, à genoux sur une scène de crime à la recherche d'empreintes et de traces d'ADN.

– OK, finit par dire Martial Jannicot. Va voir ce type, mais sur des œufs. On n'a vraiment pas grand-chose pour justifier un interrogatoire.

– Pas un interrogatoire. Une entrevue. Quelques questions de routine.

Ils s'étaient compris.

Guillaume Le Guen ne put s'empêcher de se dire qu'Elizabeth Roche était une femme superbe. Belle même dans la douleur. Quel âge pouvait-elle avoir ? Cinquante et des poussières ? Il l'avait appelée pour lui demander s'il pouvait venir lui poser quelques questions sans trop la déranger. Peu importe, avait-elle répondu. Puis il s'était senti obligé de lui préciser qu'il ne s'agissait que de questions de routine. C'était l'un des mots qu'il employait le plus souvent, destiné à rassurer mais parfaitement mensonger, tant la routine était absente de sa vie de commissaire de police.

Avant de quitter la SRPJ, il avait reçu un SMS de sa fille. Il avait senti son cœur s'emballer avant de le consulter. Il s'était réveillé ce matin avec le souvenir embarrassant du message qu'il avait laissé sur le répondeur d'Émilie, un message qui, après coup, une fois l'émotion passée, lui avait semblé ridicule. Il s'était senti comme à un lendemain de cuite, quand on sait s'être donné en spectacle et que la honte vous assaille une fois dégrisé. Il avait tout de même fini par ouvrir le message :

« Moi o si je t'm Papa ! Si tu es o si bon gd pere ke pere mon enfan ora de la chance »

Guillaume avait dû s'y reprendre à deux fois pour comprendre ce message, parce qu'il n'arrivait pas à se faire au langage SMS mais aussi parce que ses yeux s'étaient embués de larmes. Puis, agacé par sa propre sensiblerie, se dirigeant vers sa voiture, il s'était demandé si, à quarante ans, on pouvait à la fois devenir grand-père et sénile.

Elizabeth Roche répondait calmement à toutes ses questions, réfléchissant avant de parler pour trouver les mots justes et sincères. Ils en vinrent à évoquer le drame qui avait déjà frappé la famille Roche en 1992.

– Je ne connaissais pas Alain, à cette époque, expliqua la veuve, je ne sais pas si je vais pouvoir vous apprendre grand-chose. Je n'ai jamais connu Marc et Isabelle...

– Ce sont les parents de Tiffany Roche, c'est ça ?

– Oui. Quand j'ai rencontré Alain, Tiffany vivait avec lui. Elle venait d'avoir quinze ans.

– Comment était-elle ?

– Très perturbée. Difficile. Elle avait tout perdu. Son père, sa mère, sa cousine. Alain non plus n'était pas en bon état à l'époque. Il ne s'est jamais remis du décès d'Alexandra. Et puis il y avait son divorce...

– Ça se passait mal ?

– Comment voulez-vous que ça se passe bien entre un homme et une femme qui ont perdu leur fille ? Ils se sont déchirés... Je crois que chacun d'eux ne supportait pas la douleur de l'autre.

– Quels étaient les rapports entre Tiffany et votre époux ?

– Très bons. Tiffany était vraiment devenue notre fille.

– Revenons, si vous le voulez bien, à l'ancienne épouse de votre mari.

– Marie-Claire. Je ne la connais pas. Elle avait déjà quitté la France quand j'ai rencontré Alain.

– Est-ce qu'il vous a parlé d'elle, de leurs rapports ?

Guillaume sentit qu'Elizabeth Roche se contractait.

– Peu. C'était douloureux pour lui... et pénible pour moi. Personne n'a envie d'entendre parler des ex de celui ou celle qu'il aime.

Guillaume acquiesça. Il avait débuté cet entretien par les questions d'usage, sur le déroulement de la soirée qui avait précédé l'incendie, les raisons qui avaient poussé Alain Roche à dormir au fond du jardin, celles de leur dispute. Il avait obtenu des réponses simples et visiblement sincères qui ne lui avaient rien appris. Elizabeth lui avait donné les coordonnées du marié qui pourrait, mieux qu'elle, lui communiquer la liste des invités.

– Savez-vous où je pourrais joindre la première épouse de votre mari ?

– Je sais qu'elle vit en Asie, qu'elle est devenue une sorte de religieuse. D'après ce que j'ai compris, elle a fait vœu de silence. Mais Alain avait une adresse e-mail… Attendez-moi, je vais la chercher.

Elle se leva et monta à l'étage. Guillaume eut le pressentiment que tout cela ne le mènerait nulle part. Quatre-vingts invités, les musiciens, le personnel de service… Tout ce monde à voir et à interroger pour quoi ? Parce que Damien avait cru reconnaître des traces de pas quasi inexploitables ? Il ne pourrait s'en prendre qu'à lui-même, puisque c'était lui qui avait fait venir son frère. Lui qui, le premier, avait trouvé que les Roche avaient un peu trop tendance à brûler pour que ce soit un hasard.

Il se leva quand il vit la maîtresse de maison redescendre l'escalier, un papier à la main.

– Voilà. J'espère que l'adresse est toujours valable. Je sais qu'elle l'était encore il y a deux ans, Alain avait dû reprendre contact à l'occasion de la vente d'un studio en ville qu'il avait acheté avec elle quand Alexandra était petite.

– Je vous remercie. Je vais vous laisser, maintenant.

– Vous cherchez quoi, exactement, commissaire ? Est-ce que je dois m'interroger sur les causes du décès de mon époux ?

Il la regarda et eut envie d'être sincère, de ne pas, une fois encore, servir l'argument de la procédure de routine.

– Je ne sais pas exactement. Pour tout vous dire, je me pose juste des questions. Je trouve qu'il y a eu beaucoup d'incendies meurtriers dans la famille de votre époux. Déformation professionnelle, sans doute…

Elizabeth Roche prit le temps de réfléchir avant de réagir.

– Parfois, le malheur s'acharne sur les gens, sur les familles. Si j'étais superstitieuse, je pourrais croire à une sorte de malédiction... Alain, depuis l'incendie de 1992, avait une théorie sur le malheur. Il disait qu'il était présent en chacun de nous, un peu comme les germes d'un virus qui parfois se déclarait, d'autres fois, plus rares, non. Pour lui, les gens qui finissaient leur vie dans leur lit sans avoir été frappés par aucun drame étaient des rescapés, des cas à part... presque des anomalies.

– Je comprends très bien ce qu'il voulait dire, commenta Guillaume. Mon métier m'a souvent donné l'occasion de penser ainsi.

Cette femme lui plaisait, pas seulement parce qu'elle était belle et élégante, mais en tant que personne, par sa dignité et son évidente intelligence. Il aurait aimé trouver les mots justes pour lui apporter sinon de la consolation au moins du soutien. Son expérience de policier sans cesse confronté au malheur des autres lui avait enseigné que ces mots n'existaient pas.

Il rentra directement au bureau et donna au lieutenant Bianchi le numéro de téléphone de Xavier Barreau pour qu'il s'occupe de la liste des invités du mariage. Puis, après avoir consulté ses courriels, il ouvrit la fenêtre d'un nouveau message et y tapa l'adresse électronique de Marie-Claire Maugé. Il hésita un moment sur ce qu'il devait écrire, sur les questions qu'il devait poser à cette femme devenue religieuse à qui il lui fallait annoncer la mort de son ancien mari, le père de sa fille décédée.

Damien Le Guen avait toujours eu envie de voir de plus près les Canadair rouges et jaunes de la Sécurité civile. Quatre de ces engins étaient rangés sur le parking de la base, près des hangars, et il aurait adoré monter dans l'un d'eux pour visiter le cockpit et s'asseoir un instant à la place du commandant de bord. Mais il n'était pas venu à

Marignane pour faire du tourisme et suivit le lieutenant Sayegh, de la police de Marseille, qui rentrait d'un pas décidé dans la zone administrative de la BASC. Il sautait aux yeux que cette visite n'était pas du goût du policier qui battait froid Damien depuis son arrivée.

On les guida dans une salle de réunion en leur disant que Târiq Amraoui n'allait pas tarder. Quand il arriva trois minutes plus tard, vêtu de sa combinaison orange de pilote, il se figea à l'entrée de la salle. Damien le regarda avec stupéfaction. Ils s'étaient reconnus au premier regard et chacun cherchait à comprendre ce qu'impliquait qu'ils se soient vus deux mois plus tôt au vernissage de l'exposition de Tiffany Roche. Pour le pilote, c'était incompréhensible et source d'un stress supplémentaire. Qu'un gendarme de Montpellier veuille le rencontrer pour parler de l'incendie de Valmascle était déjà inquiétant, qu'il ait été présent à l'exposition du mois de février ne pouvait être un hasard, d'autant plus qu'il se souvenait que leurs regards s'étaient croisés et que le gendarme, ce soir-là, l'avait observé avec attention. Pour Damien, c'était la confirmation qu'il était sur une piste. Désormais, deux liens étaient évidents entre le pilote qui se tenait devant lui et l'incendie : Villeneuve-Saint-Georges et Tiffany Roche.

Le gendarme se leva et s'efforça de sourire chaleureusement, se souvenant des recommandations du substitut du procureur.

– Maréchal des logis-chef Le Guen, je vous remercie de nous recevoir, monsieur Amraoui. Voici le lieutenant Sayegh.

Le policier ne se leva pas et tint à préciser qu'il n'était là que pour accompagner le gendarme, qu'il ne savait même pas de quoi il s'agissait.

– Moi non plus, dit alors Târiq.

– Une simple conversation, monsieur Amraoui, des vérifications de routine. J'ai deux ou trois questions à vous poser au sujet de l'incendie à Valmascle en juin dernier. Vos réponses pourraient nous aider à éclaircir certains points.

– Vous savez, il y a beaucoup d'incendies ! En été, c'est presque tous les jours que nous intervenons, je n'ai pas de souvenirs très précis de celui qui vous intéresse.

– Je m'en doute, mentit Damien. Mais c'est tout de même un incendie un peu à part, non ? Il a servi de sujet à une exposition de photos à laquelle vous et moi avons assisté !

C'était un coup de bluff, qui porta, Damien voyant dans les yeux noirs du pilote un instant de déstabilisation. Amraoui pouvait-il savoir que les photos avaient effectivement été prises lors de l'incendie qui avait coûté la vie à Legendre ? Tiffany le lui avait avoué lors de son étrange confession, confirmant ainsi ses soupçons.

– Je précise que je me suis rendu à cette exposition hors service, continua le gendarme, pour mon compte personnel, simplement parce que je m'intéresse à la photographie et au feu. Comme vous, j'interviens chaque année sur de nombreux incendies, pas pour les éteindre, mais pour tenter d'en déterminer les causes.

Le pilote s'était assis de l'autre côté de la table de réunion, face à Damien qui commença à poser ses questions de routine. Amraoui sembla se détendre, expliquant qu'il n'avait rien remarqué de particulier sur cette opération, qu'il se souvenait effectivement d'un 4 × 4 qui avait brûlé, d'une maison en bois, non loin. Damien, après dix minutes d'échanges sans conséquence, sortit l'une de ses cartouches en abordant l'accrochage qui avait eu lieu entre le pilote et le commandant des pompiers auquel il avait parlé en juin dernier. Le pilote, bien que visiblement surpris qu'il soit au courant, s'en sortit habilement, noyant Damien dans des considérations techniques invérifiables. Il ne restait plus que quelques questions à Damien :

– Connaissiez-vous Baptiste Legendre, l'homme qui a trouvé la mort dans le 4 × 4 ?

– Non.

– Saviez-vous qu'il avait passé sa jeunesse dans la même ville que vous ?

Damien scrutait le regard du pilote pour y traquer la moindre nuance.

– Non.

– À Villeneuve-Saint-Georges, c'est bien cela ?
– Oui. Mais c'est grand, Villeneuve-Saint-Georges !
– Sans doute. Les villes sont grandes, mais le monde est petit.

Deux minutes plus tard, au moment de se séparer et de monter dans leurs voitures respectives, le gendarme et le policier se serrèrent la main sans conviction. Le lieutenant Sayegh ne put se retenir de demander à quoi tout cela avait servi.
– À avoir la certitude que ce type ment.
– La certitude ? Vous avez un détecteur de mensonge intégré, dans l'Hérault ?
Damien se força à sourire, même si ce flic lui était parfaitement antipathique.
– Il ment, et je sais maintenant qu'il connaissait Baptiste Legendre. Il ne reste plus qu'à le prouver et à découvrir ce que ça cache.

Târiq, après le départ du gendarme, s'était rassis à la table de réunion. Immobile, il était retourné mentalement à Villeneuve-Saint-Georges, quelques mois après qu'il eut incendié la voiture et la maison de Christophe Meunier. Une fois acquise la certitude que la police n'était pas sur sa piste, il avait de nouveau commencé à rôder autour de Meunier. Un mercredi après-midi, il l'avait suivi jusqu'au centre-ville et l'avait vu entrer dans un bar où il avait rejoint au comptoir un autre homme que le jeune Târiq avait aussitôt reconnu. C'était l'un des types de cette nuit vieille de plusieurs années mais dont le souvenir en lui était toujours aussi vif et douloureux. Il lui avait suffi de le suivre jusqu'à son domicile pour découvrir qu'il s'appelait Pierre Georget. Il habitait un immeuble de quatre étages, mais avait fait une halte à sa boîte aux lettres, la cinquième en partant de la gauche, rangée du haut. Damien, après avoir lu et mémorisé son nom, était ressorti sur le trottoir et avait vu la lumière se faire dans l'un des appartements du troisième étage. Impossible de mettre le feu à l'appartement de Georget sans risquer de faire brûler tout l'immeuble et le logement d'innocentes personnes. Les jours où il n'avait pas cours, au collège, dans les semaines qui avaient suivi, il était revenu, cherchant le moyen d'assouvir sa vengeance, de laver l'honneur de son père. C'est ainsi qu'il avait revu Baptiste Legendre pour la première fois. Il l'avait suivi à son tour. Celui-là vivait chez sa mère, dans un pavillon, ce serait aussi facile que pour Meunier. Il le garderait pour plus tard.

Georget lui posait problème : en plus de vivre en appartement, il n'avait pas de véhicule. Il travaillait dans une station-service et s'y rendait à pied chaque matin.

Alors qu'il commençait à désespérer de trouver une solution, un soir, il avait attendu que ses parents s'endorment et il était sorti en douce de l'appartement. Il ne sortait plus sans un sac à dos dans lequel il glissait des allumettes et une bouteille de White Spirit. Il était presque décidé à mettre le feu à l'immeuble sans se soucier des autres locataires. Quand il était arrivé, de nuit, l'appartement du troisième étage était éclairé. Mais la lumière s'était éteinte presque aussitôt et Pierre Georget avait franchi la porte de l'immeuble une minute plus tard. Târiq s'était aussitôt mis à le filer. Ils avaient ainsi marché une bonne dizaine de minutes, traversant des carrefours, passant sous un échangeur routier, jusqu'à ce que Georget traverse un terrain vague menant à un ensemble de baraquements précaires devant lesquels se trouvaient une dizaine de types coiffés aussi ras que lui. Târiq s'était approché discrètement et, parmi ces hommes dont la plupart avaient une canette de bière à la main, il avait reconnu Meunier et Legendre. Tous avaient fini par entrer dans les baraques qui ressemblaient à ces salles de classe soi-disant provisoires qui étaient installées depuis des années dans le collège de Târiq et où lui-même avait cours d'histoire chaque semaine. Târiq n'était pas rassuré, seul maintenant dans le terrain vague. Pourtant, il s'était approché, s'était adossé à l'arrière de la baraque, sans toutefois réussir à entendre les conversations dont il ne percevait qu'un brouhaha. Il avait attendu, longtemps, manquant de s'endormir quand enfin, les hommes étaient sortis, parlant fort, riant, se serrant la main, se tapant dans le dos avant de se séparer et de partir chacun de leur côté. Tous sauf un : Pierre Georget. Târiq avait encore attendu quelques instants, se répétant que c'était maintenant ou jamais. Malgré la peur qui lui tenaillait le ventre, il avait franchi la porte du baraquement, et débouché dans un couloir sombre. De la lumière provenait d'une porte entrouverte vers laquelle Târiq avait marché sans bruit, retenant sa respiration. Il avait jeté un coup d'œil dans la pièce du fond, où se trouvaient une table et une dizaine de chaises, des canettes vides et des cendriers pleins. En avalant sa salive, il avait saisi la poignée de la porte en priant pour qu'elle ne grince pas. Il avait risqué un pas dans la pièce et s'était immobilisé. Au mur était épinglé un grand drapeau rouge au centre duquel, dans un cercle blanc, était tracée une croix gammée. Târiq connaissait la signification de ce drapeau pour l'avoir vu dans de nombreux films à la télévision. Quelques photos étaient également affichées au mur, des hommes en uniformes nazis, des armes en quantité, un portrait d'Adolf Hitler, un autre d'un militaire que Târiq ne connaissait pas… Quelques revues traînaient çà et là, la plupart traitant d'armement. La pièce sentait la sueur, le tabac froid et l'alcool. Soudain un bruit. Une toux. Târiq faillit détaler mais resta paralysé, l'oreille tendue. Une autre porte était entrouverte, au fond de la pièce. Târiq s'en approcha sans un bruit. Elle donnait sur un couloir obscur à l'exception d'un rai de lumière sous une autre porte. Un homme se racla de nouveau la gorge. Il ne pouvait que se trouver derrière cette porte sous laquelle la lumière s'immisçait. Il y eut un autre bruit, une sorte de grognement, de râle, puis un bruit d'eau caractéristique. C'étaient des toilettes, et un homme était en train de chier, avec difficulté, pensa Târiq que cette idée aurait amusé si la peur ne le tenait pas au ventre. Pierre Georget était là, à quelques pas de lui. Une telle occasion ne se représenterait plus. Târiq fit quelques pas en arrière et sortit la bouteille de White Spirit. Il en aspergea les revues, le drapeau et les murs qui, en placo, ressemblaient à du carton. Le garçon était persuadé qu'ils brûleraient comme un rien. Il avait raison. Le temps qu'il sorte en courant et traverse le terrain vague, les flammes s'élevaient déjà du toit plat des baraquements. Essoufflé, Târiq s'était arrêté à une centaine de mètres du brasier et pour la première fois, avait été frappé par l'idée que Georget pourrait bien ne pas s'en tirer. Jamais il n'avait eu l'intention de le tuer. Ou alors sans en avoir conscience. Il avait entendu, au loin, une sirène de pompiers et avait été secoué d'un haut-le-cœur à l'idée que peut-être, un homme était en train de brûler vif par sa faute. Il avait vomi brutalement, le ventre retourné. C'est alors qu'il avait vu une silhouette jaillir des flammes, un homme se jeter au sol en arrachant ses vêtements avec des gestes compulsifs. Les pompiers étaient arrivés, puis une ambulance. On avait emporté Pierre Georget.

Târiq l'avait vu rentrer chez lui quelques jours plus tard, boitillant, une main bandée. Il ne savait plus s'il devait être soulagé ou déçu que Georget s'en soit sorti.

Il était resté tranquille le reste de l'année, passé bon premier dans la classe supérieure, et avait fêté ses quatorze ans pour lesquels il avait reçu la maquette d'un Concorde qui trônait encore dans sa chambre à Marseille.

Târiq se passa une main sur le visage et se leva. Que lui voulait ce gendarme ? Comment avait-il été mis sur sa piste ? Il ne l'avait pas cru quand il avait dit s'être rendu à l'exposition de Tiffany Roche par simple intérêt personnel.

Târiq n'était plus de service et quitta la base sans saluer personne. Il avait envie de rouler, et le bruit familier du moteur de sa BMW l'apaisa quelque peu. Pas assez pour l'empêcher de repenser une fois encore à Villeneuve-Saint-Georges, à son envie de vengeance qui lui était revenue moins d'un an après l'incendie du repaire néonazi. Restait Baptiste Legendre, dont il n'avait pas oublié l'adresse. Il avait passé des heures, les semaines suivantes, à faire le guet devant la petite maison. Il y avait vu la mère de Legendre, mais jamais Baptiste. Il avait fini par forcer plusieurs jours de suite la boîte aux lettres après le passage de la factrice et était enfin tombé sur un courrier adressé à Jeanine Legendre et signé de Baptiste, dans lequel il demandait de l'argent à sa mère pour payer la caution d'un appartement dans lequel il devait emménager. L'adresse indiquée était à Lodève. Târiq ignorait où cela se trouvait et il avait dû chercher le soir même dans l'Atlas de son père. C'était le sud de la France, autant dire le bout du monde. Il avait donc perdu Baptiste Legendre, et avec lui l'occasion d'achever sa vengeance. Il n'avait cessé de le regretter ensuite, jusqu'à ce que son nom apparaisse comme par miracle dans le *Midi Libre*, vingt et un ans plus tard.

VII

LA TORCHE HUMAINE

21

OFFICIELLEMENT, Damien et Guillaume Le Guen dînaient ce soir-là chez leur mère sans raison particulière. C'était en vérité le jour de son soixante-treizième anniversaire mais Nancy avait cessé de fêter sa naissance à soixante ans. Pourtant, elle n'aurait pour rien au monde manqué une occasion de recevoir ses deux fils et c'était donc à un jeu subtil de non-dit auquel se livraient chaque année les Le Guen quand approchait la date fatidique : il fallait s'arranger pour organiser un dîner le jour dit sans pour autant faire la moindre allusion à la date choisie. De même, pour cette occasion, Nancy élaborait un menu qui, bien que se devant plus festif qu'à l'ordinaire, ne devait en rien ressembler à un anniversaire.

Ce soir-là, il avait été excellent et copieux, comme de coutume, et une fois le café servi, la vieille dame, sans qu'aucun de ses fils y eût fait la moindre allusion, amena la conversation sur ce qu'elle avait baptisé « l'affaire Roche. » Elle sortit d'un tiroir de la commode un dossier dans lequel se trouvait une bonne trentaine d'articles découpés dans les quotidiens qu'elle décortiquait chaque jour.

– Parlons peu, parlons bien ! s'exclama-t-elle non sans emphase, lâchant bruyamment le dossier sur la table. L'oncle qui brûle onze mois après l'amant et quinze ans après les parents et la cousine… Elle se moque de qui, la petite photographe ? Elle nous prend pour des billes, ou quoi ?

Le *nous* utilisé par Nancy Le Guen signifiait « les autorités », la justice, les effectifs réunis de la police et de la gendarmerie dont elle se sentait partie prenante. Guillaume et Damien y étaient habitués.

– Qu'est-ce que vous avez ? demanda-t-elle enfin à ses fils comme si elle leur intimait d'abattre leurs cartes.

– Et le secret de l'instruction, maman, tu en fais quoi ? s'aventura Guillaume, plus par jeu que par conviction.

Sa mère lui lança l'un de ses fameux regards par en dessous.

– Tout commissaire que tu sois, tu n'es pas à l'abri d'une raclée si tu parles sur ce ton à ta mère, jeune homme !

Guillaume regarda son frère avec amusement.

– Je me rends ! dit-il en levant les mains. On n'a pas grand-chose, pour tout te dire. Dans les deux cas, l'hypothèse de l'accident est la plus probable.

– Sauf que Damien n'y croyait déjà pas, l'an dernier. Je me trompe ?

Damien se garda de réagir, son frère enchaîna.

– La personnalité de Baptiste Legendre et son lien avec la fille Roche avaient effectivement de quoi intriguer. Mais l'enquête préliminaire n'avait rien donné. C'est exactement la même chose cette fois-ci, et si le mort n'était pas l'oncle de Tiffany Roche, tout ça serait déjà classé depuis longtemps.

– Sauf que c'est son oncle, et que vous y avez regardé de plus près, sans quoi vous seriez de fieffés imbéciles…

– Oui. Et Damien a peut-être établi un lien entre les deux derniers incendies. Des traces de pas bizarres, comme si on avait piétiné.

– Pointure ? demanda la mère.

– Difficile à établir, les types du labo ont ramé, mais quelque chose comme du 37, 38. À l'Aiguelongue comme à Valmascle.

– 37… Une femme, donc. Ou alors un nabot. Mais je doute fort qu'un pyromane miniature soit en train de sévir dans le département. C'est la photographe, à coup sûr.

– Sauf qu'elle a des alibis, intervint Guillaume.

– Ça se fabrique, un alibi !

– La nuit de la mort de son oncle, elle était au lit avec un certain Dimitri, un ami du marié. On a vérifié, d'après les deux, ils ont passé la nuit à… Tu vois ce que je veux dire.

– La parole d'un amant ne devrait même pas être prise en compte ! Elle le tient par la queue, il affirmera tout ce qu'elle veut en échange d'une gâterie !

Les deux frères se regardèrent, l'air de se dire que leur mère était décidément très en forme, ce soir. Guillaume semblait amusé par cette conversation alors qu'elle mettait Damien très mal à l'aise. Il était ainsi depuis que Tiffany lui avait parlé, le plaçant dans une situation ambiguë vis-à-vis de ses collègues et supérieurs, de son frère mais surtout de sa propre conscience. Il avait en sa possession des éléments déterminants qu'il se refusait à révéler, « pour ne pas trahir la confiance de la jeune femme », se racontait-il, alors qu'il savait pertinemment qu'il gardait le silence pour des raisons bien plus confuses, et notamment à cause du trouble chaque jour plus fort qu'il éprouvait pour la jeune femme. L'allusion grivoise de sa mère à propos du témoignage de Dimitri valait-elle pour lui-même ? Était-il de ces hommes – et en existait-il d'autres ? – qui sont prêts à tout pour mettre une femme dans leur lit, pour les beaux yeux d'une grande rousse, d'une *Red Headed Woman* et son « buisson ardent », comme le chantait Bruce Springsteen ? Était-il en train de se fourvoyer professionnellement, pour la première fois de sa carrière, ou bien au contraire était-il sur la piste d'un criminel qui, imperceptiblement, se rapprochait de Tiffany ? Si c'était le cas, ne mettait-il pas la photographe en danger en gardant pour lui ce qu'il savait ? À moins qu'il ne la pense pas réellement en danger, ce qui reviendrait à dire qu'il ne la croyait pas. Damien, dans toute cette histoire, ne tenait qu'une chose pour certaine : son état de fébrile confusion. Il avait revu Tiffany deux jours plus tôt et avait cherché des indices dans sa chambre et sa salle de bains, deux pièces où elle était sûre que quelqu'un avait pénétré à son insu. Il n'avait rien trouvé d'autre qu'une série d'empreintes dont il serait bien en peine de faire quoi que ce soit, et aucune trace tangible d'un éventuel intrus. Elle était pourtant catégorique, et sur le moment, Damien l'avait crue. Ou avait voulu la croire ? Sa mère poursuivait.

– Et pour la mort de Legendre, l'été dernier ?

Damien prit la parole pour la première fois depuis le début de la conversation.

– Elle était à Marseille, on a vérifié.

Sa mère fit une moue sceptique et regarda son fils dans les yeux, ce qui le fit rougir. Avait-elle deviné qu'il venait de mentir ? Elle en était tout à fait capable, comme quand il était enfant et qu'il ne pouvait rien lui cacher.

Il enchaîna pour se donner une contenance.

– J'ai une autre piste. L'un des pilotes de Canadair intervenu sur le feu de Valmascle.

– Ah ! Tu as fini par suivre mes conseils ! ne put s'empêcher de remarquer Nancy.

Damien préféra poursuivre sans commentaire :

– Il connaît Tiffany Roche et surtout, il a été élevé dans la même ville que Legendre.

– Et il chausse du 37, ton pilote ?

Damien soupira.

– Je n'ai pas dit que c'est lui qui mettait le feu ! Je crois seulement qu'il est lié à tout ça. Je l'ai rencontré et je sais qu'il me ment. Il connaissait Legendre.

– Et l'oncle, il le connaissait ? À part Tiffany, quel rapport avec les Roche ?

– Je n'en sais rien encore… Et puis, je n'ai pas les moyens de fouiller plus loin dans son passé, je me suis fait renvoyer dans mes buts par le parquet.

– C'est Villeneuve-Saint-Georges, la ville, c'est ça ? demanda Guillaume.

Damien acquiesça.

– Je connais quelqu'un, là-bas, poursuivit-il, un collègue, un bon copain. Son père était gendarme, lieutenant-colonel… À eux deux, ils devraient pouvoir nous dire ce qu'il y a à lire entre les lignes du dossier Legendre !

– Ce qui ne changera rien au fait que quelqu'un ayant une pointure de femme a piétiné les lieux des deux incendies, déclara alors Nancy Leguen.

– On a commencé à interroger tout le monde, invités au mariage, personnel, traiteur… Ça ne donne rien du tout, c'était prévisible. Aucun mobile valable, la plupart des invités venaient du côté du marié, pas des Roche. Quant aux mariés eux-mêmes, ils avaient mieux à faire pour leur nuit de noces que de foutre le feu à la cabane de l'oncle !... Tout cela ne tient pas. Alain Roche avait l'air d'être un type bien que tout le monde appréciait. Même dans son boulot ! L'environnement professionnel est la piste qu'on privilégie pour le moment. Avant sa mort, son frère bossait avec lui. Ils avaient monté une boîte, dans l'architecture et l'immobilier.

– Les hectares de forêt qui partent en fumée pour favoriser des projets immobiliers, ce n'est pas ce qui manque ! approuva Nancy Le Guen.

– C'est pour ça qu'on cherche de ce côté-là. J'essaye aussi de prendre contact avec son ex-femme, mais j'ai peu d'espoir : elle vit en Asie, un truc religieux...

Les frères et la mère restèrent quelques instants silencieux, pensifs, comme pour laisser reposer les idées qui venaient d'être agitées. Ce fut Nancy qui reprit la parole.

– Je suis sûre que tout ça remonte au premier feu, déclara-t-elle avec conviction. Aux premiers morts, aux parents de la photographe. Dans tous les bons romans policiers, c'est dans le passé que les enquêteurs finissent par trouver la solution... Et à ce propos, est-ce que vous avez lu ça, dans le *Libé* de ce matin ?

Elle sortit de son dossier la dernière page du journal du jour : le portrait de Tiffany Roche par Luc Dubesset.

Quand le téléphone mobile de Tiffany vibra, elle sut que c'était enfin son agent. Elle lui avait laissé six messages depuis le matin, depuis qu'elle avait acheté *Libération* et avait lu son portrait intitulé *Photographe de l'indicible*. Pour toute réponse, elle avait reçu, à 14 heures, un SMS qui n'avait fait qu'accroître sa colère : « Désolée. En réu tte la journée. Te tel ce soir. Biz. AL. »

Xavier lui avait téléphoné en fin de matinée, estimant l'article excellent, et avait été très surpris de trouver son amie dans tous ses états.

– Comment ça, un papier de merde ? Je l'ai trouvé vachement bien !

– Et la fin, tu l'as trouvée bien aussi ?

Elle avait cité, presque de mémoire, ayant lu et relu le portrait des dizaines de fois : « *Et si Tiffany Roche prend élégamment la tangente chaque fois qu'on lui pose la seule question qui vaille, c'est parce qu'il ne doit pas y avoir de mots pour dire ce qui a fait du feu son sujet de prédilection. Un drame familial dont elle est la seule rescapée, une maison d'enfance qui brûle alors qu'elle est adolescente. Un incendie qui, sous ses yeux, emporte son père, sa mère et sa cousine la plus proche. Comment s'étonner alors de son regard unique qui nous plonge au cœur des flammes pour y dénicher l'invisible, l'indicible.* »

Xavier, en découvrant l'article, avait été persuadé que c'était Tiffany qui avait décidé de lever publiquement le voile sur son passé, et il y avait même vu une bonne nouvelle, le signe d'une paix intérieure qui pointait enfin son nez. Si ces confidences n'en étaient pas, qu'elles étaient une indiscrétion du journaliste, il comprenait la colère de son amie et, la connaissant mieux que personne, savait combien devait être douloureuse la blessure que ces mots avaient rouverte, surtout si peu de temps après la mort de l'oncle Alain.

Xavier était en RTT aujourd'hui, et Tiffany, qui tournait comme un lion en cage, ne s'était pas fait prier pour accepter de le rejoindre à Marseille.

Mary et Xavier s'étaient évertués à changer les idées de la photographe. Il y avait leur nouvel appartement à visiter (les travaux avaient pris du retard), ils étaient allés marcher sur la plage, boire un verre… Xavier avait essayé de convaincre Tiffany qu'elle devait oublier, passer à autre chose, que le mal était fait, l'article paru. Il lui avait dit que ce n'était qu'un article de plus parmi tant d'autres, dans un journal parisien pas si lu que ça et qu'il serait vite oublié. Mary était plus belliqueuse que son époux et avait imaginé toutes sortes de vengeances, du droit de réponse assassin à la publication de photos intimes volées (pour que le journaliste sache ce que ça faisait de voir sa vie déballée dans la presse) en passant par la torture physique. Et ce fut la liste haute en couleur des sévices qu'il serait souhaitable de faire subir à Luc Dubesset qui avait finalement réussi à tirer un sourire à Tiffany. Xavier était heureux de ces moments partagés car ils tiraient un trait sur la tension née entre lui et son amie d'enfance depuis la mort d'Alain Roche, depuis les mots acides qu'ils avaient échangés chez Elizabeth le soir qui avait suivi le drame. Alors que le crépuscule commençait à colorer le ciel marseillais, ils étaient rentrés, chargés de sushis achetés chez le traiteur, quand Anne-Laure Martial avait appelé. La colère de la photographe était aussitôt réapparue.

– Comment cet enculé a-t-il su pour l'incendie ? demanda-t-elle en prenant la ligne.

– Cet « enculé », comme tu dis, est journaliste depuis plus de vingt ans !

– Je croyais qu'il s'occupait des pages « culture », pas de récurer les chiottes de *Libé* !

– Écoute, Tiffany... Ça m'a autant étonnée que toi. En même temps, il n'a pas levé un secret d'État, non plus ! Deux fois, tu n'as pas répondu à ses questions sur le feu, ça l'a intrigué et il a fouillé, il a fait son boulot de journaliste !

– De fouille-merde, tu veux dire !

– Je ne suis pas d'accord. Il n'y a rien de diffamant dans ce qu'il dit, c'est même plutôt touchant, et...

– Si tu me dis que c'est bon pour nos affaires, je raccroche et je change d'agent.

Anne-Laure sut aussitôt que Tiffany ne plaisantait pas.

– Ce n'est pas ce que je dis. Je trouve juste le papier cohérent. Luc reste sur ton travail. Il fait un lien avec ton passé intime, on est d'accord, mais c'est pour mieux parler de ton travail. Tu ne peux pas nier qu'il a mis le doigt sur...

Tiffany raccrocha, furieuse. Son téléphone se remit à vibrer aussitôt. Xavier regarda son amie qui se mordait nerveusement la lèvre inférieure et lui conseilla de décrocher.

Cette fois, c'était Anne-Laure qui était en colère.

– Ne t'avise pas de me raccrocher au nez une nouvelle fois, Tiffany, ou alors il faudra te trouver un autre agent pour de bon. Il est temps que tu grandisses un peu. Tu as un talent fou, mais tu fais chier. Luc n'a rien fait d'autre que de dire la vérité, une vérité qui explique qui tu es et ce que tu photographies. À toi maintenant de l'accepter, de le comprendre, sans quoi tu n'avanceras jamais. Ce qui t'est arrivé il y a quinze ans est terrible, mais il faut que tu passes à autre chose. Tu ne peux pas continuer à ressasser le passé comme tu le fais. Tu n'es ni victime ni coupable, tu as juste eu la malchance d'avoir été frappée par un drame. Ne le laisse pas te gâcher la vie, fais-en une force. C'est déjà une force, il faut juste que tu l'acceptes.

– Mais ce n'est pas le passé, Anne-Laure, répondit Tiffany, la colère dans sa voix ayant été remplacée par de la détresse. Mon oncle vient de mourir, ça recommence, ça n'a jamais cessé !

– Ne mélange pas tout, ma belle. La mort de ton oncle n'a rien à voir avec celle de tes parents. Quinze ans sont passés. Ne mélange pas tout ou sinon, tu ne t'en sortiras jamais.

Anne-Laure Martial avait conscience des limites de sa démonstration, de combien le sort s'acharnait sur Tiffany, de la résonance que la mort tragique de son oncle devait avoir eue en elle. Mais que pouvait-elle faire d'autre sinon la pousser à aller de l'avant, quitte à énoncer avec beaucoup de conviction de grands principes auxquels elle n'arrivait pas elle-même à croire ? C'était une part de son rôle d'agent, mais aussi de ses limites. Elle était la complice des artistes qu'elle représentait, leur compagne de route, souvent leur confidente, mais jamais leur amie. Une amie devait dire la vérité. Un agent devait veiller aux intérêts de son client. Quitte à le trahir pour le bien de sa carrière. Gérer sa propre culpabilité faisait aussi partie du métier.

– Tu as la vie devant toi, Tiffany, et tant d'atouts en main ! Tu es jeune, belle et talentueuse, tu ne voudrais pas, en plus, avoir la vie facile ! Tu as de grandes choses à faire, ma chérie. Dans quelques jours, c'est le vernissage de l'expo à Paris…

– Je ne viendrai pas.

– Bien sûr que si, tu viendras.

– Non.

– Mais si. C'est ta vie. Tes photos sont ta vie. Tu viendras.

Une fois son téléphone raccroché, Tiffany mangea en silence face à Mary et Xavier qui respectèrent son repli.

Repensant à ce qu'elle venait d'entendre, elle se demandait si, depuis la mort de ses parents et d'Alexandra, elle s'était complue dans le rôle de la victime, si, par ses troubles de mémoire, par la culpabilité qu'elle s'infligeait, elle n'avait pas cherché inconsciemment un dérivatif à la banalité de la mort qui avait frappé sa famille. D'autres qu'elle, dans sa situation, n'auraient-ils pas pris les choses avec plus de simplicité et donc de courage ? Elle pensa alors à Elizabeth et à sa dignité depuis la mort d'Alain. Et soudain, Tiffany comprit que ce dernier drame n'était pas le sien. Ce n'était pas à elle de porter le deuil d'Alain, pas elle la plus durement frappée par ce qui venait de se passer. Revinrent alors à sa mémoire les si nombreux instants où Elizabeth avait été présente pour elle, l'avait simplement prise dans ses bras, ne cherchant pas à la consoler mais à l'aider à vivre son chagrin.

Tiffany sortit de ses pensées et reprit pied dans la réalité. Elle trouva quelque chose de triste dans le regard de Xavier, une lueur qui n'aurait pas dû apparaître dans le regard d'un jeune marié. Elle se rendit compte ensuite que Mary la dévisageait. Elle lui sourit mais l'épouse de Xavier n'atténua pas pour autant l'intensité de son regard fixe. Tiffany se sentit rougir. Quelques minutes plus tard, alors que les deux jeunes femmes étaient seules dans l'étroite cuisine, Mary dit à Tiffany qu'il fallait qu'elles se parlent.

– Qu'on se parle ?

– Rien que nous deux.

– Je ne suis pas sûre que ce soit une bonne idée, Mary.

– Je m'en fous. Il faut qu'on se parle, j'ai besoin de te voir. On ne se voit plus depuis quelques semaines…

– J'ai fait exprès de garder mes distances. C'est mieux, non ? Tu as épousé Xavier, mon meilleur ami, mon seul ami… Il faut qu'on oublie ce qui s'est passé. Il ne s'est rien passé, d'ailleurs !

– Bien sûr que si. Bien sûr qu'il s'est passé quelque chose.

– Alors il faut l'oublier.

– Impossible. Je ne pense qu'à ça. Je ne pense qu'à toi.

– Mary…

– Il fallait y penser plus tôt.

Elle avait dit cela comme un enfant aurait déclaré : « C'est toi qui as commencé. »

Xavier entra dans la cuisine, Tiffany en profita pour dire qu'elle allait rentrer.

Xavier la raccompagna à sa moto. Elle lui demanda si tout allait bien avec Mary. Xavier sourit et répondit que oui, bien sûr. Tiffany fut aussitôt persuadée qu'il lui mentait.

Elle roula ensuite jusqu'à Montpellier, parvenant à évacuer peu à peu le malaise des mots échangés avec Mary grâce à la douceur de cette nuit de printemps. Elle se souvint des dîners dans le jardin de la maison du bord du Lez en compagnie de son oncle et d'Elizabeth, quand elle était adolescente. Les bougies à la citronnelle pour chasser les moustiques, la nappe blanche pincée sur les bords de la table pour qu'elle ne s'envole pas, le goût du rosé dont on lui donnait un fond à goûter. Elle repensa à la bibliothèque du jardin d'hiver, le repaire d'Alain dans lequel il la laissait entrer quand elle n'avait plus rien à lire. Il marchait le long de ses rayons, laissait glisser un doigt sur le dos de ses livres, tête légèrement penchée sur le côté. Il s'arrêtait sur un titre, hésitait, regardait Tiffany comme s'il évaluait sa taille. Il faisait une moue et disait : « Non, trop juste. L'année prochaine… » Plus loin, il hésitait encore. « Ah ! Voilà, celui-là t'ira parfaitement. » Il ne se trompait jamais et si Tiffany savait ensuite lui dire pourquoi elle avait aimé l'ouvrage, elle avait le droit de le garder, de le mettre sur l'étagère de sa chambre. Un jour, dans le chalet, Alain, ce qu'il faisait rarement, avait parlé de sa fille. « Elle n'aimait pas lire, je n'ai pas eu le temps de la convertir. Je pense que c'est moi qu'elle rejetait en repoussant la littérature… »

Tiffany arrêta sa moto devant la grille de la maison d'Aiguelongue. Ces souvenirs l'avaient émue mais ne l'avaient pas attristée. Elle était pleine de l'affection qu'elle avait eue pour son oncle qui, ne l'étant pas vraiment, avait été le meilleur des pères.

Il y avait de la lumière au salon, et au moment où elle allait sonner, Tiffany entendit le piano. Elizabeth était en train de jouer la valse de Chopin sur laquelle Xavier et Mary avaient dansé quelques heures avant qu'Alain ne trouve la mort. Tiffany écouta le morceau jusqu'à son terme et sonna. Elle entendit la porte du perron, puis le pas d'Elizabeth sur le gravier. Elle repensa à son oncle qui avait toujours refusé d'installer un interphone et une gâche électrique à la grille, estimant qu'il n'était pas convenable d'ouvrir à ses invités d'une simple pression sur un bouton. Elizabeth sourit en découvrant Tiffany. Elle était aussi élégante et aimable qu'à l'accoutumée.

Une fois au salon, Tiffany, sans un mot, prit sa tante dans ses bras. Elizabeth se mit aussitôt à pleurer, secouée de sanglots. Tiffany l'attira sur le canapé et la serra contre elle, émue par cette inversion des rôles. Elizabeth, une fois ses larmes taries, s'endormit sur ses genoux. Tiffany sentit une paix profonde monter en elle : elle était donc capable d'apporter soutien et soulagement à autrui, elle qui en avait tant demandé par le passé. Elle finit par s'endormir à son tour, et quand elle s'éveilla, le jour était levé. Elizabeth n'était plus dans ses bras et une odeur de café venait de la cuisine. Sa tante apparut, douchée, maquillée, habillée. Elle lui sourit et lui dit qu'elle croyait bien ne jamais l'avoir vue dormir aussi longtemps depuis qu'elle la connaissait. Elle avait préparé le petit déjeuner, lui avait pressé une orange. Chacune avait repris son rôle.

Il était midi quand Tiffany rentra chez elle.

Elle alluma son ordinateur et consulta ses courriels. Il y en avait un de Mary, daté de la fin de la nuit. Tiffany l'ouvrit avec appréhension. C'était la plus fiévreuse déclaration d'amour qu'il lui avait jamais été donné de lire.

À genoux sur le carrelage frais, Damien Le Guen fronça les sourcils. C'était bien un morceau de terre qu'il avait aperçu sous le comptoir, près de la caisse enregistreuse. Un morceau de boue séchée tombé des semelles de grosses chaussures de marche, peut-être celles de l'un des deux hommes masqués qui, arme au poing, avaient emporté la maigre recette de cette épicerie de village. Il sortit sa pincette de sa poche, un petit flacon en plastique, et préleva la terre qui partirait l'après-midi même au labo.

Son téléphone vibra. *Guillaume* était inscrit sur l'écran de l'engin.

– Je te dérange ?

– Non, non. Comment tu vas ?

– Pas mal… J'ai eu maman, ce matin. Émilie lui a annoncé, pour le bébé.

– Comment elle l'a pris ?

– Fidèle à elle-même, elle lui a dit qu'il était encore temps d'avorter ! Mimi était morte de rire en me rapportant leur conversation !… Mais c'est pas pour ça que je t'appelle. Tu sais mon pote flic en Île-de-France ? Je l'ai appelé après notre conversation de l'autre soir. Je lui ai demandé de fouiner un peu autour de Legendre à Villeneuve-Saint-Georges.

– Et alors…

– Il m'a envoyé un mail, je te l'ai fait suivre. C'est son père, le gendarme, qui s'est souvenu de l'oiseau. Je te passe tout ce que tu sais déjà, tout ce qui est dans le dossier. Par contre j'ai deux noms, deux types très proches de Legendre : Christophe Meunier et Pierre Georget. Ils étaient inséparables, tous les trois. Des petits fachos, nazillons sur les bords. Ils se sont même fait exclure d'une antenne locale du Front National. J'ai demandé à mon pote d'essayer d'en apprendre plus sur eux aussi, au cas où ils auraient un rapport avec ton pilote de Canadair.

– Génial. Je te remercie.

– You're welcome, bro !

Damien rangea son téléphone dans sa poche et termina de visser le flacon dans lequel il avait déposé le morceau de terre. Quelque chose, mais il ne savait quoi, lui disait qu'il était sur la bonne voie avec Târiq Amraoui et le passé extrémiste de Baptiste Legendre.

22

TIFFANY et Anne-Laure Martial s'installèrent à une table de la brasserie Le Wepler, place de Clichy, à quelques minutes de marche des bureaux du magazine *Géo* où elles avaient passé la matinée. Tiffany commanda une douzaine d'huîtres et une bière, Anne-Laure une entrecôte frites et une demi-bouteille de vin. Elle sourit en voyant l'air étonné de la photographe.

– Fini le régime ! lança-t-elle d'une voix joyeuse. Ça fait vingt ans que je bouffe du poisson et des légumes vapeur alors que j'ai horreur de ça. J'ai décidé de revenir à la vie. J'ai arrêté la gym, aussi : halte à l'inquisition ! Et puis je change ma garde-robe, je vais mettre enfin des fringues de mon âge, des trucs confortables, pas moulants, pas des putains de tailles basses…

Tiffany la regarda. Elle avait bien remarqué un changement dans sa tenue vestimentaire et dans sa coiffure quand elle l'avait retrouvée à la gare de Lyon ce matin mais n'y avait pas prêté grande attention.

– Ma mère est morte, dit alors Anne-Laure.

– Ta mère ? Quand ça ?

– La veille de ton oncle.

– Pourquoi tu ne m'as rien dit ?

– T'avais autre chose à penser, tu ne crois pas ? Maman avait quatre-vingt-treize ans, c'était de son âge.

Tiffany repensa à la présence d'Anne-Laure à l'enterrement de son oncle, au soutien qu'elle lui avait apporté alors qu'elle-même, secrètement, était en plein deuil.

– Ça a été une sorte de déclic, pour moi ! continua l'agent. Tu sais, le truc con : la prise de conscience qu'on meurt tous un jour, que la vie est trop courte, même quand elle dure quatre-vingt-treize ans ! Je me suis vue le jour de l'enterrement, à choisir mes fringues, à me regarder dans le miroir pour mater comment tombait ma petite robe noire. J'étais sur la pointe des pieds, pour bien tendre le mollet et la cuisse, et je me suis trouvée pathétique. Qui je voulais impressionner à l'enterrement de ma mère ? Le bedeau ? Ma sœur baba-cool avec ses écharpes tricotées main ? Son fils qui a quarante ans, quinze kilos de trop et presque plus de cheveux ? Ses filles qui en ont seize et qui s'habillent comme moi ? Ou plutôt moi comme elles…

Tiffany sentit son mobile vibrer dans sa poche. Elle ne fit aucun geste ; elle savait qui essayait de la joindre et en fut immédiatement contrariée. Anne-Laure poursuivait.

– J'ai décidé de capituler. J'ai décidé de faire mon âge. Tu ne peux pas savoir comme je me sens soulagée. J'ai l'impression de revivre ! Je fais une croix sur les mecs aussi. Terminé ! De toute façon, avec le cul que je compte prendre en quelques mois, les candidats à la bagatelle vont se faire rares ! Pour ce qu'ils m'ont donné comme plaisir…

– Tu n'as jamais été tentée par les femmes ? demanda alors Tiffany.

– Les femmes ? Si, à une époque. Je crois que c'est une question que toutes les femmes se posent une fois dans leur vie. Mais c'est plutôt du ras-le-bol des mecs qu'un véritable goût pour les femmes, je pense. J'ai eu une aventure en Allemagne, il y a sept ou huit ans. J'y passais une semaine pour le boulot. Je ne parle pas un mot d'allemand, elle ne parlait ni l'anglais ni le français. Elle était belle, un peu froide mais belle. Un peu trop grande. Très allemande. Les réunions de boulot se passaient avec un traducteur. Elle était dans le même hôtel que moi. Je pense qu'elle était lesbienne, pour de bon. On s'est retrouvées toutes les deux dans l'ascenseur. Elle m'avait beaucoup matée pendant le dîner après les réunions. Elle m'a pris la main dans l'ascenseur. Je n'ai pas enlevé la mienne. C'est moi qui l'ai suivie dans sa chambre et je me suis laissé faire. Je garde un très bon souvenir de la nuit qui a suivi.

Mais j'en suis restée là avec les femmes. J'aimais les hommes, leur rudesse, leur naïveté. J'aimais l'ascendant que j'avais sur eux quand ils me désiraient. Et toi ?

– Moi ? répéta Tiffany.

Son mobile vibra de nouveau : l'arrivée du message, sans doute interminable, qu'on venait de lui laisser.

– Toi, tu es attirée par les femmes ?

– Je n'en sais rien. Je sais juste que j'ai du mal avec les hommes.

– Je crois surtout que ce sont les hommes qui ont du mal avec nous, tu sais ? Une femme, c'est bien trop complexe pour un mec, une « technologie » bien trop sophistiquée ! Rien que le sexe, ça ne peut marcher que sur des compromis ! Au fond, de quoi ont besoin les hommes pour être satisfaits ? Deux trois allers-retours en poussant des *han* de bûcheron et l'affaire est pliée ! Et nous, on leur demande le grand jeu, de la tendresse, de l'attention, du temps... De la fidélité, aussi, encore un truc qui va contre la véritable nature des hommes. Pour qu'un type soit fidèle à sa femme et qu'il la fasse jouir, il lui faut une sacrée dose d'abnégation ! Autant dire que l'oiseau est rare, autant que les femmes comblées... En tout cas, Dieu merci, tout ça c'est du passé pour moi. Je me mets hors-compétition. Et c'est bon : regarde...

Un serveur déposait devant elle son entrecôte et ses frites fumantes. Un autre installa le plateau d'huîtres de Tiffany sur son socle métallique. La bière et le vin suivirent de peu. Les deux femmes trinquèrent.

– À ton succès, ma belle ! lança Anne-Laure. À l'expo ce soir, au reportage l'été prochain.

Tiffany avait été très étonnée par l'accueil qu'on lui avait réservé à la rédaction du magazine *Géo*. On lui avait déroulé le tapis rouge. Toutes ses idées, même les moins originales, avaient soulevé l'enthousiasme et aucune des exigences énoncées par Anne-Laure (dont les tarifs exorbitants) n'avait été contestée. Ce qui avait beaucoup fait réfléchir la jeune photographe sur sa notoriété qui devenait réelle. Pourtant, le projet lui-même ne l'emballait pas vraiment. Deux semaines en Corse, en juillet, dans quelques jours, donc, en compagnie des pompiers de l'air.

C'était du reportage, ni plus ni moins, et Tiffany avait l'impression de retourner en arrière même si elle comptait, comme elle l'avait dit au rédacteur en chef du magazine, insuffler la direction actuelle de son travail au cœur de ce reportage. Comment, et sans se caricaturer elle-même ? Elle n'en avait aucune idée. Elle improviserait sur place. Bien que le sachant pertinemment, Tiffany refusait de s'avouer qu'elle n'avait initié ce projet que dans le but de revoir le pilote croisé au vernissage de Montpellier. Ils s'étaient parlé deux fois au téléphone depuis, mais c'était Anne-Laure qui avait finalisé les accords avec le commandant de la BASC. Târiq Amraoui serait détaché deux semaines sur la base d'Ajaccio début juillet. Tiffany avait l'autorisation exceptionnelle de le suivre dans chacune de ses missions, les alertes, en Corse, se faisant par demi-journée, de 12 h 30 au coucher du soleil moins trente minutes, puis de 9 heures à 12 h 30 le lendemain. Elle serait logée au même hôtel que les équipages. Un journaliste de *Géo* l'accompagnerait mais ne serait pas autorisé à monter à bord des Canadair en même temps que la photographe ; un seul passager à la fois. Tiffany voyait la perspective de ces deux semaines en Corse avec un mélange d'impatience et d'anxiété. C'était la première fois de sa vie – à l'exception du baiser donné à Damien Leguen dans les ruines de Viviourès, mais qui ne comptait pas car ils étaient tous deux enfants –, qu'elle se sentait attirée par un homme. Cela l'amena à penser au gendarme, à son comportement depuis qu'elle lui avait dit toute sa vérité. À ses efforts, sa patience, sa gentillesse. Tiffany savait pertinemment qu'elle lui plaisait. À qui ne plaisait-elle pas, d'ailleurs ? Elle se savait belle et voyait bien que, depuis l'adolescence, elle déroutait sans cesse le regard des hommes. Il lui arrivait parfois de se dire que la beauté était une malédiction qui ne faisait que fausser les rapports humains. Il était si facile de faire tourner la tête d'un homme et de le mettre dans son lit. Mais c'était différent avec ce gendarme. Il ne donnait pas l'impression de vouloir coucher avec elle, plutôt d'être sans cesse au bord de lui demander sa main. Il était finalement aussi touchant que lorsqu'il pleurait au château. À moins d'être frappé par un drame, songeat-elle, on ne change pas. Elle se demanda ensuite ce que le pilote pensait d'elle. L'avait-il draguée, au vernissage ? Avec l'assurance que dégageait son physique, les femmes ne devaient pas longtemps lui résister. N'était-elle que l'une d'elles ? Que l'une de ses conquêtes ? L'une de ces femmes qui, instinctivement, cherchent un homme grand et fort pour les protéger et les féconder ? Ou bien avait-elle eu raison de voir une faille derrière l'apparence de ce Târiq Amraoui ?

Anne-Laure prit un dessert, une mousse au chocolat. Tiffany se contenta d'un café. Le vernissage de la rue de Seine, le soir même, la rendait nerveuse. À moins que ce ne soient les trois messages laissés sur son portable qu'elle n'avait pas encore écoutés.

Elle composa le 888 une demi-heure plus tard, quand elle fut seule, rendez-vous pris avec Anne-Laure à 19 heures à la galerie. Elle écouta à la suite les trois messages :

« Tiffany, c'est moi. C'est Mary. Je consulte mes mails toutes les dix minutes. Je ne comprends pas que tu ne m'aies même pas répondu. Comment tu peux me faire ça ? Au début je me suis dit que le message s'était perdu. Je te l'ai renvoyé. Mais comme tu ne décroches pas non plus ton téléphone, que tu ne réponds pas à mes textos, je sais que tu l'as eu et que tu m'évites. Il faut qu'on parle, Tiffany. Je suis mal. J'ai besoin d'entendre ta voix. Appelle-moi, je t'en prie. Appelle-moi. »

« C'est encore moi. Bien sûr. J'ai failli partir pour Montpellier, venir frapper à ta porte, et puis je me suis souvenue que tu avais ton exposition à Paris. C'est pour ça que tu ne me rappelles pas, hein ? C'est ça ? Juste un texto alors ! Quelques mots, pour me dire que tu as eu mon message, que tu ne m'en veux pas, que tu me comprends. J'en ai besoin. Je me suis mise à nu devant toi, tu ne peux pas me laisser tomber comme ça. Je ne dors plus, je me sens oppressée. Je… je me doute que tu es très occupée, mais fais-moi un signe. Je t'embrasse. »

« Tiffany. Tiffany. Tu n'as donc même pas d'amitié pour moi ? Rien ? Du mépris, peut-être ? Comment peut-on mépriser l'amour que vous portent les autres ? Je n'ai rien fait de mal, Tiffany. Toi la première tu m'as tendu la main, rappelle-toi. Toi la première tu as vu ce qui pouvait exister entre nous. Tu m'as ouvert les yeux. Tu m'as ouvert le cœur. Je n'ai rien fait de mal. Je suis certaine que tu ressens pour moi la même chose que ce que je ressens pour toi. Je le sais. Pourquoi le cacher, pourquoi le nier ? Ça ne servira qu'à nous faire souffrir toutes les deux ! On n'a rien fait de mal, Tiffany ! L'amour ne peut être mal. Je deviens dingue à attendre un signe de toi. Des fois, j'ai la fausse impression d'entendre mon téléphone sonner ! Quand je consulte mes mails, j'ai le cœur qui fait un bond alors que je n'ai reçu que des spams. La nuit, je dors avec le téléphone en main, sur vibreur… C'est ça que tu veux ? Me punir ? Me punir parce que je t'aime ? »

Tiffany, une fois son téléphone raccroché, était essoufflée comme si elle avait couru un cent mètres, le cœur tapant fort dans sa poitrine. Que devait-elle faire ? Mais avant tout : qu'avait-elle envie de faire ? Elle ne pouvait nier plus longtemps que la déclaration de Mary l'avait émue, troublée, exaltée et effrayée. Elle ne pouvait nier qu'elle avait envie de la voir, de lui parler, mais redoutait ce que pourrait révéler cette entrevue. Partageait-elle les sentiments de l'épouse de Xavier ? Son attirance pour le pilote de Canadair n'était-elle qu'un leurre tendu à elle-même pour se détourner de Mary ? Une dernière question la taraudait : qu'est-ce qui lui faisait le plus peur dans ce qui était en train de se tisser entre elle et Mary, que cette dernière soit une femme ou qu'elle soit celle de son meilleur ami ?

Elle arrêta un taxi et lui indiqua l'adresse de son hôtel, dans le quartier Latin. À mi-chemin, elle sortit son mobile et rédigea un SMS :

> Pardon de ne pas t'avoir appelée. J'ai besoin de réfléchir, de faire le point. Je suis à Paris, je rentre demain. Je te promets de te téléphoner une fois à la maison. Je te le promets. Ton mail était beau. Il me fait peur.

Elle ajouta « je t'embrasse » mais l'effaça avant d'envoyer le message à Mary.

Quand, à 19 heures passées de quelques minutes, elle arriva en vue de la galerie, Tiffany s'arrêta et se rencogna sous un porche. Il y avait du monde, la galerie était pleine, des hommes et des femmes, un verre à la main, discutaient sur le trottoir. Ce serait différent du vernissage de Montpellier. Pas d'amis, pas de membres de sa famille. Des étrangers sinon Anne-Laure, des journalistes, photographes, amateurs d'art. Tiffany était à deux doigts de rebrousser chemin quand son téléphone vibra. Elle eut peur que ce soit Mary, mais c'était Anne-Laure qui lui demandait où elle était, parce que tout le monde l'attendait.

– J'arrive.

Les regards se tournèrent vers elle dès qu'elle approcha de la galerie. Elle comprit immédiatement que quelque chose avait changé, qu'on ne la regardait plus de la même façon. Outre le portrait dans *Libération*, il y avait eu plusieurs papiers pour annoncer l'exposition, elle avait répondu à quatre interviews, le matin même, on avait parlé d'elle en termes élogieux dans la rubrique *Esprit Critique* du 7/10 de France Inter, et décrété qu'elle était l'artiste qui monte dans les matinales de Canal +. Anne-Laure s'avança et la prit par le bras.

– Détends-toi. Tout va bien se passer. Tout le monde adore. Souris, je m'occupe du reste.

Tiffany serra des mains, remercia quand on lui faisait un compliment, acquiesça docilement lorsqu'on lui expliquait son propre travail. Un photographe dont elle connaissait et admirait le travail lui dit qu'il était très impressionné. Un homme en qui elle mit du temps à reconnaître l'un de ses professeurs de l'école Louis-Lumière l'embrassa en lui déclarant qu'il avait toujours su qu'elle irait loin, ce qui était un mensonge. Tiffany eut un instant la sensation de sortir de son corps, de se regarder évoluer parmi cette foule qui ne la quittait pas des yeux, qui s'intéressait plus à elle-même qu'à ses photographies. Que cherchaient ces regards dans le sien ? Elle eut la certitude qu'il s'agissait d'y dénicher des traces du drame passé qu'avait révélé *Libé*, que pour les hommes et les femmes présents au vernissage, elle n'était plus la photographe du feu mais sa rescapée.

Elle sortit soudain de ses pensées et se retourna brusquement. Une sensation familière venait de la traverser. Elle scruta les visages, les silhouettes. Comment pouvait-elle avoir l'impression singulière d'être épiée au cœur d'une foule qui ne regardait qu'elle ? Anne-Laure lui glissa une flûte de champagne dans la main et la présenta à un journaliste, à un écrivain, à une autre photographe. Tiffany se retourna de nouveau. Encore cette sensation qui l'avait pourtant quittée ces dernières semaines. Ici, à Paris ? Était-il possible que celui qui la surveillait à Montpellier l'ait suivie jusqu'à Paris ? Elle serra la main d'une vieille femme très jolie, au regard lumineux, aux mains froides et tordues par l'arthrose, une peintre dont le simple sourire fut le plus beau des compliments que Tiffany devait recevoir ce soir-là. Puis elle fut attirée vers un groupe, serra d'autres mains et se rendit soudain compte qu'elle venait de saluer Luc Dubesset.

– Quel succès ! lui dit le journaliste. Je n'avais pas encore vu l'exposition quand nous nous sommes rencontrés à Marseille, seulement des tirages. C'est vraiment superbe. J'aime énormément.

– Et moi, j'ai détesté votre article, lui répondit Tiffany d'une voix blanche.

Le journaliste parut surpris. Anne-Laure se mit à rire pour signifier que Tiffany plaisantait.

– Comment pouvez-vous vous permettre de fouiller ainsi dans la vie des gens ? continua cette dernière.

– Mon métier est d'essayer de comprendre votre travail, de lire entre les lignes.

– Est-ce que parfois, vous pensez à ceux sur qui vous écrivez ? Est-ce que vous vous mettez à leur place ? Est-ce que vous croyez vraiment que j'ai envie que l'on déballe ma vie privée dans un journal ?

– Il ne s'agit pas de votre vie privée, mais de la clé de cette exposition.

– Qu'est-ce que vous en savez ? Pour qui vous prenez-vous ?

Anne-Laure rit trop fort une fois de plus et essaya de l'attirer vers d'autres invités. Tiffany se dégagea de son emprise avec humeur. Luc Dubesset la regarda en souriant.

– En tout cas, il semblerait que mon « détestable » article ait attiré l'attention sur vous et votre travail ! Vous devriez me remercier, je...

Il ne termina pas sa phrase. Tiffany venait de lui jeter le contenu de sa flûte à la figure. Le silence s'était fait autour d'eux. Tiffany traversa la foule soudain immobile et sortit de la galerie d'un pas rapide, se retenant difficilement de courir. Elle avait encore la flûte à la main, qui se brisa tant elle la serrait sans s'en rendre compte. Elle lâcha les morceaux de verre qui tombèrent au sol en tintant. De grosses gouttes de sang s'écrasèrent sur le trottoir, telle une lourde et tiède pluie d'été.

Luc Dubesset passa chez lui enfiler une chemise sèche. L'appartement lui sembla encore plus vide que d'habitude et il eut envie de pleurer. Il se reprit aussitôt ; il avait juré à Hélène de ne pas se laisser aller, d'être fort pour eux deux. Il passerait la voir demain matin, il lui mentirait en lui disant qu'il lui trouvait bonne mine, elle lui mentirait en lui annonçant qu'elle avait passé une bonne nuit et qu'elle avait gardé son petit déjeuner. Le professeur Lenoir lui, ne mentait jamais et ne lui avait laissé aucun espoir. Hélène ne passerait pas l'été. C'était tout bonnement inconcevable. N'était-ce pas lui qui avait une faiblesse au cœur ? Ce qui était impensable, c'était qu'il puisse continuer à vivre sans elle. Luc était terrifié. Ils n'avaient pas réussi à avoir d'enfant, que lui resterait-il d'elle ? Que lui resterait-il tout court pour meubler les jours et les nuits qui allaient suivre le décès inévitable de celle qu'il aimait ? Un mois plus tôt, ils avaient encore la vie devant eux ! Aurait-il le courage de supporter son chagrin ?

Luc ressortit aussitôt, enfila son casque et enfourcha son scooter. Il devait retrouver des amis pour dîner. Il essayait de rester seul le moins possible à la maison de peur de sombrer. La nuit qui se posait doucement sur Paris était douce, l'un de ces crépuscules interminables qu'Hélène aimait tant. C'était au printemps qu'ils s'étaient rencontrés. Presque six ans jour pour jour…

Arrivé en retard au restaurant, il parvint à prendre part à la conversation, à manger, à boire, à rire. Patrick était maquettiste, Alex journaliste pigiste, comme lui, mais spécialisé dans la littérature, Apolline était secrétaire de rédaction et son ancienne maîtresse. C'était elle qui lui avait présenté Hélène, ancienne camarade de lycée retrouvée par hasard. Le hasard fait bien ou mal les choses, tout dépend de quel point de vue l'on se place. Il n'y avait rien eu à opposer à l'amour qui était immédiatement né entre Luc et Hélène. Apolline n'avait même pas lutté, elle n'avait eu qu'à s'incliner. Ils étaient restés bons amis. Elle était au courant pour la maladie et, quand tous se séparèrent devant le Raspail Vert, alors que Luc déverrouillait la chaîne de son scooter, elle lui avait demandé des nouvelles d'Hélène. Luc s'était aussitôt demandé si elle espérait le récupérer une fois qu'il serait veuf. Il savait qu'elle l'aimait encore et qu'elle n'avait pas refait sa vie.

Il était tard, il était fatigué, il avait trop bu. Le boulevard Edgar-Quinet était désert. Ce fut par hasard que Luc se rendit compte que sa jauge de carburant était anormalement basse puisqu'il avait fait le plein le matin même. Soixante mètres plus loin, un feu tricolore passait au rouge. Luc ralentit. Il ne vit pas la ligne de feu qui courait derrière lui et le rattrapait d'autant plus vite que la vitesse du scooter diminuait. Il ne vit pas, dans son rétroviseur, la moto se ranger sur le bas-côté. Il ne sut jamais qu'on avait percé son réservoir juste avant qu'il ne sorte du restaurant, collé un épais sparadrap sur le trou qui, comme prévu, n'avait tenu que quelques instants, laissant d'abord filtrer l'essence goutte à goutte, le temps de s'en gorger, puis s'était détaché pour laisser s'échapper un filet d'essence régulier qu'il avait été si simple ensuite d'allumer telle une mèche à retardement. Luc Dubesset n'eut pas le temps de poser pied à terre au feu rouge que son scooter s'embrasait.

L'incendiaire le vit s'enflammer en un instant, se dresser en hurlant, déjà torche humaine alors que le scooter tombait sur l'asphalte, tourner sur lui-même en un tragique pas de danse, s'effondrer au sol, s'y rouler en vain puis s'immobiliser pour toujours, cœur arrêté, après deux sursauts convulsifs.

Déjà un passant se précipitait, une voiture approchait dans l'autre sens.

L'assassin rabaissa la visière de son casque intégral, remit le contact de sa moto, fit demi-tour et s'éloigna, longeant tous feux éteints le cimetière du Montparnasse en psalmodiant un air répétitif et entêtant.

VIII

LE SEPTIÈME MORT

23

CETTE FOIS, le golfe de Santa-Manza n'était plus qu'écume. Les vents tournants qui avaient sévi tout l'après-midi semblaient s'être orientés au nord-est, la mer avait encore forci depuis le dernier écopage et les creux, en vingt-cinq minutes, avaient franchi, ou peu s'en fallait, la limite de sécurité. L'heure de la fin des opérations n'était plus loin, le jour n'allait pas tarder à décliner, le ciel limpide à s'oranger. Târiq Amraoui et Cécile Garnier, sa copilote, avaient déjà effectué une vingtaine de largages depuis leur prise de garde à 12 h 30, et même si la limite autorisée de soixante largages par jour était encore loin, ils étaient épuisés tant les conditions climatiques étaient extrêmes. Encore une folle journée en Corse. Ils échangèrent un rapide regard.

– Il y a plus de deux mètres de creux, non ? demanda Cécile dans l'interphone.

Târiq ne répondit pas. Personne ne pourrait leur reprocher de rentrer à Ajaccio, tout le monde comprendrait que faire le plein d'eau en mer par cette tempête était devenu trop dangereux, même dans le golfe de Manza pourtant très abrité, que remonter jusqu'aux lointains plans d'eau intérieurs d'Urbino ou Diane n'était pas envisageable... Pourtant, il pensait aux pompiers qui se battaient au sud de Sartène, aux habitations menacées, aux routes coupées. Un largage supplémentaire ne suffirait pas à éteindre l'incendie, bien sûr, mais six mille litres d'eau supplémentaires avant la tombée de la nuit seraient une aide précieuse au sol.

– Tu crois que ça peut passer ? poursuivit la copilote.

– Il faudrait se placer face nord-est, l'inverse de tout à l'heure. Mais ça va vraiment cogner, cette fois.

Comme pour illustrer cette dernière phrase, une bourrasque vint secouer l'hydravion et ses passagers. « Cette fois », pensa Cécile, comme si ça n'avait pas déjà secoué lors des écopages précédents, comme si elle n'avait pas eu la peur de sa vie quelques heures plus tôt quand ils avaient dû affronter des vagues pourtant moins grosses que celles qui se précipitaient dans le golfe, crêtes déchiquetée par un vent furieux qui leur arrachait des rideaux d'écume. C'était sa première année à la Sécurité civile, son premier été en tant que copilote, sa première campagne en Corse. Revenant quelques secondes en arrière, elle rectifia sa pensée : elle n'avait jamais eu peur aujourd'hui. Ce n'était pas de la peur, c'était autre chose, difficilement définissable : une tension extrême, un stress aigu, la sensation nette que le pire était possible. Mais de la peur, non, pas à la droite de Târiq dont le calme étonnant semblait augmenter au fur et à mesure que les conditions de travail se détérioraient. Avant d'embarquer pour la Corse, on l'avait prévenue qu'il était le plus taciturne des commandants de bord, mutique, parfois caractériel et difficile à comprendre. En vérité, elle avait immédiatement adoré travailler avec lui et avait rapidement compris qu'il n'aimait que les chantiers difficiles. Il n'était réellement tendu et froid que par temps calme, les jours tranquilles ou, pire, lors des GAAR, les guets aériens armés, ces vols de surveillance qui transformaient les équipages en vigies volantes. Pourtant, elle sentait qu'il hésitait à se jeter une fois de plus dans la tempête, dans l'enfer salé qui défilait sous les ailes malmenées du Canadair.

– OK, finit par lâcher le pilote d'une voix ferme. En temps normal, si j'étais seul à bord avec Cécile, je ne me poserais pas de question, je remplirais une fois de plus les soutes de cet avion et j'irais larguer sur ce putain de feu.

Il tourna son visage vers la droite, légèrement en arrière, puis ajouta :

– On fait quoi ?

Tiffany Roche, sanglée sur le *jump seat*, avala sa salive. Elle avait peur, elle avait la nausée, même son Leica ne lui était d'aucun secours et elle avait cessé depuis deux bonnes heures de faire des photos. Elle rêvait de rentrer à la base, de poser enfin ses pieds sur terre, de retrouver sa chambre d'hôtel et de prendre un bain brûlant en se félicitant d'être encore en vie. Elle savait que Târiq ne lui reprocherait rien si elle lui avouait sa peur. Elle n'était même pas loin de penser qu'il venait de lui tendre une perche pour se donner à lui-même une raison de renoncer à cet ultime écopage qui semblait pure folie. Mais pouvait-elle prendre le risque de le décevoir ? De se décevoir ?

– Faites comme si je n'étais pas là, déclara-t-elle d'une voix qu'elle aurait aimée plus ferme.

Il ne fit aucun commentaire et se détourna. L'avion entama un large virage sur sa gauche et perdit rapidement de l'altitude, secoué par une série de turbulences comme un 4 × 4 lancé à pleine vitesse sur une piste défoncée.

– Je garde les écopes rentrées ? demanda Cécile d'une voix tendue.

– Oui. On touche écopes rentrées, on les sortira une fois dans l'eau.

L'hydravion fonçait droit vers la tourmente, le pare-brise se couvrit d'embruns, rendant en un instant la visibilité nulle.

– Essuie-glaces ! ordonna Târiq.

La copilote lança les essuie-glaces à plein régime, rouvrant la vision effrayante de la mer déchaînée. Un énorme rouleau strié d'écume passa sous les ailes du Canadair que Târiq peinait à garder stables. La carlingue de l'hydravion résonnait des coups de boutoir du vent et des gifles des embruns.

Tiffany ferma les yeux, regrettant de ne pas avoir avoué sa peur qui se mua à l'instant en panique.

Elle était arrivée deux semaines plus tôt en Corse en compagnie de Florien Masson, journaliste à *Géo*, petit homme maigre et presque chauve de cinquante-cinq ans qui, s'il ressemblait à un employé des PTT à l'affût de la préretraite, avait parcouru le globe de long en large et était un spécialiste des déserts qu'il aimait traverser à la marche, et des glaces où il assouvissait sa passion pour le traîneau à chiens. Mais il n'avait pas fallu plus de dix minutes à Tiffany pour comprendre que sa plus grande aventure avait débuté trois semaines plus tôt avec la naissance de son premier enfant, un petit Romain dont les borborygmes au téléphone (il appelait sa femme dès qu'il avait cinq minutes de libres) lui mettaient les larmes aux yeux. Le premier soir, au bar où ils avaient rendez-vous avec deux des équipages de la Sécurité civile, il avait déclaré à Tiffany qu'à l'instant où il avait tenu son fils pour la première fois dans ses bras, il avait eu l'impression d'avoir enfin trouvé ce qu'il avait toujours cherché sans le savoir en trente ans de crapahute à travers le monde.

Puis Târiq Amraoui était entré et Tiffany avait senti son cœur s'emballer. Leurs regards s'étaient croisés brièvement et la jeune femme avait senti que le pilote n'était pas plus à l'aise qu'elle-même. Une femme le suivait de près, puis deux hommes entre quarante et cinquante ans. Tout le monde s'était présenté, la jeune femme, dans les trente-cinq ans, brune aux cheveux courts, yeux noisette et teint hâlé, se prénommait Cécile et serait le copilote de Târiq Amraoui durant les deux semaines qu'ils allaient passer en Corse. Tiffany, bien que se le reprochant immédiatement, avait été étonnée par la présence d'une femme parmi les équipages des Canadair, mais avait appris dans les minutes suivantes que c'était une grande nouveauté à la BASC dont trois femmes copilotes avaient grossi les rangs pour la première fois de son histoire en décembre dernier. Cécile n'avait encore jamais volé en Corse, ni avec Târiq. Ils seraient l'équipage au cœur du reportage pour *Géo*, et la jeune photographe n'avait pu s'empêcher de voir dans ce choix la volonté d'afficher un trop beau respect des parités : une femme et un Arabe d'un coup. Tous deux jeunes et beaux, ce qui ne gâchait rien.

Ils avaient passé environ une heure dans ce bar, pilotes et copilotes discutant volontiers et avec passion de leur métier. Seul Târiq était resté discret, parlant le moins possible, en retrait, en observation. Observation de lui-même plutôt que des autres tant il cherchait à faire le tri dans les sentiments contradictoires que lui inspirait l'arrivée de la photographe. Ces derniers jours, avant son propre départ pour la Corse, il s'était senti à la fois impatient et anxieux, excité et fébrile. Il n'avait pas revu Tiffany depuis le vernissage de son exposition, six mois plus tôt, mais n'avait cessé de penser à elle. Au téléphone, les deux fois où ils avaient évoqué le reportage en Corse, il s'était trouvé terriblement maladroit et s'en était voulu d'avoir raccroché sans proposer à la jeune femme de boire un verre pour en discuter de vive voix. En entrant quelques minutes plus tôt dans le bar, au moment où leurs regards s'étaient croisés, il avait cru discerner dans les yeux bleus de la jeune femme une anxiété qui lui rappelait la sienne. Puis il s'était dit qu'il était grotesque, qu'il n'y avait aucune raison pour que cette femme qui ne savait rien de lui et ne l'avait vu qu'une seule fois un soir où elle avait dû saluer des dizaines d'inconnus pût éprouver à son égard le moindre intérêt. Pourtant, n'avait-elle pas saisi immédiatement la perche qu'il lui avait tendue en l'invitant à monter à bord d'un Canadair ? Si, mais pour faire son métier de photographe. Pour quoi d'autre ? Elle ne faisait pas partie des deux fameuses catégories de femmes qui trouvaient les Arabes à leur goût.

Comme lui, elle avait peu parlé, ce soir-là. C'était le petit chauve qui menait la conversation. Il avait commencé par déclarer que ce devait être « chouette » (c'était le mot qu'il avait employé) de venir passer deux semaines en Corse ainsi chaque été. À quoi les collègues de Târiq avaient aussitôt répondu que la Corse n'était pas une partie de plaisir, que les feux, chaque année, s'y déclaraient en grand nombre et dans toute l'île, souvent simultanément, qu'il n'y avait que trois Canadair et deux Tracker en opération et que bien souvent, le rythme des largages était nettement plus soutenu que sur le continent et dans des conditions climatiques et géographiques la plupart du temps difficiles, ce qui justifiait l'organisation des gardes différentes de celles de Marignane. Rapidement, la conversation les avait conduits à l'accident tragique du 19 juillet 2005, à Calvi, qui avait coûté la vie à Ludovic Piasenti et Jean-Louis de Bénédict, pilote et copilote chevronnés.

La soirée ne s'était pas éternisée, elle n'était qu'une prise de contact. Les équipages devaient être opérationnels à 9 heures le lendemain matin et tout le monde désirait se coucher tôt. Une fois dans sa chambre d'hôtel, Tiffany avait reçu un SMS de Mary :

Bien arrivée ? Tout va bien ? On peut se parler ?

Elle avait hésité à couper son portable mais avait finalement répondu que tout allait bien mais qu'elle était fatiguée et désirait se mettre au lit. Elle avait regretté ce message aussitôt qu'il fut parti, se rendant compte un peu tard qu'il entérinait la singularité du lien qui, contre sa volonté, était en train de se nouer entre elle et Mary. Elle n'avait pas à rassurer Mary, à lui dire qu'elle était bien arrivée comme un enfant devait le faire à ses parents, ou une épouse à son conjoint.

De retour de Paris après le vernissage de l'exposition rue de Seine, elle avait appelé Mary comme elle l'avait promis avec la ferme intention de mettre fin à toute ambiguïté dans leurs rapports. Mais la conversation ne s'était pas déroulée comme elle l'avait prévu et elle avait eu la sensation d'un piège qui se refermait sur elle quand elle avait enfin raccroché. Les phrases qu'elle avait répétées dans le TGV, bien décidée à prendre les rênes de l'entretien, n'avaient pas tenu une seule seconde devant l'évidente émotion de Mary.

« Mais ce n'est pas possible ! avait objecté Tiffany. Tu as épousé Xavier, tu es la femme de mon meilleur ami !

– Et pourtant je t'aime. Je n'y peux rien, Tiffany ! C'est comme ça. Je pourrais te mentir à toi, te dire que je n'aime que Xavier, mais à moi, est-ce que je peux me mentir, à moi ?

– Et où ça va te mener ?

– Je n'en sais rien. Je sais juste que je ne veux pas lutter. Je n'ai jamais rien ressenti de pareil, jamais rien d'aussi fort. Est-ce qu'il faut que je renonce parce que ça ne se fait pas ?

– C'est pas que ça ne se fait pas…

– C'est quoi, alors ? Tiffany, essaye d'être honnête. On est au téléphone, on est seules. Soyons honnêtes avec nous-mêmes. Si je n'avais pas épousé Xavier…

– Mais tu l'as épousé ! Et puis même, je n'ai jamais…

– Aimé une femme ? C'est ça que tu veux dire ? Moi non plus. Je ne sais pas si j'aime les femmes ou les hommes. Il n'y a qu'une chose dont je suis certaine, c'est que je t'aime toi, et plus rien d'autre ne compte… »

Tiffany n'avait pas su répliquer. Mary avait enchaîné.

« Quelle importance qu'on soit femme ou homme ? Tiffany, toi la première…

– Je sais, je ne sais pas ce qui m'a pris. Jamais…

– Jamais tu n'as eu de rapports homosexuels ! C'est ça que tu allais dire ?

– Oui, je…

– En es-tu vraiment sûre ? Je ne parle pas d'avoir fait l'amour avec une femme, mais d'avoir ressenti de l'amour pour une femme… »

Tiffany avait immédiatement pensé à sa cousine, à leurs baisers. Mais elle n'était qu'une adolescente alors, une presque enfant ! Puis elle s'était demandé si Xavier avait parlé d'Alexandra à Mary, lui avait confié la véritable nature du lien qui les avait unies.

« J'ai vu comment tu m'as regardée, Tiffany, dès notre première rencontre. Tu m'as regardée comme quelqu'un qui peut aimer une femme, comme quelqu'un qui regarde vraiment… Et ne me sors pas l'argument du regard de la photographe ! C'est moi que tu regardais, ce sont mes yeux. Et toi comme moi, à cet instant précis, nous avons ressenti une chose unique.

– Je me suis dit que nous devrions pouvoir devenir des amies. J'ai si peu d'amies. J'ai vu en toi cette possibilité-là, dès notre première rencontre.

– Tu as vu bien plus que cela, mais c'est tout ce que tu étais capable d'en comprendre, tout ce que tu te donnais le droit de comprendre. Je suis une femme et tu es censée aimer les hommes, tu as été élevée pour ça. Je suis une femme et je suis la femme de ton meilleur ami. Comment voulais-tu voir autre chose qu'une possible amitié durant cette première rencontre ? Mais après… »

Elles avaient ainsi longuement parlé au téléphone, et c'était Mary qui menait la danse, amenant progressivement Tiffany non à avouer un quelconque amour pour Mary, mais à ne pas refuser a priori le sien et à admettre qu'elle en était troublée.

« Oui, oui, oui ! avait-elle fini par concéder, plus émue qu'elle ne l'aurait voulu. Oui, je suis touchée, troublée, comme tu voudras ! Oui, bien sûr ! Mais ça ne change rien au fait…

– Ça change tout, au contraire. Laissons-nous du temps, Tiffany. Si tu ne me repousses pas, je peux attendre.

– Il n'y a rien à attendre.

– On verra bien. Ne me tourne pas le dos, c'est tout ce que je te demande. Je t'aime, c'est tout, ce n'est pas une insulte, une agression. Ce n'est que de l'amour. »

Et Tiffany avait aussitôt pensé que personne, aucun homme, ne lui avait rien déclaré de tel. Elle s'était sentie soudain très lasse, fragile, prête à se laisser réchauffer par cet amour qui se proposait à elle. Elle avait alors pris peur et avait dit à Mary qu'elle était fatiguée par son voyage à Paris.

« Je comprends. Mais c'était important qu'on se parle.

– Oui. Tu as raison.

– Il faudra qu'on se voit aussi.

– Oui, avait répondu Tiffany par faiblesse, parce qu'elle voulait raccrocher, parce qu'elle savait qu'elle partait pour deux semaines en Corse et espérait que la situation allait se clarifier avec le temps.

– Alors je te laisse, Tiffany. Merci de m'avoir appelée.

– C'est normal. C'est moi qui dois te remercier. »

Elle s'était demandé à l'instant pourquoi elle avait dit cela.

« À bientôt, alors ?

– Oui, à bientôt, Mary.

– Je t'embrasse.

– Moi aussi, je t'embrasse. »

Et elle avait raccroché en se disant que rien ne s'était passé comme elle l'avait imaginé, qu'elle avait beaucoup concédé à Mary, que la situation était encore plus délicate qu'avant cette longue conversation téléphonique.

Quelques jours plus tard, seule dans la chambre d'hôtel d'Ajaccio où elle passait sa première nuit, elle ne savait toujours que penser du trouble qu'elle ressentait à l'évidence pour Mary. N'était-ce pas à cause de cela qu'elle se trouvait en Corse occupée à un reportage qui ne l'intéressait pas vraiment ? Pour fuir un amour homosexuel en courant après une hypothétique liaison avec un homme qu'elle n'avait vu qu'en deux occasions, et avec qui elle n'avait échangé que quelques mots ?

La nuit qui avait suivi, sa première en Corse, elle avait rêvé d'Alexandra, sa cousine, et de Mary, les deux ensemble, peut-être, mais le détail de ce songe lui avait échappé à trois heures du matin, lorsqu'elle s'était réveillée en sursaut pour ne plus fermer l'œil.

À 8 heures, elle visitait la zone de l'aéroport d'Ajaccio réservée aux équipages de la Sécurité civile. Târiq Amraoui semblait plus détendu que la veille au soir, bien que toujours économe de ses mots. C'est lui qui lui avait fait visiter l'hydravion qui serait le leur aujourd'hui en cas d'alerte rouge. Tiffany avait aussitôt remarqué qu'il lui serait très difficile de faire du bon travail depuis le cockpit, assise entre les deux pilotes, n'ayant d'ouverture sur l'extérieur qu'à travers le pare-brise. Elle constatait à quel point elle avait négligé la préparation de ce reportage, n'ayant même pas cherché à savoir à quoi ressemblait un Canadair, persuadée qu'elle pourrait y travailler dans les mêmes conditions que dans un hélicoptère dont on pouvait ouvrir en vol une porte latérale.

– Je pourrais me détacher, pendant les vols, me lever ? avait-elle demandé au pilote.

– Certainement pas.

– Vous passez près des flammes ? Dans les flammes ?

– Près, oui, mais pas dans ! On passe *au-dessus* des flammes.

Tiffany s'était dit qu'elle se concentrerait sur l'aspect humain du travail des pilotes, qu'elle réussirait bien à prendre quelques clichés spectaculaires de flammes et de fumée en fond derrière le pare-brise, Târiq en amorce, mais qu'il lui faudrait s'organiser une séance de travail au sol, avec les pompiers pour, cette fois, capturer la puissance de l'hydravion, des tonnes d'eau qu'il déversait en jouant sur les temps de pose et la vitesse.

– Pensez-vous qu'il y aurait moyen de monter à bord d'un hélico, pour prendre le Canadair de l'extérieur ?

– Faut voir, répondit le pilote. Faut voir avec les pompiers, ça devrait être faisable.

À moins que le magazine *Géo* n'ait les moyens de louer un hélico quelques heures, elle en parlerait à Florien le soir même.

La première alerte s'était déclenchée à 10 h 27 et avait offert à Tiffany, dans des conditions idéales – peu de vent et un feu de garrigue facile à maîtriser – son baptême de l'air, d'écopage et de largage. Elle avait terminé cette première journée en état d'euphorie, excitée par la rustique puissance de l'hydravion, grisée par les écopages en mer, le survol des plages d'où les touristes leur faisaient de grands signes amicaux et la vision du feu depuis le ciel.

Puis les choses s'étaient accélérées de jour en jour. Alertes incessantes, départs de feu aux quatre coins de l'île, largages dans des zones à la beauté sauvage mais au relief escarpé. Le quatrième jour, Târiq et Cécile étaient arrivés à la limite des soixante largages bien avant le coucher du soleil et tous trois étaient rentrés exténués à la base, pour réattaquer dès 9 heures le lendemain en vue d'une nouvelle demi-journée harassante. Târiq avait avoué que s'il avait déjà connu des saisons très chaudes en Corse, jamais il n'avait eu à intervenir sur autant de chantiers. *Corse-Matin* avait fini, à la fin de la première semaine, par titrer sur l'éventuelle existence d'un pyromane en série sévissant sur l'île de beauté, hypothèse reprise dès le lendemain par le journal du soir de France 3 puis le 13 heures de TF1.

Pendant ce temps, Tiffany et Târiq s'apprivoisaient l'un l'autre, se détendaient peu à peu, se confiant chaque jour davantage. Pour les fêtes du 14 Juillet, alors qu'en compagnie de tous les équipages et techniciens de la Sécurité civile, ils assistaient au feu d'artifice, ils avaient échangé un regard trop appuyé pour qu'il soit anodin. Au point que Tiffany repoussa la journée qu'elle voulait passer avec les pompiers. Elle avait tout de même fini par abandonner le

Canadair un jour entier, se mêlant aux équipes au sol sur un incendie qui détruisit quelque sept cents hectares de forêt et lui permit, avec son Leica et un trépied, de faire une série de clichés qu'elle espérait de qualité, notamment celui d'un pin s'embrasant au moment précis où jaillissait derrière lui, sortant d'une ravine, la masse jaune et rouge du Canadair lâchant ses six tonnes d'eau. Ce jour-là, elle avait également eu l'autorisation de monter à bord du PC volant du commandant des pompiers, hélicoptère qui lui avait fourni l'occasion, avec son Nikon cette fois, de prendre l'hydravion de Târiq du dessus, alors qu'il donnait l'impression spectaculaire de se jeter dans les flammes hautes parfois de plus de quinze mètres.

Elle était rentrée à Ajaccio ce soir-là avec la rassurante certitude d'avoir sauvé son reportage. Elle avait bu un verre avec Târiq et Cécile et tous deux, après de longues négociations concernant le pilote, avaient accepté de poser pour une série de portraits en noir et blanc. Et ce fut en lui consacrant deux pellicules le lendemain que Tiffany avait cerné la beauté farouche du visage de Târiq. Elle se souvenait qu'il lui avait plu dès la première minute à la galerie Hélène Trintignan, mais la jeune femme ne voyait réellement qu'avec un appareil photographique entre ses yeux et le monde. C'est à l'occasion de cette séance de poses qu'elle eut la certitude d'être en train de tomber amoureuse. Elle s'était immobilisée à moins d'un mètre du pilote, son Leica équipé d'un 50 à la main, et avait senti son souffle se tarir et la tête lui tourner. Târiq avait perçu son trouble, sa faiblesse, et avait tendu un bras pour la soutenir.

« Ça ne va pas ? lui avait-il demandé.

– Si, si… Juste un vertige. »

C'était le mot, avait-elle pensé en terminant sa phrase. Ils étaient si proches l'un de l'autre que Târiq avait pu sentir la douceur de son haleine. Il avait eu envie de l'embrasser. Elle s'était retenue de peu de poser ses lèvres sur les siennes. Il était midi sur la base d'Ajaccio, le ciel limpide était balayé par un vent qui forcissait d'heure en heure. Tiffany avait pensé avec amertume que c'était son dernier jour de reportage, qu'en compagnie de Florien Masson, elle devrait repartir le lendemain pour le continent.

Une demi-heure plus tard, elle montait pour la dernière fois à bord du Canadair. Un incendie sévissait au sud de Sartène depuis plusieurs heures, il était temps pour eux de prendre la relève des équipes du matin.

– Le vent est fort, avait dit Târiq en s'installant à son poste. La mer va être grosse, ça ne va pas être une partie de plaisir. Tu es sûre que tu veux venir, Tiffany ?

– Certaine, avait-elle répondu sans l'ombre d'une hésitation en se sanglant fermement sur le *jump seat*.

Alors que le jour commençait à décliner et que le Canadair s'apprêtait à entrer en contact avec la surface déchaînée de la mer dans le golfe de Santa Manza, Tiffany, les yeux fermés, regrettait amèrement cette bravoure et se désolait d'être sur le point de mourir sans même avoir pu embrasser Târiq.

Târiq rectifia légèrement son cap pour rester dans le sens de la houle. Il lui fallait toucher l'eau juste après le passage d'une lame, dans le creux, puis suivre le déplacement de la vague ; la moindre erreur leur serait fatale et enverrait l'hydravion par le fond, disloqué en quelques instants. Comme à l'entraînement, Târiq arrondit son approche mais remit brusquement les gaz pour éviter un rouleau plus gros que les autres. Il serra les dents puis réduisit de nouveau la puissance. Son avion était ballotté par les sautes de vent et les masses d'air remuées par chaque passage de vague. Concentrée, Cécile réglait le régime de rotation des hélices et la pression d'admission des moteurs. L'avion volait entre deux montagnes d'eau, Târiq sentit que c'était le moment. Quand la coque toucha la surface, le choc fut aussi violent que lors d'un atterrissage d'urgence au sol. Le Canadair résonnait des coups sourds que lui portait la mer.

– *Écopes* ! cria Târiq dans l'interphone.

– *Écopes sorties*, répondit la copilote une fois le switch basculé.

Tiffany rouvrit les yeux et fut saisie par l'effrayante beauté de la situation. La mer partout au-delà du pare-brise, les paquets d'embruns que chassaient les essuie-glaces pour ne révéler qu'un champ d'écume et des murs d'eau mouvants, le vacarme de la tempête mêlé à celui de l'eau qui se ruait dans les réservoirs de l'avion. Elle ne put s'empêcher de lever son Nikon et de mitrailler le tunnel de mer dans lequel surfait maintenant l'hydravion. Cécile surveillait les jauges de remplissage trop lent à son goût, trop irrégulier. Târiq, respirant à peine, anticipait les ruades des vagues et se faufilait entre les monstres écumants en repoussant la manette de gaz au fur et à mesure que l'avion s'alourdissait. Enfin les écopes se refermèrent et Târiq les sortit de la tourmente, revenant à la lumière, redécouvrant le ciel.

Tiffany ne put retenir un soupir de soulagement. Târiq se tourna vers sa copilote et lui sourit.

– L'eau était chère, aujourd'hui ! lui dit-il en sentant ses muscles se détendre.

Puis il mit le cap au nord-ouest, vers Sartène. Moins de quinze minutes plus tard, ils larguèrent une dernière fois à la tête du feu et Târiq souhaita bonne chance au commandant des pompiers qui se préparait à poursuivre la lutte de nuit. Malgré le vent fort qui secouait l'hydravion, le vol de retour vers Ajaccio dans l'air transparent de ce début de crépuscule fut un enchantement pour Tiffany qui sentit son cœur se serrer devant tant de beauté, et tant de tristesse à l'idée de son départ du lendemain. Elle ne soupçonnait pas combien Târiq, malgré sa fatigue, partageait l'émotion de cet instant.

Le soleil disparaissait derrière les îles Sanguinaires quand ils commencèrent leur descente vers l'aéroport d'Ajaccio.

Tiffany rentra directement à l'hôtel et prit le bain brûlant dont elle avait tant rêvé au moment où Târiq avait plongé vers les vagues. Elle détestait faire ses bagages et remit cette corvée au lendemain. Comme lorsqu'elle était enfant et prenait un bain interminable chaque dimanche matin avant de retrouver sa cousine pour jouer, elle resta dans l'eau jusqu'à ce que la peau de ses doigts ressemble à celle, toute plissée, d'une vieille sorcière.

On frappa à la porte de sa chambre.

Tiffany, à peine séchée, se drapa dans une serviette de bain et alla ouvrir.

C'était Târiq. Tendu, le souffle court.

Il fit un pas vers elle et l'enlaça sans un mot, l'étouffa contre sa poitrine. Ils restèrent de longues secondes ainsi, immobiles, les yeux fermés, se nourrissant du parfum de l'autre, de sa chaleur, puis vint le désir.

Tiffany ferma la porte et ils se caressèrent, s'embrassèrent à s'en faire mal, se pétrirent comme si les caresses ne suffisaient plus. La serviette tomba au sol, Târiq souleva Tiffany nue dans ses bras et la déposa sur le lit. Elle lui ôta son polo, dénoua son ceinturon. Il fut en elle l'instant d'après, les yeux fermés, secoué d'un spasme de puissant bien-être, de vérité, d'évidence, bouleversé par la sensation d'être enfin là où devait le mener sa vie. Tiffany lui passa les bras autour des reins et s'écrasa contre lui qui, au comble de l'excitation, ne put retenir son plaisir. Il s'effondra un court instant en gémissant, pesa de tout son poids sur la jeune femme immobile puis, lentement, se remit à bouger en elle. Ils firent alors l'amour longuement, tous deux réinventant la signification de cette expression. Cette fois, ils vinrent ensemble, Tiffany sentit déferler en elle un plaisir que jamais elle n'avait ressenti, et qui l'ébranla de la tête aux pieds, son corps, jusqu'à la douleur, la forçant à mordre la main de son amant pour étouffer un hurlement suraigu. Târiq cria au même instant, d'une voix rauque qu'il ne se connaissait pas. Ils s'affalèrent sur les draps en bataille, stupéfaits, écoutant leur souffle s'apaiser peu à peu jusqu'à ce que le silence de la chambre laisse à nouveau pénétrer les bruits du dehors : une voix, le moteur d'un scooter, une porte qui claque, le peu de vie que les deux amants avaient laissé aux autres.

Ils eurent envie de sortir dans la nuit. Tiffany avait faim. Ils marchèrent en se tenant la main, s'arrêtant tous les cinquante mètres pour s'enlacer en silence et se prouver qu'ils étaient bien là, qu'ils n'étaient pas en train de rêver.

Ils s'installèrent en terrasse, commandèrent une assiette de charcuterie corse pour deux, du fromage, une bière pour Tiffany et une eau pétillante pour Târiq dont le téléphone mobile sonna à peine les boissons servies.

– C'est mon père, dit le pilote en voyant le nom qui s'affichait sur son téléphone. Il vaut mieux que je le prenne, ce ne sera pas long.

Tiffany lui sourit. Il décrocha.

– Oui papa…

Il écouta, fronça les sourcils.

– Je n'ai rien oublié, papa. Je suis en Corse, tu sais bien, comme tous les ans. Je t'ai marqué les dates sur l'ardoise, dans la cuisine. Si, bien sûr, je t'ai prévenu. Madame Guillemot n'est pas passée ? Si, alors tout va bien ?… Non, je ne peux pas venir, je viens de te dire que je suis en Corse… Ce que j'y fais ? Mais je travaille, papa !… Après-demain. Oui, je passerai samedi, comme d'habitude… Quoi ? Quel courrier ? Les impôts ? Mais non, ce n'est pas la saison, tu dois te tromper… Je n'ai pas dit ça, papa… Ne t'énerve pas, s'il te plaît… Je regarderai samedi, oui… Comment ?

Târiq regarda Tiffany qui perçut une lueur de tristesse dans son regard. Elle le trouva magnifique, eut envie de le photographier mais s'aperçut qu'elle n'avait emporté ni son Leica ni son compact numérique.

– Non papa, maman ne rentrera pas ce soir. Calme-toi. Reprends-toi. Maman est morte, tu le sais, reprends-toi… C'est ça, oui. Tu n'as aucune raison de t'inquiéter pour elle. Il ne peut plus rien lui arriver depuis longtemps. C'est ça… Ne pleure pas, s'il te plaît. Papa. Ne pleure pas. Il est tard, tu devrais déjà dormir… Il va falloir que je raccroche. Oui… À samedi. Oui papa. À samedi.

Il raccrocha et glissa l'engin dans sa poche. Il regarda Tiffany et la trouva magnifique. Il eut envie de pleurer, de joie et de tristesse. Tiffany attendit quelques instants avant de lui demander si son père était très âgé.

– Non, pas vraiment. Mais il commence à perdre la tête. Il n'a jamais fait grand-chose de sa vie, c'est… J'ai du mal, avec lui. Mais ce n'est pas nouveau.

Il eut brusquement envie de raconter à Tiffany cette nuit de ses huit ans, à Villeneuve-Saint-Georges, qui avait si fortement marqué sa vie, depuis laquelle il éprouvait pour son père des sentiments contradictoires, et sans laquelle il n'aurait jamais épié Baptiste Legendre dans l'intention de le tuer, ni vu celle dont il se sentait à l'instant éperdument amoureux. Mais il se tut, et garda en lui une fois de plus cette histoire qu'il n'avait jamais racontée à personne.

– Ta mère est morte ? demanda la jeune femme.

– Quelques jours après mon bac. Et toi, tu as encore tes parents ?

– Non. Ils sont morts tous les deux quand j'avais quatorze ans.

Ils se saisirent les mains par-dessus la table. Le serveur leur apporta leur commande mais ils n'avaient plus faim. Ils avaient de nouveau envie l'un de l'autre, impérieusement. Târiq paya la note et ils s'enfuirent précipitamment.

Ils ne pouvaient se douter qu'une silhouette rasant les murs leur emboîtait le pas.

Cette fois, ils se dirigèrent vers la chambre de Târiq, Tiffany s'attendait à y voir un désordre typiquement masculin mais, au contraire, y trouva tout impeccablement rangé, linge plié, affaires de toilette alignées sur la tablette de la salle de bains.

Ils firent quatre fois l'amour avant que Tiffany ne soit terrassée par le sommeil. Aucune lumière n'était allumée dans la chambre éclairée par la seule lueur orangée de la rue. Le souffle léger de la climatisation soulignait le silence. Târiq regarda Tiffany et se sentit béni des dieux qu'un corps aussi superbe lui ait été offert. Elle était allongée sur le dos, un bras relevé derrière l'oreiller, l'autre pendant vers le sol, ses petits seins encore gonflés de désir, ses côtes à peine dessinées sous sa peau pâle, le ventre en creux jusqu'à sa toison rousse taillée en triangle qui ne cachait rien de son sexe encore humide. Il recouvrit à regret son amante d'un drap pour qu'elle ne risque pas d'avoir froid. Un instant, il pensa à la somme vertigineuse de hasards qu'il avait fallu pour qu'il soit là cette nuit, auprès de cette jeune femme qui le bouleversait tant. Et si tout ce qui avait constitué sa vie n'avait eu pour but que de préparer leur rencontre ? Tout jusqu'à cette humiliation de son enfance. Puis son choix de devenir pilote, son travail acharné pour parvenir à en suivre le cursus scolaire, sa carrière dans l'armée de l'air, son engagement dans la Sécurité civile qui l'avait conduit à s'installer dans le sud de la France et à lire par hasard cet article dans *Nice Matin* qui l'avait remis sur la piste de Legendre. Ce n'était que cela, la vie, une suite de hasards, de *si*, et pourtant, Târiq avait en ce moment même la certitude que rien d'autre n'aurait pu exister sans Tiffany.

C'est alors qu'une nouvelle lumière entra dans la chambre, par-dessous la porte, celle du couloir qui venait de s'allumer. Târiq regarda son radio-réveil. 3 h 12 du matin. Il fallait qu'il dorme. Demain, à 9 heures, il reprenait une garde, sa dernière en Corse avant de retourner à Marseille. Il entendit des pas qui approchaient dans le couloir et qui s'arrêtèrent devant la chambre. Intrigué, Târiq se tourna vers la porte et vit deux ombres dans le rai horizontal de lumière. Deux ombres, comme deux pieds. Quelqu'un se tenait debout face à la porte. Târiq se leva en silence, marcha sur la moquette jusqu'à la porte et tendit l'oreille. Après quelques secondes, il perçut un souffle, une respiration tendue, nerveuse. La minuterie s'éteignit dans le couloir et le rai de lumière disparut. Târiq avait maintenant la certitude que quelqu'un se tenait à quelques centimètres de lui, de l'autre côté de la porte. Il eut envie d'ouvrir brusquement pour surprendre l'intrus mais il était entièrement nu. Soudain les pas reprirent sur le carrelage du couloir, s'éloignant cette fois pour mourir au loin. Târiq resta immobile un moment, aux aguets. Mais l'hôtel resta silencieux. Târiq finit par se détendre. Il regagna le lit et se coucha près de Tiffany. Le sommeil ne tarda pas à l'engourdir alors qu'il repensait à l'étonnante intensité des dernières douze heures qu'il venait de vivre.

Il faisait grand jour quand Tiffany ouvrit les yeux. Elle se sentait plus reposée que jamais. Elle n'avait pas rêvé, ou du moins, n'avait gardé aucun souvenir de ses songes éventuels. Elle se sentait bien, en paix. Elle se tourna. Le lit était vide. Le radio-réveil de Târiq indiquait 9 heures 37. Tiffany pensa à son avion qui décollait vers midi. Elle n'avait pas de temps à perdre. Elle se redressa et vit une feuille de papier sur le second oreiller. C'était un mot de Târiq :

> TU ES BELLE LORSQUE TU DORS. JE N'AI PAS EU LE COURAGE DE TE RÉVEILLER. JE PARS POUR LA BASE, DÉJÀ EN RETARD POUR MA GARDE. JE T'AIME, TIFFANY. J'AI L'IMPRESSION DE N'AVOIR JAMAIS RIEN FAIT D'AUTRE DE MA VIE QUE TE CHERCHER. MAINTENANT QUE JE T'AI TROUVÉE, JE NE TE LÂCHERAI PLUS. JE T'AIME. JE VEUX VIVRE AVEC TOI. JE VEUX FAIRE DES ENFANTS AVEC TOI. JE VEUX VIEILLIR À TES CÔTÉS.

Tiffany relut trois fois le mot, bouleversée, puis enfila ses vêtements de la veille et trouva son téléphone mobile dans la poche de son jean. Elle avait un message, un SMS de Xavier, qui lui disait qu'à son retour de Corse, il voudrait la voir, qu'il avait besoin de lui parler. Tiffany sortit pour regagner sa chambre.

Elle la trouva sens dessus-dessous, sa valise renversée, la penderie vidée, ses vêtements jonchant le sol, ses chemisiers, tee-shirts et pantalons lacérés à coups de couteau, ses pellicules dispersées aux quatre coins de la chambre, son Leica brisé en morceaux sur le carrelage de la salle de bains.

24

– Damien ?
– Ouais.
– T'as eu maman ?
– Oui, oui.
– T'es libre, ce soir ?
– Oui. Toi aussi ?
– Je ferai en sorte d'être là. Mais qu'est-ce qui lui prend de venir en ville sans prévenir ? Et comment elle est venue, d'abord ?
– Une amie l'aura déposée ?
– Quelle amie ? Depuis quand maman a des amies ?
– Ou alors en taxi. J'imagine qu'il faudra qu'on la raccompagne après le dîner ?
– Non non, elle m'a dit qu'elle dormait à Montpellier.
– Ah bon ? Où ça ?
– J'en sais rien, elle a pas voulu me dire, elle m'a répondu qu'elle avait passé l'âge de rendre des comptes à qui que ce soit et pas encore atteint celui de dépendre de ses enfants !
– Bon. Après tout, elle fait ce qu'elle veut.
– Je t'appelais pour te dire que j'avais eu des infos sur les deux types de Villeneuve-Saint-Georges, les potes de Legendre.
– Du lourd j'espère, parce que le proc veut laisser tomber !
– Je m'en doute. Pour l'oncle aussi, l'histoire des traces de pas n'a pas convaincu le parquet. Je suis assez d'accord,

d'ailleurs, l'accident reste le plus probable. Tout le démontre sur place, on tourne en rond sur une simple impression, même pas vraiment une intuition.

– Dis-moi ce que tu as appris sur Villeneuve-Saint-Georges, on verra ensuite pour les intuitions, répliqua Damien avec une pointe d'agacement.

– Pierre Georget et Christophe Meunier. Entre 1983 et 1984, à Villeneuve-Saint-Georges, ils ont eu des « petits » problèmes avec le feu.

– Le feu ?

– Oui. La maison de Meunier et de sa mère a cramé entièrement, incendie criminel dont on n'a jamais retrouvé le responsable, allumettes et White Spirit, le feu est parti de la bagnole rangée dans la cour. Georget lui, quelques mois plus tard, a fini à l'hosto avec des brûlures au second degré dans l'incendie qui a ravagé leur repaire néonazi.

– Accident ?

– Pas plus que l'autre : on a encore trouvé des traces de White Spirit, et pas de coupable non plus.

– Putain. Les deux types victimes d'un pyromane, et vingt-deux ans plus tard, le troisième larron de la bande meurt dans l'incendie de son 4 × 4.

– Mais pas de traces de White Spirit à Valmascle. Et pourquoi plus de vingt ans après s'il devait y avoir un lien ? Ça ne tient pas !

– Ça tient toujours mieux que la théorie de la coïncidence, non ?... Est-ce qu'on sait ce qu'ils sont devenus, Meunier et Georget ?

– Non. Tu crois que l'un d'eux pourrait être lié à la mort de Legendre ?

– Je n'en sais rien, mais par contre, je crois de moins en moins qu'il soit mort accidentellement. Je sens que les réponses à nos questions se trouvent à Villeneuve-Saint-Georges, dans les années 1980.

– Pour l'incendie de Valmascle, peut-être, mais tout ça ne change rien pour celui d'Aiguelongue.

Les deux frères raccrochèrent après s'être donné rendez-vous au restaurant où ils retrouveraient leur mère. Damien rempocha son mobile et leva les yeux vers la grande baie vitrée du loft de Tiffany Roche. Elle lui avait laissé le matin même un message qui lui disait qu'elle avait besoin de lui parler. De toute urgence.

Guillaume, pour sa part, était dans son bureau de la SRPJ. Au moment de raccrocher, un léger tintement lui indiqua qu'il avait reçu un courriel. Il ne reconnut pas le nom de l'expéditeur et ce n'est qu'après avoir ouvert le message qu'il comprit qu'il s'agissait de l'ex-épouse d'Alain Roche, la religieuse qui vivait quelque part en Asie.

Commissaire,

Pardon d'avoir été si longue à vous répondre, mais les communications sont difficiles, ici, et je dois avouer ne pas penser à consulter souvent ma messagerie. D'ailleurs, personne ne m'écrit jamais, et c'est un pur hasard si j'ai eu votre mot. L'annonce de la mort d'Alain m'est douloureuse. Il n'était plus mon époux, mais restait le père de ma fille regrettée. C'est un peu d'elle qui disparaît de nouveau, et mon passé qui s'assombrit encore. Que vous dire sur Alain pour répondre à vos questions ? Il était un homme bon quand il ne buvait pas. Je l'ai beaucoup aimé, et nous adorions notre fille Alexandra. Alain, dans son enfance, avait souffert de maltraitance, ce qui explique, même si cela ne l'excuse pas, son penchant pour la boisson. Il pouvait être violent quand il avait bu. Il l'a souvent été avec moi. Jamais vis-à-vis d'Alexandra. C'est pour elle que je n'ai pas quitté Alain plus tôt. En grandissant, elle a dû comprendre, ou sentir, que quelque chose n'allait pas chez son père et elle ne lui parlait presque plus, ce qui le faisait beaucoup souffrir. La mort brutale de notre fille a sonné le glas de notre mariage. Apprendre que, comme elle, Alain a péri par le feu, réveille en moi une douleur que j'espérais éteinte. Je n'aurai pas assez des années qui me restent à vivre pour percer le mystère des desseins de Notre Seigneur. Je m'en remets pourtant à Lui, sans qui je n'aurais, depuis longtemps déjà, plus aucune raison de poursuivre mon chemin ici-bas.

Marie-Claire Maugé.

Guillaume Le Guen lut ce message plusieurs fois, mais ne put y déceler aucun éclairage possible sur la mort d'Alain Roche. Il n'y vit que la preuve d'un possible acharnement du malheur et pensa à ses enfants et à cette peur nouvelle qui était apparue en lui le jour de leur naissance, la peur qu'il leur arrive quelque chose, et la certitude que malgré la force de son amour, il ne pourrait les protéger de tous les dangers de ce monde. Puis il se demanda si Émilie allait ressentir la même chose quand son enfant viendrait, elle qui était encore si jeune, encore une enfant, son enfant.

Damien, au même instant, se disait qu'il ne pouvait plus reculer, qu'il devait parler à son frère, lui dire tout ce que Tiffany Roche lui avait confié, qu'il avait déjà trop tardé. Quelque chose était bel et bien en train de se passer, à un rythme irrégulier et lent, des événements liés aux incendies qui avaient frappé la famille de la photographe, il n'y avait plus moyen d'en douter. Malgré les apparences, ces morts par les flammes ne pouvaient être accidentelles.

Devant lui, Tiffany avait étendu ses vêtements lacérés, son appareil photo disloqué. Elle avait également eu la présence d'esprit de faire deux ou trois clichés de la chambre d'hôtel sens dessus dessous avec son petit compact numérique.

– Vous auriez dû prévenir la police, là-bas.

– J'avais un avion à prendre, je… L'idée ne m'a même pas effleurée, répondit Tiffany.

– Il aurait fallu inspecter la chambre, y chercher des indices, des empreintes que j'aurais pu comparer à celles que j'ai relevées ici… Vous avez quitté l'hôtel sans rien dire à personne ?

– Oui. C'est idiot, je m'en rends compte maintenant…

Damien avait besoin de calme pour réfléchir. D'être seul, surtout, en tout cas pas en compagnie de Tiffany Roche qui le troublait trop pour qu'il puisse mener la moindre idée à son terme. Cette faiblesse l'irritait, tout comme sa confusion depuis les premiers aveux de la jeune femme, et il ressentait soudain l'urgence de partager ce qu'il savait avec quelqu'un qui ne serait pas, comme lui, bêtement impliqué émotionnellement dans cette affaire. Tout cela, pour le meilleur ou pour le pire, relevait désormais des compétences de la police. Que signifiait ce saccage de la chambre d'hôtel ? Pourquoi soudain, celui qui épiait la jeune femme depuis plus d'un an passait-il à l'action, à l'intimidation ? Quel événement récent pouvait justifier une telle modification de comportement, une telle accélération ? Qu'avait donc voulu notifier l'intrus à Tiffany en s'attaquant à ses effets personnels ? Une dernière question se posait : la photographe était-elle en danger ? Elle ne semblait pas avoir peur, en tout cas ; seule la destruction de son vieil appareil photo semblait l'affecter, elle lui avait dit plusieurs fois que c'était tout ce qui lui restait de son père. Damien la trouvait en fait plus posée qu'auparavant, moins agitée, moins fragile. Pas une fois dans le récit qu'elle venait de lui faire, elle n'avait mis en doute ses propres observations ou suggéré, comme elle l'avait fait à plusieurs reprises lors de leurs précédentes entrevues, qu'elle était peut-être simplement folle et coupable sans le savoir. Quelque chose avait changé en elle depuis la dernière fois qu'ils s'étaient vus.

Et puis que penser de Târiq Amraoui, le pilote, encore lié à ce dernier événement ? Damien avait été stupéfait de l'apprendre, deux minutes plus tôt. Il était en Corse, dans le même hôtel, Tiffany avait passé deux semaines avec lui, chaque jour, pour son reportage.

Damien parlerait ce soir à son frère. D'ici là, il avait besoin de faire le point sur tout ce qu'il venait d'apprendre, de porter par écrit autant ce que son frère lui avait révélé du passé des complices de Legendre que ce que venait de lui raconter Tiffany. Il devait y avoir moyen de trouver des connexions entres ces différents événements. Il avait juste besoin de calme, de remettre de l'ordre dans ses idées et dans la chronologie des faits, de Villeneuve-Saint-Georges à Ajaccio, en passant par Valmascle et le jardin d'Alain Roche, pour tenter de voir le tableau dans son entier, et non par fragments à la manière d'un puzzle abscons.

Nancy Le Guen ne savait trop comment se diriger dans la médiathèque centrale Émile-Zola. En revanche, elle savait très bien, quand cela l'arrangeait, jouer les petites vieilles en détresse et attendrir la jeunesse. Une jeune et jolie bibliothécaire vola rapidement à son secours.

– Je peux vous aider, madame ?

– Oh oui, mon enfant ! Je suis un peu perdue, de mon temps, une bibliothèque ne ressemblait pas à un vaisseau spatial !

Elle avait pris sa plus petite voix, allant même jusqu'à la faire chevroter légèrement, veillant tout de même à ne pas trop en faire, et mima si bien l'égarement que la jeune femme lui prit le bras. En temps normal, elle aurait refusé ce soutien en assenant à la gamine l'une des répliques cinglantes dont elle avait le secret. Mais elle se doutait qu'elle aurait besoin d'aide dans ses recherches, elle maîtrisait mal l'outil informatique et la navigation sur le Net.

– Avez-vous votre carte de membre ?

– Ma carte ?

– Oui, votre carte de membre de la médiathèque.

– J'ai ma carte vitale, ma carte vermeille…

– Bon, on verra ça plus tard, dit la bibliothécaire avec un sourire indulgent.

Nancy se fit aussitôt la réflexion qu'elle devait avoir une vieille grand-mère gâteuse à la maison. Elle avait tiré le gros lot.

– Que puis-je faire pour vous ? demanda la jeune femme.

– J'ai besoin de consulter des journaux.

– Lesquels ?

– Les quotidiens, régionaux et nationaux. Le plus possible, autour de juin 1992. Juin, juillet et août.

– Ah ! Il vous faut donc un accès aux archives.

– Tout ça doit avoir été mis sur microfilms, je pense ? lança Nancy qui commençait à bien rentrer dans son personnage de petite vieille évanescente. Vous savez, cette machine où on tourne une manette pour faire défiler les documents sur un écran !

La jeune bibliothécaire ne put retenir un sourire amusé.

– Tout est informatisé, maintenant ! Venez, je vous conduis. C'est très simple, vous allez voir. Attention à la marche.

Pour la première fois depuis trente-deux ans, en se réveillant ce matin, la première pensée de Nancy n'avait pas été pour son mari défunt. De coutume, chaque jour, après l'oubli de la nuit et la liberté des rêves, le deuil fondait sur elle à la première étincelle de lucidité. Ce matin, un œil à peine ouvert, c'est à Tiffany Roche qu'elle avait pensé. Nancy n'était pas sûre de savoir pourquoi cette histoire la passionnait autant. Sans doute parce que, en romans comme en faits réels, les histoires de famille lui plaisaient tout particulièrement (elle avait dans sa commode un dossier très épais sur l'affaire du petit Grégory qui l'avait enthousiasmée dans son jeune temps) et que celle-ci prenait racine à seulement quelques kilomètres de chez elle, dans le hameau du Fesq. Plus elle y pensait, plus Nancy était persuadée que les trois incendies étaient liés et en aucun cas accidentels. Cette affaire occupait chaque jour un peu plus son esprit, la distrayait même parfois de ses lectures. Elle avait senti ce matin en faisant chauffer son café qu'il était temps qu'elle s'y consacre sérieusement.

La jeune bibliothécaire l'installa devant l'écran d'un ordinateur. Nancy se sentait bien dans cette salle moderne et climatisée, dans cette vaste médiathèque, dans cette ville bruissante de monde et de vie. Elle en avait plus qu'assez de la campagne, de la solitude, du silence, du potager boueux en hiver et trop sec en été, de la maison qui avait bien trop de pièces. Elle rêvait d'un appartement moderne, petit, avec de la moquette par terre, un ascenseur sur le palier et du bruit montant de la rue. Pourquoi s'obstinait-elle à s'accrocher à sa maison de Biranques ? Par quelle stupide fidélité au souvenir de son époux ? Paul adorait la maison, la campagne, mais qu'est-ce que cela pouvait lui faire maintenant, là où il était ? Nancy se posait très souvent ces questions, mais une force en elle lui interdisait de franchir le pas, même quand ses fils essayaient de la convaincre que sa vie serait plus facile à Montpellier. Elle en était convaincue, mais s'obstinait tout de même, comme une incompréhensible pénitence qu'elle s'imposait, à repousser toute idée de déménagement.

La bibliothécaire lui expliqua le fonctionnement des archives, comment entrer des mots clés, une date, comment elle pouvait imprimer certaines pages. Nancy la remercia, lui dit qu'elle arriverait à se débrouiller maintenant, fut sur le point de s'impatienter quand la jeune femme redoubla de politesse, et commença à lui parler comme à une enfant de maternelle. Mais elle sut se contenir et lui offrir un grand sourire un peu niais.

Enfin seule, elle se mit au travail. Elle avait déjà en sa possession à la maison plusieurs des articles archivés, et n'apprit rien des autres qu'elle parvint à afficher sur l'écran plat. La thèse du tragique accident revenait sous la plume de chaque journaliste. Dans le *Nice-Matin* daté du jour de l'enterrement des Roche, elle trouva un court article évoquant la disparition d'une adolescente de Notre-Dame-de-Londres, une certaine Juliette Blanc. Elle tapa ce nom dans le moteur de recherche mais ne trouva qu'une dizaine d'articles, dont le dernier, en date de septembre 1992, indiquait que l'adolescente, dont on avait retrouvé le vélo dans un fossé au bord de la route à une dizaine de kilomètres du domicile de ses parents, était toujours portée manquante et que les gendarmes privilégiaient la thèse de la fugue.

Déçue de n'avoir rien trouvé de plus que ce qu'elle savait déjà sur l'incendie de 1992, Nancy se connecta au Net et tapa *Tiffany Roche* dans le moteur de recherche.

Elle consulta en premier lieu le site personnel de la photographe qu'elle visita de fond en comble, jusqu'à la page des liens vers des sites amis. On y trouvait celui d'un collectionneur d'appareils photographiques de marque Leica, ceux de trois artistes de Montpellier, de plusieurs galeries dont celle d'Hélène Trintignan et d'une boutique spécialisée dans la photographie, vente d'appareils, de pellicules, développements, photos de mariage et autres. Elle visita rapidement tous ces sites mais s'attarda sur le dernier, celui de la boutique d'un certain Mathias Dalbret. On pouvait y afficher certaines des photos prises par ce dernier, baptêmes, mariages, et soudain, Nancy sentit son excitation remonter d'un cran. Sur une photographie datée du printemps dernier, elle venait de reconnaître Tiffany Roche. Elle se tenait près du marié, un jeune type qui ressemblait à un acteur américain dont elle ne retrouva pas le nom, lui-même au bras de son épousée, une brune aux cheveux courts avec un étonnant regard sombre, puis un couple entre la cinquantaine et la soixantaine que Nancy identifia d'instinct comme étant Alain Roche et son épouse. Il s'agissait certainement de la dernière photographie de l'oncle avant sa mort ; quelques heures plus tard, il brûlait vif dans son jardin. Il ressemblait à son frère, en tout cas au souvenir que Nancy avait des photographies de Marc Roche trouvées dans la presse à l'occasion de sa mort. Tiffany, en revanche, n'avait rien de son oncle. Nancy passa en revue chaque visage. Quelque chose la troublait dans ce cliché, quelque chose n'allait pas, mais elle fut incapable de déterminer quoi. Elle cliqua ensuite sur une autre photographie de la noce, celle des deux mariés. Toujours ce regard étonnamment sombre, noir, à la fois intense et fuyant chez la mariée. L'époux, pour sa part, avait l'air d'un gentil garçon très amoureux. Nancy se fit la réflexion qu'il ne faisait pas le poids.

Elle revint à la page du moteur de recherche et consulta cette fois les nombreux sites qui évoquaient le travail de Tiffany Roche, montraient quelques-unes de ses photos, traçaient une rapide biographie… Elle trouva trois entrefilets annonçant le vernissage de son exposition dans une galerie parisienne, en juin dernier. Nancy imprima l'un d'eux. Puis elle tomba sur l'article du journal *Libération* qu'elle avait déjà lu et découpé, ce portrait qu'elle relut dans ses grandes lignes, jusqu'au nom du journaliste qui l'avait tracé. Elle s'immobilisa. Ce nom venait de provoquer un écho en elle, mais elle ne savait pas pourquoi. Elle en était certaine, pourtant : elle avait déjà rencontré le nom de ce journaliste quelques semaines plus tôt. Elle fouilla sa mémoire, en vain. Elle tapa alors *Luc Dubesset* dans Google puis cliqua sur *recherche.* L'instant d'après, les résultats qui s'affichèrent dépassaient de loin ses espérances. Cette fois, elle tenait quelque chose. Du lourd, comme auraient dit ses fils.

Guillaume et Damien eurent à peine le temps d'embrasser leur mère et de s'asseoir à la table réservée qu'elle les prévint : ce soir, c'est elle qui régalait et ils n'avaient rien à dire.

– Profitez, prenez ce qui vous fait envie.

– On fête quelque chose ? demanda Damien.

– Non, je suis juste heureuse de m'offrir cette soirée en ville, d'inviter mes garçons, de me payer une nuit d'hôtel.

– Tu aurais pu venir chez moi, tu sais ! intervint l'aîné de ses fils.

– Tu sais très bien que je n'aime pas qu'on soit les uns sur les autres, et la compagnie d'une vieille femme n'a rien de réjouissant, je suis bien placée pour le savoir, moi qui dois me supporter tous les jours ! Est-ce que vous avez une idée sur la dernière fois où j'ai dormi à l'hôtel ?

Les deux frères firent en même temps une moue d'ignorance.

– Eh bien, moi non plus ! C'est pour dire !... Ça date d'avant la mort de votre père. Plus de trente ans. Alors cette nuit, je me la coule douce à l'hôtel trois étoiles, je me vautre dans un bain brûlant, plein à ras bord, je zappe sur les cinquante-sept chaînes de la télé à écran plat et je me commande un petit déjeuner au lit.

– Tu as bien raison, déclara Damien en riant.

– Contente d'avoir ta bénédiction, répondit la vieille dame sur un ton que son fils eut du mal à interpréter : lard ou cochon ?

Un serveur apporta les menus.

– Faites-vous plaisir, les enfants. Et pas question de régime ce soir ! La vie est trop courte pour manger des légumes vapeur ! Un apéro, d'abord. Qu'est-ce que vous prenez, moi, je me ferais bien une petite coupe de champagne, ça vous dit ?

Nancy ne voulait pas amener trop vite la conversation sur l'affaire Roche, même si elle était impatiente de révéler ce qu'elle avait découvert l'après-midi même. Elle souhaitait d'abord profiter de ses deux garçons, et elle les regarda manger, toujours aussi stupéfaite de les voir devenus des hommes. Un policier, commissaire s'il vous plaît, et un gendarme. Elle pensa que son époux aurait été fier d'eux, et qu'il aurait adoré Damien. Il l'avait adoré, d'ailleurs, mais seulement quelques mois. Elle se demandait souvent pourquoi son cadet n'avait jamais réussi à garder une femme. Il était indéniablement plus bel homme que son frère, plus facile à vivre aussi, d'humeur plus égale, et pourtant il était seul. Un moment, elle s'était demandé s'il ne préférait pas les garçons, ce qui ne l'aurait absolument pas gênée car elle était d'une grande tolérance, sur la sexualité des autres, du moins. Elle l'observait ce soir et lui trouvait quelque chose de changé. Une lumière nouvelle dans le regard, à la fois de l'excitation et de l'anxiété. Pour un peu, elle penserait qu'il était amoureux. Elle regarda ensuite Guillaume et regretta d'avoir dit, à son intention, qu'il n'était pas question de régime ce soir. Il l'avait prise au mot et mangeait comme quatre. Malgré toute l'indulgence de son regard de mère, elle ne pouvait ignorer qu'il avait beaucoup grossi. Il ne s'est jamais remis de son divorce, se dit Nancy, et pourtant, Dieu sait qu'il était mal marié ! Elle pensa à la maxime disant qu'on est mieux seul que mal accompagné mais n'était pas certaine de sa justesse. Elle avait un faible pour Guillaume, sans doute parce qu'elle partageait avec lui des souvenirs de Paul. Il était très étrange pour Nancy que son second fils n'ait pas connu son père, son époux. Cela avait toujours creusé entre eux une sorte de fossé infranchissable. Nancy se sentit vieille en regardant ses deux hommes de fils. Finalement, elle l'avait faite, sa vie sans Paul, elle avait survécu au chagrin. Trente-deux ans de veuvage, la moitié d'une vie. Elle serait bientôt arrière-grand-mère et même si elle refuserait de l'avouer sous la torture, cela lui faisait plaisir. Elle n'était pas inquiète pour Émilie, elle avait les idées claires, elle savait ce qu'elle voulait et ferait son chemin dans la vie. Il n'en allait pas de même pour les jumeaux, les deux fils cadets de Guillaume qu'elle trouvait fragiles et pour qui elle se faisait du souci. Elle se disait souvent qu'il devait être très inconfortable d'être un homme, de devoir toujours avoir l'air fort alors qu'on était si mal armé pour la vie. L'attribution des étiquettes sexe faible et sexe fort était l'un des plus grands malentendus de l'histoire de l'humanité, et Nancy pensait très sérieusement que le monde aurait moins piètre figure si on en avait confié les rênes aux femmes dès les premiers pas de l'Histoire. Puis, revenant à sa petite histoire à elle, elle se demanda combien de temps il lui restait encore à passer sur cette Terre. Elle n'était même pas impatiente de mourir, elle ne croyait plus depuis longtemps que l'on retrouvait ceux que l'on avait perdus dans l'au-delà. Elle n'aspirait qu'au néant, à l'oubli. Elle ne voulait surtout pas de la vie éternelle.

Guillaume cessa de mâcher quelques secondes et se concentra. Il finit par percevoir un léger *plop* régulier dans son oreille gauche et soupira. Ses acouphènes l'angoissaient terriblement. C'était le soir que c'était le pire, quand il se couchait et qu'il avait l'impression d'avoir l'oreille collée à un coquillage, comme lorsque l'on cherche à écouter la mer. Était-il condamné à entendre ce bruit jusqu'à la fin de ses jours ? Il n'avait que quarante ans mais se donnait l'impression d'être plus vieux que tous les hommes de son âge. C'était sans doute parce qu'il ne faisait pas de sport et qu'il ne baisait pas assez. Il avait lu quelque part que cinq éjaculations par semaine durant toute une vie d'adulte était la meilleure des préventions contre le cancer de la prostate. Il fallait qu'il se reprenne en main, quoi que le terme lui semblât mal choisi étant donné qu'il avait même en partie perdu le goût de la masturbation. Plus grand-chose ne l'excitait assez pour qu'il parvienne à ses fins. Adolescent, les pages sous-vêtements des catalogues d'achats par correspondance de sa mère suffisaient à lui offrir de spectaculaires éjaculations. Ensuite, accoutumé aux charmes des gaines et nuisettes en Lycra, il lui avait fallu des femmes nues. Puis, rapidement, la vision d'une poitrine offerte et l'esquisse d'une toison ne lui avaient plus suffi et il avait dû passer à la catégorie des magazines installés sur les rayons du haut des marchands de journaux, ceux dans lesquels les femmes étaient non seulement nues mais avaient les jambes largement écartées. Il avait tenu quelques mois ainsi, avant de devoir passer aux photos de femmes accompagnés d'hommes aux bites énormes, ce qui avait un moment contrarié son désir, jusqu'à ce qu'il apprenne à se concentrer non sur ces engins intimidants, mais sur ce que les femmes en faisaient avec une gourmandise théâtrale. Puis le papier glacé l'avait lassé, il lui avait fallu du mouvement et du son. Que lui restait-il désormais, à quarante ans ? Il avait tout vu en matière de pornographie, et plus rien ne l'excitait vraiment. Obligé de toujours chercher plus *hard*, il finissait sur Internet par dénicher des vidéos montrant des pratiques si extravagantes que le dégoût et la stupéfaction le faisaient aussitôt débander. Guillaume en vint à la conclusion qu'il ne lui restait qu'une seule possibilité : l'amour. Il devenait urgent qu'il tombe amoureux.

La voix de son frère le tira de ses pensées maussades.

– J'ai du neuf, côté Roche, lança abruptement Damien comme s'il ruminait un aveu depuis le début du dîner. J'ai vu la photographe, ce matin, Tiffany.

Nancy et Guillaume se regardèrent, étonnés.

Et Damien raconta tout. Ce que Tiffany lui avait dit de la mort de ses parents et de sa cousine, de ses pertes de mémoire depuis, du fait qu'elle avait bien passé la nuit avec Baptiste Legendre avant sa mort. Il leur fit également part de son impression d'être épiée depuis plus d'un an, et du saccage de sa chambre d'hôtel en Corse. Il parla aussi de Târiq Amraoui, et à l'intention de sa mère, raconta ce que Guillaume lui avait appris le matin même à propos des complices de Baptiste Legendre. Plus tard, Guillaume se demanderait s'il n'avait pas choisi de tout révéler en présence de sa mère par peur de la réaction de son frère, pour désamorcer d'éventuels reproches.

– Eh ben ! laissa échapper Nancy Le Guen. Effectivement, c'est du neuf, comme tu dis !

– Pourquoi elle t'a raconté tout ça à toi ? demanda Guillaume.

Damien préféra ne pas parler de leur première rencontre, quand ils étaient enfants dans les ruines de Viviourès, mais évoqua le vernissage de l'exposition à Montpellier.

– On a parlé un peu, je lui ai laissé mon téléphone…

Nancy était sceptique, il y avait autre chose, elle en était certaine. Elle connaissait trop bien son fils pour ne pas savoir quand il ne disait pas tout. Il avait « son petit air », comme elle appelait cet aspect particulier que prenaient les traits de son visage quand il mentait ou était embarrassé.

– Je crois que tout cela relance l'affaire, non ? ajouta Damien. Quelqu'un essaye d'intimider Tiffany. Est-ce que c'est le responsable des incendies ? Est-ce que c'est lié à Villeneuve-Saint-Georges ? Je trouve que ce pilote apparaît un peu trop souvent en filigrane derrière tout ça…

– Ce qui apparaît surtout, si vous voulez mon avis, intervint Nancy, c'est que votre photographe, là, elle est complètement givrée ! Cette fille est folle, ça ne fait aucun doute.

– Je ne suis pas d'accord ! répliqua Damien avec une vivacité excessive dont il eut aussitôt conscience. Qu'est-ce que tu fais du saccage de la chambre, de ses vêtements déchirés…

– Du bidon ! répondit sa mère. C'est elle qui a tout fait ! Elle a fabriqué ces preuves pour te convaincre !

– N'importe quoi !

– Elle est folle, je te dis ! Complètement cinglée ! Et toi, Damien, tu es dans de beaux draps : c'était la dernière personne dont il fallait tomber amoureux !

L'affirmation assena le silence autour de la table. Guillaume, stupéfait, regarda Damien qui semblait avoir reçu un uppercut à l'estomac. Se pourrait-il que leur mère eût raison ? Que Damien soit tombé amoureux de Tiffany Roche ?

Très satisfaite de son effet, Nancy décida de porter le coup fatal. Elle posa sur la table devant ses garçons l'un des articles qu'elle avait imprimés à la médiathèque et qui évoquait la mort brutale d'un journaliste dans les rues de Paris au mois de juin dernier. Elle avait souligné le nom de la victime, qu'elle indiqua à Guillaume et à Damien qui ne virent pas où elle voulait en venir jusqu'à ce qu'elle leur mette sous le nez une copie du portrait de Tiffany Roche dans *Libé*, dont elle avait souligné le nom de l'auteur, le même que celui du journaliste tué à Paris.

Elle laissa quelques secondes à ses fils pour que leur cerveau enregistre intégralement l'information et ce qu'elle impliquait, puis abattit sa dernière carte : une coupure de presse signalant le vernissage de l'exposition de Tiffany

Roche, en présence de la photographe, à Paris, le soir où Luc Dubesset avait brûlé vif.

De retour à l'hôtel, Nancy se fit couler un bain comme elle se l'était promis. Elle s'y glissa difficilement, peinant à enjamber le rebord de la baignoire puis trouvant l'eau bien trop chaude, elle qui ne se lavait qu'au gant de toilette depuis toujours, ne prenant qu'une douche par semaine par un souci d'économie plus héréditaire que nécessaire. Une fois dans l'eau et habituée à la température, elle testa tous les flacons de gel douche et de shampooing mis à disposition par l'hôtel, un beau gâchis, ne put-elle s'empêcher de penser. Lorsqu'elle ressortit de la baignoire, encore plus difficilement qu'elle y était entrée, elle tomba sur son reflet dans le grand miroir fixé sur la porte de la salle de bains et ne se reconnut pas. Depuis combien de temps ne s'était-elle vue nue en entier ? Qui pourrait croire que ce corps flasque et difforme ait pu être ferme et désirable ? Elle se sécha rapidement, enfila sa robe de chambre et alla s'installer sur le lit, télécommande à la main. Elle fit un tour rapide des chaînes, jusqu'à ce que sur l'écran, on lui demande de taper le numéro de sa chambre. Elle en fut étonnée mais s'exécuta. Après quelques secondes de noir, les images d'un film apparurent, dans lesquelles une fausse blonde se faisait pilonner par un type si bien membré que Nancy plaignit la jeune femme de tout son cœur. Elle n'avait jamais vu de film pornographique, n'en avait jamais éprouvé le besoin, bien que plutôt portée sur la chose, en son temps. Paul l'avait comblée, sexuellement. Après sa mort, elle s'était débrouillée. Elle éteignit rapidement la télévision. Ces cochonneries n'étaient plus de son âge. Elles ne l'avaient jamais été, d'ailleurs. Ce ne fut qu'en reposant la télécommande sur sa table de chevet qu'elle trouva le mode d'emploi de la télévision et comprit, furieuse, que les deux minutes de pornographie qu'elle venait de subir lui coûteraient douze euros ajoutés automatiquement sur sa note. Furieuse, elle envoya valser la télécommande et la notice. Elle prit le roman policier qu'elle avait mis dans sa valise et s'installa pour lire dans le lit. Le matelas était trop mou, l'oreiller informe, la lumière trop forte. Elle ne parvint pas à se concentrer et se sentit gagnée par la fatigue de cette longue journée en ville. Elle reposa son livre, éteignit la lumière et remonta la couette jusqu'à ses épaules. Elle détestait les couettes. Elle se fit alors la réflexion qu'elle était devenue trop vieille pour ce monde et regretta son lit, sa chambre, sa maison. Elle pensa à Paul qui, ce soir, dans ce lit bien trop grand et bien trop confortable pour elle, lui manquait cruellement. Elle eut envie de pleurer mais se l'interdit en se disant que ce n'était plus, ou pas encore, de son âge.

Pour une fois, Damien buvait autant que son frère. Et donc trop. Il n'était pas encore remis des déclarations de sa mère, tant sur le meurtre du journaliste parisien que sur les sentiments qu'il éprouvait pour Tiffany. Guillaume, après trois verres, finit par rompre le silence.

– Écoute, je vais prendre les choses en main. Je vais appeler dès demain les collègues à Paris pour en savoir plus sur la mort de ce journaliste. J'en ai assez de cette enquête qui n'en est pas une. Ça traîne depuis plus d'un an, un pas en avant et deux pas en arrière, comme dans la chanson ! On tourne autour du pot, ça devient ridicule. Avec tout ce que tu m'as dit sur la photographe et cette nouvelle « coïncidence » du journaliste mort à Paris, la coupe est pleine : on a de quoi bosser sérieusement, maintenant. J'ai juste besoin de remettre tout dans l'ordre. Il faut que je fasse un point chronologique.

– C'est déjà fait ! intervint Damien. J'ai passé l'après-midi dessus, je t'envoie ça demain, il ne reste plus qu'à ajouter tout ce qui concerne le journaliste et l'expo à Paris.

– Parfait.

Il hésita à poursuivre et termina son verre.

– Tu as bien conscience que si, comme je le pense, j'arrive à convaincre le proc, ça va pas mal remuer pour Tiffany Roche ! On va fouiller son passé, on va lui poser des questions… Pardon de te dire que cette fille n'est pas claire du tout et que l'enquête ne va sûrement pas faire son jeu ! Si elle cache quelque chose…

– Je ne le pense pas. Je la crois sincère.

– Est-ce qu'il y a quelque chose entre vous ? demanda enfin Guillaume. J'ai besoin de le savoir.

– Non.

– Non quoi ? Je n'ai pas besoin de le savoir où il ne s'est rien passé entre vous ?

– Il ne s'est rien passé.

– Es-tu amoureux d'elle ?

Damien hésita. S'il n'avait bu que de l'eau, il n'aurait pas répondu à cette question. Mais l'alcool qu'il avait déjà ingurgité l'aida à répondre oui à son frère.

Guillaume soupira et pensa que sa mère avait raison, que Damien avait mal choisi l'élue de son cœur et que des ennuis pointeraient bientôt leur nez.

Ils burent encore un moment en silence, puis soudain, Guillaume demanda à son frère depuis combien de temps il n'avait pas fait l'amour. Bien que surpris, Damien répondit sincèrement.

– Janvier dernier.

– Sept mois ! Moi qui pensais que ta vie était aussi misérable que la mienne ! Merde, ça me fout un coup.

– C'est pourtant pas brillant ! En fait, je suis inscrit sur un site de rencontres sur le Net.

– C'est pas vrai ! Et ça marche, ces trucs-là ?

– Pour trouver l'âme sœur, pas du tout, enfin dans mon cas. Mais il arrive qu'une ou deux rencontres se terminent au lit quand même… Et toi, depuis combien de temps ?

– Ça fera deux ans fin août. Et encore, une seule fois, enfin une nuit.

– Je la connais ?

– Non. Moi non plus, d'ailleurs. C'était à Vézelay. Fin août, tous les ans, il y a un festival de musique vocale, là-bas. Une référence pour les amateurs. Je me suis offert ça il y a deux étés, je t'en avais parlé, je crois… La ville est superbe, c'est la Bourgogne, on bouffe super bien et il y a des concerts dans la basilique. Vraiment chouette ! Le vendredi soir, il y a eu un concert magnifique, le *Miserere* d'Allegri, un truc qui te fout la chair de poule à tous les coups. C'était une formation anglaise, excellente. La musique m'a transporté, sans même m'en rendre compte, je me suis mis à pleurer. J'ai fermé les yeux et quand le morceau a été fini et que je les ai rouverts, je suis tombé dans ceux d'une femme. Elle pleurait comme moi, de joie, d'émotion. Elle devait avoir une bonne dizaine d'années de plus que moi mais très belle, très classe, un peu grande bourgeoise, les yeux qui pétillaient d'intelligence. Tout le monde s'est levé pour sortir dans la nuit. Il faisait très doux dehors. Il avait plu dans l'après-midi et le ciel était comme lavé, les étoiles scintillantes. On ne s'est pas dit un mot. Mon hôtel était en bas de la ville. Le sien aussi. On a descendu l'un à côté de l'autre la rue pavée, en longeant les vieilles maisons de pierres. On a choisi ma chambre sans se concerter. On a fait plusieurs fois l'amour et je me suis endormi. J'ai été réveillé à l'aube, en entendant une voix. C'était elle, enfermée dans la salle de bains avec son téléphone mobile. Elle parlait à son mari, elle lui disait que le concert avait été superbe, qu'elle avait bien dormi, et qu'elle serait à Paris pour déjeuner. Quand elle est sortie de la salle de bains, j'ai fait semblant de dormir. Elle a enfilé ses vêtements à la va-vite et est sortie de ma chambre et de ma vie.

Damien trouvait que c'était une belle histoire, bien plus belle que les siennes initiées par le Net.

– Pourquoi tous les deux, on n'est pas bons en amour ? demanda-t-il à son aîné.

– J'ai été bon, cette nuit-là ! répondit Guillaume en souriant. Mais ce n'était pas la bonne femme ! En tout cas pas pour plus d'une nuit.

Damien sourit à son frère. Il se sentait fatigué, il avait trop bu et en avait perdu l'habitude.

Guillaume reprit la parole.

– J'ai des RTT à prendre la dernière semaine d'août.

– Tu veux retourner à Vézelay ?

– Non. J'ai repensé à Hawaii.

– Hawaii !

– Tu sais bien, ce rêve d'adolescent, Hawaii, Hookipa Beach, la vie dont nous rêvions.

– Je me souviens, oui.

– Je t'avais juré de t'y emmener, un jour.

– Oui. J'étais tout gosse, tu étais déjà presque adulte. Je te pensais capable de tout.

– Et si on y allait ?

– Où ça ?

– À Hawaii ! Voir cette putain de plage mythique, ce *spot* de la mort ! Tu poses des congés en même temps que les miens et je m'occupe de tout, p'tit frère ! On se barre tous les deux au bout du monde, on réalise ce rêve.

Damien sourit.

– J'aurais bien trop peur d'être déçu !

– Qui risque rien n'a rien, comme dirait maman ! Et puis rappelle-toi ce que dit Bruce, dans *The River* : « Un rêve devient-il un mensonge lorsqu'il ne se réalise pas ? »

– Il ne donne pas la réponse… Je pense que certains rêves doivent rester des rêves.

– Dommage. Je me sens prêt. Mais pas tout seul. J'aurais bien proposé à Mimi de m'accompagner, mais maintenant qu'elle est enceinte…

Les deux frères se turent et continuèrent à boire un moment, jusqu'à ce que le patron du café se mette à ranger les chaises sur les tables, leur signifiant ainsi qu'il était temps de déguerpir.

Dehors, le vent qui avait soufflé sur toute la zone méditerranéenne ces derniers jours était tombé, laissant la place à une forte chaleur.

Il était 1 heure 16 du matin, le 23 juillet.

25

UNE HEURE 17. Tiffany Roche posa son téléphone mobile à côté d'elle sur le canapé. Elle se sentait fatiguée, mais bien trop énervée pour avoir la moindre chance de trouver le sommeil. Elle se leva et se rendit à la salle de bains où elle avala un somnifère, ne se sentant pas la force d'affronter une nuit d'insomnie. Elle venait de parler au téléphone pour la seconde fois de la soirée avec Târiq Amraoui.

Il l'avait tout d'abord appelée en fin de journée, dès son retour de Corse pour lui annoncer qu'il ne pourrait venir la voir ce soir, il devait relever le lendemain matin la garde d'un collègue souffrant. Il ne pouvait se permettre de piloter sans un minimum d'heures de sommeil. Tiffany lui avait assuré qu'elle comprenait, qu'elle ne lui en voulait pas, stupéfaite en vérité de ressentir une déception si violente, si physique. Depuis son retour d'Ajaccio, une fois atténuée l'émotion d'avoir découvert sa chambre d'hôtel saccagée, Târiq lui manquait terriblement. Elle brûlait littéralement de le revoir, de sentir son odeur, la chaleur de sa peau. Elle se sentait oppressée, comme à court d'oxygène sans lui. Elle l'avait cru quand il lui avait dit que repousser leurs retrouvailles de vingt-quatre heures le rendait malade. Elle l'avait cru et savait exactement ce qu'il voulait dire puisqu'elle ressentait la même chose, le même malaise. Elle avait été sur le point de lui proposer de venir sur-le-champ à Marseille mais s'était retenue in extremis, sachant qu'il aurait accepté, négligeant toute prudence en vue de la journée de travail qui l'attendait en plein mois de juillet, la haute saison pour les incendies dans le sud de la France. Se sentant brusquement endosser le costume de la femme de marin, elle lui avait dit qu'elle l'attendrait le lendemain soir et qu'elle l'aimait, ce qu'elle n'avait jamais déclaré à aucun homme de toute sa vie. Ils avaient échangé des mots d'amour, des promesses d'éternité, des phrases qu'ils pensaient inventer sur l'instant, exclusivement façonnées par et pour eux, et ne pouvant convenir qu'à leur histoire unique alors qu'utilisées depuis toujours par les amoureux du monde entier, chaque fois frappés par leur justesse quasi surnaturelle.

Puis Târiq avait dû raccrocher, en promettant de rappeler plus tard, ce qu'il avait fait, d'une voix différente et fébrile. Il était passé voir son père et ne l'avait pas trouvé bien. Il voulait repasser chez lui au petit matin avant de retourner à la base prendre sa garde. Il avait confié à Tiffany qu'il ne savait comment faire, que son père ne pourrait bientôt plus vivre seul. Tiffany avait perçu une forte émotion derrière sa voix, un sanglot étouffé, puis Târiq s'était tu un instant. La jeune femme avait eu le pressentiment que cette soudaine émotion – qui en elle faisait écho à la faille qui l'avait séduite dès leur rencontre au vernissage – dépassait l'état de santé de son père.

« Qu'est-ce qui ne va pas, Târiq ? avait-elle demandé. Qu'est-ce que tu ne me dis pas ? »

Elle avait entendu Târiq soupirer doucement, hésiter, buter sur un premier mot.

« Târiq... Tu peux tout me dire.

– C'est à propos de notre rencontre.

– Notre rencontre ? À la galerie, le jour du vernissage ?

– Non, justement. Avant ça.

– Avant !... Je ne comprends pas.

– C'est lié à Baptiste Legendre.

Il avait marqué un silence, puis Tiffany s'était exclamée :

« Baptiste ! Tu connaissais Baptiste ?... C'était un ami à toi ?

– Non. Je le connaissais à peine mais je le détestais. Mais on ne se serait jamais connus sans lui, il y a un an, au moment de cet incendie... »

Tiffany n'avait rien répliqué, ne parvenant pas à saisir ce que voulait exprimer Târiq qui semblait parler par énigmes.

Elle n'était guère plus avancée maintenant que la conversation était achevée. Târiq avait dû sentir son inquiétude et lui avait assuré qu'il n'y avait rien de grave et qu'il lui raconterait tout le lendemain, qu'il désirait juste qu'elle connaisse toute l'histoire, son histoire. Puis il lui avait dit qu'il l'aimait, que plus rien d'autre ne comptait.

Tiffany ne s'en demandait pas moins ce qu'il voulait lui révéler à propos de Baptiste. Il avait dit qu'il le détestait et avait évoqué l'incendie dans lequel il avait trouvé la mort. La jeune femme n'osa pousser plus loin ses réflexions qui, pourtant, telle l'écume sur le sable une fois la vague retirée, laissèrent derrière elles une traînée de questions quant à la mort de Baptiste. Mais le somnifère qu'elle avait avalé avant de se déshabiller, et d'enfiler un long T-shirt pour la nuit, commençait à faire effet.

La chaleur du jour refusait de céder devant la nuit. Il devait faire encore plus de 30 degrés dans l'appartement, sans doute près de 35. Un pan de la baie vitrée était ouvert mais aucun filet d'air ne venait caresser les rideaux. Tiffany décida de cesser de s'inquiéter et de faire confiance à l'homme qu'elle aimait. Il terminerait sa garde à la tombée du jour et viendrait directement la retrouver chez elle, battant des records de vitesse entre Marseille et Montpellier, comme il le lui avait promis. Il ne travaillait pas le jour suivant, ce qui leur laisserait plus de vingt-quatre heures rien qu'à eux. D'ici là, elle travaillerait sur les photos prises en Corse. Son Leica avait été détruit, mais toutes ses pellicules miraculeusement épargnées. Tiffany avait préféré ne rien dire à Târiq à propos de ce qui s'était passé dans sa chambre d'hôtel, sans bien savoir si c'était pour éviter de l'inquiéter ou pour ne pas avoir à trop en dire sur elle-même, son passé, ses troubles de mémoire. Tel un pincement à l'âme, l'idée lui avait traversé l'esprit, qu'elle avait aussitôt chassée, que Târiq puisse la repousser en découvrant petit à petit qui elle était vraiment, combien elle était instable. Méritait-elle d'être aimée ? Elle se demandait maintenant, revenant malgré elle à ce qu'avait commencé à dire Târiq à propos de Baptiste, s'il n'avait pas autant lui-même à cacher. Elle se passa les mains sur le visage et se leva pour monter se coucher quand on sonna à la porte.

Un bref instant, le cœur de Tiffany s'emballa à l'idée qu'il puisse s'agir de Târiq qui aurait changé d'avis et lui ferait une surprise. Mais c'était impossible : ils n'avaient pas raccroché depuis assez longtemps pour qu'il ait pu faire la route. La peur s'empara brusquement de la jeune femme. Et s'il s'agissait de la personne qui s'était introduite dans sa chambre à Ajaccio ? On sonna de nouveau. Elle retint son souffle. Ne plus bouger, ne plus faire de bruit. Mais plusieurs lumières étaient allumées dans l'appartement, visibles de la rue ainsi que du palier par-dessous la porte.

– Tiffany ! Ouvre, c'est moi…

La peur disparut aussi vite qu'elle était venue, laissant place à l'embarras. Tiffany resta indécise quelques instants. Mais elle ne pouvait pas refuser sa porte à Mary. Elle savait qu'elle devait avoir une explication de vive voix avec elle, qu'elle n'avait fait que repousser l'échéance. Mais pas maintenant, pas cette nuit alors qu'elle venait de parler avec Târiq et qu'elle avait pris un cachet pour dormir. Elle alla pourtant ouvrir la porte de son loft. Mary ne lui sourit pas en la voyant, mais son regard brillait. Tiffany sut aussitôt qu'elle avait bu.

– Je n'ai pas pu attendre. Il fallait que je vienne.

– Et Xavier ?

– Quoi, Xavier ? répliqua Mary avec humeur.

Tiffany préféra ne pas insister. Elle referma la porte derrière la jeune femme.

– Il est tard.

– Non, il est tôt.

L'haleine de Mary sentait l'alcool blanc, sans doute du gin, se dit Tiffany.

– J'ai pris quelque chose pour dormir, je ne tiens plus debout. On ne pourrait pas…

Elle ne put terminer sa phrase, Mary avait collé ses lèvres aux siennes. Stupéfaite, Tiffany mit un instant avant de se dégager de cette étreinte.

– Qu'est-ce qui te prend ? balbutia-t-elle en ayant conscience de la fadeur de sa réplique.

– Je t'aime, Tiffany.

Mary portait une combinaison de moto noire, Tiffany ne put s'empêcher de la trouver belle.

– Et toi aussi, tu m'aimes.

– Non ! Non, c'est impossible.

– Pourquoi te battre contre toi-même ?

Mary s'avança vers Tiffany qui recula mais buta contre le dos du canapé. Mary lui sourit.

– Tu m'aimes. Je le sais. Tu le sais aussi...

Elle la saisit par les épaules. Tiffany détourna la tête, Mary l'embrassa dans le cou. La photographe sentit un frisson la parcourir tout entière et ne put retenir un gémissement qu'elle ne sut attribuer à l'émotion, à la surprise ou à la détresse.

– Arrête ! dit-elle d'une voix trop faible.

Mary se colla à elle. Sa main droite descendit le long de son bras et se glissa dans son dos, juste à la naissance des fesses. Elle glissa un genou entre ses jambes puis sa main descendit le long de la cuisse pour remonter aussitôt qu'elle fut en contact avec la peau, se glissant sous le T-shirt de Tiffany.

– Arrête ! répéta cette dernière qui essayait maintenant de se dégager.

Mais la force que lui opposait Mary l'étonna et lui fit peur.

– Laisse-moi...

Elle avait de nouveau fait face à Mary qui en profita pour l'embrasser une nouvelle fois. Le contact de sa langue contre la sienne fit tressaillir Tiffany. Elle sentit le genou de Mary forcer ses cuisses et sa main venir se plaquer contre son sexe avec tant de force qu'elle lui fit mal. Cette fois, elle cria :

– *Laisse-moi* !

– Tu en as envie, Tiffany, souffla Mary dans son oreille alors que d'un doigt, elle tentait de forcer son entrejambe. Tu ne peux pas me mentir, ton corps ne ment pas, lui...

Ce fut la colère qui donna à Tiffany la force de se dégager. La colère et la vexation de savoir que Mary disait vrai. Elle se dégagea pourtant et la gifla de toutes ses forces.

Mary, surprise, eut un moment d'hésitation, vacillante sur ses jambes. Sa joue la brûlait. Pourtant, elle se mit à sourire, son regard noir brillant d'un désir décuplé.

– J'aime quelqu'un d'autre, déclara alors Tiffany d'une voix précipitée.

Le sourire de Mary disparut à l'instant.

– J'aime un homme.

Les deux femmes se faisaient face. Tiffany vit la douleur tendre les traits de son amie et une étrange sensation la traversa, aussi troublante et furtive que ces boucles opérées par le cerveau qui donnent parfois des impressions de déjà-vu alors que l'on traverse un lieu pour la première fois. Le vertige disparut aussitôt.

– Je suis désolée, Mary, dit sincèrement Tiffany. Je ne veux pas te faire souffrir…

– C'est ce pilote ? demanda alors Mary d'une voix blanche. C'est lui ?

Tiffany hésita à répondre.

– *C'est lui* ? répéta Mary avec autant de colère que de peine.

– Oui.

Le temps se suspendit. Tiffany vit les lèvres de Mary se crisper, ses yeux cligner deux fois. Elle regarda le sol, puis accrocha son regard. Elle fut sur le point de parler mais se tut et quitta brusquement le loft sans fermer la porte.

Tiffany se rendit compte qu'elle respirait fort et tremblait légèrement. Comme groggy, elle marcha jusqu'à la porte qu'elle referma et verrouilla. Par la baie vitrée, elle entendit le moteur de la moto de Mary démarrer puis s'éloigner à vive allure. Tiffany se sentit à la fois désolée et soulagée. Le face-à-face avait eu lieu, plus violent qu'elle ne l'avait redouté, plus déroutant aussi. Mais il était derrière elle. Pourtant, au soulagement venait se mêler de la culpabilité. Puis Tiffany se demanda comment les choses allaient bien pouvoir se dérouler entre elles désormais. Mary était la femme de son meilleur ami, elles étaient appelées à se revoir. Comment reprendre contact après ce qui venait de se passer ? Qui devait rappeler la première ? La photographe pensa alors que l'état dans lequel Mary s'était présentée à elle, en pleine nuit, jouerait en sa faveur. Tout comme son comportement déplacé ensuite. Mary aurait quelque chose à se faire pardonner, ce serait peut-être elle qui téléphonerait, une fois dégrisée, pour présenter ses excuses. Tiffany fut brusquement tirée de ses pensées par la sonnerie de son téléphone mobile. Elle se précipita, espérant que c'était Târiq qui cherchait à la joindre. *Xavier* était inscrit sur l'écran de l'engin. Tiffany fut indécise quelques secondes puis décrocha.

– Tiff ! Tu ne dors pas ?

– Non. Pas encore.

– Je sais qu'il est tard, mais j'avais besoin de parler.

Tiffany s'assit sur le canapé et ferma les yeux, épuisée et encore bouleversée.

– C'est à propos de Mary…

Tiffany pensa que Xavier s'inquiétait, se demandait où était sa femme, et elle s'apprêtait à le rassurer quand Xavier fondit en larmes.

Tiffany se tut et écouta se déverser le chagrin de son ami, pensant aux larmes retenues qu'elle avait débusquées derrière la voix de Târiq, quelques minutes plus tôt, puis à celles du gendarme dans les ruines de Viviourès et à celles de son oncle Alain, des années encore après la mort de sa fille Alexandra. Elle se fit la réflexion que les seuls hommes qui avaient retenu son attention au cours de sa vie étaient ceux qui savaient se laisser aller aux larmes. C'était également le cas pour son ami Mathias Dalbret, dont elle avait une fois surpris les yeux humides dans son arrière-boutique, alors qu'il développait des photos d'identité. Il avait détourné le regard et elle n'avait pas osé lui demander ce qui le peinait ainsi tant il était toujours si discret sur sa vie privée. Xavier finit par se reprendre.

– Pardon, dit-il.

– De quoi ? Pourquoi t'excuser ? Qu'est-ce qui ne va pas, Xavier ?

– Rien ne va ! Rien !

– C'est Mary ? Vous vous êtes disputés ?

– Même pas, non.

– Alors quoi ?

– Rien ne va, depuis le tout début, depuis le jour du mariage…

Tiffany eut soudain peur que Mary ait parlé à Xavier, lui ait révélé leur lien étrange, leur attirance. Son ami poursuivit :

– On n'a jamais fait l'amour.

Tiffany en resta sans voix.

– Même pas pendant la nuit de noces.

– Vous n'avez pas couché ensemble cette nuit-là ?

– Pas vraiment, non. Notre vie sexuelle a tout suite été une sorte de jeu… Un jeu dont Mary dicte les règles.

Xavier, seul chez lui dans le noir, peinait à trouver ses mots. Comment dire qu'il n'avait jamais possédé sa femme, qu'il avait passé sa nuit de noces attaché au lit, délaissé en pleine excitation par Mary qui avait quitté la chambre et n'était revenue qu'à l'aube pour le détacher enfin mais lui refuser son corps, lui ordonnant de se masturber devant elle. Comment lui dire qu'il avait tout d'abord pris goût à ces jeux, au fait de se laisser attacher, fesser, pénétrer. Comment dire qu'il avait aimé un temps se faire dominer, qu'il n'avait jamais touché d'autres parties du corps de son épouse que ses pieds qu'elle lui offrait parfois à lécher comme on donne l'aumône. Comment expliquer l'excitation qu'il avait retirée de ces jeux érotiques tant qu'il avait eu la certitude qu'ils étaient les prémices d'une vie sexuelle exaltée, d'une vie de couple sans tabous. Mais avec le temps, l'inquiétude et la frustration étaient venues. Xavier aurait pu continuer à se faire dominer par sa femme si, de temps en temps, ils avaient pu inverser les rôles, si, de temps en temps, il avait pu faire l'amour à Mary, la prendre et jouir en elle. Puis les séances de domination s'étaient espacées pour disparaître petit à petit et n'être remplacées par rien d'autre que le malaise. Profondément amoureux, Xavier avait jusqu'ici eu peur d'aborder le problème de front et s'était convaincu que les choses allaient s'arranger, que ce n'était qu'une passe difficile. Mais il n'en pouvait plus, comme il le dit à Tiffany après lui avoir tant bien que mal raconté sa vie de couple.

– Tu dois lui parler ! finit par dire Tiffany.

– Ce n'est pas simple. Ce n'est pas facile de parler à Mary. Elle est colérique, très lunatique. Elle peut changer brusquement d'humeur et…

Il n'alla pas plus loin et Tiffany comprit que Xavier avait peur de son épouse. Que lui dire après ce qui venait de se passer entre elles ? Que lui dire avec le si fort sentiment de culpabilité qu'elle éprouvait pour avoir, la première, été troublée par Mary ?

– Écoute, Xavier… Je connais un peu Mary, j'ai pas mal parlé avec elle… Je crois qu'elle a un problème avec les hommes.

– Un problème ?

– Aimer un homme n'est pas… évident, pour elle. Physiquement, je veux dire.

– Elle t'a fait des confidences ?

– Pas vraiment, non, mais ce sont des choses qui se sentent, entre femmes…

Tiffany se trouvait misérable de mentir ainsi par omission.

– Elle a peut-être besoin de temps. Mais je crois surtout qu'elle a besoin que tu l'aides.

– Mais comment ?

– En lui parlant. C'est toi qu'elle a épousé. Vous êtes tombés amoureux, elle a accepté de devenir ta femme ! Elle t'aime, j'en suis sûre, à toi de lui apprendre à te laisser l'aimer aussi.

Tiffany trouva les mots pour apaiser son ami et lui fit promettre qu'il parlerait à Mary dès le lendemain. Ils restèrent plus de quarante minutes au téléphone. Xavier remercia Tiffany, lui dit qu'ils ne s'étaient pas vus depuis longtemps et lui demanda comment s'était passée la Corse. La jeune femme prit alors conscience qu'elle n'avait pas appelé son ami à son retour, qu'elle ne lui avait même pas parlé du saccage de la chambre d'hôtel, alors qu'auparavant, elle lui confiait tout. Leurs rapports avaient changé depuis que Mary était apparue dans leurs vies. Ils évolueraient encore maintenant qu'elle aimait Târiq. Le fait qu'elle décide finalement de ne pas parler à Xavier de ce dernier n'en était-il pas la meilleure preuve ? Qu'était une amitié d'enfance sinon une bouée à laquelle on se raccroche tant que l'on a peur de sa vie d'adulte ?

Il était 2 heures 31 lorsque Tiffany abandonna enfin sa tête à la mollesse de l'oreiller. À 34, elle dormait déjà.

Mary avait roulé sans réfléchir, seulement animée par la colère et l'abattement. Elle était arrivée au bout d'une route, face à la mer, et avait longtemps marché sur le sable, le long de l'océan qu'elle aurait aimé déchaîné mais qui était aussi immobile que les étangs de Camargue qu'elle avait longés sans les voir un instant plus tôt. Elle avait soigneusement évité les groupes de jeunes qui passaient la nuit sur la plage, autour d'un feu, mimant avec enthousiasme les rites tragiques des SDF également installés sur le sable. Dans la nuit, elle avait entendu des voix, des rires, des accords de guitares, les aboiements d'un chien et tout lui avait semblé irréel, jusqu'à ce couple qui faisait l'amour à l'abri relatif d'un drap de bain. Elle avait marché jusqu'à ce qu'il n'y ait plus personne autour d'elle et s'était laissée tomber dans le sable tiède. Elle avait envie de vomir, de pleurer. Elle aimait Tiffany à la folie, et souffrait tout autant. Elle avait soif. Elle ne s'était plus enivrée depuis deux ans mais avait compris qu'il ne lui faudrait pas plus d'une journée pour retrouver ses anciens réflexes d'ivrogne.

Elle n'avait pas dormi, pas bougé. Alors que le jour se levait, déjà vibrant de chaleur au-dessus de la mer, elle pensa à Târiq Amraoui, à Damien Le Guen, à Xavier, à Tiffany. Dégrisée, elle ne ressentait plus ni tristesse ni colère.

Plus rien que de la haine.

26

Un peu après 8 heures du matin, Târiq Amraoui arrêta sa moto devant l'immeuble où vivait son père. Il aurait aimé arriver plus tôt mais il avait mal dormi après avoir parlé à Tiffany, convaincu de s'être montré maladroit, au point qu'il avait failli la rappeler et pourquoi pas la rejoindre à Montpellier. Avait-on le droit d'être sage et raisonnable quand on était amoureux ? Pour une fois, n'aurait-il pas pu prendre le manche d'un Canadair après une nuit blanche ? Pourquoi toujours ce sérieux, en tout, comme s'il avait éternellement quelque chose à prouver, à lui-même et à la société française... Quand il eut réussi à trouver le sommeil, ce fut pour rêver de sa mère étrangement devenue vieille. Après quoi, dans un demi-éveil, il avait rêvé cette fois qu'il avait à nouveau huit ans et rouait de coups Baptiste Legendre avec une violence inouïe. Huit ans... l'âge qu'il avait en réalité lors de leur première rencontre. Târiq faisait très rarement des cauchemars. Cette fois pourtant, il s'était réveillé en sursaut, le souffle court, impressionné par l'image de son pied broyant le visage ensanglanté de Legendre étendu sur un trottoir qui ressemblait à ceux de Villeneuve-Saint-Georges. Il avait mis du temps à se rendormir, cette fois d'une traite jusqu'à la sonnerie de son réveil, puis, fourbu, avait peiné à s'extirper du lit.

Târiq engagea la clé dans la serrure et sonna pour prévenir son père qu'il entrait. La veille au soir, comme il l'avait dit à Tiffany, il avait senti le vieux Chafik comme égaré au téléphone, et surtout irritable, cherchant derrière chaque mot, même le plus anodin, une critique déguisée comme lorsqu'il passait son temps à tenter de créer des micro-conflits domestiques avec Saïda, son épouse. Ces chamailleries mesquines et incessantes avaient envenimé l'enfance et l'adolescence de Târiq qui ne comprendrait sans doute jamais ce que la femme lumineuse qu'avait été sa mère avait bien pu trouver chez cet homme pour en faire celui de sa trop courte vie.

– C'est moi, papa ! lança-t-il en refermant derrière lui.

Il trouva son père au salon, dans son éternel fauteuil élimé, encore en pyjama, ce qui n'était pas dans ses habitudes de lève-tôt. Cela l'inquiéta aussitôt : une pierre de plus dans le jardin de la sénilité galopante du vieil homme ?

– Je t'attendais, lui dit Chafik Amraoui d'une voix ferme.

– Je n'ai pas beaucoup de temps, il faut que je sois à 9 heures à la base.

– Tu n'as jamais de temps à me consacrer, tes premiers mots sont toujours pour me dire que tu dois repartir. De mon fils, je ne connais que le dos, toujours en train de s'éloigner de moi…

– Ce n'est pas vrai, papa, je passe…

– Peu importe, j'ai à te parler, Târiq.

Târiq fronça les sourcils. La voix de son père était posée, et laissait deviner un esprit plus clair qu'il ne l'avait été depuis longtemps. Mais surtout, il venait d'utiliser son prénom, ce qu'il ne faisait que dans les moments importants.

– Viens là, Târiq. Viens t'asseoir près de moi. Je suis fatigué, je n'ai pas fermé l'œil de la nuit.

– Pourquoi ?

– J'ai beaucoup pensé. À nous… On s'est manqués, tous les deux.

– Qu'est-ce que tu veux dire ?

– Tu le sais très bien. On n'a jamais su parler, on ne s'est jamais compris. Sauf quand tu étais petit ! Tu riais beaucoup, tu ressemblais à ta mère, Dieu la bénisse. Mais tu as changé tout à coup. Tu t'es mis à me mépriser.

– Mais non, qu'est-ce que…

– Bien sûr que si ! Il n'est plus temps de mentir, Târiq. Tout est de ma faute, j'aurais dû te parler plus tôt. Tu n'étais qu'un enfant, à l'époque. Tu avais quoi ? Huit ans ? Oui, c'est ça, huit ans… Je suis un vieillard maintenant, dans ce pays où il est honteux de vieillir. Je ne veux pas m'en aller sans t'avoir parlé.

– Mais parlé de quoi, papa ? demanda Târiq avec une pointe d'agacement dans la voix tant il ne reconnaissait pas son père dans la solennité qu'il adoptait aujourd'hui dans le choix de ses mots et la façon même de les prononcer.

– D'un soir à Villeneuve-Saint-Georges. Il faisait nuit. On était tous les deux… Une nuit dont je n'ai pas oublié une seule seconde. Je n'ai jamais arrêté d'y penser depuis.

Târiq retint sa respiration. Son cœur se mit à marteler sa poitrine.

– Je regrette tellement. J'ai cru bien faire alors que je t'ai donné le pire des exemples ! J'ai voulu te protéger, et c'est l'inverse que j'ai fait. Que Dieu me prenne à témoin, si je pouvais revenir en arrière, si je pouvais revivre cet instant…

Le vieil homme leva pour la première fois les yeux sur son fils. Ils étaient pleins de larmes.

– J'ai honte de moi depuis vingt-huit ans, et j'ai bien mérité tout le mépris que tu me portes.

Târiq n'eut pas la force de le contredire. Il se sentait rendu à l'un des croisements de sa vie.

– Te souviens-tu, Târiq, de ce soir où nous rentrions tous les deux seuls à la maison ? C'était l'hiver. Un froid de gueux. Je n'arrive pas à me rappeler d'où nous revenions si tard, sans Saïda. Tu avais huit ans. Et trois types sont arrivés. Tu t'en souviens ?

Il n'attendait pas de réponse. Târiq s'assit près de lui, la gorge serrée, le laissant raconter enfin cette nuit qui avait marqué la fin prématurée de son enfance. Au rythme des mots de Chafik, il revécut la scène. Il ne savait pas non plus d'où il revenait si tard avec son père. C'était bien en hiver, quelques jours après le Nouvel An. Ils rentraient à la maison par une rue déserte, la nuit était déjà tombée. Trois types, de toute évidence éméchés, étaient sortis brusquement d'une ruelle en jouant au foot avec une canette de bière vide. Târiq ne savait pas encore, bien sûr, qu'il s'agissait de Pierre Georget, Christophe Meunier et Baptiste Legendre. La canette, avec un vacarme incongru dans cette nuit anesthésiée de froid et d'humidité, avait glissé et bringuebalé jusque devant les pieds de Chafik qui s'était aussitôt immobilisé. « La pa-passe ! » avait lancé l'un des types au crâne rasé qui bégayait légèrement. « La passe, bicot ! » avait ajouté l'autre. Chafik, qui avait alors quarante-six ans, avait levé ses yeux noirs vers eux. « Allez, crouillat ! Ça n'sait pas jouer au foot, les ratons ? » Târiq avait serré les poings. Son père, lentement, avait tourné son regard vers lui et le temps s'était suspendu. Vingt-huit ans plus tard, Târiq pensait toujours qu'à ce moment précis, quand les trois types leur faisaient face dans la rue déserte, deux routes s'étaient dessinées devant lui, et celle qu'avait choisie son père avait décidé de son avenir. Jamais il ne se serait mis à travailler avec un tel acharnement à l'école sans cette poignée de secondes décisives qui avaient comme figé le monde alentour. Jamais il n'aurait obtenu son bac avec mention, ni accumulé la rage qu'il lui avait fallu pour devenir pilote de chasse. « Bats-toi ! » s'était-il dit ce soir-là. « Bats-toi, papa, bats-toi, bats-toi, s'il te plaît papa, bats-toi, bats-toi… » Mais il avait compris que son père ne se battrait pas. Târiq savait pertinemment qu'un homme et un enfant de huit ans n'avaient aucune chance face à trois types d'une vingtaine d'années, mais les larmes n'en étaient pas moins montées à ses yeux. Pas des larmes de peur ni de tristesse, mais des larmes de rage contre son père dont le regard restait fixé au sol, sur la canette de bière cabossée. Il ne relèverait pas le front, il n'allait pas dire à ces types d'aller se faire foutre, il n'allait pas se battre, il n'allait pas se prendre une raclée. Il allait shooter dans la boîte, il allait baisser sa culotte, il allait lécher les pieds et le cul de ces types, il allait se coucher pour protéger son fils. Car Târiq, aussi jeune fût-il, avait très bien compris que c'était lui que son père voulait protéger en se laissant ainsi insulter, mais il ne lui en voulait pas moins. Il aurait préféré le sang, les coups, les larmes de douleur plutôt que cette honte. Peut-être les trois types auraient-ils également préféré que le père se révolte, peut-être espéraient-ils « se faire » un Arabe ? Mais brusquement, le bruit de la canette raclant le sol avait déverrouillé le temps. Chafik avait shooté, était entré dans le jeu, avait accepté les injures, bu les crachats. Les types, après un instant d'hésitation, avaient ri, puis avaient traversé avant de disparaître dans une rue perpendiculaire.

« Viens, on rentre », avait dit le père sans lever les yeux.

Ils étaient rentrés sans échanger un mot, et Târiq n'avait plus desserré les poings.

Il les serrait encore à trente-six ans, assis près de son vieux père dans cet appartement de Martigues où il l'avait installé plus ou moins contre sa volonté.

Chafik s'était tu. Il garda le silence un moment, puis regarda de nouveau son fils qui, plus clairement que jamais, comprenait que depuis cette nuit inoubliable, il n'avait jamais cessé de se battre pour effacer l'affront subi par son père et ce qu'il avait à l'époque considéré comme sa faiblesse, sa lâcheté. Il s'était battu à l'école, au sens propre comme au figuré, il s'était battu pour être le meilleur en tout, le premier, au-dessus des Français de souche, au-dessus des nantis, il était devenu militaire pour se battre encore, toujours, jusqu'à devenir un combattant du feu.

– J'aurais dû me battre, dit alors Chafik comme s'il avait lu dans les pensées de Târiq. Ces fils de chiens m'auraient démoli, ils auraient rompu chacun de mes os, mais j'aurais dû me battre. Pour moi, pour toi. Je me souviens qu'on n'a pas dit un mot sur le chemin du retour. Et on n'en a jamais parlé depuis. Je n'ai jamais rien dit à ta mère. Mais je n'ai pas dormi cette nuit-là. La honte n'a fait que grandir avec le temps. Je n'osais même plus te regarder en face, Târiq. Tu n'étais qu'un enfant et j'avais peur de ton jugement, toi qui semblais si fort. Le mépris que je devinais dans tes yeux n'a jamais cessé de peser sur mes épaules.

Târiq avala sa salive. Il n'était plus un enfant, il avait atteint ce tournant de la vie où un homme devient le père de son père ; c'était désormais à lui de choisir le chemin. Ému par le mensonge qu'il s'apprêtait à prononcer, il regarda le vieil homme dans les yeux.

– De quoi parles-tu, papa ? De quel mépris parles-tu ? Je ne t'ai jamais méprisé, je ne me souviens même pas de ce que tu viens de me raconter, de ces types qui t'auraient insulté !

Chafik regarda son fils avec étonnement.

– Tu ne te souviens de rien ?

– Non, mentit Târiq avec la certitude de n'avoir jamais rien accompli de plus juste ni de plus généreux de sa vie. Non, papa, je ne me souviens de rien, ça n'a pas dû me marquer.

Chafik continua de scruter Târiq qui se leva brusquement.

– Tu devrais te reposer un peu. Essaye de dormir.

Chafik n'en revenait pas que son fils ait pu oublier cette terrible nuit, même vieille de vingt-huit ans. Et soudain, il se trouva ridicule d'en avoir été si longtemps hanté. Ridicule et soulagé. Infiniment. Il avait donc été le seul à attacher une telle importance à cet... incident ?

Târiq, au même instant, inspirait de toutes ses forces, comme allégé d'un poids qui se mesurait en années d'amertume. Ainsi, son père avait également porté le souvenir de cet événement qui l'avait traumatisé au-delà du raisonnable.

Il fut tout à coup pressé de partir et dit à son père qu'il devait y aller.

– Tu reviens quand ? demanda le vieil homme, retrouvant pour le coup sa voix habituelle, faite de fragilité et de reproches latents.

– Je ne sais pas, je t'appellerai.

Chafik fut sur le point de se plaindre mais n'en eut pas le temps.

– Je voudrais te présenter quelqu'un, déclara Târiq.

– Qui ça ?

– Une femme.

Le vieil homme fut à deux doigts de lâcher une réflexion acerbe mais se retint, l'humeur apaisée par ce qu'il venait de confier à Târiq.

– Je suis sûr qu'elle va te plaire.

– Celle qui chérit mon fils, je ne peux que l'aimer.

Târiq fut très étonné par cette déclaration, plus habitué à l'ironie et aux reproches.

– Maman l'aurait adorée, ajouta-t-il avant de sortir.

Mais la porte à peine refermée derrière lui, il s'immobilisa sur le palier et fondit en larmes, secoué de tous les sanglots qu'il retenait depuis ses huit ans, depuis cette humiliation qui avait fait de lui l'homme qu'il était aujourd'hui et qui, un an plus tôt, l'avait conduit à planifier la mort de Baptiste Legendre. Cette fois, il n'était plus un enfant, et mettre le feu à une maison ou un baraquement n'aurait pu suffire à sa vengeance. C'était bien de mort qu'il s'agissait. Le hasard avait remis Legendre sur son chemin, et Târiq n'avait jamais cru au hasard. Il y avait vu un signe du destin, presque un ordre. Tuer Legendre effacerait définitivement l'humiliation, le traumatisme. Durant combien d'heures avait-il attendu près de la maison de bois, dissimulé derrière les arbres ? Quand le 4 × 4 avait montré le bout de son capot, sur le chemin forestier, il s'était senti plein de lui-même et de son histoire. Il avait trente-cinq ans, mais aussi huit, douze, dix-huit. Il était l'enfant qui serrait les poings alors que l'on traitait son père de raton, il était le jeune adolescent qui mettait le feu au baraquement d'un néonazi, il était le bachelier qui enterrait sa mère, le pilote de chasse et le pompier de l'air. Il était celui qui s'apprêtait à donner la mort… Que serait-il advenu si Tiffany n'était pas sortie du 4 × 4 de Legendre devant la maison de bois près de laquelle il était en planque ? Si sa haine ne s'était pas évanouie au même instant, devenue insignifiante en regard du nouveau sentiment qui l'avait envahi pour ne plus le quitter ? Il avait brusquement renoncé à son projet, à sa vengeance, et avait été stupéfait, des semaines plus tard, quand il avait compris que celui qui avait été sa cible avait finalement été rattrapé par la mort sans son aide.

Târiq reprit ses esprits et sécha ses yeux. Il allait être en retard et se précipita vers sa moto. En mettant le contact, il vit le motard de l'autre côté de la rue, combinaison noire, casque intégral sur la tête, qui regardait dans sa direction. Mais l'esprit bien trop remué par les minutes qu'il venait de vivre, il n'y prêta pas attention.

Mary mit le contact dès que le pilote eut démarré. Elle le suivit de loin, prudemment, sur quelques kilomètres, puis changea brutalement d'avis et, au moment où il s'engageait sur la D9 en direction de Marignane, continua tout droit vers Marseille.

Xavier Barreau ouvrit les yeux. Le jour entrait dans la chambre à travers les lattes du volet roulant. Il faisait déjà chaud. Il mit quelques secondes avant de comprendre qu'il se sentait mieux, apaisé. Parler à Tiffany cette nuit au téléphone lui avait fait du bien, redonné courage. Il s'étira et se demanda quelle heure il pouvait bien être. Sans doute plus de dix heures du matin, largement. Il entendit un bruit, identique à celui qui l'avait tiré du sommeil, il le comprenait maintenant. Un bruit venant de la salle de bains. Mary. Mary, son épouse, celle qu'il aime et qui l'aime. Il devait lui parler dès ce matin. Tiffany avait raison, il n'y avait pas d'autre solution. Il aurait dû le faire depuis longtemps, et ne pas laisser la situation s'envenimer. Il n'était pas trop tard, ils n'étaient qu'au tout début de leur vie. Un jour, il en était certain, ils riraient ensemble de tout cela.

Xavier sortit du lit aussi ému que s'il s'apprêtait à vivre une nouvelle nuit de noces. Aujourd'hui serait un nouveau départ pour Mary et lui, pour leur couple, pour leur mariage. Ils allaient parler, avec sincérité et honnêteté, ensuite, pour la première fois, ils feraient vraiment l'amour. Doucement, maladroitement, comme une vraie première fois. Xavier se dirigea vers la salle de bains où coulait maintenant de l'eau.

– Mary ? appela-t-il à voix basse. Mary…

Il frappa légèrement à la porte.

– Mary !

L'eau cessa de couler de l'autre côté du battant.

– C'est moi, Mary. J'ai besoin de te parler, il faut qu'on parle.

Il attendit quelques secondes avant de poursuivre.

– Je t'aime, Mary. Je t'aime, mais on a un problème, tous les deux. Je veux qu'on en parle. On ne peut plus continuer comme ça, il faut que l'on regarde les choses en face, toi et moi, ensemble. J'ai confiance en nous, en notre amour.

Soudain, la porte de la salle de bains s'ouvrit. Mary était face à lui. Xavier la regarda et fronça les sourcils. Quelque chose n'allait pas. Un malaise monta en lui, qu'il ne parvenait à identifier. C'était bien Mary, à un pas de lui, mais en même temps, ce n'était pas elle. Une inconnue, une étrangère, et pourtant pas tout à fait. Soudain il comprit ce qui avait changé en elle.

– Tes yeux ! s'écria-t-il. Tes yeux… Qu'as-tu fait à tes yeux ?

En arrivant d'un pas pressé dans le parking de l'immeuble, elle se rendit compte qu'elle s'était trompé de clés : dans sa précipitation, elle avait pris celles de la voiture de Xavier et non de sa moto. Elle jura. Mais il n'était plus temps de réparer cette erreur et elle grimpa dans la Volkswagen noire. Quand elle déboucha dans la rue éblouissante de soleil, elle ne prêta aucune attention aux curieux qui s'attroupaient déjà, regards levés vers les fenêtres d'où s'échappaient de lourdes volutes de fumée.

Xavier, ligoté au radiateur, reprit conscience. Sa tempe gauche était douloureuse et du sang brouillait sa vue. La chaleur, surtout, était insupportable. Il vit enfin les flammes qui couraient le long des murs en grondant, ronflant de meuble en meuble.

La terreur s'empara de lui. Il tira sur ses liens, sans autre effet que de les resserrer davantage. Il voulut hurler mais inspira une bouffée de fumée brûlante. Il toussa, cracha, pleura. Il entendit, au loin, une sirène de pompiers que couvrit bientôt sa voix démente alors que le feu s'emparait de lui.

IX

PAR LE FEU

27

NANCY LE GUEN se sentait fatiguée. Pour un peu, elle serait allée se recoucher. Mais c'était lundi, il fallait qu'elle soit prête à 15 heures. Elle se versa un porto pour se requinquer. Elle en avait déjà pris un à 11 heures, comme tous les matins, sa seule « médecine » depuis des décennies. Doubler la dose aujourd'hui ne pourrait pas lui faire de mal. Elle avait vraiment besoin d'un remontant, et d'un relaxant aussi, car outre la fatigue, elle se sentait oppressée, sans savoir pourquoi. Elle alluma une cigarette.

Elle s'était réveillée très tôt, et une fois de plus, sa première pensée avait été pour l'affaire Tiffany Roche. Cela tournait à l'obsession. D'ici un jour ou deux, elle appellerait Guillaume pour connaître les retombées du lien qu'elle avait découvert avec cette nouvelle mort par le feu à Paris. Cela devrait relancer l'affaire. Ou plutôt la lancer tout court, d'ailleurs, tant personne à part elle ne semblait s'y intéresser sérieusement, ce qu'elle ne parvenait pas à comprendre sinon par le surmenage d'hommes comme ses fils qui avaient à gérer bien trop d'affaires à la fois. La deuxième idée de Nancy au réveil avait été qu'elle n'avait plus de pain. Cela devenait un problème : la vieille voisine qui se chargeait de ravitailler le hameau parce qu'elle était la dernière à posséder une voiture avait versé dans un fossé deux semaines plus tôt et s'était laissé convaincre par ses enfants qu'elle était trop âgée pour conduire. C'était un mauvais coup pour le voisinage et pour Nancy, très friande de pain frais. André lui en amènerait tout à l'heure ; il le faisait lui-même, au levain, avec des graines de différentes céréales, qui se conservait très longtemps mais dont Nancy se lassait au bout de deux jours, préférant à la longue la mie souple des baguettes du boulanger. André tenait son pâton de sa mère et en parlait comme d'un être vivant, presque un animal de compagnie. La seule fois où il était parti une semaine en vacances depuis qu'elle le connaissait, il lui avait confié le pâton et n'avait pu s'empêcher de lui téléphoner deux fois pour en prendre des nouvelles. À son retour, moqueuse, elle l'avait un temps appelé « pâton », « mon pâton », et le surnom lui était finalement resté. Mais ce matin, lundi, les réserves étant épuisées, Nancy avait dû se contenter de biscottes pour accompagner son café noir, ce qui lui avait fait faire la grimace, et souligné son impression, déjà prégnante, que sa vie ne cessait de se rapetisser. Son père avait toujours déjeuné le matin d'un thé sans sucre et de deux biscottes sur lesquelles il étendait une épouvantable confiture laxative de couleur rouge. Plein d'humour et d'une grande intelligence, il aurait été un père idéal s'il n'avait pas toute sa vie souffert de constipation. Nancy et ses deux sœurs avaient décrété qu'il était un « constipé paranoïaque », tout comme leur mère était une insomniaque chronique, les deux maux n'étant d'ailleurs pas sans ressemblance, quant à l'effet dévastateur qu'ils avaient sur le caractère de leurs victimes. La mère était absolument obsédée par sa vaine recherche d'une nuit de sommeil réparateur et le père par la libération de ses intestins. Il ne parlait à personne le matin avant d'être allé aux toilettes, et à la tête qu'il faisait en se présentant enfin dans la cuisine pour le petit déjeuner, chacun savait si l'opération avait été un succès ou un échec, et s'il serait ce jour un père, un époux et un collègue agréables ou taciturnes et irritables. Quand il était enfermé dans les toilettes et que l'une de ses filles frappait à la porte pour une urgence, il prenait le ciel à témoin que sa propre famille conspirait contre lui. Cette théorie domestique de la conspiration, aussitôt baptisée par ses filles la CC, pour « conspiration de la constipation », leur avait également inspiré le terme pseudo-médical de « constipation paranoïde », qui atteignait son paroxysme quand, soudain pris d'un espoir déraisonnable, le père se précipitait aux toilettes pour découvrir qu'elles étaient déjà occupées. Nancy se souvenait d'une période de son enfance franchement pénible quand la famille avait vécu dans un appartement de location dont les toilettes étaient dans la salle de bains. À cette époque, l'aînée des trois filles était adolescente et amoureuse, et passait des heures à se pomponner, le père tambourinant à la porte en menaçant de la déshériter si elle ne sortait pas immédiatement. Nancy était persuadée que c'était pour cela qu'ils n'étaient restés que dix-huit mois dans cet appartement où ils ne pouvaient faire de travaux, et que ses parents s'étaient ensuite lourdement endettés dans l'achat d'une maison qui possédait deux toilettes – à l'étage dans la salle de bains et au rez-de-chaussée – auxquelles le père avait fait ajouter une troisième, qui lui était exclusivement réservée, à la cave, dans son atelier de bricolage. Ainsi, quand quelqu'un cherchait le père, on lui répondait invariablement qu'il était « à l'atelier », ce qui voulait tout dire.

Une fois son maigre petit déjeuner terminé et sa toilette accomplie, Nancy s'était une fois de plus penchée sur le dossier qui contenait tous ses articles et ses notes à propos des incendies liés à la famille Roche. Depuis sa visite à la médiathèque de Montpellier, elle était persuadée d'avoir la solution sous le nez mais de ne pas être capable de la voir. C'était comme un mot au bout de la langue, que l'on connaît mais que l'on est incapable de prononcer. Elle avait déjà tout relu plusieurs fois, jusqu'à l'exaspération, et décida de changer de technique. Elle avait pris son lourd dossier sous le bras, un rouleau de Scotch dans le buffet du salon, et s'était rendue dans la cuisine où elle avait entrepris de coller tous ces documents sur les murs et les placards. En une demi-heure, la cuisine de Nancy Le Guen était devenue l'antre d'un enquêteur professionnel, en tout cas tel qu'elle aimait à se l'imaginer. Puis, lentement, les cigarettes se succédant entre ses lèvres, elle avait fait le tour de sa cuisine en s'arrêtant devant chaque papier, chaque article, un surligneur de couleur orange à la main, espérant ainsi parvenir à matérialiser des liens qu'elle soupçonnait mais ne parvenait pas à distinguer.

Cela lui avait pris la matinée entière et, l'heure du déjeuner passée sans qu'elle ait même pensé à se préparer à manger, elle était sur le point d'abandonner, de tout balancer rageusement à la poubelle. Ses jambes étaient lourdes, sa respiration difficile, comme si une charge pesait sur sa poitrine. Elle avait chaud, elle qui n'avait jamais été sensible à la rudesse des étés dans l'Hérault. Elle avait besoin d'air et ouvrit la fenêtre de la cuisine. Une chaleur agressive s'engouffra par cette brèche en même temps que le vacarme des cigales. Les rayons du soleil jouaient avec les volutes de fumée dont l'atmosphère de la cuisine était saturée. Nancy écrasa la cigarette qu'elle avait à la main, se rendant soudain compte qu'elle lui trouvait mauvais goût.

Il ne lui restait plus qu'un article à relire, une courte biographie de Tiffany Roche parue trois ans plus tôt dans un magazine local où était tracé en quelques lignes le portrait d'une dizaine d'artistes régionaux qui faisaient parler d'eux au-delà des frontières du département et dont Tiffany était de loin la plus célèbre. On y résumait son parcours, de l'enfance au succès, et soudain, Nancy s'immobilisa. Elle revint une ligne en arrière et relut le nom du collège qu'avait fréquenté la future photographe : François-Villon. Pourquoi ce nom avait-il déclenché une alarme dans son cerveau ? Connaissait-elle ce collège ? Ce n'était pas celui qu'avaient fréquenté Guillaume et Damien. Pourtant Nancy était certaine d'avoir déjà rencontré le nom de cet établissement, très récemment, mais pas à propos de Tiffany Roche. Un souvenir confus mais lié à l'affaire, elle en était convaincue. Dans un article, mais lequel ? Nancy eut soudain envie de laisser tomber. Après tout ça n'avait peut-être aucune importance ? Mais quelque chose la poussa à s'obstiner de nouveau. Elle élimina d'office tous les autres papiers évoquant la carrière de la photographe et se consacra à ceux qui parlaient de l'incendie de 1992. Une intuition lui suggérait que c'était dans un document daté de cette époque qu'elle avait croisé le nom de ce collège. Mais elle ne trouva rien. Elle s'assit alors à la table de la cuisine pour réfléchir. Son regard tomba sur la pochette cartonnée dans laquelle elle avait conservé sa documentation. Il n'y restait que trois feuillets, qu'elle n'avait pas jugé utile de scotcher avec les autres, sans rapport direct avec la famille Roche. L'un d'eux était l'article de *Nice-Matin* trouvé dans les archives de la médiathèque à propos de cette adolescente, Juliette Blanc, qui avait disparu durant l'été 1992 et dont on n'avait jamais rien retrouvé sinon son vélo. Nancy le prit pour le mettre de côté mais arrêta son geste. Elle parcourut rapidement l'article et fut stupéfaite d'y trouver ce qu'elle cherchait. Juliette Blanc avait fréquenté le même collège que Tiffany Roche. Sa main se mit à trembler. Pourquoi cette découverte la mettait-elle dans cet état ? Que se cachait-il derrière cette coïncidence ? Une de plus. 1992, elle récapitula : Juliette Blanc et Tiffany Roche sont dans le même collège. La famille de Tiffany est décimée dans un incendie. À la même période, Juliette Blanc disparaît sans que les gendarmes retrouvent jamais sa trace. Et alors ?...

Nancy se leva et se mit à tourner en rond dans la cuisine. Elle avait la certitude d'avoir fait une découverte importante mais sans parvenir à la relier au reste. Soudain elle se précipita dans la salle de séjour et décrocha le téléphone sans fil. Il lui fallut près d'une minute pour retrouver l'un des numéros d'appel des renseignements, regrettant le temps où il suffisait de composer le 12. Enfin, elle eut un opérateur au bout du fil, qui parlait avec un fort accent étranger. Il n'eut aucun mal à lui communiquer le numéro du collège François-Villon.

Elle n'hésita pas une seconde sur le mensonge à servir. Elle dirait qu'elle était romancière, qu'elle préparait un livre sur les disparitions inexpliquées et qu'elle cherchait des informations sur une certaine Juliette Blanc. Le mensonge passerait comme une lettre à la poste parce qu'il n'en était pas tout à fait un : Nancy avait bien un projet de roman policier, depuis une bonne vingtaine d'années. Elle avait déjà trouvé son pseudonyme, le titre du roman, et avait écrit puis réécrit son épilogue une bonne cinquantaine de fois.

Elle composa le numéro.

Christine Péquignot ne répondit qu'à la cinquième sonnerie. C'était l'heure de sa pause, et seule au secrétariat du collège, elle n'était pas censée prendre l'appel. D'ailleurs, elle ne l'aurait jamais fait si elle n'avait pas été sous le coup d'une forte émotion. Jean-Charles venait de lui adresser un texto dans lequel il lui demandait si elle était libre à dîner ce soir. Christine, encore tremblante et ayant relu quatre fois le SMS, décrocha et entendit une vieille femme lui raconter une histoire confuse de recherches pour un roman policier. Comme on lit parfois un texte sans en comprendre un traître mot parce que l'on pense à autre chose, Christine écoutait les explications de la romancière avec en tête les images de sa rencontre avec Jean-Charles. Nouveau dans l'établissement, il était entré dans le secrétariat en milieu de premier trimestre alors que Christine était penchée vers l'étagère de l'armoire à dossiers, la jupe de son tailleur fuchsia tendue à se rompre sur ses hanches. Elle s'était redressée en hâte, rougissante. Il avait rougi en retour, balbutiant, et en avait oublié la raison de sa venue.

– Juliette Blanc ! répéta Christine, ce nom la tira brusquement de ses songes. Pensez si je m'en souviens ! Ce n'est pas tous les ans qu'on a comme ça des collégiennes qui disparaissent. Une fille adorable, bonne en classe, polie, facile… Et puis ses parents : des gens vraiment comme il faut.

– Elle avait quel âge quand elle a disparu ? demanda l'écrivain.

– Si je me souviens bien, c'était entre sa 4e et sa 3e.

– Est-ce qu'il vous est possible de trouver des renseignements sur sa 4e ?

– Ça dépend ! Quel type de renseignements ?

– Le nom des autres élèves, par exemple.

L'esprit de Christine repartit soudain en vadrouille. Jean-Charles était professeur d'allemand, divorcé avec deux enfants désormais adultes, et portait très bien ses cinquante-cinq ans. Il était revenu plusieurs fois au secrétariat au cours des semaines suivantes, sous des prétextes de plus en plus alambiqués. À la cantine, il avait changé ses habitudes pour déjeuner en même temps que Christine dans la petite salle réservée aux professeurs et au personnel du collège. De semaine en semaine, il s'était approché, l'air de rien, pour finir après les vacances de Noël par poser son plateau en face de Christine qui, absolument pas dupe de ses manigances, s'affolait de ce qu'elles lui inspiraient. Était-il possible qu'elle plaise encore ? Ou qu'elle plaise tout court ? Elle savait bien, grâce aux magazines et à la télévision, que les femmes de plus de cinquante ans avaient encore une vie sentimentale ; on n'était plus à l'époque de sa mère. Mais c'était bon pour Sharon Stone, pas pour elle qui vivait seule depuis toujours. Et pourtant, elle n'avait pu s'empêcher de penser sans cesse à Jean-Charles depuis leur rencontre, d'espérer, chaque midi, qu'il poserait son plateau face au sien, et de trouver la vie plus excitante. Mais n'était-ce pas cela qui lui faisait peur ? L'excitation, l'espoir d'une vie chargée en émotion, d'une vie à laquelle elle avait fini par renoncer en parvenant à se convaincre qu'elle tenait à sa tranquillité, à sa solitude et à sa routine ?

À l'autre bout du fil, la romancière répéta sa question :

– Vous pouvez retrouver le nom des autres élèves de la classe de Juliette Blanc ?

– Heu oui, pardon, c'est possible, oui, il me suffit de sortir le répertoire de cette année-là.

– Vous pourriez faire ça pour moi ?

– Vous voudriez les noms de tous les élèves de sa classe ?

Et si, finalement, à cinquante-quatre ans, elle devait connaître l'amour ? Une liaison. Le mot même lui semblait étrange, étranger. Un homme, des rendez-vous, un cœur qui bat plus vite. Que risquait-elle en acceptant l'invitation de Jean-Charles ? De s'attacher à lui, de tomber amoureuse ? Était-ce un risque ? Oui, celui de connaître ensuite un chagrin d'amour. Sans amour, aucun risque de chagrin d'amour. C'était évident, facile. Sans espoir, aucun risque de déception. Cela ressemblait à sa vie. Tellement que Christine, dans un état second, composa fébrilement sa réponse au message de Jean-Charles et accepta son invitation. Une fois le SMS parti, elle fut prise de panique.

Puis un nouveau nom dans ce qu'était en train de lui dire la romancière la fit revenir au fil de la conversation :

– Tiffany Roche. Je voudrais savoir s'il y avait une certaine Tiffany Roche dans la classe de Juliette Blanc.

– Roche ! Pas la peine de chercher, la réponse est oui ! La petite Tiffany, avec le drame qui lui est arrivé, vous pensez bien que je ne l'ai pas oubliée !

Nancy sentit son excitation monter d'un cran. Elle en eut mal à la poitrine, sans doute encore une douleur intercostale, ou une aigreur d'estomac. C'était peut-être tout simplement la faim ? Sauter un repas n'était vraiment pas dans ses habitudes. La secrétaire poursuivit d'elle-même.

– Tiffany et Juliette étaient très bonnes amies.

– Dans la même classe ?

– Oui oui, j'en suis certaine. Je peux vérifier si vous le souhaitez, mais c'est inutile. Elles étaient inséparables, au collège, et toutes les deux frappées par le malheur, les pauvres gosses…

Nancy dut s'asseoir. Sa douleur à la poitrine empirait. Elle avait également mal au bras droit, comme une courbature. Une fois le téléphone raccroché, elle réfléchit à ce qu'elle venait de découvrir. Une nouvelle fois, il ne pouvait s'agir d'une coïncidence. Juliette Blanc, amie inséparable de Tiffany, sa camarade de classe, disparaît au moment où brûle la maison des Roche. Qu'est-ce que cela pouvait bien signifier ? Nancy se dit qu'elle devait appeler Guillaume, qu'il saurait mieux qu'elle interpréter cette information.

Elle se sentait mal, exténuée cette fois. Elle avait envie de s'allonger quelques instants, se dit qu'elle ferait mieux de se préparer un petit quelque chose à manger mais se leva, difficilement, pour s'approcher du placard sur lequel étaient scotchés les articles concernant l'incendie de 1992. On y voyait de mauvaises photographies des trois victimes : Marc Roche, le père de Tiffany, sa mère Isabelle et sa cousine Alexandra. Nancy revint à la table de la cuisine et regarda la photographie de la petite Juliette Blanc. Une idée s'approchait, elle le sentait. Elle sentait aussi que la sueur perlait à son front. Que lui arrivait-il ? Lui revint alors en mémoire la photographie du mariage de juin dernier, dans la propriété du frère de Marc Roche, Alain, qui lui aussi avait brûlé. Elle essaya de visualiser ce cliché, de définir ce qu'elle lui avait trouvé d'étrange.

Et soudain *elle sut.* Elle avait trouvé, les dominos avaient commencé leur implacable chute, s'entraînant les uns après les autres. Nancy vit tout le tableau s'illuminer, le puzzle se compléter, le paysage se révéler. Au même instant, une douleur fulgurante lui traversa la poitrine et elle comprit brutalement qu'elle avait un infarctus. La peur s'ajoutant à l'excitation d'avoir découvert l'invraisemblable solution à l'affaire Roche la fit vaciller. Nancy souffrait, son cerveau tournait plus vite que jamais. Allait-elle mourir ainsi ? Était-ce comme cela que tout allait se terminer ? Elle parvint à s'appuyer à la table de la cuisine. Elle prit une grande inspiration qui la fit souffrir atrocement. Son cœur lui donnait l'impression d'être pris dans un étau. Elle essaya d'attraper le combiné du téléphone mais il lui échappa des mains et alla se fracasser sur le carrelage. Nancy eut envie de pleurer. Chaque respiration lui était une torture. Elle agrippa un stylo-bille sur la table, la première feuille de papier qui lui tomba sous la main. Mâchoires serrées, gémissante, elle n'eut que le temps de tracer quelques mots avant de tomber à terre.

Tiffany se sentait émerger lentement du sommeil, de l'engourdissement, par paliers, comme chaque fois, rare, qu'elle avait pris un somnifère. Elle avait dormi, longtemps sans doute, lourdement, ne gardant aucun souvenir de ses rêves. Sans ouvrir les yeux, elle estima que la journée était déjà très avancée. La chaleur, les bruits de la ville… Elle avait dormi, mais son repos n'était pas satisfaisant. Il était artificiel, et elle avait mal à la tête. Mais c'était mieux que rien ; au moins, elle n'avait pas passé la nuit à tourner en rond, mentalement et physiquement. Elle pensa alors à Târiq, à leur conversation… ils se verraient ce soir. Elle sourit dans son demi-éveil, paupières closes sur lesquelles dansaient de mouvantes formes rouges, bleues et noires pareilles à celles qu'enfant, elle passait de longues minutes à observer. Elle était amoureuse et c'était si bon, si apaisant. Elle n'avait rien oublié de son séjour en Corse, pas une minute, comme si sa mémoire elle aussi était régénérée. Elle s'étira longuement, bien que convaincue qu'elle se rendormirait aussitôt si elle se retournait dans le lit. Mais elle préféra faire l'effort d'ouvrir les yeux. Elle voulait travailler sur le reportage en Corse, puis savourer l'attente de retrouver Târiq. Elle cligna des paupières. Le jour chemina jusqu'à son cerveau. Puis une tache, une ombre, une forme. Une silhouette. Tiffany écarquilla soudain les yeux. La peur la frappa au ventre.

Quelqu'un se tenait debout au pied de son lit.

Elle se redressa, tout en se reculant, se retrouve assise, affolée. C'était Mary. Elle en fut brièvement soulagée, puis se demanda en un éclair comment elle était entrée et ce qu'elle faisait là.

– Mary ? dit-elle pour rompre le silence et tromper sa peur, espérant se rassurer avec le son de sa voix. Qu'est-ce que tu fais là ? Tu m'as foutu une de ces trouilles !

Mary ne répondait pas. Debout, immobile, elle se contentait de la fixer d'un regard étrange. Quelque chose n'allait pas. Quelque chose avait changé en elle, qui glaça Tiffany. Elle était certaine d'avoir verrouillé sa porte. Comment Mary était-elle entrée ? Pourquoi la fixait-elle ainsi ? Depuis combien de temps était-elle là à la regarder dormir ?

Tiffany se sentait vulnérable ainsi assise dans son lit, mal réveillée, encore sous l'effet du somnifère. Soudain elle prit conscience d'être nue et que son buste émergeait du drap. Elle recouvrit aussitôt ses seins. Pourquoi Mary ne disait-elle rien ?

– Où est Xavier ? Vous vous êtes parlé ? Il m'a appelée, cette nuit...

Silence.

Elle devait se lever, s'habiller. Elle hésita, puis jaillit du lit et empoigna la première chemise qui lui tomba sous la main.

– Je vais deux secondes dans la salle de bains, dit-elle à Mary qui l'avait suivie du regard sans desserrer les lèvres. J'arrive.

Elle descendit les marches de la mezzanine et s'enferma dans la salle de bains.

Mary descendit à son tour. Elle entendit l'eau qui coulait, puis un bruit plus proche, qui attira son regard vers la table basse. L'écran du téléphone mobile de Tiffany était allumé. Elle s'approcha, prit l'engin en main. Tiffany avait reçu un SMS de Târiq. Mary l'ouvrit et le lut :

> Journée calme. Pas encore d'alerte. Sûrement cet après-midi vu la chaleur et le vent qui va se lever. Je ne pense qu'à toi, à ce soir. Le monde n'est plus le même, je n'ai jamais volé si haut. Je t'aime infiniment. Peut-on se parler ? J'ai besoin d'entendre ta voix.

Mary ferma les yeux. La douleur vrilla en elle, puis la fureur. Elle lâcha le téléphone qui chuta sur le parquet puis le piétina jusqu'à l'entendre craquer.

La porte de la salle de bains s'ouvrit. Tiffany s'avança. Elle avait enfilé un jean, boutonné sa chemise blanche. Elle était pieds nus. Mary la trouva si belle qu'elle en aurait pleuré. Elle la revit, une poignée de minutes plus tôt, sortant du lit, nue, avec sa peau si blanche, sa toison si rousse, fauve, flamme. Ça ne pouvait plus durer, elle ne pouvait pas la perdre une fois de plus. C'était la fin, irrémédiablement.

Le regard de la photographe fut attiré par quelque chose au sol. Son téléphone, brisé. Pourquoi ? Elle sentit la colère la submerger, chasser sa peur. En une fraction de seconde elle eut la certitude que c'était Mary qui l'avait espionnée ces derniers mois et qui s'était introduite chez elle à plusieurs reprises.

Elle avança sur elle d'un pas décidé, mais s'immobilisa soudain. Elle venait de comprendre ce qui avait changé chez l'épouse de Xavier. Ses yeux. C'était ses yeux. Ils n'étaient plus les mêmes. Ils n'étaient plus noirs, ils étaient… Elle ne vit pas partir le coup, à peine la douleur l'atteignit-elle qu'elle perçut le monde qui basculait puis plus rien que le noir et le silence.

28

QUAND Damien Le Guen arriva au service des urgences, en sueur tant il avait couru et parce que la climatisation de la Ford focus de gendarmerie qu'il conduisait était en panne, son frère Guillaume était déjà là. Leur mère avait été réanimée in extremis dans l'ambulance.

– Alors ? demanda Damien à voix basse en regardant Nancy, allongée et immobile, le teint blafard.

– Le cœur. Il y a eu des complications, je n'ai pas eu de détails. Mais tout va aller bien, maintenant, on m'a dit qu'elle était sortie d'affaire.

– Qui t'a prévenu ?

– L'hôpital. Apparemment, c'est un homme qui a donné l'alerte. Il l'aurait trouvée par terre dans la cuisine.

Damien se rapprocha du lit, presque craintivement. Il savait que sa mère aurait exactement ce visage-là, le jour où elle mourrait.

– Quel homme ? Qu'est-ce qu'il faisait à la maison ?

– J'en sais rien, répondit Guillaume. Il a téléphoné d'un mobile. Il a donné le nom de maman, son âge, son adresse et ensuite mon numéro de portable pour qu'on me prévienne. Quand l'ambulance est arrivée, il a voulu monter avec maman. Il paraît qu'il lui a tenu la main jusqu'ici. Il est parti juste avant que j'arrive.

– Et on ne sait pas qui c'est…

– Non. Mais sans lui, elle serait morte.

Damien s'avança vers le lit sur lequel était étendue sa mère. Pour la toute première fois, il la trouvait petite et fragile. Elle avait beaucoup rapetissé, maigri aussi, il ne s'en rendait compte qu'aujourd'hui. Elle n'était plus la femme imposante dont son enfance avait gardé l'image. Une idée furtive lui traversa l'esprit. Dans un futur pas si éloigné que cela, il serait orphelin pour de bon.

– Elle a repris connaissance ? demanda-t-il à Guillaume.

– Oui, oui. Elle a ouvert les yeux plusieurs fois. Elle m'a reconnu. Elle a même serré ma main.

Damien s'approcha encore et posa la main sur celle de sa mère. Elle était glacée mais elle frémit, ce qui le fit sursauter. Les paupières de Nancy se mirent à battre et elle finit par ouvrir les yeux. Damien pressa sa main et lui sourit.

– Maman. C'est moi. Guillaume est là aussi. Tu es à l'hôpital. Tu m'entends ? Tu me comprends ?

Elle cligna les yeux une fois, ce que Damien interpréta comme un oui. Il se tourna vers son frère et sourit de nouveau. Nancy s'agita d'un coup. Elle semblait souffrir.

– Ne bouge pas. Tu ne dois pas te fatiguer.

Mais la vieille dame émit un bruit de gorge, une sorte de râle, comme si elle voulait recracher la canule qui descendait dans sa gorge. Dans un effort qui sembla exténuant, elle saisit la main de Damien.

– On dirait qu'elle essaye de nous dire quelque chose.

Guillaume s'approcha à son tour. Nancy cligna plusieurs fois les yeux.

– Je vais aller chercher une infirmière, dit Guillaume.

Nancy cligna deux fois. Plus calmement.

– Deux fois, tu crois que c'est non ?

Nancy cligna une fois.

– Tu veux nous dire quelque chose, maman ? tenta Damien.

Elle cligna une nouvelle fois.

– Tu devrais te reposer, ça peut attendre…

Elle cligna deux fois. Guillaume et Damien se regardèrent, à la fois intrigués et inquiets.

– Qu'est-ce qu'il faut faire ? demanda Damien, sur le ton de la réflexion.

Nancy parvint à soulever une main et traça d'étroites boucles dans le vide, le pouce et l'index formant un rond.

– Tu veux écrire ?

Nancy cligna une fois. Damien regarda son frère d'un air interrogateur. Guillaume haussa les épaules, l'air de dire « pourquoi pas ? ». Connaissant l'obstination de sa mère, il avait dans l'idée qu'elle ne se calmerait pas tant qu'elle n'aurait pas obtenu ce qu'elle voulait, et donc tant qu'elle ne se serait pas fait comprendre.

Damien sortit un stylo de la pochette de sa chemisette réglementaire. Guillaume avait toujours un calepin sur lui, pour prendre des notes en cas d'interrogatoire impromptu. Nancy parvint avec difficulté à se saisir du stylo, et sur la page vierge du carnet fermement tenu par Damien qui de l'autre main tenait son poignet, elle essaya d'écrire un mot, mais n'obtint qu'un gribouillis illisible. Elle laissa retomber sa tête sur l'oreiller et ferma les yeux. Les larmes roulèrent sur ses joues.

– Plus tard, maman, souffla Guillaume, d'une voix qu'il voulait apaisante mais qui eut exactement l'effet inverse.

Nancy souleva de nouveau le stylo. Cette fois, elle n'essaya pas de tracer des lettres, mais une sorte de dessin simpliste, une forme, un carré maladroit peut-être, puis ce qui pouvait être un triangle au-dessus du carré.

– Un chapeau ? proposa Damien.

– Un clown ?

Nancy se sentait profondément épuisée, mais surtout excédée. Si elle n'avait pas été si faible, et sans ce foutu tuyau de plastique qui lui faisait si mal au fond de la gorge, elle aurait volontiers filé une taloche à ses fils pour leur remettre les idées en place.

Guillaume eut enfin une illumination.

– Une maison !

Nancy se laissa aller contre l'oreiller, et son évident soulagement servit de confirmation à ses fils.

– La maison ? précisa Damien. Tu veux qu'on aille à la maison ?

Nancy, dans un ultime effort, ouvrit les yeux pour cligner une fois.

Une infirmière arriva, ordonnant qu'on laisse la patiente se reposer. Guillaume demanda à parler au médecin, mais il était en train de tenter de réanimer un accidenté de la route.

Les deux frères Le Guen s'éloignèrent jusque dans le couloir.

– Je vais attendre le toubib, déclara Guillaume.

– OK. Moi, je file à Biranques. Maman doit se faire du souci pour la maison qui est restée ouverte. Appelle-moi dès qu'il y a du neuf.

Ils s'embrassèrent, plus intensément que de coutume.

– Ça va aller, dit Guillaume, retrouvant un instant son rôle de grand frère protecteur.

– Tu crois ?

– Oui. Tu connais maman, elle ne va pas lâcher la rampe comme ça !

– Ce n'est pas la première alerte.

– Je sais. Mais ça va aller, fais-moi confiance, Domino.

Depuis combien de temps son frère ne lui avait-il pas donné son surnom ? Damien en fut bouleversé. À moins que ce ne soit la peur, rétroactive, d'avoir perdu sa mère.

Târiq tomba une fois encore sur la messagerie de Tiffany. Il lui avait laissé deux SMS, puis un message vocal. Impossible de la joindre. Elle ne pouvait pas dormir encore à cette heure de la journée. Pourquoi ne rappelait-elle pas ? Pourquoi ne décrochait-elle pas ?

L'inquiétude, tapie derrière ses pensées depuis un moment, émergea cette fois au grand jour. Târiq eut la certitude qu'il s'était passé quelque chose.

La sirène retentit soudain dans les bureaux de la BASC. Târiq et les autres pilotes se levèrent comme un seul homme. On délaissa les romans, les mots fléchés, on suspendit les conversations pour se hâter vers la salle des opérations. Du haut-parleur coula la familière voix féminine :

– Deux Canadair. Le chantier se situe dans l'Hérault, près des communes de Saint-Mathieu-de-Tréviers et de Valflaunès, à 13 nautiques au nord-ouest de Montpellier.

Deux Canadair. On attend confirmation, mais il semblerait que ce soit la montagne d'Hortus qui brûle...

Damien Le Guen eut la surprise de trouver la maison de sa mère verrouillée, et les clés dissimulées à leur place habituelle, sous un pot renversé sur le muret du potager. Qui, dans l'affolement du départ de l'ambulance, avait bien pu prendre le temps de mettre tout cela en ordre ?

Il entra, animé de l'étrange sensation de pénétrer dans la maison d'un mort. Il s'en était fallu de peu. Il jeta un regard circulaire sur l'étroit vestibule. Rien n'avait changé, et pourtant, ce n'était plus comme dans son enfance. L'odeur, peut-être ? Un parfum de solitude et de vieillesse ? L'ordre, aussi. Il n'y avait plus qu'une paire de chaussures de la pointure de sa mère là où s'entassaient jadis ses grandes baskets d'adolescent. Un jour, se dit Damien, il faudra mettre en vente cette maison, la visiter avec Guillaume et un agent immobilier, l'estimer, puis la vider de toutes les preuves matérielles de l'existence de leur mère. Ce serait une page de leur vie qui serait tournée. De la famille, il ne resterait plus personne à voir mourir avant Guillaume et lui-même. Leur père avait été fils unique, leur mère avait survécu à ses sœurs emportées toutes deux avant leurs soixante-dix ans. Une vie semblait bien peu de chose. Des cartons à trier, des souvenirs à ressasser un temps puis plus rien, ici-bas du moins. Damien n'avait jamais douté de la vie éternelle promise par les Saintes Écritures, mais ne l'avait jamais envisagée telle une consolation à l'insignifiance de l'existence terrestre. Qu'est-ce que sa mère avait fait de sa vie ? Il ne savait presque rien de son enfance. Ensuite, elle avait aimé un homme, puis l'avait pleuré le restant de ses jours, elle avait élevé deux enfants, lu des milliers de romans policiers, entassé quelques objets, peu de chose en vérité... Et lui-même, qu'était-il en train de faire de son passage sur Terre ?

Damien se dirigea vers la cuisine qui avait toujours été le centre névralgique de la maison. Dès le seuil, il sut que c'était là que ça s'était passé. Il regarda les articles scotchés au mur, ceux qui s'étalaient encore sur la table ou qui jonchaient le sol, près de la chaise renversée. Son regard s'arrêta sur un portrait de Tiffany et il en ressentit un serrement de cœur qui n'était pas sans rapport avec la dernière question qu'il s'était posée. Qu'attendait-il pour tenter sa chance auprès de la photographe, pour lui révéler son amour ? Que son sentiment soit devenu un regret ? Puis il se demanda pourquoi Nancy faisait une telle fixation sur cette histoire d'incendies. Elle s'était toujours passionnée pour les affaires suivies pas ses fils, mais cette fois, cela frisait l'obsession.

Il releva la chaise, ramassa le cendrier, la dizaine de mégots éparpillés sur le carrelage, le téléphone cassé, deux feuilles de papier, un stylo-bille sans capuchon. Sur l'une des feuilles, il reconnut l'écriture de sa mère. Ce n'était pas son tracé habituel, souple et précis, plutôt celui de la main qui tremblait un peu plus tôt aux urgences. Une écriture douloureuse, quasi illisible. Damien s'assit et l'examina de plus près. Les lettres étaient de tailles différentes, leurs courbes hachées. Il parvint à déchiffrer sans difficulté l'article *la*. Il y avait ensuite un mot plus long qui lui posa problème. Il se terminait par *ne*, et commençait par un *c*. Il passa à la suite. Un *p*. *P*. *A*. *Pas*. Puis un mot de cinq lettres, difficile à décrypter. Il commençait sans doute par un *m*, suivi d'un *o*. Peut-être un *e* à la fin. *Te*, même. *Mo - te*. *Morte* ? *Pas morte*. *La* quelque chose commençant par un *c* et se terminant par *ne* n'est *pas morte*. Damien avait l'impression de jouer au cochon pendu. Il y avait une seconde phrase. Trois mots, les deux premiers illisibles. Le dernier plus clair, bien que sa lettre finale se terminât par un grand trait, comme un dérapage. *Mariée*. Damien tenta de lire à nouveau le message en entier mais ne déchiffra rien de plus. Il se leva, fit le tour des placards sur lesquels étaient scotchés les articles. Il s'arrêta devant les portraits des trois victimes de l'incendie de 1992 : Marc, Isabelle et Alexandra Roche. Le père de Tiffany, sa mère et sa cousine. Cousine. *Cousine* ! Damien revint au message de sa mère. *La... cousine pas morte*. Une vague d'adrénaline déferla en lui. *La cousine n'est pas morte*. Damien retourna la feuille sur laquelle sa mère avait tracé ces mots. Il s'agissait d'un article, daté de 1992, lui aussi. Il évoquait la disparition d'une certaine Juliette Blanc, une adolescente. Ce fut une illumination. Soudain, le message de sa mère prenait sens. Était-ce possible ? Était-il possible que la troisième victime de l'incendie de 1992 n'ait pas été la cousine de Tiffany mais cette adolescente qui devait avoir à peu près le même âge ? Et si oui, qu'est-ce que cela impliquait ? Pourquoi Nancy avait-elle tenu à noter absolument cette information alors même qu'elle était frappée d'un infarctus ? La seule réponse à cette question était que la cousine, celle que tout le monde croyait morte, était impliquée dans l'incendie. Dans celui de 1992, mais aussi dans les autres. Damien revint à la deuxième partie du message de Nancy. Deux mots courts puis le mot *mariée. C'est la mariée.* La mariée. Quelle mariée ? Celle d'Aiguelongue, bien sûr. Le mariage qui avait eu lieu dans la propriété de l'oncle de Tiffany, ces noces qui avaient fini en drame, par la mort de l'oncle Alain. Par le feu.

Damien se leva brusquement. La cousine n'était pas morte en 1992, c'était le corps d'une autre adolescente que l'on avait pris pour le sien. C'était elle (il s'approcha de l'article accroché au mur pour retrouver le prénom de la cousine), Alexandra, qui était responsable de cet incendie, et de celui de juin dernier. Et celui de Baptiste Legendre ? Pourquoi pas ? Damien soupira. Ça n'allait pas. Si la cousine était la mariée, Tiffany l'aurait reconnue ! Plus imparable encore, l'oncle Alain, qui n'était autre que son père, l'aurait reconnue. Sa propre fille ! Bien sûr, elle avait pu transformer son apparence. Cheveux, couleur des yeux avec des lentilles teintées… Damien regarda la photographie sur l'article. Alexandra Roche, à l'adolescence, à l'époque de sa soi-disant mort, était forte, avec une bonne quinzaine de kilos de trop, ce qui lui faisait un visage rond. Elle avait pu maigrir, ce qui pouvait considérablement modifier ses traits. Et puis surtout, quinze années étaient passées. Mais tout de même, une cousine, une fille… Sauf qu'elle était censée être morte. Et soudain, tout parut plausible à Damien. À partir du moment où son père et sa cousine la pensaient morte, qu'ils avaient assisté à son enterrement et qu'ils la pleuraient depuis une décennie et demie, Alain Roche comme sa nièce Tiffany étaient tout bonnement incapables de la reconnaître puisque son existence même était impossible.

Damien en resta stupéfait. Sa mère avait trouvé la solution. Comme il le pensait, Tiffany n'était pour rien dans cette série d'incendies. Sa cousine, celle que tout le monde pensait morte, était la pyromane. Pourquoi ? Voilà ce qui restait à définir.

Damien fit quelques pas jusqu'à la fenêtre de la cuisine. Elle donnait sur une vue magnifique, le décor de tant de petits déjeuners... Au loin, le Pic Saint-Lou, plus à l'ouest, la montagne d'Hortus. Damien fronça les sourcils. Il s'approcha et ouvrit la fenêtre pour mieux voir. C'était bien un panache de fumée qu'il voyait monter à l'extrémité est du Bois du Pâtus, sur la montagne d'Hortus, exactement là où il allait jouer avec Guillaume étant enfant. Exactement à l'emplacement des ruines du château de Viviourès. La photographie qu'il avait vue chez Tiffany la première fois qu'il l'avait rencontrée, peu de temps après la mort de Baptiste Legendre, s'imposa soudain à sa mémoire. Tiffany enfant, à l'âge où elle l'avait embrassé. Tiffany en compagnie de sa cousine Alexandra dans les ruines du château de Viviourès.

Damien fut violemment frappé d'un pressentiment, une intuition plus puissante qu'il n'en avait jamais eu.

Tiffany reprenait lentement conscience. La douleur irradiait dans sa tête et sa mâchoire. Elle n'avait aucun souvenir de ce qui s'était passé. Les yeux fermés, elle fouillait sa mémoire et cherchait à comprendre où elle se trouvait. Le chant des cigales, le bruissement des feuilles agitées par le vent, le sol dur sous ses omoplates, et cette odeur âcre qu'elle ne parvenait pas à identifier. Son dernier souvenir se situait dans sa chambre. Que lui était-il arrivé ? Elle se décida à ouvrir les yeux. Le ciel d'un bleu immaculé, la lumière éblouissante, le haut d'un mur. Un mur ancien, piqué de végétation et tronqué à son sommet comme celui d'une ruine. Un visage qui se penche sur elle à contre-jour et obstrue tout l'horizon.

– Ha ! Tout de même…

La voix de Mary. Une image revint à Tiffany : la silhouette au pied de son lit à son réveil.

La photographe se redressa sur ses avant-bras et un vertige la fit gémir.

Mary fit quelques pas de côté, son visage prenant alors la lumière du soleil. Tiffany put voir ses yeux d'un bleu pareil aux siens. Son cœur s'emballa dans sa poitrine.

– Ça y est, tu me reconnais enfin ?… Non ? Tu ne peux pas y croire, c'est ça ? Tu ne peux pas ou tu ne veux pas ?

Tiffany ne put répondre. La nausée l'étouffait. Sa confusion était en train de tourner à la panique. Elle se redressa encore.

– Regarde autour de toi, lui dit Mary, ça va t'aider. C'est ici que tout a commencé. Ça fait un bail… Notre premier baiser, notre serment, notre promesse que rien ni personne ne pourrait jamais nous séparer.

Tiffany reconnut enfin les lieux : les ruines de Viviourès. Puis elle regarda Mary et la reconnut également. Sauf que c'était absolument impossible.

Un vent chaud porta une nouvelle bouffée de la même odeur âcre.

Un mélange de résine, de bois et de fumée. L'haleine du feu qui approche.

29

DES NUÉES D'ESCARBILLES volaient déjà dans le vent. Le feu gravissait la pente, il lècherait bientôt les fondations du château. Tiffany n'avait pas peur, elle était bien au-delà. Alexandra se tenait devant elle, Mary n'était plus, elle ne l'avait jamais été. Elle n'avait séduit et épousé Xavier que pour se rapprocher d'elle. Alexandra, cette cousine qu'elle avait tant pleurée. Mille fois elle avait rêvé ces impossibles retrouvailles qui l'anéantissaient aujourd'hui.

– On avait passé ce pacte, tu te souviens ? C'est toi qui avais promis que tu tuerais tes parents s'ils voulaient nous séparer. Qu'est-ce que je t'ai aimée, ce jour-là ! Je n'ai jamais cessé de t'aimer, Tiffany, même à l'autre bout du monde… Je ne savais pas que tu étais dans la maison. Tout est la faute de ton père. Je n'avais pas vraiment décidé de le tuer. C'était juste une possibilité. Il a commencé à crier, à me menacer, à me dire qu'il ne voulait plus que je te voie. J'ai répondu, il tremblait de colère. Il m'a giflée, ce con. Je l'ai poussé. Je n'ai pas bien compris ce qui s'est passé. Il est tombé en arrière, sa tête a cogné contre le coin de la table basse. Ça a fait un bruit mat. J'ai vu le sang et j'ai compris. Ta mère est entrée pile à ce moment-là. Elle a ouvert de grands yeux, une bouche énorme. Elle allait gueuler, c'était sûr, elle pensait que j'avais tué ton père exprès. Il y avait ce gros cendrier, tu sais, celui en cristal, très lourd, que tu aimais bien. Il a fait le même bruit sur la tempe de ta mère que la tête de ton père sur le coin de la table.

Tiffany, paralysée, l'estomac dans la gorge, n'osait plus respirer. Ce qu'elle entendait était innommable. Impossible et pourtant vrai. Elle ne pouvait en douter. C'était une autre réalité, qui venait anéantir celle qu'elle avait vécue, sa vie réelle. C'était tellement vertigineux que Tiffany avait la sensation d'être en train de sortir de son corps pour s'observer elle-même assistant à la destruction de ce qu'elle avait cru sa vie. Alors qu'Alexandra poursuivait son récit, Tiffany comprenait que les quinze dernières années de son existence n'avaient été qu'une douloureuse mascarade.

– Je n'ai pas paniqué. Je me suis dit qu'après tout, c'était fait. J'ai tout de suite pensé à foutre le feu. Ça me paraissait plus propre que de laisser tes parents comme ça dans leur sang. Ça cramait déjà fort quand je suis sortie de la maison. C'est là que j'ai vu ton vélo derrière. Il y en avait un autre aussi. J'ai repensé à la musique que j'avais entendue sans y faire attention quand j'étais avec tes parents. La peur de ma vie ! J'ai foncé à l'intérieur. J'ai couru vers ta chambre. J'ai traversé les flammes, je te jure. Il y avait de la fumée partout. C'est ce jour-là que j'ai compris qu'il n'y a pas des feux, mais *un* feu, et qu'il épargne toujours celui qui le ranime... Je t'ai appelée, plusieurs fois.

Tiffany revivait sa part de la scène, ces bribes qui avaient si souvent hanté ses nuits : la fumée partout, l'impossibilité de respirer, et la voix, la voix l'appelait, juste avant l'impression de chute.

– Quand j'ai ouvert la porte de ta chambre, tu étais par terre, dans les bras de cette conne de Juliette.

Tiffany avait complètement oublié Juliette. Occulté sa présence dans sa chambre. Elle se souvenait maintenant qu'elles écoutaient de la musique quand la fumée avait jailli de partout, d'entre les lattes de parquet, du placard, de sous la porte. En quelques instants, le temps de comprendre ce qui était en train de se passer, l'air était devenu irrespirable.

– Juliette tenait un mouchoir sur son nez et en même temps elle gueulait pour que je l'aide à te sortir de la maison. Elle pleurait, elle toussait. J'ai réfléchi très vite. Tout à coup, c'est comme si j'avais compris ce que je venais de faire. J'avais tué deux personnes, comment avais-je pu croire que ça résoudrait notre problème, que ça empêcherait qu'on nous sépare ? J'étais devenue une criminelle, et d'autres que tes parents se chargeraient de nous éloigner toi et moi. J'étais foutue. On était foutues. Juliette avait ton âge mais elle faisait ma taille. Un peu grosse comme moi, aussi. Le même poids à peu de chose près, et puis blonde… J'ai fait ni une ni deux, je lui ai explosé la tête avec le premier truc qui m'est tombé sous la main, je me souviens même plus quoi. J'ai mis ma montre à son poignet, j'ai passé mon pendentif autour de son cou, tu sais, celui en argent, en forme de couronne que m'avait offert mon père… Et puis je t'ai prise dans mes bras. Ça brûlait partout, des flammes jusqu'au plafond, superbes, et cette putain de fumée qui m'arrachait à l'intérieur. La fumée n'est pas le feu, elle vient des choses, c'est ce qui brûle qui la produit. Les flammes, elles, sont pures. C'était pour toi que j'avais peur, moi, je savais que je n'avais rien à craindre.

Tiffany fut secouée par un sanglot sec, un haut-le-cœur. Alexandra, à la fois effrayante et fascinante, se tenait debout devant elle, immergée dans son récit, passant d'un pied sur l'autre comme si elle se mouvait sur une musique qu'elle seule pouvait entendre. Tiffany se souvint alors de ces pas cadencés qu'effectuait sa cousine lorsque, enfants et adolescentes, elles jouaient avec le feu ou lui sacrifiaient des animaux. Alexandra tournait autour du brasier en mimant les danses amérindiennes vues à la télévision, poussant des cris répétitifs, psalmodiant… C'est à cet instant que Tiffany pensa pour la première fois qu'elle devait fuir, que sa cousine allait la tuer à son tour.

– Je t'ai déposée à l'abri, continua Alexandra. Assez loin de la maison pour que tu ne risques rien. Tu respirais, ton cœur battait. Je t'ai embrassée, je t'ai dit adieu, mes larmes dessinaient des chemins sur ta peau noircie par la fumée. Et puis je suis partie sur le vélo de Juliette, en laissant le mien à sa place, à côté du tien. Je pleurais, j'avais la poitrine qui brûlait de chagrin… J'ai balancé le vélo dans un fossé et j'ai fait du stop jusqu'à Marseille. J'ai traîné sur les docks sans manger pendant deux jours et deux nuits. J'ai fini par me rapprocher d'un café pour essayer de voler de la bouffe. Des types m'ont prise à partie. Ils ne parlaient pas français, une langue de l'Est. J'ai tout de suite compris que j'allais passer à la casserole. Mais un homme est apparu, pas tout jeune, grand et large d'épaules, des mains énormes. Il avait une bonne tête, un bon regard. Il a parlé en anglais avec les autres, je n'ai pas tout compris. C'était tendu, mais les autres ont fini par laisser tomber. Le grand type m'a payé un repas complet. Il avait un foutu accent québécois. Il m'a dit qu'il était cuistot sur un cargo qui partait le soir même. Il m'a demandé si j'avais des parents dans le coin, de la famille. Je parlais le moins possible. Il m'a filé des billets et m'a dit de rentrer chez moi, de ne pas faire de bêtises. Je l'ai suivi en douce. Je suis montée en cachette dans le cargo qui s'est mis en route quelques heures plus tard. J'ai dégueulé toute la première journée et la première nuit. Enfin j'ai trouvé les cuisines. Le cuistot ne s'est pas fâché ni rien. Il n'a même pas eu l'air étonné et ne m'a pas dénoncée. La traversée a duré trois semaines. Il m'apportait à manger deux fois par jour. Et de l'eau pour boire. Il m'a laissée faire ma toilette dans la cuisine plusieurs fois, il m'a trouvé des fringues. En fait, il était content que je sois là. Il me parlait beaucoup de sa femme, de la vie en Gaspésie, sa région en bord de mer, au sud-est du Québec. Il était pêcheur, au départ, mais il n'y avait plus de travail pour tout le monde. Il ne se plaignait pas, sauf de ne pas avoir eu d'enfant. Sa femme ne pouvait pas. Le jour où on a vu la côte à l'horizon, le cuistot m'a proposé de venir avec lui. De venir vivre avec lui et sa femme. Il m'a dit que pour les papiers, il se débrouillerait, qu'il connaissait quelqu'un. J'ai dit oui. J'ai débarqué à la nuit. Il ne voulait pas prendre le risque de croiser des flics. On a voyagé en douce dans un train de marchandises, depuis la ville de Québec. Je n'oublierai jamais : la porte coulissante ouverte, le bruit du train sur les rails qui faisait comme le rythme d'une chanson, nos jambes qui pendaient dehors, le ciel étoilé et la lune qui donnait l'impression de nous suivre au-dessus de la campagne qui défilait. J'avais l'impression de foncer vers le bout du monde… On a fini le voyage à l'arrière d'un camion. Le bled était minable, leur maison merdique. Mais le paysage était grandiose autour, et la femme du cuistot avait des yeux très doux. Je l'ai tout de suite aimée. Je suis devenue leur fille. Ils ne m'ont jamais posé de questions sur mon passé. Le cuistot n'a plus voulu s'embarquer. Il a fait des petits boulots durs et mal payés.

Sans percevoir encore les flammes, Tiffany entendait maintenant les branches craquer et un lourd nuage noir passait au-dessus des ruines. Elle entendit au loin la sirène d'un véhicule de pompiers. Alexandra, comme si elle lisait dans ses pensées, lui dit que personne ne pourrait imaginer qu'il y avait quelqu'un dans le château. Ils allaient prendre leur temps, attaquer le feu par le bas, méthodiquement, comme à l'entraînement. Ils arriveraient trop tard.

Tiffany parvint à se lever, et regarda fébrilement autour d'elle.

– N'y pense même pas. J'ai réveillé le feu, il ne te laissera jamais m'échapper. Il n'obéit qu'à moi. Cette fois, je ne te perdrai pas, Tiffany. Tu m'as trop manqué toutes ces années. Tu seras à moi, nous serons à lui. C'est le feu qui fera nos noces.

Le vent avait forci, comme annoncé par la météo, mais dans des proportions très acceptables. Târiq s'était vu attribuer le Canadair 38, son numéro fétiche, l'appareil sur lequel il avait effectué son tout premier vol. Cécile Garnier était sa copilote, il en était enchanté tant il avait appris à apprécier sa compagnie et son travail durant leur mission en Corse. Ils étaient leader sur l'opération qui s'annonçait sans complications. Il n'y avait aucune habitation à proximité du sinistre, seulement les ruines d'un château médiéval. Târiq connaissait le site pour l'avoir souvent survolé, un lieu superbe qu'il serait désolant de voir ravagé. Le temps était sec et chaud depuis des jours, la végétation serait une proie facile pour les flammes. Târiq aurait préféré qu'ils partent à plus de deux équipages, mais on craignait des départs dans d'autres secteurs, et un Tracker les rejoindrait plus tard sur le chantier.

Târiq essaya de se détendre, de savourer ce vol paisible. Mais il ne pouvait s'empêcher de penser à Tiffany qu'il avait essayé une dernière fois de joindre avant d'embarquer. En vain.

– Chantier en vue ! annonça le pilote du deuxième Canadair. À 13 heures…

– Là-bas, confirma Cécile en désignant de la main un panache sombre qui s'étirait à l'horizon.

– Visuel, confirma Târiq.

Dans moins de dix minutes, ils seraient sur zone.

Damien, sans réfléchir, avait d'instinct roulé sur les chapeaux de roues jusqu'à l'accès aux ruines de Viviourès qui lui était le plus familier, sur la D122. En rangeant la Ford bleue près d'une Volkswagen noire immatriculée dans le 13, il se fit la réflexion qu'il aurait sans doute été plus aisé de tenter le chemin de la D1. Trop tard. Il leva son regard et constata que c'était déjà l'enfer, là-haut. Une épaisse fumée sortait de la végétation que les flammes étaient en train de nettoyer, grimpant la pente jusqu'aux fondations du château qui serait bientôt cerné. Il n'y avait pas une minute à perdre, dans très peu de temps, le sentier ne serait plus praticable. Il avait pourtant hésité un instant de plus, le temps de se convaincre que son véhicule de service ne risquait rien, ce que semblait indiquer la direction du vent. Il avait ensuite attrapé sur le siège passager une bouteille d'eau minérale dont il restait un fond qui lui suffirait pour humidifier un mouchoir si, lors de son ascension, la fumée devenait trop épaisse. Il marchait jusqu'aux deux blocs rocheux marquant le début du sentier quand quatre pompiers arrivèrent par la route.

– Vous comptez aller où, comme ça ? avait demandé l'un d'eux.

– Je monte. Il y a du monde, là-haut.

– Du monde ! Dans les ruines !

– J'en suis sûr.

– Vous n'y arriverez pas tout seul et sans équipement, c'est de la folie.

– Où est votre commandant ? avait demandé Damien.

– De l'autre côté, sur la D1.

– C'est qui ?

– Pierre Bartelo.

Damien avait déjà eu l'occasion de collaborer avec lui sur plusieurs incendies.

– OK. Prévenez-le qu'il y a deux femmes dans les ruines. Dîtes-lui que c'est le maréchal des logis-chef Le Guen qui vous a donné l'info.

– On attend un hélico pour faire un vol de reconnaissance, précisa le pompier. On vient de nous dire que les Canadair étaient en route !

Damien était déjà parti, s'engageant en petites foulées dans l'ascension vers le château.

Dix minutes plus tard, il était au cœur de l'incendie, les yeux irrités par la fumée et les escarbilles, une sueur noire de suie coulant de son front. Devant lui, le sentier rocailleux était bordé de flammes deux fois hautes comme lui. Il avait parfaitement conscience de la folie de son entreprise et une peur glaciale grondait dans ses entrailles. L'exaltation qui avait suivi la découverte de l'identité de la pyromane l'avait quitté à mesure que chaque pas sur le sentier s'étrécissant le plongeait plus loin dans le ventre du sinistre. Le piège s'était refermé sur lui qui, se traitant de fou et d'imbécile, continuait son ascension non par héroïsme mais parce qu'il n'avait plus d'autre choix. Le feu interdisait maintenant toute retraite et rester sur place était suicidaire. Monter restait la seule solution, atteindre les ruines qui étaient désormais l'ultime refuge possible, vaisseau de pierres dominant la fournaise. Un refuge pourtant précaire tant il était envahi par une végétation qui serait rapidement gagnée par les flammes. Mais sa dernière chance, tout de même, de ne pas brûler vif.

Damien s'immobilisa un instant pour reprendre son souffle et ôter le mouchoir qu'il avait noué sur sa nuque pour protéger sa bouche et son nez. Il n'en pouvait plus, ses poumons le brûlaient, ses jambes le faisaient souffrir et il résistait difficilement à la tentation de fondre en larmes.

Si la pente n'avait pas été franche sous ses pieds, il n'aurait plus su dans quelle direction se diriger. Le monde autour de lui n'était plus que chaos et fureur, une malfaisante nuit fuligineuse l'encerclait. Dans cette pénombre mouvante et volatile, la végétation gémissait, craquait, le feu ronflait et l'air manquait. Chaque inspiration était saturée d'émanations asphyxiantes. Damien expira deux fois à fond, ferma les yeux une seconde et porta une main tremblante autour de son cou, à la croix d'or blanc reçue pour sa communion solennelle. Il éleva le bijou à ses lèvres et l'embrassa, constatant que le métal précieux était brûlant. Il vida ce qu'il lui restait d'eau sur son bâillon qu'il remit en place et reprit sa course, disparaissant dans la fumée ardente, avalé par de mauvaises volutes grises, brunes et mauves avec lesquelles jouaient de souples langues de feu avides de destruction.

Une branche enflammée s'abattit lourdement au sol à l'exact emplacement que le gendarme venait de quitter.

30

TIFFANY capitula. Quelque chose venait de se briser en elle. Son dernier sursaut de vie avait été vain. Adossée à la pierre tiède d'un mur à moitié effondré, elle se laissa glisser au sol et se mit à sangloter. Elle ne pleurait pas sur son sort inévitable mais sur celui de sa cousine, cet être chéri de son passé devenu le bras armé d'une folie aussi pathétique qu'effrayante. Elle avait essayé de fuir, s'était engouffrée vers la pente occasionnée par un éboulis mais le feu était déjà au-dessous d'elle, se nourrissant d'arbustes, grossissant à vue d'œil, jetant vers elle de souples bras fauves qui semblaient vouloir se saisir de ses jambes. Elle avait bifurqué aussitôt, ses pieds nus blessés par les caillasses, s'était engouffrée entre un muret et un talus, mais Alexandra était déjà face à elle. L'instant d'après, elle lui barrait un autre chemin, puis un autre encore, silencieuse et si rapide qu'on l'aurait crue douée d'ubiquité. Enfin, le feu était entré dans l'enceinte même du château, s'emparant d'un premier chêne kermès.

Tiffany pleurait sans larmes, secouée de spasmes douloureux pareils à des sanglots d'enfant. Alexandra s'approcha d'elle et s'accroupit pour terminer son récit. Elle revint à la Péninsule de Gaspé, à sa vie avec ses parents adoptifs, la reprise de ses études. Elle raconta ensuite que, des années plus tard, un homme d'une trentaine d'années s'était intéressé à elle. Rowdy, moitié américain, moitié québécois. Très beau, un musicien, leader d'un groupe qui jouait un mélange de rock et de musique cajun. Il se produisait dans les bars de la région, parfois plus loin. Alexandra lui avait tout de suite plu, et ils s'étaient mis à flirter. Jouant avec lui, elle l'avait obligé à faire sa cour, lui qui, de coutume, tombait les filles comme des mouches. Elle l'avait rendu fou amoureux et éperdu de désir. Un soir, très solennel, portant un costume et une cravate pour la première fois de sa vie, il avait frappé au montant de la moustiquaire de la cuisine et avait demandé sa main à ses parents adoptifs. Le mariage avait été célébré trois semaines plus tard par une chaude soirée d'été durant laquelle Alexandra avait réellement cru être heureuse. Mais au cœur de la nuit, malgré toute sa bonne volonté, elle n'avait pu se résoudre à laisser son époux lui faire l'amour. Cela avait été tout bonnement au-dessus de ses forces. Elle avait voulu croire que faute d'aimer les hommes, elle aurait pu en aimer un seul, mais elle s'était trompée. Rowdy avait été patient, compréhensif, mais ses refus répétés avaient petit à petit changé son caractère. Il s'était mis à boire, lui qui était le seul de sa bande d'amis qu'elle n'avait jamais vu ivre mort. Alexandra l'avait imité, n'étant plus que très rarement sobre quand déclinait le jour. Une nuit, alors qu'elle dormait dans la petite maison que sa belle-famille avait mise à leur disposition, Rowdy était rentré complètement ivre et l'avait forcée. Elle s'était débattue, elle avait crié, l'avait mordu, griffé, mais il l'avait frappée et finalement déflorée, s'affalant sur le lit après avoir joui en quelques secondes.

Après ce viol domestique, Alexandra s'était laissé faire par son mari, nourrissant sa haine à chaque étreinte subie et ne cessant plus de boire. Un soir, alors qu'ils revenaient en voiture du cinéma le plus proche, à quarante-cinq minutes de route de leur domicile, Alexandra et son mari s'étaient si violemment disputés que Rowdy avait arrêté la voiture en pleine campagne pour continuer à pied. Il avait laissé les clés sur le contact et Alexandra s'était installée derrière le volant. Elle avait démarré, avait pris de la vitesse, Rowdy lui avait fait signe de le dépasser et de continuer sans lui. Elle avait brusquement mis le pied au plancher. Le corps de Rowdy avait fait deux rotations dans les airs avant de retomber au sol tel un pantin désarticulé. Il était déjà mort quand elle était sortie de la voiture pour s'accroupir près de lui. Avec difficultés ensuite, elle l'avait remis au volant, poussé le véhicule dans un fossé puis y avait mis le feu. Elle s'était assise sur un talus et l'avait regardé brûler, fascinée, envoûtée.

Après les funérailles, elle était retournée vivre chez ses parents adoptifs et avait cessé de boire. Être veuve lui avait donné un statut nouveau : on la plaignait, on la respectait, on louait son courage, et les hommes lui fichaient la paix. Elle avait trouvé un emploi de serveuse en banlieue de la ville la plus proche, dans un restaurant attenant à un motel.

Mangeant peu, dégoûtée par la nourriture qu'elle ne cessait de servir aux autres, elle avait beaucoup maigri. Elle s'était prise de passion pour la course à pied et faisait des kilomètres chaque matin avant de prendre son service. Trois fois par semaine, elle allait également soulever de la fonte dans un club de fitness dont elle était le seul membre féminin. Elle avait eu une liaison éphémère avec la secrétaire du club, une femme obèse au visage harmonieux de dix ans son aînée. Mais seul le sport l'intéressait vraiment, devenu à la fois un exutoire, un cache-misère et une drogue. À l'occasion d'une mauvaise entorse, elle avait dû consulter et ce fut là, dans la salle d'attente du cabinet médical que, feuilletant les magazines mis à la disposition des patients, elle était tombée sur le compte rendu d'une exposition de photos à Montréal sur les rites du feu. Alexandra avait senti son pouls s'arrêter en reconnaissant Tiffany dans le portrait de la photographe. Le soir même, elle reprenait contact avec l'ami de son père adoptif qui, dix ans plus tôt, lui avait fourni les faux papiers qui lui avaient permis de s'installer sur le sol canadien.

Alexandra se tut.

Tiffany leva les yeux. Elle regarda sa cousine, chercha en elle l'enfant et l'adolescente qu'elle avait connue et aimée. Elle avait tellement changé. Même en sachant que c'était elle, il était difficile de la reconnaître. Tiffany n'entendait plus le feu qui s'étendait pourtant entre les ruines. Elle ne sentait plus la chaleur, la fumée, la fatigue, la peur. Dans un état second, elle s'entendit demander à Alexandra pourquoi elle avait tué Baptiste Legendre.

– C'était un porc, lui répondit sa cousine. Il ne te méritait pas. C'est comme cet enculé de journaliste...

– Quel journaliste ? demanda Tiffany qui redoutait de connaître la réponse.

– Le portrait dans *Libé*... Le fouille-merde, comme tu disais toi-même.

– Tu...

– J'ai trouvé la punition qu'il méritait : il a cramé sur sa bécane.

– Mais je ne t'ai jamais demandé ça ! cria Tiffany, épouvantée. Pourquoi le tuer ? Pourquoi les tuer ?... Pourquoi tu n'es pas venue me voir à ton arrivée en France ? J'aurais pu comprendre, j'aurais pu tout comprendre... Je t'ai tellement pleurée, Alex !

Alexandra lui sourit.

– J'ai failli, plus d'une fois...

– Et Xavier ? Pourquoi avoir épousé Xavier ?

– Je ne pouvais déjà pas l'encadrer quand on était gosses.

Alexandra avait dit cela avec une telle dureté que Tiffany prit peur.

– Où est Xavier ? demanda-t-elle.

Alexandra marqua un temps avant de répondre.

– À Marseille. À l'appartement... Tu vas me demander pourquoi j'ai tué mon père, aussi, non ?... Parce qu'il m'aurait reconnue. En fait, il m'a reconnue, au mariage, mais il ne le savait pas encore. Il aurait fini par comprendre, par admettre. Et puis je n'ai jamais oublié les coups qu'il donnait à ma mère quand il avait bu.

Elle hésita, puis :

– Tu as des nouvelles de maman ? Tu sais ce qu'elle est devenue ?

Tiffany fit non de la tête. À quoi bon dire à Alexandra que sa mère vivait quelque part en Asie et qu'elle s'était réfugiée dans la religion. Elle avait du mal à savoir ce qu'elle ressentait vraiment. Elle était anéantie par tout ce qu'elle venait d'apprendre, mais aussi soulagée d'un poids considérable, celui de la culpabilité qu'elle avait portée depuis la mort de ses parents. Ce n'était pas elle ! Elle n'avait tué personne ! Elle n'était pas pyromane, elle n'était pas folle. Mais elle allait mourir.

– Comment ça, quelqu'un dans les ruines ? dit Târiq, coupant la parole au commandant des pompiers.

– Je n'en sais pas plus. Ce putain d'hélico n'arrive toujours pas ! Ça brûle dur et le terrain n'est pas favorable.

– Combien de personnes vous avez dit ?

– Trois, si j'ai bien compris. Deux femmes et un gendarme.

Târiq regarda sa copilote avec étonnement.

– OK. On va faire une reco, si quelqu'un est là-haut, prisonnier des flammes, j'imagine qu'il va essayer de se faire repérer.

– Bien reçu, Pélican. J'ai un groupe d'hommes sur le flanc ouest. Ils devraient atteindre les ruines dans une dizaine de minutes, mais la progression est difficile.

La communication fut coupée brutalement.

– C'est quoi ce souk ? demanda Cécile. Des randonneurs qui ont mis le feu par inadvertance ?

– Je n'en sais rien, mais je n'aimerais pas être à leur place.

Face au nez de l'hydravion, à moins de trois nautiques, le sud de la montagne d'Hortus était en feu, les hautes ruines du château de Viviourès cernées par un déferlement de flammes en marche.

Damien déboucha enfin entre les ruines. Il inspira une bouffée d'air à peu près respirable. Le feu s'était déjà glissé entre les vieilles pierres, mais rien de comparable avec l'enfer dont il venait d'émerger… mais le sursis serait éphémère. Il ne lui fallut que quelques instants pour apercevoir les deux femmes à travers l'ouverture d'un mur sur lequel brûlait en crépitant un arbuste décharné. La cousine debout, Tiffany assise contre une large paroi marquant l'enceinte sud du château, et dont la partie éboulée ouvrait sur la garrigue à perte de vue. Damien, plié en deux, longea un muret puis se faufila par ce qui, des siècles plus tôt, avait dû être une porte de communication entre deux parties de l'édifice. Il fit un détour pour éviter un large trou envahi d'herbes folles et s'immobilisa, caché par l'arête d'un mur, à quelques mètres seulement de sa cible. Il sortit le pistolet de son holster et ôta la sécurité. Il inspira puis se lança sans plus hésiter.

– *On ne bouge plus* !

Les deux femmes se tournèrent en même temps vers lui. Tiffany s'était dressée. Alexandra eut l'air surpris, puis elle sourit avec amertume. Elle regarda Tiffany et lui tendit la main.

– *Plus un geste* ! cria Damien.

La jeune femme laissa retomber son bras avec dépit. Il était évident qu'elle n'était pas armée. Damien souffla lentement pour se détendre. Une goutte de sueur lui brûlait l'œil gauche. Il fit un pas en avant et vit Alexandra en faire un de côté.

C'était fini. Sans doute était-ce écrit d'avance. Ainsi ils étaient à nouveau réunis tous les trois dans les ruines, comme vingt ans plus tôt, quand Tiffany avait embrassé ce garçon. C'en était risible, l'une de ces boucles que formait parfois la vie. Son grand-père paternel, qui était le même que celui de Tiffany, disait souvent que Dieu, s'il existait, devait avoir le sens de l'humour.

C'était la fin et Alexandra s'en sentit soulagée. Depuis qu'elle avait terminé son récit, elle ne voyait plus d'issue possible pour elle et n'en espérait aucune. Sa haine était retombée, sa colère aussi. Ne restait que son impossible amour pour sa cousine. Que voulait-elle exactement en amenant Tiffany en ce lieu symbolique de leur enfance ? En y mettant le feu ? Qu'avait-elle cru en revenant en France ? Tout lui semblait clair, désormais. Ici, de ce côté de l'Atlantique, elle était déjà morte. Son retour avait été une erreur. Une incongruité, une monstruosité, comme sa vie tout entière. C'était fini, et c'était mieux ainsi. Tiffany vivrait et pourrait être heureuse. N'était-ce pas ce que l'on devait souhaiter à ceux que l'on aime ?

« Et comme je t'aime, Tiffany ! pensa-t-elle. Si tu savais. Te souviens-tu de cette phrase, dans une pièce que j'avais étudiée en cours et que je t'avais lue à voix haute ? J'ai oublié le titre, et l'auteur. Ça disait que l'amour n'est pas un feu qu'on renferme en une âme… L'amour est un feu qui brûle de l'intérieur, Tiffany. Tu me brûles, mon amour. »

Alexandra sourit à Tiffany. Puis, brusquement, en longues foulées, elle traversa la brèche dans le mur et s'élança dans le vide.

Elle eut, un infime instant, l'impression grisante de voler. Puis, le long de la falaise, elle vit le feu, tout en bas, qui l'attendait. Elle ferma les yeux.

L'air lui caressait agréablement le visage. Elle entendit, au loin, la voix de Tiffany hurler son prénom, avant de plonger au cœur du brasier.

31

DAMIEN s'était précipité sur Tiffany pour l'empêcher de se pencher au-dessus du vide. Il la tenait dans ses bras alors qu'elle criait encore avec désespoir le prénom de sa cousine. Le château, à cet endroit, surplombait la vallée de quelque deux cents mètres.

– C'est fini, Tiffany…

Damien la serrait contre lui, soulagé et ému, surpris de sentir un désir qu'il jugea déplacé monter en lui. Le vacarme d'un moteur dans le ciel lui fit lever la tête. Un Canadair venait de les survoler. Damien revint aussitôt à la réalité. Il ne lui fallut qu'un regard pour comprendre combien leur situation s'était aggravée. Le feu d'abord timide dans les ruines s'était considérablement développé et leur coupait maintenant toute retraite. Ils étaient acculés au bord de la falaise.

Damien entendit un hélicoptère en approche, sans doute le PC volant des pompiers. Impossible de se poser près des ruines, et il n'était pas équipé pour un hélitreuillage de toute façon hasardeux. Un second hydravion de la Sécurité civile survola le château.

– Restez là ! ordonna le gendarme à Tiffany. Restez contre le mur, surtout, ne bougez pas.

Il se redressa et chercha du regard un point surélevé. Il se lança, sauta par-dessus un bosquet en flammes, frôla un arbuste incandescent et, sentant la caresse mordante du feu sur un bras, atteignit en deux enjambées le sommet d'un promontoire, sans doute les restes d'un palier à moitié effondré. De là, il vit les hydravions effectuer leur virage puis revenir vers le château. Damien se mit à agiter les bras. L'engin passa quelques mètres seulement au-dessus de lui et, tout en s'éloignant, agita ses ailes de droite à gauche, de bas en haut et de haut en bas, pour signaler qu'il l'avait repéré.

Damien regarda autour de lui. Ils ne tiendraient pas longtemps. La chaleur devenait insupportable, les espaces épargnés de plus en plus rares. Il ne devait d'ailleurs pas s'attarder s'il voulait rejoindre Tiffany.

– Ils nous ont repérés ! dit-il à la jeune femme après s'être frayé un chemin entre les flammes. Il faut qu'on se mette à l'abri. Ils vont larguer, ils vont nous ouvrir une brèche dans le feu.

C'était en tout cas ce que Damien espérait, doutant en son for intérieur que deux largages suffisent à les sortir d'affaire. Mais ils gagneraient un temps précieux, vital.

Il avait repéré, non loin, des marches dans la terre, encombrées de racines, qui descendaient sous une voûte de pierres et qui pourrait leur servir d'abri quand les deux fois six mille litres d'eau allaient s'abattre sur le château.

– Une équipe de pompiers arrive par l'ouest, indiqua Târiq à l'équipage du second Canadair. Ils sont bloqués par une saute de feu qui les a encerclés. Je vais tirer près de la paroi sud, à l'intérieur du château, pour dégager le secteur où on a vu le type.

– Tu as vu des filles, toi ? demanda Vincent, le copilote du Canadair n° 41.

– Non, je n'ai vu que le type qui nous faisait des signes. On est passés trop vite, mais j'ai quand même l'impression qu'il était en uniforme.

– Affirmatif, c'était bien un gendarme.

– Alors il doit se douter de ce qu'on va faire et se mettre à l'abri. On n'a pas le choix, de toute façon. Je fais un largage de sécurité pour le gendarme et les femmes si elles sont encore là. Ça va leur donner de l'air. Toi, tu tires plus

loin, dans la continuité vers l'ouest, sur l'arrière du château pour ouvrir un passage aux pompiers.
– Reçu.
– Ensuite, on fonce refaire le plein d'eau… C'est parti !

Tiffany s'était laissé faire docilement. Damien la tenait une fois de plus dans ses bras. Ils étaient allongés au sol, sur un mélange de terre et de rocailles, à l'ombre de ce qui restait de la voûte. Damien se souvint alors d'un film qu'il avait vu à la télévision quand il était enfant et qui s'intitulait *L'Île sur le toit du monde*. Il avait gardé le souvenir d'une scène durant laquelle les héros couraient, poursuivis par une coulée de lave et trouvaient refuge in extremis en sautant sur une corniche surélevée, le torrent écarlate passant quelques centimètres sous eux.

Le feu était partout, la chaleur montait jusqu'à leur refuge, bientôt intolérable. Le ronflement des flammes l'empêchait de percevoir celui des hydravions à l'approche. Il fallait qu'ils larguent maintenant. Rien d'autre ne pourrait les sauver. Tiffany, dans ses bras, était secouée de spasmes. Elle dit quelque chose, que Damien ne put entendre. Il approcha son oreille de sa bouche alors qu'elle répétait :

– Ce n'était pas moi, ce n'était pas moi…

Damien se mit à prier en silence pour le salut de cette femme qu'il aimait. Soudain le vrombissement d'un hydravion fut tout proche, dont le vacarme s'éloigna aussitôt. Damien tendit l'oreille. Cela commença par un frisson, une ride de l'air, un souffle, et tout à coup une déferlante d'une violence prodigieuse cogna le sol à le faire trembler. Damien se jeta par-dessus Tiffany pour la protéger de son corps. Les éléments s'affrontaient autour d'eux, le feu gémissait, la terre grésillait du brutal choc thermique. De l'eau envahit leur refuge, froide et saisissante. Damien entendit le souffle de la vague s'éloigner en chassant le feu devant lui. La température avait brusquement chuté.

– Ce n'était pas moi ! répéta Tiffany plus fort.

Le second moteur vrombit. Damien ne bougea pas, dans la boue désormais, mélange de terre, d'eau et de cendres. L'eau s'abattit plus loin cette fois. Damien se redressa sous la voûte. Il osa un regard à l'extérieur et découvrit une brume qui s'élevait du sol en frémissant. Le feu, sur cette partie du château, avait été vaincu. Ils pouvaient sortir de leur trou, ils pouvaient tenter maintenant de trouver une issue. Il entendit les rotors d'un hélicoptère, puis des voix et des pas de course. Les pompiers. Les pompiers étaient parvenus jusqu'à eux.

32

NANCY LE GUEN, de nouveau sur pied, trépignait d'impatience et rabrouait une infirmière trop lente à son goût alors que Damien, au secrétariat, s'occupait de régler l'aspect administratif de sa sortie prévue pour l'après-midi. Guillaume, au rez-de-chaussée de l'hôpital, prenait un café sans goût avec Émilie, sa fille, dont le ventre était maintenant nettement arrondi. Ils parlaient à voix basse, visages proches l'un de l'autre, avec une tendre complicité, évoquant le rétablissement de Nancy, la peur qu'ils avaient eue de la perdre, puis la grossesse qui se passait bien. Guillaume fit l'effort de prendre des nouvelles de Jonas, puis il demanda à Émilie quand on connaîtrait le sexe de son enfant.

– Jonas et moi, on préfère ne pas savoir. Ce sera la surprise le jour de l'accouchement.

Elle vit son père se raidir brutalement, regard braqué vers le couloir.

– Qu'est-ce qui se passe ?

Guillaume ne répondit pas et sortit brusquement de la cafétéria.

Il n'avait pas rêvé.

– Hé ! Oh !

Nicolas et Mathieu se retournèrent mais sans s'arrêter.

– Eh ! C'est votre père qui vous parle ! Vous savez, papa ! Ça vous dit quelque chose ?

Il courut pour rattraper les jumeaux qui étaient maintenant plus grands que lui.

– *Stop !* lança-t-il en se plantant devant eux.

– C'est Manou qu'on vient voir, pas toi.

– Eh ben c'est raté ! Un baiser, d'abord. Ça se fait en famille.

Il embrassa ses deux garçons de force.

– Je me disais justement qu'il y en avait marre, de ces conneries. L'autre jour, quand votre grand-mère était pâle comme la mort, un tube dans la gorge, quand j'avais peur qu'on la perde, j'ai pensé à vous, vous deux, nous trois... Je me suis dit que la vie était trop fragile pour qu'on la gâche avec des bouderies stupides. On ne se parle pas, on ne se voit pas... À ce rythme-là, vous ne serez même pas foutus de reconnaître mon corps quand je casserai ma pipe... Vous n'êtes plus des gamins, maintenant, il y a quand même deux ou trois trucs qu'il serait temps que vous compreniez sur la vie, les hommes, les femmes, le mariage et le divorce.

Ses deux fils se regardèrent. Ce comportement ne ressemblait pas à leur père qui, d'habitude, acceptait les choses avec un fatalisme neurasthénique.

– J'ai une idée ! ajouta-t-il avec entrain. J'ai trois jours off, le week-end prochain. Je compte aller au cabanon. Vous vous rappelez ? Vous adoriez ça !

– On a passé l'âge, dit Mathieu en levant les yeux au ciel.

– Que vous croyez ! Vous allez voir, vous allez adorer.

– De toute façon, c'est pas possible, ce week-end...

– Mais si. Vous allez vous débrouiller, vous libérer.

– C'est...

– Un ordre, de votre père.

Les jumeaux n'osèrent répliquer.

– Chambre 312. Troisième étage.

Ils restèrent interdits.

– Votre grand-mère ! Elle est dans la chambre 312 ! Je suis content que vous soyez venus la voir, finalement. C'était moins une, elle sort aujourd'hui. Mais mieux vaut tard que jamais.

Il les laissa devant l'ascenseur, exalté, mais n'en ayant pas encore terminé.

Il fit un grand sourire à Émilie en repassant devant la cafétéria et se dirigea vers la sortie d'un pas vif. Il repéra aussitôt la vieille Toyota rouge qu'il avait lui-même achetée avant son divorce. Nadège le vit arriver et eut l'air d'un animal pris au piège. Il frappa au carreau, qu'elle ouvrit de mauvaise grâce.

– Salut. Maman est en pleine forme, je te remercie d'avoir pris des nouvelles. Je viens de voir les garçons. Ils vont passer le week-end prochain avec moi.

Nadège le regarda, stupéfait.

– Je passe les prendre vendredi à 19 heures. Je les ramènerai dimanche soir.

– Mais !...

– Qu'ils prennent leurs maillots de bain, on annonce la canicule.

Il fit demi-tour et marcha vers l'hôpital, se sentant plus léger que depuis des années.

Damien sortait comme il entrait, d'un air décidé. Guillaume vint à sa rencontre.

– Qu'est-ce qui se passe ?

– Cette voiture, là, je l'ai déjà vue devant chez maman.

– À Biranques ! Laquelle ?

– La 309 bleu électrique, avec une aile froissée. Elle était garée dans le chemin, le jour où elle a fait son premier malaise.

Guillaume fronça les sourcils et emboîta le pas à son frère.

Alors qu'ils approchaient, la portière avant de la Peugeot bleue s'ouvrit et un petit homme entre soixante-cinq et soixante-dix ans en sortit, souriant d'un air inquiet.

André Hermann avait rencontré Nancy Le Guen le 2 octobre 1983. Clerc de notaire, il venait à Biranques pour y régler une succession mais, ne trouvant pas l'adresse qu'on lui avait indiquée, il avait frappé au hasard chez les Le Guen pour demander son chemin. André n'avait trouvé de meilleure expression que celle, éculée, de « coup de foudre », pour décrire ce qui les avait frappés tous les deux quand Nancy avait ouvert la porte. Ils étaient restés silencieux et immobiles des secondes qui avaient paru des heures, puis André avait balbutié sa demande. Nancy, jambes flageolantes (comme elle le lui raconterait plus tard), avait indiqué comment trouver la maison des Rodriguez, et avait été à peine surprise quand André avait frappé de nouveau trois quarts d'heure plus tard, sa mission accomplie. Nancy était seule à la maison et ils étaient tombés dans les bras l'un de l'autre pour se retrouver l'instant d'après à faire l'amour fébrilement, hors d'eux-mêmes. André avait ensuite expliqué à Guillaume et Damien que les choses s'étaient compliquées après cette folle rencontre. Ils s'aimaient, cela ne faisait aucun doute, mais Nancy refusait de se laisser aller à cette passion seulement cinq ans après la mort de son époux. Et puis elle avait les garçons, lui avait-elle opposé, qui ne comprendraient pas, qui prendraient cela pour une trahison. Il avait fallu des trésors de persuasion, et toute l'obstination qu'André tenait de sa mère pour parvenir à la convaincre que l'on pouvait aimer un homme tout en restant fidèle au souvenir d'un autre. Elle avait donc accepté qu'ils se revoient mais, en revanche, n'avait jamais cédé sur un point : ses fils ne devaient rien savoir. Depuis, André et Nancy s'étaient vus et aimés chaque lundi après-midi, entre quinze et dix-neuf heures, avec la complicité de Véronique Ginoulac, l'une des rares amies de Nancy, qui habitait Mas-de-Londres, et qui, chaque lundi, était allée chercher Guillaume et Damien à l'école et au collège en même temps que sa propre fille, leur avait donné leur goûter et fait faire leurs devoirs.

À ce stade du récit d'André Hermann, Damien et Guillaume s'étaient regardés pour la première fois, aussi gênés par ce qu'ils étaient en train d'apprendre que si on leur avait montré un album de photographies érotiques de leur mère. Ils étaient absolument abasourdis, surtout par la découverte que le rituel du lundi après-midi chez Tata Véronique n'avait été qu'un alibi à la liaison secrète de Nancy.

– Je n'ai jamais cessé d'essayer de convaincre Nancy de vous dire la vérité, de lui répéter que vous comprendriez très bien et que je serais plus qu'heureux de devenir votre beau-père. Mais vous connaissez votre mère, plus têtue qu'une mule… Il n'y a rien eu à faire. Je sais tout de vous, j'ai vu chaque année vos bulletins scolaires, je connais le nom de vos camarades de classe, de vos fiancées, de vos enfants, Guillaume. Je connais même le prénom du père de celui à qui vous allez bientôt donner le jour, Mimi.

Il s'était tourné vers Émilie qui, dans la cafétéria de l'hôpital, assistait silencieusement à l'entrevue. Elle lui avait souri en retour.

– Ça fait vingt-six ans que je vois votre mère le lundi après-midi. Nous n'avons même pas changé de rituel après votre départ de la maison, Damien… Bien sûr, Nancy ne sait pas que j'ai décidé de tout vous dévoiler. Je ne suis pas venu ici par hasard aujourd'hui, je savais que je vous y trouverais tous les deux. Quand elle va apprendre ça, elle va me faire une scène épouvantable. J'ai beaucoup réfléchi depuis son premier malaise. Il n'est pas raisonnable qu'elle reste seule dans cette maison isolée. Ce n'est plus possible.

Guillaume avait acquiescé d'un infime mouvement de tête, par courtoisie parce qu'il se rendait compte que leur silence décontenançait l'amant de leur mère, mais trop crispé pour prononcer le moindre mot. Il ne comprenait pas pourquoi il ressentait de l'animosité envers ce petit homme courtois et réservé qui se tenait devant lui. Il lui en voulait. De quoi ? D'avoir aimé sa mère ? C'était ridicule, et pourtant, c'était la vérité. La mesquine vérité. C'était comme s'il venait d'apprendre que Nancy avait trompé leur père alors qu'au jour de sa rencontre avec cet André Hermann, elle était déjà veuve depuis cinq années.

Damien éprouvait les mêmes sentiments complexes. Sa mère avait mené ni plus ni moins une double vie. À la différence de son frère, il ne ressentait pas la trahison vis-à-vis d'un père qu'il n'avait pas connu, mais vis-à-vis de lui-même. Il avait passé son enfance en ignorant un pan essentiel de l'existence de sa mère, de sa personnalité, à savoir sa vie sentimentale et sexuelle. Il avait bien conscience que c'était le cas de pratiquement tous les enfants sur Terre, mais à ses yeux, le fait qu'il y ait eu volonté de lui cacher les choses, et organisation de la vie autour de cette dissimulation, rendait le cas singulièrement sensible.

– Vous savez comme moi que Nancy ne veut pas quitter sa maison, en souvenir de votre père, avait poursuivi André

Hermann. J'habite Montpellier, je lui ai proposé plus d'une fois de s'installer chez moi, en plein centre-ville. Elle a toujours refusé. Alors je me suis dit que c'était à moi de venir vivre avec elle à Biranques. J'ai horreur de la campagne, mais j'aime votre mère, aujourd'hui comme il y a vingt-six ans. Elle est la femme de ma vie, même si ça n'a été qu'un après-midi par semaine, soit approximativement mille trois cent cinquante-deux après-midi depuis notre rencontre, ou cinq mille quatre cent trois heures, ce qui n'est pas énorme à l'échelle d'une vie, mais ce qui n'est pas rien tout de même. Je ne me plains pas. Accepter ces conditions a été mon choix. Mais nous sommes âgés, maintenant, votre mère et moi, et ça devient ridicule. Si je venais m'installer à Biranques, ça résoudrait tous les problèmes.

Il y eut un silence. Émilie regarda son père, puis son oncle. Tous deux contemplaient avec une attention soutenue le fond de leur gobelet de café refroidi.

– En gros, vous êtes venu nous demander la main de notre mère ! finit par dire Damien d'un ton dont il ne put dissimuler le sarcasme.

André Hermann tenta de sourire. Mais il était très ému, très nerveux ; pour le timide chronique qu'il était, ce qu'il venait de réaliser en se livrant ainsi aux enfants de Nancy était une performance.

– En fait, ce n'est pas votre autorisation que je vous demande, c'est votre soutien. On ne sera pas trop de trois pour convaincre Nancy.

Ils en étaient restés là pour ce premier contact. André Hermann leur avait donné ses coordonnées et était reparti à petits pas vers sa voiture.

Guillaume et Damien regardaient encore fixement l'endroit où il avait quitté leur champ de vision quand Émilie lâcha un sincère « Trop cool ! ».

– C'est trop dingue, comme histoire, avait-elle ajouté.

– Évidemment, tu trouves ça bien, toi ! avait répliqué Guillaume d'un air coincé.

– Que Manou se soit éclatée chaque semaine, c'est clair !

– Ah ! Je t'en prie, Mimi, ne sois pas indécente !

– Qu'est-ce que tu peux être vieux jeu, mon pauvre papa ! Tu trouvais mieux quand ta mère n'avait rien fait d'autre de sa vie que de pleurer son mari ! Putain ! Elle a aimé un homme et elle a été aimée par un homme ! C'est trop bien d'apprendre ça !

– Tout de même, dit Damien, ça fait drôle de penser que... Pendant qu'on prenait le goûter chez Tata Véronique, elle...

Il n'alla pas au bout de son idée. Guillaume prit le relais.

– Ça fait surtout drôle de penser qu'elle n'était pas la femme que l'on pensait.

– Faut pas exagérer quand même ! intervint Émilie.

– Attends, lui dit son père. Quand papa est mort, je me suis retrouvé le seul homme à la maison. Damien n'était qu'un bébé, moi j'avais huit ans. Ça m'a pesé, t'as pas idée... Non seulement je me sentais responsable de la maison, mais aussi de ma mère que je croyais éperdue de chagrin... Je crois... Non, je suis sûr, que ça m'aurait soulagé de savoir que chaque lundi elle...

À son tour il ne put mettre des mots sur la suite de son idée.

– En tout cas, ajouta Émilie, il a l'air sympa, cet homme. Vous ne trouvez pas ?

Les deux frères n'avaient pas d'opinion, ou plutôt se doutaient que la piètre impression que leur avait faite André Hermann était due à une soudaine paralysie de leur capacité de jugement. Ils se gardèrent bien de répondre.

– Et puis, il a raison, je trouve. Que Manou ne soit plus seule à Biranques serait une très bonne chose.

– On est là, nous ! On est tout à fait capables de s'occuper de notre mère !

– Lequel de vous deux va la prendre chez lui quand elle ne sera plus capable de rester seule ? Toi, papa ? Toi, tonton ?

Les deux frères firent la moue.

– Vous savez très bien que la cohabitation serait impossible. Alors quoi ? Une maison de retraite ? Soit elle en mourrait dans les huit jours, soit elle massacrerait un petit vieux à chaque petit déjeuner... Et puis pardon, là, on parle d'amour ! André aime Manou...

– André ! ne put s'empêcher de relever son père. Tu l'appelles déjà André !

– Oh ! Fais pas chier… Tu sais très bien que j'ai raison. Vous le savez tous les deux.

C'était vrai, bien sûr, même si les deux frères se sentaient pour l'heure incapables de se l'avouer. Mais ils ne pouvaient douter, au fond d'eux-mêmes, qu'ils allaient, d'ici quelques jours, quand ils auraient digéré ces révélations, se ranger à cette opinion et soutenir la proposition de cet André Hermann qui venait d'entrer dans leur vie.

Plus tard, Guillaume, redevenu le commissaire Le Guen, recevait Tiffany Roche dans son bureau de la SRPJ.

Il commença par se débarrasser du plus difficile : lui annoncer la mort de Xavier Barreau, son ami d'enfance. La photographe ne sembla tout d'abord pas le croire, puis elle ferma les yeux et resta un long moment comme statufiée. Guillaume alla lui chercher un verre d'eau, puis, le plus doucement possible, l'encouragea à lui parler de sa cousine et de celle pour qui elle s'était fait passer pendant plus d'un an. Mary.

Tiffany Roche rouvrit les yeux qui, baignés de larmes, semblaient deux lacs de montagne. Guillaume en fut soufflé ; il n'avait jamais vu d'aussi beaux yeux de toute sa vie. Elle lui raconta ce dont elle gardait le souvenir, de la première rencontre avec Mary aux détails de ce que Alexandra lui avait révélé du meurtre de ses parents en 1992 jusqu'à son retour en France. Une secrétaire était présente, bien plus apte que Guillaume à prendre tout cela en notes, ce qui permettrait ensuite de rédiger une déposition que Tiffany reviendrait signer. La photographe fut très précise, n'oubliant aucun nom entendu au fil du récit chaotique d'Alexandra, aucune ville, aucun village québécois dans lequel sa cousine avait vécu une dizaine d'années.

Tiffany Roche parla une demi-heure sans interruption puis s'interrompit brutalement.

– Voilà. Je vous ai tout dit, il n'y a rien d'autre à ajouter.

Guillaume la trouva très belle à cet instant et comprit pourquoi son frère avait pu tomber amoureux d'elle. Était-ce mal connaître Damien, sous-estimer son charme, de la lucidité ou une forme inavouable de jalousie, toujours est-il que Guillaume ne put s'empêcher de penser que cette femme n'était pas pour son frère, et cachée derrière ses mots, rôdait l'idée inavouée qu'il la trouvait trop bien pour lui.

Il lui proposa de la faire raccompagner mais elle préférait marcher. Ils se levèrent et se serrèrent la main.

– Vous ne ressemblez pas beaucoup à votre frère, lui déclara soudain la photographe.

Guillaume ne sut que dire, ne sachant comment interpréter cette déclaration.

– Il a encore l'air d'un enfant. Son regard, je veux dire, comme si, au fond, il n'était qu'au tout début de sa vie.

Guillaume pensa qu'il devait avoir l'air bien vieux pour qu'elle lui dise cela, puis il comprit ce qu'elle avait essayé d'exprimer, et qui lui sembla très juste. Damien, à trente ans passés, avait très peu vécu, ou plutôt avait su éviter les dégâts collatéraux de la vie. Il était un homme prudent, qui réfléchissait à deux fois avant de se lancer, qui mesurait ses besoins avant d'agir, qui tournait sa langue sept fois dans sa bouche avant de parler, qui ne dilapidait pas son énergie dans des activités secondaires, des amitiés médiocres ou des amours sans lendemain. Il devait être très seul, aussi, mais n'avait que très peu écorché la part d'enfance qui était en lui.

Il sourit à Tiffany, espérant soudain qu'il se trompait et que Damien aurait sa chance avec cette complexe et séduisante jeune femme.

– Mon petit frère est un type bien. Il l'a toujours été, dès l'enfance. C'est un pur.

Elle quitta son bureau et Guillaume se rassit à sa table de travail. La secrétaire se leva et dit qu'elle allait rédiger la déposition. Guillaume l'en remercia. Il soupira puis réfléchit à ce qui lui restait à faire concernant ce dossier. Il allait devoir prendre contact avec la police canadienne qui, depuis des années maintenant, avait classé à tort la mort de ce Rowdy à la rubrique « accident de voiture ». Il y avait aussi la mère d'Alexandra Roche. Que devait-il faire ? Lui envoyer un nouveau mail pour lui raconter la vérité sur sa fille ? Lui révéler qu'elle n'était pas morte en 1992 comme tout le monde le pensait mais quinze ans plus tard, après avoir tué sept personnes dont son propre père ? Guillaume tourna cette question dans sa tête de longues minutes. Il tenta d'imaginer cette femme, au sein d'une communauté religieuse, quelque part en Asie. Il était de son devoir, bien sûr, de lui annoncer la tournure prise par les événements. Pourtant il hésitait. Damien, finit-il par penser, saurait quoi faire. Il composa son numéro de portable et l'eut immédiatement au bout du fil.

– C'est moi. J'ai un conseil à te demander.

– Je ne suis pas certain d'être de bon conseil en quoi que ce soit en ce moment, mais essaye toujours.

Guillaume lui exposa son dilemme, Damien n'hésita pas sur la réponse.

– Laisse tomber. Cette femme a déjà eu son lot de drames, pas la peine qu'elle pleure sa fille une seconde fois. Elle vivra mieux avec le regret d'une adolescente fauchée par le destin qu'avec celui d'une tueuse qui a fini par se donner la mort.

– Tu as raison, dit-il en pensant qu'il ne s'était pas trompé en disant à Tiffany que son frère était quelqu'un de bien, de juste. Merci beaucoup.

– Moi aussi je peux te demander un conseil ?

– Bien sûr… Mais qu'est-ce que j'entends, derrière toi ?

– La mer.

– Tu es où ?

– Près de la cathédrale de Maguelone, j'avais besoin de marcher pour réfléchir.

– Et c'est quoi, ce conseil dont tu as besoin ?

– C'est à propos de Tiffany Roche.

– Qu'est-ce que tu veux savoir ? Si tu dois l'inviter à dîner ?

– Un truc comme ça, oui.

Damien sourit, pensant à cette part d'enfance dont la photographe avait parlé, et qui n'était jamais tant visible que dans les rapports de son frère avec les femmes.

– Tu es toujours amoureux ?

– Quelle question ! Être amoureux, ça vient et ça s'en va comme ça, du jour au lendemain, c'est bien connu... Je ne pense qu'à elle.

– Tu lui as sauvé la vie, c'est un atout, non ?

– Au ciné, oui, pas dans la vie réelle !

– Parce que dans la vie réelle, il y a très peu d'occasions de sauver la vie de qui que ce soit. Notre époque se prête assez mal à l'héroïsme.

– Qui parle d'héroïsme ?

– D'héroïsme ou d'inconscience ! L'un ne va pas sans l'autre... Ce que je veux dire, c'est que je ne connais pas beaucoup de monde capable de risquer sa peau sur une intuition en se jetant dans le feu.

Il y eu un silence, dans lequel s'engouffra le ressac tout proche de la mer. Damien sut recevoir le compliment, touché par cette admiration que venait de lui témoigner son grand frère.

– Tu ne m'as pas répondu sur ce que je devais faire avec Tiffany.

– Qu'est-ce que tu risques, Damien ?... De te faire jeter, de souffrir ? C'est la règle du jeu, non ?

– Mais tu crois...

Guillaume ne put retenir un petit rire.

– Qu'est-ce qui te fait marrer ?

– Toi. La seule personne que je connaisse qui soit capable de risquer sa vie sur une intuition pour sauver une femme tout en ayant peur de l'inviter à dîner.

Damien sourit à son tour ; Guillaume venait de répondre à sa question.

– Je ne sais pas si elle voudra de toi, Damien. Mais je suis sûr que ça vaut le coup d'essayer. Et si tu devais essuyer un refus, ce sera toujours moins grave que de brûler vif dans un incendie de forêt... Fonce. Elle n'est pas une divinité intouchable, une créature céleste, elle est juste une femme, Damien. Trop aimer les femmes, c'est mal les aimer. Elle est juste une femme, et toi, juste un homme. Alors fonce.

La mer scintillait à perte de vue, véritable carte postale de vacances en Méditerranée. Damien rempocha son téléphone mobile. Il allait suivre le conseil de son frère. D'ailleurs, il aurait agi ainsi même s'il n'avait pas eu Guillaume au téléphone. Il y était presque décidé au moment où le mobile avait vibré dans sa poche. Il avait repensé à sa mère, à cette révélation qu'elle avait eu un amant pendant toutes ces années. Cette découverte, il ne savait pas bien pourquoi encore, changeait tout, et lui permettait de considérer différemment son propre caractère, son sérieux, sa pondération, son parfois pesant sens du devoir. Il avait été un enfant sage, obéissant, un très bon élève, aussi, et d'une certaine manière, il l'était toujours. Sans doute était-il temps qu'il grandisse, qu'il se dissipe un peu.

Tiffany arriva à l'heure au rendez-vous. Elle sourit et s'assit en face de lui à la table de la terrasse du café. Damien était nerveux, et le sourire qu'il lui rendit crispé.

– Comment allez-vous ? demanda-t-il.

– Bien. Étonnamment bien. Je suis soulagée.

– De savoir que…

– … Que je n'étais coupable de rien. Que je n'avais pas tué mes parents, ni Baptiste, ni mon oncle. Je pensais avoir du mal à me remettre de la mort d'Alexandra, mais pas du tout, en fait. Je crois que j'avais déjà épuisé toute ma capacité de chagrin pour elle depuis longtemps. Sa fausse mort m'a obsédée pendant quinze ans, la véritable me libère.

Damien acquiesça de la tête. Puis il fit signe à un serveur.

– Vous prenez ?

– Une bière. Une Guinness.

– Deux Guinness, dit-il au serveur en se demandant ce qu'il lui prenait, sachant très bien qu'il ne pourrait pas la boire.

Encore, se dit-il, un comportement puéril face à une femme qui m'impressionne.

– Je ne suis pas triste qu'Alexandra soit morte, seulement de ce qu'elle était devenue. Et ça trouble beaucoup mon chagrin pour Xavier. C'était mon ami d'enfance, vous savez ? J'ai du mal à réaliser… Mais le plus dérangeant, c'est d'être en même temps triste pour lui et pour celle qui l'a tué. C'est trop, sans doute, c'est pour ça que j'ai du mal à savoir ce que je ressens.

Elle marqua une pause. Damien cherchait comment orienter la conversation vers d'autres directions qui rendraient moins incongru ce qu'il souhaitait dire à la jeune femme et avait motivé cette invitation.

– Je vous dois beaucoup, déclara alors Tiffany… Et je ne parle même pas du château, des risques que vous avez pris. Je parle d'avant. De quand je vous ai tout raconté. Vous m'avez fait confiance, je crois que vous ne m'avez jamais crue coupable, et ça m'a été d'une grande aide.

Damien sut immédiatement que Tiffany venait d'ouvrir une brèche, qu'il pouvait lui dire qu'il n'avait eu aucun mérite, qu'il n'avait agi ainsi que parce qu'il était aveuglé par les sentiments qu'elle lui inspirait et certainement pas grâce aux fruits d'une réflexion lucide. Mais il se tut et laissa passer cette opportunité.

Le silence pesa un peu. On leur apporta leurs bières. Ils trinquèrent et burent une première gorgée. Damien se retint de grimacer sous l'amertume de la boisson. Quand Tiffany reposa son verre, elle avait une fine moustache de mousse qu'il eut envie d'ôter avec sa langue.

Elle lui sourit. Il fallait qu'il dise quelque chose, qu'il se lance. C'était maintenant ou jamais, il devait avouer son amour. Il chercha les mots, les trouva, prit son inspiration, son élan presque, quand il vit le visage de Tiffany s'illuminer d'un large sourire alors qu'elle adressait un geste de la main à quelqu'un de sa connaissance.

Damien reconnut immédiatement le pilote de Canadair, ce Târiq Amraoui qu'il était allé interroger à Marseille et qui s'approchait de leur table. De toute évidence, il avait rendez-vous avec Tiffany, ce que confirma le baiser langoureux qu'ils échangèrent devant Damien qui, s'efforçant de ne rien montrer, en fut instantanément anéanti.

Le pilote lui serra la main.

– Vous vous connaissez, je crois ? dit Tiffany.

Damien ne sut rien faire d'autre que déglutir. Ce fut Târiq Amraoui qui répondit :

– Oui, nous avons fait connaissance… dans des circonstances un peu particulières, cela dit.

Damien pensa que Tiffany n'était dupe de rien, qu'elle avait lu en lui, qu'elle savait pertinemment qu'il était tombé amoureux d'elle et qu'il lui avait donné rendez-vous pour se déclarer. C'est pourquoi elle avait demandé au pilote de les rejoindre, pour éviter tout malentendu, pour clarifier la situation. Elle en aimait un autre. C'était très simple, froidement simple. Elle lui était reconnaissante de tout ce qu'il avait fait pour elle, de sa confiance, d'avoir risqué sa vie pour sauver la sienne, mais elle en aimait un autre, un grand et beau, un pilote d'avion. Damien se sentit ridicule ; il se faisait l'impression d'être un gamin amoureux de sa maîtresse et qui découvre qu'elle ne dort pas dans la classe la nuit, a une vie à l'extérieur, un mari et des enfants. Il ne faisait pas le poids. Il sautait aux yeux que cet homme et cette femme s'aimaient avec passion et qu'ils étaient faits l'un pour l'autre, de ces couples que l'on croise parfois dans la rue et qui, au premier regard, sortent du lot, du flot ordinaire de l'humanité. Ils étaient beaux, talentueux, ils s'aimaient et, sans aucun doute, leurs enfants seraient superbes.

Damien prit sur lui et donna le change. Un sourire insipide aux lèvres, il dut prendre part à une conversation à trois qui lui fut une torture tant il avait envie, au choix, de foutre le camp en courant ou de fondre en larmes.

Enfin, estimant qu'ils avaient passé assez de temps autour de la table pour pouvoir prendre congé sans perdre la face, il regarda sa montre et dit qu'il devait filer, qu'il était heureux d'avoir pu mieux faire connaissance avec Târiq, et de constater que Tiffany allait bien. Il leur serra la main à tous les deux, insista pour régler les consommations et s'en alla en adoptant une démarche digne.

Tiffany le regarda s'éloigner et se sentit désolée pour lui. Puis Târiq prit sa main dans la sienne et elle oublia tout.

Damien rentra à pied à la caserne. Il n'était pas de service et se rendit directement à son appartement de fonction. Il ne s'y supporta pas et ressortit au bout de dix minutes. Il marcha jusqu'à Notre-Dame-d'Espérance et alla s'asseoir sur le banc où il aimait se recueillir. Le calme de l'église l'apaisa, son odeur familière, sa pénombre et sa relative fraîcheur. Il ferma les yeux et tenta de calmer le rythme de ses pensées qui, de toute façon, ne le menaient à rien.

Il ne pria pas, mais amena son esprit jusqu'à un état propice au recueillement. Il finit par se sentir bien et ne rouvrit les yeux qu'en entendant grincer le banc sur lequel il était assis.

L'abbé Cattiaux lui sourit.

– Bonsoir, Damien.

– Bonsoir, mon père.

– Besoin de calme ?

– Oui.

– Vous allez bien ?

Damien fit une moue qui laissait entendre qu'il avait connu des jours meilleurs mais qu'il maîtrisait la situation.

– Vous allez fermer l'église, mon père ?

– C'est l'heure, oui… Mais je peux vous laisser les clés, si vous souhaitez rester un peu.

– J'aimerais bien, oui, si c'est possible.

Le prêtre se leva et tendit à Damien un lourd trousseau de clés.

– Vous savez où les cacher en sortant.

– Comme d'habitude…

Le prêtre posa brièvement sa main sur l'épaule de Damien et s'éloigna.

Le soir tomba doucement, presque imperceptiblement. Dehors, les bruits de la ville s'estompèrent au même rythme et il n'y eut bientôt plus que le silence, la flamme vacillante des petites bougies rouges offertes par les fidèles et le tempo régulier de la respiration de Damien. La nuit passa sans heurts, ni longue ni courte. Damien ne ressentait rien, il n'avait pas chaud, n'était pas fatigué, n'avait ni faim ni soif, n'était ni triste ni joyeux. Il était, simplement, parfaitement immobile, autant dans que hors de son corps, en lien direct avec son âme.

Il ne se leva que lorsqu'il prit conscience que les premières lueurs de l'aube se glissaient dans l'église. Il était engourdi, agréablement. Fatigué, confortablement. Il s'étira avec satisfaction, traversa l'église en écoutant le bruit de ses pas et avec la grisante sensation d'être seul au monde. Puis il ferma la porte de l'édifice et en cacha les clés derrière une jardinière.

Il se sentait purgé, assaini par cette retraite d'une nuit qu'il venait de s'offrir, cette parenthèse, cette pause, cure de silence et d'immobilisme. C'était ainsi qu'il voyait l'Église, la religion : un espace en marge du flux de la vie, détaché des contraintes spatiales et temporelles de ce bas-monde. L'antichambre des âmes.

Il marcha jusqu'au centre-ville. Il était tôt et il prit un copieux petit déjeuner en terrasse. Puis, à 9 h 30, il entra dans la première agence de voyages qu'il trouva.

À 11 heures, il arrivait au « Cabanon », cette bicoque de pêcheur achetée par son père quarante ans plus tôt, entre le canal du Rhône à Sète et l'étang de l'Arnel, où il était souvent venu pêcher avec son grand frère dans son enfance.

Guillaume était là, assis sur le ponton, canne à emmanchement à la main, une autre à anneaux et équipée d'un moulinet coincée à ses pieds.

– Ça mord ? lui demanda Damien.

Guillaume lui fit signe de parler moins fort. Il désigna la cabane avec le pouce.

– Les garçons dorment.

– Ça se passe comment ?

– Bien. On a beaucoup parlé, très tard… On a crevé l'abcès. Je crois qu'ils sont très soulagés, et moi aussi. J'aurais dû faire ça bien plus tôt, j'ai été bête et orgueilleux. C'était à moi de faire le chemin.

– On fait ce qu'on peut.

– Et toi ? demanda Guillaume.

– Ça va… Tiens !

Guillaume coinça sa gaule et prit l'enveloppe que lui tendait son frère.

– C'est quoi ?

– Regarde.

Guillaume ouvrit l'enveloppe et y trouva deux billets d'avions aller-retour, en date de la dernière semaine d'août, à destination d'Honolulu, à Hawaii, via San Francisco. Puis il regarda Damien.

– Je crois qu'il faut s'efforcer de réaliser le plus de nos rêves d'enfance possible, lui dit son frère. Il est temps qu'on le fasse, ce voyage, non ? Avant qu'il ne soit trop tard…

Tiffany rouvrit les yeux. Elle n'avait dû s'assoupir qu'une volée de minutes. Târiq était étendu à ses côtés, nu sur les draps. La lumière du jour filtrant à travers les rideaux tirés soulignait des perles de sueur à fleur de peau. Sa bouche était légèrement entrouverte, son menton grisé d'une barbe naissante. Ses paupières closes remuaient par moments. Il se tenait sur le côté, tourné vers elle, un bras par-dessus sa taille. Tiffany n'osa bouger, de peur de le réveiller. Elle voulait pouvoir continuer à le regarder dormir. Il avait un genou replié. Son pénis, dont la peau était plus brune encore que le reste de son corps, pendait, fripé, le long de sa cuisse relevée. Elle en sentait encore l'empreinte vibrante en elle, consciente du lent écoulement de sa semence à l'orée de son sexe.

Elle fut parcourue d'un long frisson, réplique des secousses de son passé, des nombreux tremblements de vie qu'elle avait traversés. Dans un vif désordre de pensées, des images se bousculèrent en elle, bouquet mélangé de souvenirs de ses parents, d'Elizabeth, de Xavier, de Damien Le Guen enfant, d'Alexandra, de son oncle, de Baptiste Legendre, de Târiq aux commandes d'un Canadair, de Luc Dubesset et de la grosse insomniaque au petit chien très laid. Puis tout s'évanouit, laissant le champ libre à la conscience pleine et entière de l'amour qu'elle portait à Târiq.

Elle pria alors le ciel auquel elle ne croyait pas pour ne jamais s'y accoutumer, pour, durant chaque seconde qui lui restait à vivre, savoir s'en émerveiller.

Elle ferma les yeux, se rendormant aussitôt.

REMERCIEMENTS

Ce livre est un roman, dans lequel, pour le bon avancement de l'intrigue, j'ai dû prendre, vis-à-vis de la réalité, des libertés tant géographiques, techniques que temporelles, sur terre comme dans les airs. Je n'en dois pas moins de sincères remerciements pour leur aide et leur généreuse disponibilité à Robert André, Christine Benito, Nicole et Alain Provence, Jean-Louis Valdeyron et aux membres de www.canadairs.fr.

À toi mon inspiration, première lectrice, conseillère, soutien et épouse, je dédie cet ouvrage.

DU MÊME AUTEUR

Aux Éditions Albin Michel

NOCES DE GLACE, porté à l'écran sous le titre *Mémoire de glace.*

MALDONNE, porté à l'écran. Prix Handi-Livres du meilleur roman 2006.

L'INHUMAINE NUIT DES NUITS, Prix Polar derrière les murs 2005/2006.

TROIS SOURIS AVEUGLES, prix Polar 2003, porté à l'écran sous le titre *Une souris verte.*

Site Internet :
www.mikaelollivier.com

« SPÉCIAL SUSPENSE »

MATT ALEXANDER
Requiem pour les artistes

STEPHEN AMIDON
Sortie de route

RICHARD BACHMAN
La Peau sur les os
Chantier
Rage
Marche ou crève

CLIVE BARKER
Le Jeu de la Damnation

INGRID BLACK
Sept jours pour mourir

GILES BLUNT
Le Témoin privilégié

GERALD A. BROWNE
19 Purchase Street
Stone 588
Adieu Sibérie

ROBERT BUCHARD
Parole d'homme
Meurtres à Missoula

JOHN CAMP
Trajectoire de fou

CAROLINE CARVER
Carrefour sanglant

JOHN CASE
Genesis

PATRICK CAUVIN
Le Sang des roses
Jardin fatal

JEAN-FRANÇOIS COATMEUR
La Nuit rouge
Yesterday
Narcose
La Danse des masques
Des feux sous la cendre
La Porte de l'enfer
Tous nos soleils sont morts
La Fille de Baal

CAROLINE B. COONEY
Une femme traquée

HUBERT CORBIN
Week-end sauvage
Nécropsie
Droit de traque

PHILIPPE COUSIN
Le Pacte Pretorius

DEBORAH CROMBIE
Le passé ne meurt jamais
Une affaire très personnelle
Chambre noire

VINCENT CROUZET
Rouge intense

JAMES CRUMLEY
La Danse de l'ours

JACK CURTIS
Le Parlement des corbeaux

ROBERT DALEY
La nuit tombe sur Manhattan

GARY DEVON
Désirs inavouables
Nuit de noces

WILLIAM DICKINSON
Des diamants pour Mrs Clark
Mrs Clark et les enfants du Diable
De l'autre côté de la nuit

MARJORIE DORNER
Plan fixe

FRÉDÉRIC H. FAJARDIE
Le Loup d'écume

FROMENTAL/LANDON
Le Système de l'homme-mort

STEPHEN GALLAGHER
Mort sur catalogue

LISA GARNER
Disparue
Sauver sa peau

CHRISTIAN GERNIGON
La Queue du Scorpion
(Grand Prix de littérature policière 1985)
Le Sommeil de l'ours
Berlinstrasse
Les Yeux du soupçon

JOSHUA GILDER
Le Deuxième Visage

MICHELE GIUTTARI
Souviens-toi que tu dois mourir
La Loge des Innocents

JOHN GILSTRAP
Nathan

JEAN-CHRISTOPHE GRANGÉ
Le Vol des cigognes
Les Rivières pourpres
(Prix RTL-LIRE 1998)
Le Concile de pierre

SYLVIE GRANOTIER
Double Je
Le passé n'oublie jamais
Cette fille est dangereuse
Belle à tuer
Tuer n'est pas jouer

AMY GUTMAN
Anniversaire fatal

JAMES W. HALL
En plein jour
Bleu Floride
Marée rouge
Court-circuit

JEAN-CLAUDE HÉBERLÉ
La Deuxième Vie de Ray Sullivan

CARL HIAASEN
Cousu main

JACK HIGGINS
Confessionnal

MARY HIGGINS CLARK
La Nuit du Renard
(Grand Prix de littérature policière 1980)
La Clinique du Docteur H.
Un cri dans la nuit
La Maison du guet
Le Démon du passé
Ne pleure pas, ma belle
Dors ma jolie
Le Fantôme de Lady Margaret
Recherche jeune femme aimant danser
Nous n'irons plus au bois
Un jour tu verras...
Souviens-toi
Ce que vivent les roses
La Maison du clair de lune
Ni vue ni connue
Tu m'appartiens
Et nous nous reverrons...
Avant de te dire adieu
Dans la rue où vit celle que j'aime
Toi que j'aimais tant
Le Billet gagnant
Une seconde chance
La nuit est mon royaume
Rien ne vaut la douceur du foyer
Deux petites filles en bleu
Cette chanson que je n'oublierai jamais
Où es-tu maintenant ?

CHUCK HOGAN
Face à face

KAY HOOPER
Ombres volées

PHILIPPE HUET
La Nuit des docks

GWEN HUNTER
La Malédiction des bayous

PETER JAMES
Vérité

TOM KAKONIS
Chicane au Michigan
Double Mise

MICHAEL KIMBALL
Un cercueil pour les Caïmans

LAURIE R. KING
Un talent mortel

STEPHEN KING
Cujo
Charlie

JOSEPH KLEMPNER
Le Grand Chelem
Un hiver à Flat Lake
Mon nom est Jillian Gray
Préjudice irréparable

DEAN R. KOONTZ
Chasse à mort
Les Étrangers

NOËLLE LORIOT
Le tueur est parmi nous
Le Domaine du Prince
L'Inculpé
Prière d'insérer
Meurtrière bourgeoisie

ANDREW LYONS
La Tentation des ténèbres

PATRICIA MACDONALD
Un étranger dans la maison
Petite Sœur
Sans retour
La Double Mort de Linda
Une femme sous surveillance
Expiation
Personnes disparues
Dernier refuge
Un coupable trop parfait
Origine suspecte
La Fille sans visage
J'ai épousé un inconnu
Rapt de nuit

JULIETTE MANET
Le Disciple du Mal

PHILLIP M. MARGOLIN
La Rose noire
Les Heures noires
Le Dernier Homme innocent
Justice barbare
L'Avocat de Portland
Un lien très compromettant
Sleeping Beauty
Le Cadavre du lac

DAVID MARTIN
Un si beau mensonge

LISA MISCIONE
L'Ange de feu
La Peur de l'ombre

MIKAËL OLLIVIER
Trois souris aveugles
L'Inhumaine Nuit des nuits
Noces de glace

ALAIN PARIS
Impact
Opération Gomorrhe

DAVID PASCOE
Fugitive

RICHARD NORTH PATTERSON
Projection privée

THOMAS PERRY
Une fille de rêve
Chien qui dort

STEPHEN PETERS
Central Park

JOHN PHILPIN/PATRICIA SIERRA
Plumes de sang
Tunnel de nuit

NICHOLAS PROFFITT
L'Exécuteur du Mékong

PETER ROBINSON
Qui sème la violence...
Saison sèche
Froid comme la tombe
Beau monstre
L'été qui ne s'achève jamais
Ne jouez pas avec le feu
Étrange affaire
Le Coup au cœur
L'Amie du diable

DAVID ROSENFELT
Une affaire trop vite classée

FRANCIS RYCK
Le Nuage et la Foudre
Le Piège

RYCK EDO
Mauvais sort

LEONARD SANDERS
Dans la vallée des ombres

TOM SAVAGE
Le Meurtre de la Saint-Valentin

JOYCE ANNE SCHNEIDER
Baignade interdite

THIERRY SERFATY
Le Gène de la révolte

JENNY SILER
Argent facile

BROOKS STANWOOD
Jogging

JONATHAN STONE
La Froide Vérité

WHITLEY STRIEBER
Billy
Feu d'enfer

MAUD TABACHNIK
Le Cinquième Jour
Mauvais Frère
Douze heures pour mourir
J'ai regardé le diable en face
Le chien qui riait

THE ADAMS ROUND TABLE PRÉSENTE
Meurtres en cavale
Meurtres entre amis
Meurtres en famille

Impression CPI Bussière, août 2009
à Saint-Amand-Montrond (Cher)
Éditions Albin Michel
22, rue Huyghens, 75014 Paris
www.albin-michel.fr
ISBN : 978-2-226-19240-0
ISSN : 0290-3326
N° d'édition : 25965. – N° d'impression : 092044/4.
Dépôt légal : septembre 2009.
Imprimé en France.